Knaur

Von T. Jefferson Parker sind außerdem erschienen:

Sommer der Angst (Band 67045)
Todesrosen (Band 60034)

Über den Autor:

T. Jefferson Parker lebt mit seiner Frau in Südkalifornien. Er arbeitete als Journalist für verschiedene Zeitungen, bevor er sich der Schriftstellerei zuwandte. Sein erster Roman »Laguna Heat« landete auf Anhieb auf der Bestsellerliste.

T. Jefferson
Parker

Weinsteins Mission

Roman

Aus dem Amerikanischen
von Helmut Splinter

Knaur

Die amerikanische Originalausgabe erschien unter dem Titel »The Triggerman's Dance« bei Hyperion, New York.

Redaktion: Gisela Menza

Deutsche Erstausgabe Oktober 1998

Umschlaggestaltung: Agentur ZERO, München
Umschlagfotos: Mauritius, Mittenwald
Satz: Ventura Publisher im Verlag
Druck und Bindung: Ebner Ulm
Printed in Germany
ISBN 3-426-60643-7

2 4 5 3 1

Für Mary Ann und Mae,
Sam und Emily,
Katie und Susan

Weise wird der Mensch auch
gegen seinen Willen
Äschylus

1

Auf dem Foto, das danach am häufigsten veröffentlicht wurde, liegt Rebecca neben einem Pflanzentrog aus Ziegelsteinen. Ihre Arme hält sie graziös gespreizt, ihr Gesicht ist in die Kamera gerichtet, die Beine sind geschlossen, aber entspannt. Ihre Schuhe schauen unter den pastellfarbenen, vom Regen stark mitgenommenen Blättern des Island-Mohns hervor, der zwei Wochen zuvor zu blühen begonnen hatte. Über ihr hängen müde die wie Krummsäbel gebogenen Blätter an den weißen Ästen eines dickstämmigen Eukalyptusbaums. Rebecca scheint sich mit ihrem schmalen Rücken gegen die Ziegelsteine zu lehnen. Aber nein, eine Hüfte reckt sich zum Himmel empor, und ihr Oberkörper ist zur Seite gedreht, so daß ihre Schultern flach auf dem Asphalt liegen, während die Arme über ihrem Kopf ruhen. Ihre linke Hand – gewölbt, aber nicht geschlossen – scheint den Regen auffangen zu wollen. Sie trägt keinen Ring. Immer noch ist sie in den Regenmantel gehüllt, den sie aufgrund des sich ankündigenden Sturms getragen hatte. Der Hut sitzt noch auf ihrem Kopf, und ihr blondes Haar quillt darunter hervor.

Das Bild war nur Augenblicke nach dem Zwischenfall von einem Fotografen des *Journal* aufgenommen worden, der noch kurz zuvor in der Dunkelkammer mit Lösung hantiert hatte. Ein Fotoredakteur stürmte herein und erzählte ihm, daß auf dem Parkplatz gerade »etwas passiert« sei. Wie jeder professionelle Fotograf griff auch dieser hier nach seiner Kamera und rannte aus dem ewig roten Zwielicht des Labors hinaus, um vielleicht diesmal das Foto zu machen, mit dem er es zu etwas bringen könnte.

Es war sein Glückstag. Druck 1B26 des Probeabzugs entpuppte sich als das beste Bild, das von ihm oder von sonst jemandem geschossen worden war. Es erschien nicht nur im *Orange County Journal*, wo Rebecca Harris ein Volontariat absolviert hatte, sondern auch in Zeitungen quer über den Globus verteilt: New York, London, Tokio, Sydney und in vielen Orten dazwischen. Es ist eines jener Bilder, die einfach alles zu bieten haben: ein ansprechendes Thema, perfekte Belichtung, vollendete Komposition und die visuelle Ruhe, die vielen großen Fotografen eigen ist.
Dieser erhabene Anblick wird ergänzt durch die Personen im Hintergrund. Es sind die fünf ungenannten Angestellten des *Journal*, die als erste eintrafen und das Geschehene erfaßten. Diese Zuschauer bilden einen Chor, der im Abseits neben dem Pflanzentrog in Stellungen fotografiert wurde, wie sie Tizian gemalt hätte. Eine Frau schluchzt mit vorgehaltener Hand, während sie mit der anderen ihren Kopf vor dem Regen zu schützen versucht. Eine andere rennt zur Eingangshalle des *Journal* zurück, wurde aber mitten in ihrer Bewegung so aufgenommen, als wünschte sie nichts sehnlicher, als diesem Bild zu entkommen. Ein uniformierter Wachmann spricht mit theatralisch geöffnetem Mund in ein tragbares Funkgerät. Aus der Mitte dieses Fünferchors schreitet ein junger Mann mit langem Ledermantel und Filzhut durch den Regen auf Rebecca zu. Sein Ausdruck ist undurchschaubar, aber die breiten Schultern und der wachsame Winkel seines Kopfes deuten an, daß etwas geschehen kann und wird, um diesen … Fehler zu korrigieren. Dieser Mann scheint für die vielen Millionen Menschen zu sprechen, die das Foto später sahen. Er ist die Hoffnung selbst. Natürlich war sein Verhalten in den Augen einiger ausländischer Beobachter nur ein weiteres Beispiel für die traurig verdrehte Auffassung, daß die gute Absicht genügt, um alles wieder in Ordnung zu bringen.

Die Polizei von Costa Mesa traf zuerst ein, gefolgt von den Sheriffs von Orange County. Die jungen Polizeibeamten befragten zuerst die beiden Zeugen, die beim ersten Schuß am nächsten bei Rebecca Harris gestanden hatten, dann versuchten sie den Schauplatz des Verbrechens abzusperren, indem sie schwarz-gelbe Klappböcke von den Ladeflächen ihrer Streifenwagen zerrten und den Ort des Geschehens mit gelben Bändern umspannten.

Aber es klappte nicht so recht, weil die Reporter und Fotografen, die sonst während ihrer Arbeit die strengen Vorschriften bei polizeilichen Untersuchungen befolgen mußten, meinten, dieses Ereignis – auf ihrem eigenen Parkplatz – gäbe ihnen das Recht zu tun, was sie wollten. Und das taten sie. Der Fernsehsender des *Journal* nutzte Rebeccas mit einem Tuch verdeckten Körper als Hintergrund für einen Live-Bericht vor Ort. Fotografen stellten innerhalb der Absperrung Scheinwerfer und Reflektoren auf und schossen ein Bild nach dem anderen. Es wurde über den besten Winkel diskutiert, Reporter machten sich Notizen oder sprachen auf Kassettenrecorder. Die jungen Polizeibeamten wurden ignoriert.

Durch diese regennasse Szene marschierte die am meisten gefeierte Kolumnistin des *Journal*, eine hochgewachsene und kräftige Frau namens Susan Baum. Ihr leichtes Hinken verlieh ihr eine Art von kampfbereiter Würde. Ihr folgte der Herausgeber des *Journal*. Neben ihm liefen der Chef der Gebäudewache und der Chefredakteur. Sie gingen auf Rebecca zu, die neben dem Pflanzentrog lag.

»Ma'am«, sagte einer der Polizisten, »bitte bleiben Sie hinter der Absperrung.«

»Halten Sie Ihren Mund, Sie Trottel«, entgegnete Susan Baum und sah den Polizisten derart feindselig an, daß dieser tatsächlich nickte und zurücktrat.

Susan Baum drängte sich am Fernsehteam vorbei und platzte in die Aufnahme. Die attraktive Live-Reporterin Ensley Moffett schüttelte den Kopf, duckte sich unter den Schirm eines

Assistenten und beobachtete die Kolumnistin mit respektvoller Resignation.
Susan Baum stand etwa drei Meter von Rebecca entfernt und sah auf den Körper hinab. Zuerst legte sie ihre Hand an die Lippen und beugte sich leicht nach vorn wie jemand, der die Tiefe eines Lochs abschätzt. Dann schob sie die Hände in die Taschen ihres Mantels, zog einen kleinen Notizblock heraus und kritzelte etwas darauf. Sie schaute am Pflanzentrog vorbei zum mächtigen Gebäude des *Journal* und richtete anschließend ihren Blick auf den jungen Mann mit Filzhut und Ledermantel. Sie hatte nicht gewußt, daß er da war, nur zehn Meter entfernt wie ein Pfosten im Regen stehend. Der Sportredakteur, dachte sie – John? Jim? Mike?
Sie wandte sich zum Herausgeber um und sagte mit ruhiger Stimme: »Ich bat Rebecca, mir meinen Wagen zu holen, damit ich in dem Sturm nicht hinausmußte. Mit Sicherheit war ich damit gemeint.«
Sie nickte in Richtung des Lincoln, der ihr von ihrem Arbeitgeber als Zeichen ihres hohen Ansehens zur Verfügung gestellt worden war. Er stand gleich rechts vom Pflanzentrog. Ein kleines rundes Loch oben im Fenster auf der Fahrerseite war von vielen Rissen und dem umrahmt, was nur das Blut von Rebecca Harris sein konnte. Eine unhandliche Schlüsselkette hing vom Türschloß herab.
Bei diesem Anblick rannen zwei dicke Tränen über ihre bewegungslosen Wangen, und Susan Baum sah ein letztes Mal zu ihrer Teilzeitassistentin neben dem Pflanzentrog. Dann ging sie auf das Fernsehteam zu, weil sie zu Recht annahm, daß sie interviewt werden sollte. Das Hinken aufgrund der chronisch schlechten Blutzirkulation in ihrem linken Fuß war heute wegen des naßkalten Wetters stärker als sonst.

Innerhalb einer Stunde hatte die örtliche Polizei ein paar Fakten zusammengetragen. Rebecca Harris war durch mindestens zwei Schüsse getroffen worden, einem in den Rücken, als sie den Wagen von Susan Baum aufschloß, und einem zweiten in die Brust. Der zweite Schuß könnte getroffen haben, als sie sich nach dem ersten umdrehte, oder nachdem sie gegen den Pflanzentrog gefallen war. Im Polizeilabor würde man das Kaliber der Waffe feststellen. Jemand von der Spurensicherung hatte bereits eine Kugel aus dem Inneren des Autos neben dem Lincoln entfernt. Sie hatte offensichtlich die junge Frau und den Lincoln bis zum Acura Legend daneben durchdrungen. Sie war in der Limousine auf der rechten Seite des Armaturenbretts aus poliertem Holz steckengeblieben. Für die Polizei sah sie nach einer großkalibrigen Gewehrkugel aus, aber das war nur eine Vermutung.

Sie war wahrscheinlich aus einer der beiden .30/06-Patronenhülsen abgefeuert worden, die im Rinnstein des Fairway Boulevard gelegen hatten, wo der Parkplatz endete und die Wohnhäuser anfingen. Diese Ecke war knapp über hundert Meter vom Lincoln entfernt, was auf einen sehr guten Schützen mit einer sehr guten Waffe schließen ließ.

Die Hülsen zeigten eine gekonnte Gravierung. Der Schriftzug war fließend, als wäre er handgeschrieben. Er sah aus wie die Gravierung in einem Ehering, nur größer.

Auf einer Hülse stand: »Wenn es im Verlauf der menschlichen Geschehnisse …«

Auf der anderen: »… notwendig werden sollte …«

»Der kennt die amerikanische Verfassung«, sagte ein Polizist.

»Das ist die Unabhängigkeitserklärung«, meinte ein anderer.

Eine Anwohnerin gab an, sie habe ein älteres weißes Chevrolet-Wohnmobil gesehen, das auf der Straße geparkt habe, bevor die Schüsse abgegeben worden seien. Es seien zwei, drei, vier oder fünf Schüsse gewesen, sie sei sich nicht sicher. Das Wohnmobil habe vor den Schüssen »mindestens zwanzig Minuten« dort gestanden. Es sei auf dem Fairway Boulevard Richtung Westen verschwunden, nachdem die Schüsse verklungen seien. Sie habe keinen Blick auf die Insassen geworfen, weil sie im parkenden Wohnmobil niemanden gesehen habe, und als sie nach den Schüssen ans Fenster getreten sei, habe es sich bereits in den Verkehr auf dem Fairway Richtung Interstate eingefädelt. Es sei auch möglich, daß die Schüsse gar nicht aus dem Wohnmobil gekommen seien. Nummernschilder oder auffällige Merkmale habe sie nicht wahrgenommen.

Der gesamte Schauplatz änderte sein Aussehen, als ein neuer Ford auf den Parkplatz raste und schleudernd und mit quietschenden Reifen direkt vor dem gelben Band zum Stehen kam.

Zwei Personen sprangen aus dem Auto, liefen geduckt unter dem Band hindurch und direkt auf die Leiche zu. Sie machten lange, sichere Schritte wie Menschen, die sich unentbehrlich fühlen. Ein Polizist aus Costa Mesa näherte sich ihnen, und sie zeigten ihm ihre Marken, ohne langsamer zu werden oder gar stehenzubleiben. Die Frau war groß, Anfang Dreißig, hatte sehr dunkles, welliges Haar, ein sonnengebräuntes Gesicht und Waden wie ein Gewichtheber. Der Mann, kaum so groß wie sie, war blaß und dünn und hatte kurzgeschorenes schwarzes Haar. Adamsapfel, Nase und Ohren standen weit hervor, und man konnte ihn auf fünfundzwanzig oder fünfunddreißig schätzen. Er verströmte um sich herum die Art von Ruhe, mit der ein Berglöwe die Gegend beobachtet.

Er näherte sich der Leiche, blieb stehen und sah zu den Fotografen, die sich immer noch auf dem Gelände herumtrieben.

»Wenn Sie auch nur ein Bild von mir schießen, werde ich den Film und die Kamera konfiszieren«, verkündete er. Für einen dünnen, blassen Mann war seine Stimme ziemlich klar und tief. Zur Betonung seiner Worte hob und senkte sich sein Adamsapfel. Seine Partnerin stemmte ihre Arme in die Hüften. Mit einer langsamen Drehung blickte sie kurz in die Augen derjenigen, die eine Kamera hatten. Keiner rührte sich.

Er ging hinüber zu der mit einem Tuch bedeckten Gestalt, kniete nieder, sah noch einmal hinauf in die drohende Dunkelheit und hob dann das Tuch. Er betrachtete sehr lange Rebeccas Gesicht. Er berührte ihre Lippen, dann ihre Stirn, schob eine nasse blonde Locke zurück unter den Hut, küßte seine Fingerspitzen und berührte damit noch einmal ihre Lippen.

Schließlich erhob er sich langsam und stand über ihr, aber für viele Beobachter – und sie waren geübte, professionelle Beobachter – war der Mann, der neben Rebecca Harris gekniet hatte, nicht derselbe Mann, der ein paar Minuten später wieder aufstand. Dieser Mann hier hatte eine ganz andere Haltung. Er war leicht gebeugt, wohingegen das Original ganz aufrecht gewesen war. Sein Gesicht war nicht mehr einfach nur blaß, sondern elfenbeinfarben und hart, als wäre es in eine Form gegossen oder modelliert. Ganz eindeutig war er kleiner. Und mit Sicherheit hatte der Mann, der sich zuvor der Leiche genähert hatte, nicht diese riesigen schwarzen Augen, die nun für jedes der anwesenden Gesichter eine Bedrohung waren – Augen so voller Wut und Schmerz, daß einige Journalisten sie nicht ansehen, geschweige denn ein Bild machen konnten.

Susan Baum, die von allen Journalisten des *Journal* den schärfsten Instinkt besaß, kramte in ihrer Tasche nach dem Notizblock und dem Stift und trat auf die Statue mit Brille zu, die über Rebecca gebeugt stand.

Der junge Mann mit Ledermantel und Filzhut hatte sich aus dem Gedränge vor das gelbe Band zurückgezogen, blieb allein auf Abstand zu den anderen und beobachtete diesen Neuankömmling mit der dröhnenden Stimme. Und er fragte sich: Ist es *er*?

Der blasse Mann entfernte sich ein paar Schritte von der Leiche und ließ einen Blick über die zahlreichen Menschen wandern – Polizisten, Mitarbeiter des Sheriffs, Angestellte des *Journal*, Gebäudewachen –, die sich immer noch dies- und jenseits der Absperrung aufhielten. Er hob eine Hand, in der er seine Marke hielt, und zeigte sie herum.

»Mein Name ist Joshua Weinstein vom FBI-Büro des Orange

County. Dies ist meine Partnerin Sharon Dumars. Jeder ... *jeder*, der sich in den nächsten zehn Sekunden nicht hinter das Band begeben hat, wird festgenommen und angezeigt.«

Erstaunlicherweise fing er tatsächlich an zu zählen.

Es entstand ein Gemurmel, aber alle innerhalb der Absperrung bewegten sich auf das Band zu. Alle außer Susan Baum, die bei der Zahl Zehn direkt vor Weinstein stand und ihm voll in die Augen blickte.

»O Gott, Joshua«, flüsterte sie. »Sie hat mir von Ihnen erzählt.«

»Gehen Sie hinter die Absperrung, Mrs. Baum.«

»Wenn mein Gedächtnis mich nicht trügt, war die Hochzeit für Juni geplant.«

»Ihr Gedächtnis trügt Sie nicht. Jetzt gehen Sie hinter die Absperrung.«

Eine Tragödie schlägt Wellen, und Wellen können Menschen mit sich forttragen. Für die Beteiligten änderte sich alles mit jenen Schüssen, die gegen 16.45 Uhr am Mittwoch, dem 22. März, abgegeben worden waren. Rebecca Harris, vierundzwanzig, eine fröhliche, liebenswürdige junge Frau mit kindlichem Herz am Anfang ihres jungen Erwachsenseins, war gleich darauf tot gewesen. Ihr Verlobter, Joshua Weinstein vom FBI-Büro von Orange County in Kalifornien, wurde von einer Welle in eine Reise solch tiefen Hasses fortgetragen, daß er laut derer, die ihn kennen, von dieser Reise noch nicht zurückgekehrt ist. Rebeccas Vater wurde von einer anderen Welle fortgetragen, direkt drei Wochen danach, zu einem Herzversagen. Der junge Mann mit dem langen Ledermantel und dem Filzhut, ein talentierter, wenn auch nicht sehr produktiver Redakteur beim *Journal* namens John Menden, glitt auf einer ganz anderen Welle fort von Rebecca. Er kündigte und segelte drei Monate lang im Südpazifik umher, bis sein Geld und seine Leber beinahe verbraucht waren, und kehrte schließlich zurück, um in einem alten zerbeulten Wohnwagen draußen in der rauhen Wüste Südkaliforniens zu wohnen. Der Wachmann mit dem Funkgerät wurde gefeuert. Eigentlich wurde der Vertrag zwischen dem gesamten Unternehmen und dem *Journal* aufgelöst – finanzielle Wellen aus finanzieller Besorgnis. Der Fotograf, der das nun berühmte Bild von Rebecca geschossen hatte, gewann einen Preis, dann noch weitere. Die einzigen lebenden Dinge, die dem Ereignis nahegestanden hatten und unberührt blieben, waren der Eukalyptusbaum und der Island-Mohn in dem Pflanzentrog, neben dem Rebecca ins Herz getroffen und taumelnd niederfiel und im prasselnden Regen starb.

Sechs Monate gingen ins Land.

Während dieser Zeit wurde der Fall aufgrund der neuen Bestimmungen über haßmotivierte Kriminalität dem FBI als führende verantwortliche Stelle übertragen. Sie arbeiteten mit der Polizei und den Sheriffs und zeitweise auch mit der Abteilung für Alkohol, Tabak und Waffen zusammen. Josh Weinstein nahm seinen gesamten Urlaub in Anspruch und gleich darauf fast ein halbes Jahr unbezahlten Urlaub. Er sagte, er gehe nach Israel, und verschwand, ohne sich kaum bei jemandem zu verabschieden.

Fünf Monate später war er zurück; seine Blässe war durch eine gesunde Hautfarbe ersetzt, aber seine Augen waren immer noch traurig. Seine FBI-Partnerin Sharon Dumars stellte fest, daß Josh viele seiner Überstunden über Rebecca Harris' Akten verbrachte – einem Fall, bei dem seine offizielle Beteiligung aufgrund der FBI-Bestimmungen verboten war. Aber da Joshua zwölf Stunden täglich arbeitete, konnte er leicht mal eine Stunde hier, ein paar Stunden da abzwacken, um sich auf sein geheiligtes und nicht gebilligtes Terrain zu wagen. Sharon Dumars sah, daß Joshuas eigene private Akte, die er jeden Abend, bevor er ging, sorgfältig wegsperrte, immer dicker wurde.

Von Neugier getrieben, warf sie einmal einen Blick auf seine

Zeitkarte und stellte fest, daß Joshua keine einzige Stunde für seine privaten Ermittlungen aufgeschrieben hatte. Vielleicht war sie die einzige, die davon wußte. Doch sie war mit Sicherheit nicht die einzige, die von seinen langen Telefonaten wußte, da alle Anrufe vom und zum FBI aufgezeichnet und für eine unbekannte Dauer gespeichert wurden.

Bei einigen dieser längeren Telefonate sprach er fast unhörbar, den Rücken ihr zugewandt. Dann legte er auf und drehte seinen Stuhl herum, um sie mit einer Art grimmiger Unbekümmertheit anzuschauen, bevor er sich wieder an die Arbeit machte.

An einem strahlenden Septembermorgen sechs Monate nach dem Tod seiner Verlobten beendete Joshua Weinstein eines seiner fast lautlosen Telefongespräche, sah Sharon einen Augenblick direkt in die Augen, stand auf, schloß seine Akten weg und zog sein Jackett an.

»Komm mit«, sagte er.

Joshuas Aufforderung folgend, verließ sie das Gebäude mit ihm, vergaß sogar, sich auszutragen oder irgend jemandem ein Wort zu sagen. Niemals in den drei Jahren beim FBI hatte sie etwas getan, das so gegen die Vorschriften verstieß.

2

Sharon Dumars nahm ihren weißen FBI-Ford, weil Joshua sie darum gebeten hatte. Schweigend fuhren sie Richtung Riverside, dann weiter nach Süden auf der Interstate 15 nach Temecula, bis sie schließlich auf die State 79 nach Südosten abbogen.

»Wohin willst du, Josh?«

»Unsere Fahrt hat einen bestimmten Grund.«

»Welchen Fall kann ich diesem Grund zuordnen?«

»Freizeit.«

»Es gibt keinen Fall, der Freizeit heißt, soweit ich weiß.«

»Paß einfach auf, und später sagst du mir, was du davon hältst.«
Nach einer Weile erreichten sie die State 371, die sie nach Osten und in höhere Regionen brachte. Hier draußen gab es nur noch vereinzelt ein paar Häuser, die weit hinten mitten in den steinigen Hügeln lagen. Sie sahen bewohnt aus.
»Ich denke, die Leute, die hier rausziehen, wollen niemanden um sich herum haben«, sagte Sharon.
»Oder niemand will um sie herum sein«, entgegnete Joshua abwesend.
Sie fuhren an einem Schild mit der Aufschrift »Cahuilla Indian Reservation« vorbei, dann ein paar Kilometer weiter an einem Schild, das in Richtung Anza Valley zeigte, eintausendeinhundertneunzig Meter über dem Meeresspiegel und eine weniger als dreimal so große Bevölkerung.
Die Stadt tauchte vor ihnen auf. Sharon verringerte die Geschwindigkeit. Sie fuhren an einem geschlossenen Immobilienbüro und einem geöffneten Haushaltswarenladen vorbei, dann an einem Spirituosenladen.
»Wir wollen in Olie's Saloon. Er liegt auf der linken Seite«, erklärte Joshua.
Sie fuhren hinter einem Mercury, der so tief hing, als hätte er Bowling-Kugeln geladen. Sie sahen durch die schmutzige Heckscheibe eine Gruppe dunkelhäutiger Kinder auf dem Rücksitz, eine große Frau mit schwarzem Haar hinter dem Steuer und neben ihr einen grauhaarigen Kopf, der unter seinem Cowboyhut verloren wirkte. Sharon dachte an den gegenwärtigen Krieg in Orange County zwischen zwei Stämmen, die Ansprüche auf das Land erhoben – die Gabrielenos und die Juanenos –, an all die Verleumdungen, an die Korruption und den Betrug im Namen der Bundeszuschüsse und vielleicht eines Bingo-Palastes.
»Gehört das Land hier zu einem Reservat?«
»Die Stadt nicht. Aber alles drumherum.«
Olie's Saloon war eine wacklig aussehende Konstruktion aus

dunklem Holz mit einem durchhängenden Dach und einer Anschlagsäule davor. Auf dem schmutzigen Parkplatz standen mehrere Laster. Entweder war das Haus so gebaut, daß es wie aus dem Jahre 1870 aussah, oder es war tatsächlich so alt. Sie parkte dort, wo Joshua hindeutete. Ein Indianer in einem weißen Hemd beobachtete sie, als sie durch die Türen im Saloon-Stil in die bereits am späten Nachmittag dunkle Bar gingen.

Sie setzten sich an einen Tisch an der Wand. Laut Speisekarte war heute das Chili-Käse-Omelette im Angebot. Die Kellnerin, eine Frau Mitte Fünfzig, kam zu ihnen, und sie bestellten alkoholfreie Getränke.

»Du kommst oft hierher?«

»Ich möchte, daß du zuhörst und mich bestätigst, wenn du kannst. Und wenn wir hier fertig sind, möchte ich eine ehrliche und hoffentlich hilfreiche Meinung von dir.«

»Hat das was mit Rebecca zu tun?«

»Das hat mit allem was zu tun. Er wird in zehn Minuten hier sein.«

Aber er war in weniger als zehn Minuten da. Er ging geradewegs auf eine lange Reihe von Barhockern zu, die entlang einem Fenster mit Blick auf die Straße standen. Seinen Filzhut legte er auf die Theke neben sich.

Joshua hatte Sharon absichtlich so Platz nehmen lassen, daß sie den Mann beim Eintreten sehen konnte. Er selbst beobachtete John Menden, früher Redakteur beim *Journal*, im Spiegel über der Bar, wie dieser zur üblichen Zeit eintrat, zu einem bestimmten Barhocker ging und seinen Hut neben sich legte. Menden, vierunddreißig Jahre alt, sah aus wie immer, groß und eher schmal, mit dem leichten, gleitenden Gang eines Athleten oder, wie Joshua wußte, eines Jägers. Er trug die lange Denim-Jacke, die er bei warmem Wetter gern anzog, die abgewetzten Stiefel mit dünnen Sohlen, das Arbeiterhemd und die braune Baumwollweste. Joshua wußte ehrlich gesagt nicht, was er von John Mendens Kleidungsstil halten sollte. Er wirkte vielleicht wegen des Hutes wie eine Mischung aus Cowboy und Verbrecher. Joshua hatte John, der hier täglich seinen Feierabend verbrachte, an insgesamt fünf Abenden beobachtet. Dabei war er in verschiedenen Aufmachungen gekommen, als Geschäftsmann, Golfspieler, Tourist oder Ortsansässiger, weil er wollte, daß sich weder John Menden noch die Stammgäste des Olie's an ihn erinnerten. Joshua stellte weiterhin fest, daß Johns Haar eine Mischung aus Braun und Blond war, wie man es oft bei Menschen findet, die viel Zeit im Freien verbringen. Seine Augen waren blaßgrau, und er ging wie viele große Menschen leicht vornübergebeugt. Er lächelte selten, wirkte aber entspannt. Doch Joshua hatte auch bemerkt, daß seine Augen immer wachsam und beschäftigt waren. Und er war zu dem Schluß gekommen, daß John Mendens physische Unbekümmertheit eine gute Tarnung für seine gierigen, suchenden Augen war.

Die Kellnerin trat auf John mit einem herzlichen »Hallo, Hübscher« zu.

»Hi, Süße«, entgegnete John wie üblich.

Joshua schielte durch das verschmierte Fenster zu John Mendens Pickup draußen im Schatten und zum braunen Labrador Retriever, der auf der Ladefläche stand. Der große Hund ließ die Saloon-Tür, durch die sein Herrchen verschwunden war, nicht aus den Augen. John nannte ihn Boomer. Neben Boomer stand eine kleinere gelbe Labrador-Hündin. Das mußte Bonnie sein. Und nicht zu sehen, aber irgendwo auf der Ladefläche des Wagens lag mit Sicherheit noch der alte schwarze Labrador namens Belle. Joshua hatte John noch nie ohne seine Herde gesehen.

Ja, John Menden war in allem berechenbar. Das müßten sie ändern.

Doch das war nicht Joshuas größte Sorge in bezug auf John Menden. Ihn störte am meisten, daß Johns Charme und sein verdammt gutes Aussehen – was er beides sehr geschickt bei Frauen einsetzte – das Werkzeug eines Mannes waren, der

keinem Druck standhielt. Ein Feigling. Und seine Trinkerei. Der Kerl konnte das Zeug nur so wegkippen.
In der Zeit, in der er und Sharon je eine Cola tranken, brachte die Kellnerin John zwei Bier und einen Schnaps.
Abrupt erhob sich Joshua Weinstein und ging quer durch den Raum auf John Menden zu.
Er hatte sich diesen Moment fast zwei Monate lang ausgemalt. Als er sich ihm näherte, spürte er, wie sein Herz schneller schlug und seine Ohren wärmer wurden, wie immer, wenn etwas wichtig oder gefährlich war oder er es sich allzusehr wünschte.
Kurz darauf stand er neben dem Hocker mit dem Hut darauf und sah zum erstenmal den Mann aus der Nähe, von dem er hoffte, er könne ihm eines Tages dabei helfen, die größte Mission seines – Joshua Weinsteins – Leben zu erfüllen.
»Ich möchte mit Ihnen reden«, sagte er.
John Menden schaute ihm direkt ins Gesicht, dann wanderte sein Blick hinab zu Joshuas schwarzen Schuhen. Anschließend musterte er ihn lange.
»Dann ist es besser, wenn Sie loslegen. Das ist das fünftemal, daß Sie hier sind, wenn ich richtig gezählt habe.«
»Ich bin vom FBI. Mein Name ist Weinstein, und ich möchte mit Ihnen über Rebecca Harris sprechen.«
»Sehr schön.«
Der Ton hörte sich für Joshua falsch an, und wieder fragte er sich, was Rebecca John Menden erzählt hatte und was nicht.
»Ich sitze da drüben am Tisch. Dort ist jemand, mit dem ich Sie gerne bekannt machen möchte. Bitte.«
John nahm seinen Hut und sein halbvolles Bierglas und folgte Joshua zum Tisch. Joshua stellte ihn Sharon Dumars vor, die aufstand und ihm die Hand reichte. Er beobachtete sehr aufmerksam, wie sich ihre Blicke begegneten, da es für alles weitere entscheidend sein konnte, wie sich ein Mensch in solch einem allerersten Moment des Gegenüberstehens verhält. Johns Augen verrieten wenig.

Als die Kellnerin kam, bestellte Joshua noch ein Bier und einen Schnaps für seinen Gast und für sich und Sharon jeweils nur ein Bier. Er mochte keinen Alkohol, aber er war sich auch des irrationalen Mißtrauens bewußt, den Menschen, die Alkohol trinken, denjenigen gegenüber hegen, die es nicht tun. Nachdem die Kellnerin die Getränke gebracht hatte, nahm er sein Glas, berührte mit dessen Boden leicht den Rand von Johns Glas, dann das von Sharon, und trank einen Schluck.
»Das tut gut«, murmelte er ohne Überzeugung.
John Menden trank ebenfalls und nickte.
»Ich würde gerne eine Weile reden und möchte, daß Sie zuhören. Haben Sie, sagen wir, ein, zwei Stunden für uns Zeit?«
»Ich gebe Ihnen genau eine Minute.«
»Genauso vergehen die Stunden, Mr. Menden.«

Später, als Sharon Dumars darüber nachdachte und ihr schließlich klar wurde, was Joshua Weinstein vorhatte, mußte sie zugeben, daß sie ihn noch nie so voller Leidenschaft bei einer Sache gesehen hatte. Konzentriert, das ja, weil er immer konzentriert war, Ernsthaft, ja – der Mann schien keinen Funken Humor zu besitzen, und falls doch, dann war dieser in den letzten sechs Monaten auch noch erloschen. Überzeugend, und zwar total, denn egal, was Joshua Weinstein sagte, es war schwierig zu glauben, daß es etwas anderes als die Wahrheit war. Aber die Erregung war neu an ihm, zumindest für Sharon. Als sie am Abend allein in ihrem Bett in der Vorstadtsiedlung von Irvine lag, während ihre große Tigerkatze Natalie auf ihrem Bauch schnurrte, fragte sie sich, ob Erregung das richtige Wort dafür war. Sie probierte andere Substantive aus: Überzeugung, Gefühl, Wunsch, Hoffnung. Aber keines traf zu. Kurz bevor der Schlaf sie überkam, gelangte sie zu der Erkenntnis, daß es nicht echte Leidenschaft war. Es war ein tief empfundener Haß.
Und was sie zu Joshua gesagt hatte, war: »Er ist perfekt.«

3

Wie Sie wissen, Mr. Menden, wurde vor etwas mehr als einem halben Jahr, am 22. März, Rebecca Harris auf dem Parkplatz des *Journal* ermordet. Sie wurde aus weiter Entfernung erschossen. Die Kugeln waren für ihre Chefin Susan Baum gedacht. Wer auch immer die Schüsse abfeuerte, wußte entweder nicht genau, wie Susan Baum aussieht – was unwahrscheinlich ist – oder konnte sie aus so großer Entfernung nicht von Rebecca unterscheiden, denn sie trug einen Regenmantel und einen Hut, und ihre Hautfarbe und Statur waren der von Susan Baum ähnlich. Und sie wollte in Susans Auto steigen. Als der Killer die Luft aus seinen Lungen strömen ließ, um seinen Abzugsfinger ruhig zu halten, dachte er nicht eine Sekunde, daß die Frau in seinem Fadenkreuz nicht die richtige sein könnte. Rebecca starb; Susan tat es nicht. Es war eines jener Geschehnisse, die als Tragödie bezeichnet werden können, da Rebecca einen tragischen Fehler begangen hatte, der sie sterben ließ. Ihr Fehler war, daß sie freundlich, rücksichtsvoll und aufmerksam war. Sie hatte sich bereit erklärt, Susan Baums Wagen vorzufahren. Ich glaube, nichts von dem, was ich erzähle, ist neu für Sie.«

John nahm noch einen Schluck von seinem Bier. »Ich war mal Reporter, aber eine Neuigkeit ist immer eine Neuigkeit.«

»Stimmt. Nun, ich will Ihnen erzählen, was wir, das FBI, in den sechs Monaten seit Rebeccas Tod herausgefunden haben. Einiges davon haben Sie vielleicht in den Zeitungen gelesen, doch das meiste garantiert nicht. Aber zuerst brauche ich von Ihnen ein Versprechen. Sie geben die Zeitung von hier heraus, die *Anza Valley News*. Richtig?«

»Ja, richtig.«

»Ich brauche Ihr Wort, daß nichts von dem, was ich Ihnen erzähle, jemals in diesem Blatt oder irgendeinem anderen erscheinen oder über Ihre Lippen kommen wird – ganz gleich, wieviel Schnäpse und Biere Sie an einem Freitagabend gekippt haben; ganz gleich, wie teilnahmslos die Indianer, mit denen Sie an einem ruhigen Samstagnachmittag hier reden, auch sein mögen; ganz gleich, wie nahe Ihnen eine Geliebte stehen mag.«

John lächelte mit einer nicht zu übersehenden Herablassung, trank seinen Schnaps aus und winkte der Kellnerin nach einem neuen.

»Habe ich Ihr Versprechen?«

»Wenn es das ist, was Sie brauchen.«

»Sonst würde ich nicht fragen.« In diesem Moment sah Joshua zu Sharon, und sein Gesichtsausdruck forderte das gleiche von ihr – ein Versprechen. Sie vermutete, daß die Aktion, das Büro so plötzlich zu verlassen und sie in ihrer »Freizeit« hierherzubringen, ohne sich abzumelden, ohne zu sagen, wo sie hingingen, und ohne außer dem Funkruf eine Nummer für den Notfall zu hinterlassen, eine Möglichkeit sein sollte, die Geschichte offiziell aus dem FBI herauszuhalten. Sie wandte ihren Blick von Joshua ab und hoffte, daß er dies als ein eingeschränktes Ja verstand.

»Bis jetzt«, fuhr Joshua fort, »ist nur eins sicher: Die Geschosse hatten das Kaliber .30/06, waren abgerundet und von Hornady hergestellt. Sie stammten nicht aus den Hülsen, die am Tatort gefunden wurden. Sie haben von den Dingern gehört, nehme ich an.«

John schüttelte den Kopf.

»Auf einer steht: ›Wenn es im Verlauf der menschlichen Geschehnisse ...‹, und auf der anderen: ›...notwendig werden sollte ...‹ Die Gravierung sieht aus wie vom Fachmann, kann aber auch von einem begabten Amateur stammen.«

John runzelte die Stirn und nahm noch einen Schluck. »Aber sie wurden nicht abgefeuert?«

»Nein. Die Hülsen hätten uns als Beweismaterial dienen können, doch sie wurden nicht zugelassen. Gott allein weiß, wo die Waffe im Augenblick steckt. Vielleicht auf dem Grund des Pazifik. Der Killer nahm die richtigen Patronenhülsen mit und hinterließ zwei glänzende Messinghülsen mit der kleinen Warnung darauf. Seine patriotische ... Unterschrift.«

»Sein Ruf nach Revolution.«

»Diese Leute sind keine Revolutionäre, das sind Agenten des Status quo«, entgegnete Joshua.

»Wie Sie.«

Die Kellnerin brachte den Schnaps. Als sie weg war, sagte Joshua: »Das habe ich fürs erste überhört. Ich werde später darauf zurückkommen. Wir haben noch mehr, allerdings nicht viel. Das vermutlich von den Tätern benutzte Wohnmobil wurde fünfzehn Kilometer vom Tatort entfernt hinter einem Donut-Laden in Westminster gefunden. Es waren alte Nummernschilder dran, wahrscheinlich von einem Schrottplatz, Nummernschilder, die seit zehn Jahren nicht benützt wurden und bis 1985 an einem VW-Käfer waren, der damals einen Totalschaden hatte. Niemand sah das Wohnmobil auf den Parkplatz fahren, niemand sah, wer den Fahrer und vielleicht die Beifahrer mitgenommen hat. Wir haben innen und außen Fingerabdrücke gefunden, aber sehr wenige und unvollständige, außerdem Spuren von Talg auf dem Lenkrad und den Türgriffen innen, den Fensterkurbeln und der Gangschaltung.«

»Der alte Trick mit den Latexhandschuhen.«

»Wahrscheinlich. Die Untersuchung der Haare und Fasern ergab nichts Interessantes.«

»Haare zur DNA-Untersuchung?«

»Das geht mit Haaren nicht«, entgegnete Joshua, »nur mit dem Gewebe, in dem sie stecken. Wir haben Haare, aber keine Haut. Außerdem war das Wohnmobil vorher auf vier verschiedene Halter angemeldet gewesen, ehe es aus einer Werkstatt gestohlen wurde. Aber die Werkstatt hatte von dem Diebstahl gar nichts bemerkt, weil es zwar repariert, aber weder bezahlt noch abgeholt worden war. Es hatte im Hof schon zwei Monate lang Staub gesammelt. Wir haben alle früheren Besitzer unter die Lupe genommen, alle, die die Besitzer kannten, und alle Mitarbeiter in der Werkstatt.«

Joshua Weinstein zwang sich zu einem weiteren Schluck Bier. »Und?«
»Ich komme später darauf zurück, wenn nötig. Der chronologische Ablauf ist hier nicht wichtig. Bis jetzt irgendwelche Fragen?«
»Warum Susan Baum?«
»Vom linken Flügel. Eine Jüdin. Eine Frau. Eine Unruhestifterin auf Weltklasseniveau. Eine brillante Unruhestifterin. Sie stößt immer noch eine Menge Leute vor den Kopf, genau dort auf der ersten Seite des *Orange County Journal,* drei Tage in der Woche – Geschäftsmänner, Republikaner, altmodische Patrioten, Kirchen, Jäger, Raucher, Fleischesser, Trinker, Heteros. Sie kennen die Litanei. In gewisser Hinsicht ist *sie* die Revolutionärin. Außerdem ist sie eine amerikanische Bürgerin, die ihr verfassungsmäßiges Recht auf Meinungsfreiheit ausübt. Man versuchte sie dafür zu töten, und das sagten sie, als sie uns die Patronenhülsen mit den Gravierungen daließen.«
»Sind Sie sicher, daß sie nicht hinter der Ermordeten, hinter Mrs. ... äh ... Harris her waren?«
»Wir haben diese Möglichkeit verfolgt«, antwortete Joshua, »sind aber auf nichts gestoßen.«
In den darauffolgenden Sekunden der Stille schien Joshua nicht bei der Sache zu sein. Sharon merkte an seinem Gesichtsausdruck, daß er mit seinen Gedanken bei Rebecca war. Auch Johns Gesicht zeigte Trauer.
Es war John, der das Schweigen brach. »Hat jemand Kontakt mit Ihnen aufgenommen? Gibt's jemanden, der sich zu der Tat bekennt, ein Anruf, irgend etwas?«
Joshua kam in die Gegenwart zurück. »Achtundsechzig Briefe, zwölf Postkarten und hundertvierzehn Anrufe. Das überraschte mich. Ich wußte, daß Orange County konservativ ist, aber ich wußte nicht, daß es hier so viel Haß gleich unter der Oberfläche gibt. Haß und Angst. Genaugenommen erschien uns nur ein Brief glaubwürdig – der Rest steht in keinem Zusammenhang, da sind wir ziemlich sicher. Und die meisten sind

nicht unterschrieben. Der Brief, den wir ernst nehmen, ist von Leuten, die sich selbst ›The Freedom Ring‹ nennen. Hier ist eine Fotokopie.«
Joshua zog ein zusammengefaltetes Blatt Papier aus seiner Jackentasche. John Menden kippte seinen Schnaps hinunter, dann schob er die Gläser aus dem Weg und legte das Blatt auf den Tisch.

> Rebecca war ein Fehler, der uns leid tut. Baum ist das Geschwür, das wir beseitigen wollten. Was Miss Harris passiert ist, kann jedem passieren, der versucht, unsere Rechte einzuschränken. Wir werden nicht zulassen, daß Amerikas Fundamente von Menschen eingerissen werden, die von unserem System profitieren, nur um es zu verachten.
>
> *The Freedom Ring*

John gab Joshua das Blatt zurück, der es wieder in seine Jackentasche steckte. »Nun, Mr. Weinstein, haben Sie einen Verdacht oder nicht?«
»Haben wir.«
Joshua sah Sharon Dumars an, während er dies sagte, und bemerkte mit einiger Befriedigung das Erstaunen auf ihrem Gesicht. Sie nahm die Neuigkeit wie einen schlechten Witz auf, schüttelte ihr welliges dunkles Haar mit einem Ruck ihres Kopfes nach hinten und griff nach ihrem Bierglas. Sie ist dabei zu lernen, dachte er, doch im Moment würde ihre elektrische Ladung einen Lügendetektor zum Explodieren bringen.
»Aber ich darf nicht wissen, wen Sie im Verdacht haben«, vermutete John.
»Nein«, erwiderte Joshua. »Das dürfen Sie nicht wissen … noch nicht.«
John zuckte mit den Schultern und lehnte sich zurück. »Warum sind Sie dann hier?«
»Ich bin hier, Mr. Menden, weil ich möchte, daß Sie mir zuhören.«

»Warum sollte ich Ihnen zuhören? Die ganze Welt ist voller Menschen, die Geschichten erzählen. Warum sollte ich mir also Ihre Geschichte anhören?«
Seine Stimme und sein Blick wirkten so selbstgefällig, daß Sharon Dumars nicht sagen konnte, ob John Menden schlau, unschuldig oder möglicherweise einfach nur total dumm war.
»Weil Sie Rebecca geliebt haben, Sie arroganter Scheißkerl.«
Sharon Dumars verschluckte sich und mußte husten. Sie konnte ihre Augen nicht von Joshua Weinstein abwenden. Seine Ohren waren knallrot. Der arme Mann war in seinem Inneren aufgewühlt wie ein Vulkan. Und seine unersättlichen dunklen Augen fixierten Johns Gesicht und ließen es nicht los. Sie schienen etwas nahezu unsichtbar Kleines erkennen zu wollen. John blickte mit äußerster Ruhe zurück.
»Ich war mit ihr verlobt, wie Sie in den Zeitungen gelesen haben«, fuhr Joshua fort. »Und während ich das war, haben Sie ihr beim *Journal,* wo sie beide arbeiteten, den Hof gemacht. Sie sprachen mit ihr, Sie gingen mit ihr zum Mittagessen, und später war sie bei Ihnen auf dem Sun Valley Drive in Laguna Canyon zu Hause. Sie empfanden etwas für sie, von dem Sie glaubten, es noch nie zuvor für eine Frau empfunden zu haben. Sie liebten sie, oder nicht? Das zu erkennen war für mich leichter als alles andere, was ich bisher in meinem Leben getan habe. Es war leichter als atmen. Ich liege doch nicht verkehrt, oder?«
Als Sharon endlich zu John Menden hinüberblicken konnte, war sein Ausdruck unverändert. Sie sah ihn genau an, aber trotz aller Schulung und des Scharfblicks, trotz des verblüffenden Zusammenhangs, der sich ihr offenbarte, stellte sie bei ihm keine Reaktion fest. Es war fast unglaublich.
»Antworten Sie nicht«, sagte Joshua. »Was Sie antworten, ist für mich nicht wichtig, weil ich weiß, was passiert ist, und die Wahrheit kenne. Die Wahrheit, Mr. Menden, ist, daß Rebecca auch in Sie verliebt war. Überrascht? Dann ist es mit Sicherheit eine angenehme Überraschung. Erinnern Sie sich an das

Bild, das von Rebecca im Regen neben dem Pflanzentrog veröffentlicht wurde? Natürlich tun Sie das. Sie waren da drauf, obwohl Sie nicht zu erkennen waren. Haben Sie sich nicht gewundert, warum der Ring, den Rebecca acht Monate lang an der linken Hand getragen hatte, plötzlich weg war? Ich werd's Ihnen sagen. Sie nahm ihn an jenem Morgen ab und gab ihn mir mit den Worten zurück, es gebe jemand anderen. Sie weinte, sie tobte, sie raste. An jenem Abend, an dem Abend, an dem sie starb, ging ich in ihre Wohnung und fand zwei Briefe, die sie geschrieben hatte. Hier ist Ihrer.«

Joshua zog einen schmalen Umschlag heraus, rosa mit einem zarten Blumenmuster, und legte ihn auf den Tisch. Er war versiegelt. Und auf den Umschlag legte er etwas, das selbst im trüben Licht von Olie's Saloon warm glänzte.

Joshua Weinsteins Stimme drückte tiefe Bitterkeit aus. »Nehmen Sie auch den Ring. Berühren Sie ihn. Denken Sie an den perfekten Finger, der ihn trug. Denken Sie an die Zeit, die Sie zusammen verbrachten. Geben Sie ihn mir zurück, wenn Sie damit fertig sind. Er gehört mir. Er hat mich viel gekostet, und ich rede nicht von Geld.«

Sharon wandte ihre Aufmerksamkeit erneut John zu. Lange Zeit schaute er auf den Umschlag und den Ring. Er blinzelte zweimal, blickte auf sein leeres Schnapsglas und sah dann Joshua Weinstein an. In seinen Augen zeigte sich eine Feuchtigkeit, die ein oder zwei Sekunden zuvor noch nicht dagewesen war.

Dann stand Joshua auf. »Rebecca liebte Sie«, sagte er. »Man hat ihr durchs Herz geschossen, und sie starb allein auf einem verdammten Parkplatz im Regen. Deswegen wollten Sie mir zuhören. Danke für Ihre Zeit.«

Er knallte ein paar Geldscheine auf den Tisch und war bereits draußen, als sich Sharon ihre Tasche über die Schulter hängte und Joshua folgte.

4

Im Frühjahr 1971 kauften Johns Eltern ein Flugzeug. John war neun, und er saß mit ihnen im Büro der Martin Aviation auf dem Flughafen von Orange County, während sein Vater die Papiere unterzeichnete. Der Verkäufer, ein schlanker, braungebrannter Mann mit weicher Stimme, hieß seinen Vater, seine Mutter und sogar ihn selbst in einem Eliteverein von Fliegern willkommen. Im Büro hingen Fotos von dem Verkäufer in verschiedenen Flugzeugen. Der Lärm der Passagierflugzeuge draußen ließ die Bilderrahmen an der Wand vibrieren, und die surrenden Tenöre der Privatflugzeuge durchschnitten beim Starten und Landen die Luft.

John verstand, daß es ein kleines, ziemlich altes Flugzeug war, das aber absolut in Ordnung war und zu einem vernünftigen Preis verkauft wurde – das perfekte Anfängerflugzeug für einen Luftfahrttechniker mittleren Alters, der schon früh in seinem Leben vom Reiz des Fliegens gepackt worden war und es sich nun erlauben konnte, die Schulden in Kauf zu nehmen, um dem nachzugeben, was manche Menschen »eine Schwäche« nannten.

»Die einzige gute Schwäche, die ein Mann haben kann«, meinte der Verkäufer und blickte zu Johns Mutter. »Oder eine Frau. Dieses kleine Flugzeug wird Ihnen eine Welt eröffnen, die es bisher nur in Ihrer Phantasie gab. Jede Minute in der Luft ist wie eine Stunde Träumen.«

»Sehr schön gesagt«, pflichtete sein Vater bei, der schnell die Verkaufsvereinbarungen unterschrieb. »Ich würde gerne wissen, ob wir uns den Weg zu weiteren sechs Monaten Kundendienst erträumen können.«

»Ich werde Herb fragen, Mr. Menden.«

»Dafür wäre ich Ihnen sehr dankbar, Lew.«

Seine Mutter lachte bloß. Auf diese Weise lachte sie immer, wenn sie jemandem seinen Willen lassen wollte, wie John mit der Zeit herausgefunden hatte. John gefiel es, wenn sie lachte, wenn plötzlich ihre großen Zähne zum Vorschein kamen und ihr sonst ziemlich strenges Gesicht wie die Sonne erstrahlte. Sein Vater sah gut aus, war groß und verströmte eine majestätische Selbstgefälligkeit, die durch seine fröhliche Art liebenswert wurde. Männer fügten sich ihm immer, und Johns Klassenkameraden hatten instinktiv Angst vor ihm. John gefiel das Bild, das sein Vater und seine Mutter zusammen abgaben.

Er stand im Schatten des Martin-Gebäudes und beobachtete, wie sein Vater zur Startbahn gebracht wurde. Die kleine Piper war in hellem Gelb und rot abgesetzt gestrichen, und Johns Mutter hatte sich für ein geschmackvoll theatralisches Kostüm entschieden – roter Seidenschal, Fliegerbrille und eine Bomberjacke aus Leder –, in dem sie ihren Jungfernflug in der eigenen Maschine erleben wollte. John fragte sich, warum sie einen Zweisitzer und nicht einen Dreisitzer gekauft hatten, aber er gewöhnte sich an die Tatsache, daß seine Eltern ihm nur formal Zutritt in ihre Gegenwart gewährten. Es war eine warme Formalität, hinter der John oft Liebe spürte. Aber ihre Beziehung war nie eine Sache, in die man einfach hineinplatzte.

Seine Mutter winkte, als sie es sich im Cockpit bequem gemacht hatte, und Lew half ihnen, sich zurechtzufinden.

John setzte sich auf eine Bank und wartete auf die Rückkehr des Flugzeugs. Er sah es bereits als hellen Fleck am westlichen Himmel, als es sich zum Landen nach unten neigte. Nach der Landung positionierte er sich auf das Hallenvorfeld und winkte es mit den knappen, militärischen Bewegungen des Bodenpersonals herein, das er so sehr bewunderte. Sein Vater, mit dem Funkgerät an seinem Kopf, lächelte ihm durch das kleine Seitenfenster zu. Die Piper blieb stehen.

Seine Mutter kletterte mit Lews Hilfe heraus und umarmte John. Als Lew John ins Cockpit half, wo sich sein Vater Flugnotizen in ein kleines Buch machte, trat sie zurück. Sein Vater streckte die Hand aus, und John schüttelte sie.

»Auf geht's, mein Sohn.«

»In das wilde Blau da hinten.«
»Zieh den Schultergurt richtig fest. Ich will nicht, daß mein Kopilot rausfliegt.«
Das Funkgerät gab bei den atmosphärischen Störungen ununterbrochen Rülpser von sich, die sein Vater aber wunderbarerweise zu verstehen schien.
Fünf Minuten später erhoben sie sich in die Luft. John war überrascht, daß sich das Flugzeug nicht nur auf und ab und nach rechts und links bewegte, sondern sich auch irgendwie drehte, als rutschte es auf dem Bauch. Der Motor hat schwer zu kämpfen, dachte er, und der Ausblick ist nicht so gut, wie er hätte sein können, weil die Fenster etwas zu hoch sind.
Er blickte auf Orange County hinab. Von hier oben wirkten die Flächen, Parzellen und Wäldchen viel organisierter als von unten. Von oben waren sie alle ein Teil eines großes Bildes. Er sah ein nierenförmiges Schwimmbecken. Würde man einen Sprung dort hinein – vorausgesetzt, man springt bei angespanntem Körper mit den Füßen zuerst und landet in der tiefen Seite – überleben oder nicht?
Sein Vater lenkte das Flugzeug hinaus über den Pazifik. John war sich sicher, daß man bei einem Sprung ins Meer, würde man alles richtig machen, auch dort landen und überleben würde. Er blickte hinab und erkannte die beiden Anlegeplätze von Balboa und Wedge, wo er stundenlang den Surfern zugesehen hatte, die über die halsbrecherischen und gegen die Felsen knallenden Wellen geritten waren.
Dann beobachtete er eine Weile nichts anderes als die Unterarme seines Vaters und bewunderte aufs neue die kräftigen Arme, die unter den hochgekrempelten Ärmeln hervorkamen, die vielen Haare, die bis hinab zu seinen Handgelenken liefen und schließlich hinter der ersten Knöchelreihe auf den Fingern wieder auftauchten. Wuchsen sie zwischendrin unter der Haut weiter? Er sah, wie sich die Sehnen an den Handgelenken zusammenzogen, als sein Vater Kurs zurück in Richtung Osten nahm. Beiläufig ließ er eine Hand über sein eigenes

Handgelenk gleiten, um den dünnen goldenen Flaum zu begutachten.

»Was denkst du, Johnny?«

»Daß es schön ist. Würde man überleben, wenn man in eins von diesen Schwimmbecken springen würde, aber mit den Füßen zuerst, und wenn man richtig steif bleiben würde?«

»Ich würd's nicht probieren.«

»Der Wind würde einen wahrscheinlich auf ein Dach oder so was pusten.«

»Wahrscheinlich. Schau auf dieses Land runter, mein Sohn. Es gehört dir. Ist das nicht ein schöner Gedanke?«

»Es kann mir doch gar nicht gehören, Dad.«

»Doch, das tut es. Es gehört jedem, der hier Wurzeln faßt. Bei deiner Mutter und mir ist das so. Bei dir wird das auch so sein. Wenn du von hier oben hinunterschaust, merkst du, daß das Land gar nicht so riesig ist. Es ist wie ein Hinterhof. Es gehört dir, damit du darin spielen und leben und es versorgen kannst. Sieh dir das Meer an. Sieh dir die Berge an. Es ist ein gutes Land, John – du kannst dich glücklich schätzen, daß du hier aufwachsen darfst.«

»Ich wette, man überlebt, wenn man ins Meer springt.«

»Vielleicht. Aber auch nur vielleicht.«

John lehnte sich zurück, spürte das Dröhnen des Motors und blickte in den Himmel hinaus. Er hörte seinem Vater zu, der über Funk mit dem Bodenpersonal sprach. Er fühlte sich gut, wie er hier saß, neben seinem Vater als Teil seiner Welt. Ein Vater ist jemand, dachte er, der Macht über die Dinge hat, über ein Flugzeug, ein Land, den Himmel.

John blickte auf seine dünnen dunklen Beine hinab, auf seine Füße, seine kurzen Hosen. Dann betrachtete er seinen Vater. Er sah all die Veränderungen, die er durchmachen mußte, um wie sein Vater zu werden, aber konnte es nicht abwarten, bis sie einsetzen würden. Alles wuchs so langsam, nur ein paar Zentimeter im Jahr. Er versuchte sich vorzustellen, so groß wie sein Vater zu sein, mit all den Haaren und der rauhen

Haut und der Art, wie die Luft um einen herum schneller verdrängt wird, wenn man größer ist. Er entspannte sich auf seinem Sitz und legte einen Arm wie beiläufig auf ein angezogenes Knie.

»Stimmt«, sagte er, »das Land gehört mir.«

»Nimm den Fuß vom Sitz, John.«

Auf dem Rückweg zum Flughafen stellte John sich vor, sie würden nur für ein paar Minuten landen, um seine Mutter einsteigen zu lassen. Dann würden alle drei zusammen in einen langen Urlaub an einem gefährlichen Ort fliegen, aber an einen Ort, an dem Baseball gespielt wurde. Er liebte diese Tagträumerei, und er glaubte so lange daran, bis er nach hinten sah und bemerkte, daß es insgesamt nur zwei schmale Sitze gab. Das ist wirklich dumm von Dad, ein Flugzeug zu kaufen, in dem es nicht genügend Platz für uns alle gibt. Oder hat er das vielleicht mit Absicht getan?

5

Zwei Tage nach dem Treffen im Olie's warteten Joshua Weinstein und Sharon Dumars vor Johns Wohnwagen, als er nach Hause kam. Es war kurz nach sechs, und die rote Sonne am blauen Septemberhimmel verstrahlte noch großzügig ihr Licht.

John erblickte den Hubschrauber auf einem flachen Stück der Wüste nicht weit vom Wohnwagen entfernt.

»Die Geheimagenten«, begrüßte er sie mit einem angedeuteten Lächeln.

»Der Redakteur aus der Stadt«, grüßte Joshua zurück, ohne zu lächeln.

Boomer beschnupperte ihre Schuhe, während John drei Gartenstühle aus Plastik aufklappte, die er für Gäste gekauft hatte, aber noch nie gebraucht hatte. Bonnie sah unter dem Wohnwagen hervor, die schwarze Belle schlief bereits neben ihr. John wischte den Staub mit der Hand von den Stühlen und bot den beiden Platz an. Dann machte er die Fenster des Wohnwagens von innen auf und kam mit Bier wieder heraus.

Er öffnete die Flaschen, gab je eine seinen Besuchern und setzte sich.

»Hübscher Wohnwagen«, meinte Joshua, ohne sich zu diesem umzudrehen. Statt dessen ließ er seinen Blick über Johns Stiefel mit den flachen Absätzen, seine abgetragene Jacke, die braune Weste und den Filzhut wandern.

»Danke«, entgegnete John.

»Ich sehe Ihrem Gesicht an, daß Sie den Brief gelesen haben.«

John sagte nichts. Tatsächlich hatte er den Brief zehnmal gelesen, und jedesmal war er Rebecca ein Stück nähergekommen, und jedesmal war sie ein Stück weiter weggerückt. Es war eine großartige Folter gewesen, Worte zu sehen, die von ihrer Hand geschrieben waren, Worte, die ihm ihre Liebe gestanden, ihren Schmerz wegen Joshua Weinstein, ihre Verwirrung und ihre Angst. Der gesamte Abstand, den er zwischen sich und Rebecca gebracht hatte, war beim Lesen auf einmal wieder verschwunden, fast verschwunden, denn ein bißchen Abstand war immer zwischen ihnen.

»Nach dem Mord blieben Sie nur noch ein paar Tage in Orange County. Sie gaben eine lukrative Arbeit auf, ließen sich Ihre Pensionsansprüche auszahlen und verrammelten Ihr Haus in Laguna. Warum?«

John trank einen Schluck Bier und stellte fest, daß er Joshua Weinstein immer noch nicht sehr mochte.

»Sie sind der Spion, Mr. Weinstein. Sie sind derjenige, der Fakten sammelt. Sie wissen viel mehr über mich als ich über Sie. Warum sagen *Sie* mir nicht, warum?«

Joshua stellte sein Bier auf den Boden und lockerte den Knoten seiner Krawatte. Er sah John mit einem Ausdruck an, der Sympathie signalisieren sollte, den dieser aber als wenig mehr als das berufliche Interesse eines FBI-Agenten auffaßte.

»Meine Mutter erzählte mir immer, daß man drei Dinge im Leben braucht, um glücklich zu sein: etwas zu tun, jemanden zum Lieben, und etwas, worauf man sich freut«, sagte Joshua. »Sie hatten alle drei. Dann verloren Sie Rebecca und warfen die anderen beiden Dinge weg. Sie reisten ein wenig herum, anschließend kamen Sie zurück, um Ihre Wunden zu lecken ...«

Rebecca: Der Klang des Namens läßt John sie vor sich sehen. Ihr Haar schimmert golden in diesem Herbstlicht. Sie hat eine zarte Haut und blaue Augen. Ihre Nase ist länger und schärfer geschnitten, als es das Schönheitsideal verlangt. Ihr Gesicht ist dünn, ihr breiter Mund mit den vollen Lippen vermittelt Stärke. Das Rot des Lippenstifts demonstriert Offenheit und umrahmt, wenn sie lacht, ihre weißen und gleichmäßigen Zähne. Sie ist eitel und praktisch genug veranlagt, um zu wissen, daß ihr Lächeln ihre beste Eigenschaft ist. Sie nimmt auch an, daß sie nicht besonders hübsch ist. Er weiß, daß sie nicht hübsch ist, obwohl seine Augen sie perfekt gemacht haben.

John hat immer geglaubt, daß er den Charakter eines Menschen nach seinem Gesicht beurteilen und daß keine Schauspielerei und kein Gramm Schminke die Wahrheit eines Gesichts verändern kann. Im Falle von Rebecca hatte er in dem Moment alles sehr deutlich vor Augen gehabt, in dem er sie in der Eingangshalle des *Journal* traf. Sie war fröhlich, neugierig, vergebend und optimistisch und besaß trotz der Dunkelheit, die sie zu verbergen suchte, eine Seele, die voller Hoffnung war. Rebecca Harris war, das sah er sofort, die Art von Frau, mit der er sein Leben verbringen wollte. Er sah auch ihren Ring und wußte, daß er es nicht tun würde.

Und später, als sie auf dem Balkon seines alten Hauses in Laguna Canyon saßen, empfand er es in seinem tiefsten Inneren als Ehre, daß sie bei ihm war.

Jetzt bist du hier. Ich konnte mir nie vorstellen, daß du einmal hier sein würdest. Das wirft mich etwas aus der Bahn.
Ich habe mir oft vorgestellt, hier zu sein. Viel zu oft. Vielleicht war das ein Fehler, aber ich konnte nichts dagegen tun. Es fängt doch alles in der Vorstellung an, meinst du nicht?
Nein, es fängt in den Augen an, und dann entführt es dir die Vorstellung.
Wohin?
Ins Herz, vermute ich. Dann läßt das Herz es Wirklichkeit werden.

»... um zu vergessen, um von vorne anzufangen.« Joshuas Stimme durchtrennte den Traum wie ein Schwert. »Sie sind hierhergekommen, ins Nichts, um nach dem nächsten Ausweg zu suchen.«
John sah zu seinen Hunden, die unter dem Wohnwagen schliefen. Rebeccas Gesicht verblaßte. »Sie haben mich ganz schön durchschaut, Mr. Weinstein.«
Sharon Dumars wand sich auf ihrem Plastikstuhl. »Haben Sie darüber nachgedacht, worüber wir letztesmal sprachen, Mr. Menden?« fragte sie.
»Natürlich habe ich das.« Eigentlich hatte er über fast nichts anderes nachgedacht. Er hatte kapiert, daß er auf Herz und Nieren überprüft und getestet wurde – wofür, konnte er nur vermuten. Mit den Worten aus Rebeccas Brief, die noch in seinem Geist geflüstert wurden, war es schwierig, etwas anderes wahrzunehmen.
»Was denken Sie also?«
»Ich möchte mehr wissen«, antwortete John.
Joshua nickte, stand auf und stellte das halbleere Bier auf den Stuhl. »Wir können die Tatsachen nicht zu Ihnen bringen, weswegen wir Sie zu den Tatsachen bringen. Mach den Hubschrauber wieder startklar, Sharon.«

John wurde von Sharon und Joshua, die jeweils rechts und links von ihm gingen, durch einen Hintereingang des FBI-Büros von Orange County geschoben. Sie marschierten einen mit blaßgrünem Teppichboden ausgelegten Flur entlang und bogen dann nach rechts in einen anderen Korridor ab. Niemand kam ihnen entgegen, und es war ganz ruhig. Feierabend, dachte John. Joshua schloß eine schwere Holzfurniertür auf und ließ sie eintreten.

Es war ein kleiner, wie ein Kino eingerichteter Raum. Joshua knipste die Neondeckenlampen an, die ihn in grelles, kaltes Licht tauchten. Ein großes Fernsehgerät stand auf einem Gestell in der Nähe der Wand, und etwa drei Meter davor waren drei Sessel.

»Setzen Sie sich«, sagte Joshua. »Ich werde Ihnen einige Dinge zeigen, die nur wenige Menschen gesehen haben. Sharon hat sie gesehen und mein Vorgesetzter hier. Ausgewählte Leute in Washington – zwei, um genau zu sein. Die drei anderen wissen, was Sharon und ich tun, aber ich habe es geschafft, über die Operation fast vollständig die alleinige Kontrolle zu erhalten. Das heißt, soweit das in einer Bürokratie wie der unsrigen möglich ist. Ich hatte Glück. Der Präsident hat Bundesgelder als Teil seiner Verbrechensbekämpfung lockergemacht, und Orange County konnte einen Teil für sich ergattern. Von dort haben wir also das Geld. Wie jede andere Organisation will auch das FBI wissen, woher das Geld kommt. Im Moment bin ich gut versorgt. Es ist nicht viel, und es ist nicht unbegrenzt, und es fließt nicht ohne Überprüfung durch Washington. Aber im Augenblick gehört es mir. Wer weiß, Mr. Menden, vielleicht wird es *uns* gehören. Darf ich Sie John nennen?«

»Gerne.«

Joshua lächelte, was wohl Jovialität demonstrieren sollte, doch gleich darauf war er wieder ernst. »Ich werde Sie nun bitten, sich zu entspannen, John, sich einfach zurückzulehnen, auf den Bildschirm zu schauen und sich eine Geschichte anzuhören. Sie werden Fragen haben, da bin ich sicher, aber warten Sie damit, wenn Sie können. Wenn Sie jedoch etwas vermissen sollten, was Sie für eine wichtige Information halten, reden Sie einfach los.«

Und wieder zeigte Joshua sein Lächeln. Es wirkte wie etwas, das rationiert wurde, vielleicht von seiner Seele, die ihm nur eine gewisse Menge am Tag davon zur Verfügung stellte. Seine Zähne waren klein und gleichmäßig, aber seine Lippen öffneten sich nur für einen kurzen Moment, und das mit Widerwillen. Und Joshuas Stimme, sie war jetzt so ... so lockend. Für John klang sie, als riefe sie von der ersten Sprosse der Leiter zur Hölle.

6

Auf dem Bildschirm erschien das Gesicht eines Mannes. Es war ein Farbfoto. Er war Anfang Fünfzig, mit kurzem, zurückgekämmtem silbergrauem Haar, einem sehr faltigen und sonnengebräunten Gesicht, breiten Kieferknochen, die auf Entschlußkraft hindeuteten, und ruhigen grauen Augen, deren Farbe Johns eigenen Augen sehr ähnlich war. Er trug ein aufgeknöpftes weißes Strickhemd. Der Gesamteindruck, den er auf John Menden machte, ließ sich mit Einfluß, Kompetenz, Erfahrung und Intelligenz beschreiben.

»Nennen wir ihn zunächst einmal Puma«, sagte Joshua. »Er ist verheiratet und Familienvater, hat einen zweiundzwanzigjährigen Sohn, der gerade seinen Abschluß in Stanford gemacht hat, und eine achtzehnjährige Tochter in Irvine an der University of California. Da sind sie gerade in Palo Alto zur Titelverleihung.«

Das Farbfoto auf dem Bildschirm machte Platz für den Erstlingsversuch eines Heimvideos von Puma, das seine Frau und die Kinder zeigte. Sie sind draußen. Der Sohn trägt den Talar und das Barett zur Abschlußfeier, die Tochter ein weißes

Kleid. Die Ehefrau in Rosa lächelt breit, und Puma hat seine Arme um die drei gelegt und zieht sie zu sich heran, stolz lächelnd.
»Nennen Sie den Sohn Patrick«, fuhr Joshua fort, »die Tochter Valerie, die Mutter Carolyn.«
John sah auf den Bildschirm. Zum Teil waren es Videoaufnahmen, zum Teil Fotos – die Familie auf den Stufen des Mormonentempels in Salt Lake City; die Familie – Jahre davor – am Strand; Patrick, wie er über den Platz in Stanford rennt; Valerie auf der Abschlußfeier, wahrscheinlich ihrer High-School; Carolyn, die in einem Hinterhof einen Wurf zappelnder junger Hunde in einer Badewanne badet; Puma, der allein auf einem großen weißen Steinblock kniet, ein toter Widder vor ihm, dessen Kopf und riesige Hörner auf seinem Schoß liegen; Patrick, Valerie und Puma, die einen Wasserlauf entlanggehen, der für John aussieht wie die Sand Hills in Nebraska, mit Gewehren in den Armen und zwei English Springer Spaniel vor ihnen, Fasane fliegen hoch, die Kamera kämpft damit, sie ins Bild zu bekommen, die dumpfen Gewehrschüsse lassen zwei Fasanenhähne auf den Boden plumpsen.
»Jetzt«, erklärte Joshua, »August, fünf Jahre später. Der Tag, der alles veränderte.«
Bei dem Video konnte es sich nur um eine Polizeiaufnahme handeln. Die Szene spielte vor einem Schnellrestaurant, und die Stimmung deutete auf Chaos. Ein Bereich war mit einem Band abgegrenzt, und daneben starrten Dutzende von Menschen, meistens junge, hauptsächlich Latinos, bedrückt zum Restaurant. Die Szene wechselte nach innen, und zwei Körper lagen unter einem Tisch neben einem durchlöcherten Fenster.
»Vierter August«, kommentierte Joshua. »Patrick wurde erschossen – zweiundzwanzig Jahre alt, gerade aus Stanford mit einem Abschluß in Geschichte gekommen, verlobt und wollte im Frühjahr darauf im Salt Lake City Temple heiraten. Seine Mutter Carolyn wurde durch einen Schuß in den Kopf verletzt. Die Kugel durchdrang zuerst ihren Sohn, wahrschein-

lich, weil er sah, was da vor sich ging, und seine Mutter zu schützen versuchte. Sie überlebte – könnte man so sagen. Seit fünf Jahren ist sie von der Hüfte abwärts gelähmt, bettlägrig und hat einen Gehirnschaden. Sie kann reden, aber nicht gut. Je nach Einschätzung der Situation ist folgendes passiert: Eine Version lautet, daß ein unschuldiger Mensch in kalter Wut umgebracht wurde und ein anderer lebenslang gelähmt ist, nur wegen eines Rassistenschweins, nur weil sie weiß waren, und nur, weil sie an einem Ort waren, wo sie nicht hätten sein sollen. Ein Verbrechen aus Haß, mit all den speziellen Strafen, die ein Verbrechen aus Haß mit sich bringt. Die andere Version lautet, daß ein anständiger junger Latino seine Tante vor einem Mann verteidigen wollte, der sie in der Woche zuvor vergewaltigt und geschlagen hatte und von dem er befürchtet hatte, er sei zurückgekommen, um es wieder zu tun. Das sei der Grund dafür gewesen, daß er Patrick durch das Fenster des Schnellrestaurants hindurch einfach auslöschte. Carolyn war in diesem Zusammenhang ein tragischer Unfall. Es wurde festgestellt, daß die Tante vergewaltigt und geschlagen worden war – Prellungen, Schnitte, Abschürfungen in der Vagina. Aber sie hatte so lange nichts davon gesagt, bis Patrick von ihrem Neffen erschossen wurde. Sie hatte Angst vor einer Ausweisung gehabt. Der Verteidiger des Latino vertrat die Meinung, daß Patrick die Vergewaltigung begangen hatte, aber er kam nicht weit – keine Flüssigkeiten, kein Blut, nichts außer Theresa Descansos Wort und ein toter Angeklagter. Während der Gerichtsverhandlung war es in diesem Land der Orangenblüten, der wogenden Wellen und der Mickey Mouse ein seelisches Bekenntnis, welcher Version man Glauben schenkte. Entweder wollte man das Blut des Mörders, oder man glaubte, er sei ein Held. Es war eine häßliche, Unfrieden stiftende und überflüssige Geschichte. Aber vieles im Leben scheint so zu sein.«

»Ich habe darüber gelesen«, sagte John.

Als nächstes kamen verschiedene Beerdigungsfotos, von denen einige Puma mit ungekämmtem Haar und geschwollenen Augen zeigten. Valeries Gesicht sah aus wie das einer Frau, die etwas gesehen hatte, was sie nie wieder aus ihrem Gedächtnis löschen konnte.

Das Video war zu Ende. Joshua drückte auf der Fernbedienung den Rücklauf. Schweigen erfüllte den kleinen Raum.

Joshua trank einen Schluck Wasser, dann erklärte er: »Der Schütze war ein fünfzehnjähriger Junge, ein guter Schüler, der nichts mit Banden zu tun hatte, ein wenig bedeutender Latino-Aktivist oder so was in der Art. Er hatte einige ziemlich ... wie könnte man sagen, Sharon, vehemente Artikel geschrieben?«

»Kindische Artikel.«

»Nein, sie waren nicht kindisch, aber naiv und scharf. Jedenfalls hat er einige Artikel über *La Raza* und *Aztlán* für eine Klasse in einer High-School geschrieben. Sie wissen schon, so Zeug über die Mexikaner, die Kalifornien für ihre Rasse beanspruchen. Naives Zeug, wie ich sagen würde, aber es wurde vor Gericht verwendet. Er gab zu, geschossen zu haben, weil seine Tante Patrick identifiziert und er Angst um ihre Sicherheit und ihr Leben hatte. Die Jury konnte nicht eindeutig auf Totschlag entscheiden, also ging er ins Gefängnis zurück. Aus Gründen, für die sich die Medien einsetzten und denen der Bezirksstaatsanwalt schließlich zustimmte, wurde er wegen Patrick nicht mehr vor Gericht gestellt. Er bekam vier Jahre wegen schwerer Körperverletzung an Carolyn, kam nach zwei Jahren raus und ging nach Mexiko, sagt man. In jedem Fall war es eine kontroverse Entscheidung. Vielleicht sollte damit der Dampfkessel unter Kontrolle gehalten werden, vielleicht sollte es ein Zugeständnis an eine emotional geladene Minderheit in diesem Land sein, die ernsthaft glaubte, das Kind hätte seine Familie verteidigt. Das war vor Ihrer Zeit bei der Zeitung. Sie waren in Key West beim Fischen, glaube ich.«

John hatte nicht zum erstenmal das Gefühl, daß ihm seine Haut von Joshua und seinen Leuten abgezogen worden war, wodurch sie sich einen vollen Einblick in sein Inneres verschafften.

»Ich habe über die Verhandlung gelesen«, sagte er. »Es hat dort nicht sehr viel davon in der Zeitung gestanden.«

»Aber hier. Gleich nach O. J. und Prop. 187. O Gott, war das ein Sommer.« Joshua seufzte. »Wie ging's Ihnen in Key West, mit dem Fischen, meine ich.«

»Ist das wichtig?«

»So wichtig wie ein Kropf.«

»Dann fahren Sie fort.«

»Gut, das ist die Einstellung, die wir brauchen. Kommen wir zu Puma. Sie müssen einiges über ihn wissen. Er stammt aus einer reichen Familie, die seit Anfang des 18. Jahrhunderts hier lebt, eine sehr reiche Familie. Sie kauften billiges Land, machten ihr Geschäft mit Vieh und Getreide, schickten Söhne in die Versammlung und in den Kongreß. Puma ging damals, in jenem traurigen August, als er seinen Sohn und das meiste seiner Frau verlor, einer festen Arbeit nach. Er kündigte, verkaufte sein Haus in Tustin und zog auf das Land seiner Familie – ein paar tausend Hektar im Süden des County. Das Land ist hügelig und trocken, aber man überblickt die Küste. Es grenzt an den Pendleton-Marinestützpunkt. Dort gibt es einen See, eine Eichensavanne, bewachsenes Küstenland, achtzig Hektar mit Orangenbäumen. Es führte nur eine Straße hinein, und Puma ließ es auch dabei. Er zog einen zweieinhalb Meter hohen Zaun um das Gelände, durch den er Strom hindurchjagt. Dort, wo die Straße auf seinen Besitz führt, steht ein Wachhäuschen. Er hätte sich die Anschlüsse für Strom, Gas und Wasser leisten können, aber statt dessen installierte er Generatoren und benützt Brunnen und Propangas. Er baute das alte Haus aus der Missionszeit wieder auf, was ihn fast eine halbe Million Dollar kostete. Als es fertig war, zog er mit seiner gelähmten Frau und seiner Tochter ein. Er gründete ein Unternehmen, das mittlerweile blüht. Und außerdem ist er nicht mehr zu sehen. Natürlich ist er dort –

ich meine nicht, daß er verschwunden ist –, aber er verläßt das Gelände kaum. Orange County ja, es hat auch einen Namen: Liberty Ridge.«
Liberty – John mochte den Klang des Wortes, ein Wort, das man nicht mehr oft hörte. Und er kannte das Land, von dem Joshua sprach. Es war ein wunderbares und ein schwieriges Land, voll wildem Leben, von einem See versorgt, mit einem imponierenden Ausblick von seinem höchsten Punkt. Als Kind hatte John es hunderte Male durchwandert, darin gezeltet und nach Fossilien und Steinen gegraben.
John ließ seinen Blick durch den Raum wandern, über die nackten Wände, den leeren Fernsehschirm, den hellgrünen Teppich. Einen Augenblick lang waren Pumas gelähmte Frau und Liberty Ridge nur kurze Funken auf seinem geistigen Bildschirm. Aber dann wurden ihre Bilder größer, und er erinnerte sich, warum sich sein Magen zusammengezogen hatte und nun sein Herz so laut in seinem Brustkorb schlug. Puma steckte hinter Rebecca.
»Nun«, fuhr Joshua fort, »sollten wir weitermachen mit dem Wohnmobil, das bei dem Attentat verwendet wurde. Oder besser gesagt, mit der Reparaturwerkstatt, aus der das Wohnmobil gestohlen worden ist. Sharon? Du bist dran.«
Bei diesen Worten erhob sich Sharon Dumars und wanderte im Zimmer umher. Sie sah – es war nicht zu leugnen – wie die weibliche Version von Joshua aus.
»Die Werkstatt ist im Besitz von jemandem, dessen Namen Sie nicht zu wissen brauchen. Dieser Mann hat einen Schwager. Der Schwager arbeitet für Puma. Zufall? Vielleicht, vielleicht auch nicht. Sagen wir, es ist einer. Puma, so erfahren wir, ist ein begabter Amateurgraveur. Er hatte sich während seiner College-Zeit Geld bei einer Trophäenfirma verdient, obwohl seine Familie reich war. Zufall, daß die Patronenhülsen, die uns zurückgelassen wurden, graviert waren? Behaupten wir auch hier, das sei Zufall. Also weiter. Puma liebt die Großwildjagd, und Großwildjäger verwenden große Gewehre,

manchmal eines vom Kaliber .30/06, weil es stark und genau ist. Puma und die Männer, die mit ihm auf die Jagd gehen, haben vier Hundertfünfundsechzig-Meter-Schüsse hingelegt. Das wissen wir, weil es in den Rekordbüchern von Boone & Crockett und des Internationalen Safariclubs aufgeführt ist. Wieder Zufall? Ja, behaupten wir auch hier, das sei alles Zufall. Wir können es uns leisten, großzügig zu sein.«

Mit diesen Worten blieb Sharon am Tisch stehen und trank den Rest des Wassers. John registrierte einen Hauch von Schweiß auf ihrer Stirn.

»Dann«, fuhr sie fort, »ist da noch die Tatsache, daß Susan Baum die Geschichte über Teresa Descanso, die Tante des Schützen, ganz groß rausbrachte, indem sie Patrick der Vergewaltigung bezichtigte. Sie schlug ein wie eine Bombe. Der angeklagte Mörder ließ seinen Pflichtverteidiger fallen, weil dieser nichts über Patrick herausfinden konnte, und Glory Redmond übernahm den Fall unentgeltlich. Sie können sich den Zirkus vorstellen, den sie veranstaltete. Sie versuchte nicht einmal, Patrick und Descanso über körperliche Beweismittel miteinander in Verbindung zu bringen. Was hätte man Besseres tun können – so argumentierte sie – als einen Augenzeugen herbeizuschaffen? In der Zwischenzeit hatte sich Baum auf ihren Pressekreuzzug mit einer Reihe von Artikeln begeben, in denen Descanso und schließlich auch eine andere Frau Patrick nicht nur der Vergewaltigung bezichtigten, sondern auch der Anstiftung zu Prostitution, der Trunkenheit in der Öffentlichkeit und des tätlichen Angriffs. Baum führte vor ihren Lesern an, was Redmond vor den Geschworenen anführte, nämlich daß ein weißer, männlicher und etablierter Bezirksstaatsanwalt von Orange County die Tatsachen übersah, wenn er einen fünfzehnjährigen Schüler verfolgte, nur weil dieser seine Familie verteidigt hatte. Orange County ist vermutlich die Brutstätte für Konservatismus, es ist die Zitadelle der Republikaner, das Land der John Birch Society, richtig? Und die Geschichte von Patricks angeblichen Großtaten im spanischen Viertel, die durch Baums Artikel an Dramatik noch zunahmen, halfen wahrscheinlich dabei, die Geschworenen in eine Sackgasse zu führen. Der Name des Schützen ist übrigens Jimmy Ruiz.«

»Jetzt erinnere ich mich an die Schlagzeile«, unterbrach John sie. »Man forderte ›Gerechtigkeit und Freiheit für Jimmy Ruiz‹.«

»Dann waren Sie da unten in Key West doch nicht so weitab vom Schuß, oder?« fragte Sharon mit einem Lächeln.

»Bleib bei der Sache, Sharon«, warf Joshua ein.

Ihr Lächeln verschwand. Sie sah kurz zu Joshua, dann wieder zu John.

»In Ordnung. Um der Kränkung noch eins durch Beleidigung darauf zu setzen, verfaßte Baum zwei Jahre nach dem Ende der Verhandlung eine Kolumne über Puma. Sie schrieb, daß Puma ein Schurke, ein Profitgeier, ein Rassist, ein öffentliches Übel geworden sei. Warum? Weil Puma, als er nach Liberty Ridge gezogen war, ein privates Ermittlungs- und Sicherheitsunternehmen gegründet hatte, das den Reichen diente und, wie sie zu beweisen versuchte, Geschäfte mit Minderheiten jeglicher Hautfarbe zurückwies. Baum servierte Puma in der Presse ab, weil er großzügig Geld spendete, sehr großzügig, und zwar für bestimmte Organisationen, die Baum nicht mochte, Organisationen wie die Kalifornische Gesellschaft der Friedensoffiziere, den Schützenverein, die Friedensstiftung, die John Birch Society, Ducks Unlimited und das Kalifornische Komitee der Republikaner. Ihr Grundgedanke ist in etwa der: Hier ist ein durch den Tod seines Sohnes so verbitterter Mann, daß er vom Haß besessen ist. Ich halte Susan Baums Artikel für reichlich aggressiv und für eine Verletzung von Pumas Privatsphäre, allerdings ...«

»Sharon, nicht ...«

»Laß mich aussprechen, Josh. Ich stimme mit Baums Schlußfolgerungen vollkommen überein. Aber was ich denke, tut nichts zur Sache. So, zurück zu unserem roten Faden. Ist es wieder Zufall, daß Susan Baum das beabsichtigte Ziel war? Gut, wir können auch das als Zufall bezeichnen.«

Sharon ging wieder zum Wasserautomaten und füllte ihren Becher zum drittenmal. Dann rückte sie einen der Stühle zurecht und setzte sich.

»Als Puma nach Patricks Tod mit seinem neuen Unternehmen begann, mußte, wie es bei rechtmäßigen Unternehmen üblich ist, ein erfundener Firmenname veröffentlicht werden. Wir sind der Sache nachgegangen. Die Bekanntgabe erfolgte in einer kleinen Wochenzeitung in San Juan Capistrano, was nicht weit von Liberty Ridge entfernt ist. Alles war in Ordnung und eingetragen, also keine Probleme. Die Sache ist nur die, daß der ursprüngliche Name für die neue Firma, der, wie wir annehmen, von Puma gewählt wurde, The Freedom Ring lautete. Er wurde in zwei aufeinanderfolgenden Wochen aufgeführt, aber in der dritten Woche war nichts mehr zu finden. Statt dessen tauchte ein neuer Name auf, der, so können wir nur vermuten, für das gleiche Unternehmen verwendet wurde: Liberty Operations. Eine einfache Überprüfung der gut geordneten Unterlagen der Zeitung ergab, daß die Kosten für die Bekanntmachung des Freedom Ring und der Liberty Operations mit Überweisungen vom selben Konto bezahlt wurden. Dieses Konto gehört zu einem von Pumas inneren Kreisen – zur höchsten Stelle *seines* Sicherheitsunternehmens, wenn Sie so wollen. Zufall? Nein, verdammt noch mal. Wenn zu viele Zufälle zusammenkommen, ist das kein Zufall mehr. Der Freedom Ring hat sich zum Mord an Rebecca bekannt. Puma glaubte, den Namen Freedom Ring hätte es nie wirklich in irgendwelchen Unterlagen gegeben, und er hatte recht – abgesehen von den verstaubten Akten eines kleinen Käseblatts unten in San Juan.«

»Haben Sie ihn verhört?« wollte John wissen.

Jetzt stand Joshua auf und blickte Sharon an. »Danke, Sharon. Nein, wir haben uns dazu entschieden, es nicht zu tun. Wir würden ihn nur darauf bringen, daß wir hinter ihm her sind.

Er würde ein Alibi haben, und mit Sicherheit würden in Liberty Ridge keine Beweise für ein Verbrechen offen herumliegen. Wir lassen ihn lieber glauben, daß wir noch nicht einmal in seine Richtung schauen, bis wir genug zusammenhaben, was eine Durchsuchung rechtfertigt. Ihn jetzt zu verhören, wäre wie ...«

»... den Vogel aufscheuchen, wenn er noch außer Reichweite ist«, vervollständigte Sharon den Satz.

»Genau«, bestätigte Joshua. »Es gibt noch eine letzte Sache, John, von der Sie wissen sollten. Kommen Sie.«

Sharon blieb noch im Büro, als John hinter Joshua den Raum verließ und den Flur zurück, dann um eine Ecke und in ein anderes Zimmer ging. Dieses war klein und vollgestellt mit Bücherregalen. An der Wand hinter dem Schreibtisch hing das Siegel des FBI. Ein leerer Stuhl stand im rechten Winkel zum Schreibtisch. Joshua schloß die Tür.

»Wir machten für Schüler Führungen durch das Gebäude«, erzählte Joshua, »früher, bevor wir sie auf Waffen untersuchen mußten. Sie wollten immer einen echten FBI-Agenten und eine echte Waffe sehen. Und sie wollten immer auf einem echten Stuhl eines FBI-Agenten sitzen. Also, setzen Sie sich hier hin, John.«

»Ich bleibe stehen.«

Joshua sah ihn an, dann ging er um den Schreibtisch herum und setzte sich selbst auf den Stuhl. »Zur Zeit habe ich nur eine Zelle. Wenn ich befördert werde, werde ich ein Büro wie dieses haben. Vielleicht genau dieses hier ... wer weiß.« Daraufhin schwieg Joshua eine Zeitlang, und John spürte seine gierigen schwarzen Augen auf sich gerichtet.

»Ich kam vor zehn Jahren hierher. Es war eine gute Stelle, aber ich war in New York aufgewachsen, und ich dachte: Kalifornien, o Gott, das Land der Früchte und der Nüsse, der Selbstverehrung und der Beschränkten. Und noch schlimmer – Orange County. Ich hatte geglaubt, ich würde mich bereits nach einem Monat zu Tode langweilen. Aber ich war keineswegs gelangweilt. Hier gab es alles, vom raffinierten Investitionsbetrug oben in Newport Center bis zu Serienmördern, die es in ihrer Statistik zu zweistelligen Zahlen brachten. Orange County hatte eine nette, erlesene kriminelle Speisekarte und hervorragendes Wetter zu bieten.«

Joshua setzte wieder sein gräßliches kleines Lächeln auf. John lehnte sich gegen eine Wand und betrachtete das FBI-Siegel.

»Zum Beispiel«, fuhr Joshua fort, »gab es ein fröhliches Kind aus dem Spanierviertel, das in Harvard zur Schule ging und hier während der Semesterferien Banken ausraubte. Es gab Nutten, die auf der Strecke nach Harbor hinunter anschaffen gingen, Motorradrocker und Banden und Mörder und Junkies. Alles. *Einfach alles.*«

Joshua mußte kichern. Auf John wirkte er jetzt tatsächlich entspannt, wie er so auf dem Stuhl hinter dem Schreibtisch zurückgelehnt saß. Ein seltsam träumerischer Klang lag in seiner Stimme.

»Aber was Orange County am interessantesten machte, war Vann Holt. Dies war sein Büro. Er war eine Legende hier – er hatte fast alle Anerkennungen, Preise, Ernennungen und Gehaltserhöhungen bekommen, die das FBI zu bieten hat –, und er war noch ziemlich jung. Ich war damals sechsundzwanzig und hatte eigentlich nicht sehr viel Zeit in seiner Gegenwart verbracht. Ich kann Ihnen noch nicht einmal sagen, ob er wußte, daß es mich gab. Aber ich bewunderte diesen Kerl, weil ... nun, der war absolut besessen von der Idee, böse Typen zu zermalmen. Er verkörperte diese Idee regelrecht. Einmal verfolgte er eine Bombengeschichte den ganzen Weg von Santa Ana bis zum Gazastreifen und zurück – und er kriegte die drei Bombenleger, die einen Araber in Santa Ana erledigt hatten. Vann hob eine Gruppe aus, die die weiße Vorherrschaft proklamierte und den ernsthaften Plan hegte, Coretta King zu ermorden. Er hatte hier beim FBI das gefunden, was nur sehr wenige finden – Autonomie. Irgendwie wuchs er über die bloße Bürokratie hinaus, unter der wir arbeiten müssen. Eigentlich brach er nicht einfach die Regeln, sondern schwebte vielmehr über ihnen. Seine Ergebnisse rechtfertigten dies. Er stellte für jeden ein Geheimnis dar, und dies ist eine Sache, die in der Welt des FBI sehr schwer aufrechtzuerhalten ist. Vann Holt schaffte es, indem er das FBI auf seinen Standard hob.«

Joshua wurde still und sah zur Seite, um sich eine Denkpause zu gönnen.

John fragte sich, ob Joshua seinen intensiven Ausdruck und seine Humorlosigkeit von Vann Holt übernommen hatte. Er betrachtete dessen Profil, die zusammengepreßten Lippen, die hungrigen Augen und die mürrischen Falten um seinen Mund.

Und plötzlich hatte John verstanden.

Alles erschien auf einmal vor seinen Augen, scheinbar aus dem Nichts. Die Namen, die Geschichten und die Szenen – alles verschmolz ineinander, und er wußte Bescheid.

»Puma«, sagte er.

Joshua reagierte nicht. Er schluckte bloß und starrte weiterhin auf die Wand. Schließlich sah er wieder zu John.

»Sie haben einiges mit Holt gemein. Sie beide haben jemanden durch Gewalt verloren, der Ihnen sehr nahestand. Ein ermordeter Sohn – eine ermordete Geliebte. Sie haben sich in die Wüste zurückgezogen und versuchen zu vergessen – er zog sich nach Liberty Ridge zurück. Aber eines haben Sie nicht gemeinsam. Puma versuchte, einen Feind zu töten. Sie haben sich nur zurückgezogen.«

»Und was haben Sie getan?«

Joshua hob seine Arme und breitete sie aus. »Na, das hier, John. Das. Meine Arbeit. Ich habe tausend Stunden damit verbracht, Rebeccas Mord aufzuklären. Es bedurfte beinahe einer päpstlichen Ausnahmegenehmigung, damit man mir den Fall übertrug. Aber ich habe mich durchgesetzt. Schließlich war ich mit dem Opfer nicht verheiratet. Und sie sahen

ein, daß ich nicht nachgeben würde, ganz gleich, was sie tun würden.«
»Und warum bin ich hier?«
Joshua überging die Frage. Er beugte sich auf dem Stuhl nach vorn, stützte seine Unterarme auf den Schreibtisch vor ihm und blickte John wieder auf diese unversöhnliche Weise an.
»Sie haben angefangen, die Macht des Verlustes zu verstehen, oder nicht?«
»Ich glaube, ja.«
»Und den Haß, der ein Herz erfüllt, wenn ihm die Liebe genommen wird.«
»Auch das.«
»Verlust und Haß gehen nicht so einfach vorbei, wie Sie wissen. Sie gären und gerinnen und wachsen und fressen einen bei lebendigem Leib, wenn man es zuläßt. Das muß geheilt werden. Sie müssen etwas dagegen tun.«
»Das weiß ich.«
»Doch Sie wissen nicht, was, oder? Sie können Ihr Leben hier im verdammten Anza Valley nicht in Alkohol ertränken, oder? Nein. Also, was dann?«
»Ich bin mir noch nicht sicher.«
»Aber Sie fühlen sich ... bereit, oder? Alles ist schon für das große Spiel vorbereitet, doch Sie können das Spielfeld nicht finden.«
»Stimmt, genauso fühle ich mich.«
»Ein komisches Gefühl, ich weiß. Ich habe sehr viel Zeit damit verbracht – es nannte sich Ausbildung.«
»Warum bin ich hier?«
Joshua setzte wieder das tote Lächeln auf. »Vann Holt tötete die Frau, die ich liebte und zu heiraten beabsichtigte, und ich will, daß Sie mir helfen, ihn fertigzumachen. Für mich. Für Rebecca. Und für Sie selbst.«
»Wie?«
»Wie, das müssen Sie noch lernen. Sie müssen lernen, wie Sie zu handeln und zu denken haben. Sie müssen lernen, einzel-

ne Schritte zu gehen. Zuerst einen Schritt, dann den nächsten. Ich kann ein ganzes Buch für Sie aufschlagen. Ich kann Ihnen helfen. Und schließlich wird das, was Sie lernen, überprüft werden, und zwar sehr hart. Wenn es vorbei ist, ganz gleich, wie es endet, werden Sie nicht mehr derselbe sein. Das ist das einzige Versprechen, das ich Ihnen geben kann.«

7

John Mendens heimliche Ausbildung beginnt zwei Tage nach seinem Besuch im FBI-Büro von Orange County. Sie verwenden seinen Wohnwagen und die offene Wüste drum herum für die Grundlagen in Selbstverteidigung, für den Umgang mit Waffen, Fotografieren mit Minikameras, Gedächtnistraining und Aufbrechen von Schlössern.

Die langen Herbstabende nach Johns Arbeitstag beim *Anza Valley News* geben ihnen zwei Stunden Sonnenlicht. Es wäre schwierig, einen besseren Ort für diese Art von Ausbildung zu finden – abgelegen und nur über eine der kaum befahrenen Straßen zugänglich. Und was ganz wichtig ist, auch wenn er nicht weiß, warum, John kann seine Arbeit bei der Zeitung fortsetzen. Joshua hat einen kleinen Wohnwagen – angeschafft unter der Rechnungsbezeichnung »Der Reisende« – neben dem von John für diejenigen Abende aufgestellt, an denen er oder Sharon Dumars einfach zu müde sind, um nach Orange County zurückzufahren.

Unter der wohltuenden Sonne schießt John mit Pistolen und Revolvern auf Ziele mit menschlichen Umrissen. Auf drei Meter Entfernung trifft er alle Schüsse ins Schwarze, auf sechs Meter hat er noch ein gutes Trefferbild, und auf fünfzehn Metern ist er etwas schlechter, trifft aber immer noch die Zielscheibe.

Er lernt im Nahkampf mit Joshua und Sharon Selbstverteidigungstechniken.

Er lauscht aufmerksam ihren Erklärungen über die Mikrokameras, die sie zur Ausbildung mitbringen.
Er konzentriert sich auf das Knacken von Schlössern, ist dafür aber nicht besonders begabt.
Er erhält eine Stärkung seiner Gedächtnisleistung und lernt gedächtnisunterstützende Techniken.
Er rennt und rennt und rennt.
Mittlerweile rennt er zwölf Kilometer am Abend, und mit dem dumpfen Auftritt seiner Schuhe spricht er schnaufend zu sich selber: »Rebecca« – Pause – »Rebecca« – Pause – »Rebecca« – Pause.
Ihr Name bestimmt den Rhythmus seiner Gedanken, die Steigerung seines Takts. Er ist seine Planung, sein Refrain, sein wahrer Nordwind. Die Erinnerung an sie ist seine Luft und sein Halt. Die Gerechtigkeit, die es nach ihrem Mord geben muß, ist seine Berechtigung.

Joshua ist erfreut zu sehen, daß John ein Naturbursche ist. John ist mit den Kurzwaffen bereits besser vertraut als Sharon oder er selbst, was ihn ein bißchen ärgert. Deshalb nimmt er sich vor, seine Künste im Hallenschießen zu verbessern, sobald er die Zeit dazu findet. Johns Kurzzeitgedächtnis ist trotz des vielen Alkohols, den er weiterhin konsumiert, hervorragend. Das Fotografieren mit den Mikrokameras ist einfach, weil man nur lernen muß, Dokumente in einem bestimmten Abstand aufzunehmen und das Objekt so auszurichten, daß nichts über den Rand des Bilds hinaussteht. Das Knacken von Schlössern gestaltet sich etwas schwieriger, aber das hält Joshua auch für weniger wichtig. Echte Probleme bereiten heutzutage sowieso nur die Schlösser, die mit Alarmanlagen kombiniert sind. Was den Kampf von Mann zu Mann angeht, hält es Joshua eigentlich für dumm, diesen an erster Stelle zu lehren, aber er tut es entsprechend den FBI-Vorschriften dennoch. Er stellt fest, daß John schnell und stark genug ist, der bestens eingepackten Sharon ein paar effektive Hiebe zu versetzen, aber auch seine gute Reflexe bewahren ihn nicht vor der Retourkutsche. John hält bis zu einem gewissen Punkt durch, worüber Joshua froh ist. Aber er ist ebenso froh darüber, daß dieser weiß, wann er aufgeben und wann er sich verstellen muß.

Einmal, nach einem besonders heftigen Kampf, als er aus der Nase blutete und seine Augen schon ganz glasig waren, hatte er sich einfach vor Sharon auf die Knie in den Dreck fallen lassen und gestöhnt: »Mach mich fertig.« Im nächsten Moment hatte er ihren gepolsterten Fuß gepackt und sie mit einem Dreh in den Dreck befördert. John lernt mit der Zeit, jemanden so in den Klammergriff zu nehmen, bis er ohnmächtig wird. Joshua zeigt ihm den Kehlkopfschlag, mit dem durch Splitter der empfindlichen Knochen die Luftröhre unterhalb des Kiefers durchbohrt und der Angegriffene ziemlich schnell getötet wird. Joshua läßt John an einer Puppe üben, die sie Amon nennen.

Sie rennen. Sie schießen. Sie rennen. Sie kämpfen.

Für Joshua ist die Arbeit auf der Straße höllisch, wenn sie alle drei den harten, staubigen Weg hinunterrennen und wieder hinaufsprinten. Sie fangen bei fünf Kilometer pro Tag an und arbeiten sich hoch. Selbst wenn John nicht rauchen würde, müßte man seine Ausdauer als sehr gut bezeichnen, obwohl er sich als erstes nach einem Lauf eine Zigarette anzündet und eine Bierflasche aufmacht. Joshua hört Johns rhythmisches Stöhnen nach drei Kilometern, und am dritten Tag merkt er, daß es die Silben von Rebeccas Namen sind.

Das meiste, was John lernt, ist in den Augen von Joshua Weinstein dumm. Dumm, weil John höchstwahrscheinlich für seine Bemühungen getötet wird, sollte er sich gezwungen sehen, eine seiner Kurzwaffen oder Kampfmethoden anzuwenden. Und ob John Menden einen Kilometer in dreieinhalb oder vier Minuten läuft, wird, wenn etwas schiefgeht, mit Sicherheit egal sein. Vor einer Kugel kann man nicht wegrennen. In Wahrheit dient das Training mehr Johns Geist als seinem Kör-

per; es ist immer gut, wenn ein Informant sich stark fühlt. Unbesiegbar? Das nicht, aber stark.
Während der ersten Wochen achtet Joshua besonders auf Hinweise auf Johns Geisteszustand. Er spielt den Rechtsanwalt des Teufels und sucht immer nach einem Grund, um die ganze Sache abzublasen. Dies ist eine Option, über die er – oder Washington – zu jeder Zeit verfügen kann, bis John in die Nähe des Reisenden kommt, wenn überhaupt.
Sie rennen. Sie schießen. Sie rennen. Sie kämpfen.
Joshua beobachtet. Er achtet auf Müdigkeit, Zweifel, Sorglosigkeit und, was am meisten zählt, darauf, ob John Menden das, was geschieht, Freude macht. In der Sekunde, in der sein Schüler zu erkennen gibt, daß seine Ausbildung oder seine Mission nur noch eine schlimme Bedrohung darstellt, wird die ganze Sache fallengelassen. Doch Joshua kann nichts dergleichen entdecken.
Am meisten beunruhigt Joshua, daß ihn seine eigenen Gefühle gegenüber Rebecca für Johns Schwäche blind machen könnten. Worauf es ankommt, ist, gut zu beobachten und objektiv und effektiv zu bleiben.
Aber wenn er nachts aus dem Bett des engen Wohnwagens in die Sterne blickt, fragt er sich oft: Wie kann ich bei dir objektiv sein, Rebecca, meine Geliebte, meine Verräterin? Wie kann ich das schaffen? Weil du im Regen gestorben bist und ich dich geliebt habe, schulde ich dir alles, aber das einzige, was ich für dich tun kann, ist, dich zu rächen.

John behält seine eigenen Absichten für sich, und seine natürliche Freundlichkeit und seine ruhigen grauen Augen dienen ihm als Maske für den Gefühlssturm, der in ihm tobt. Er ist immer noch begeistert davon, daß dies – ganz gleich, was daraus wird – tatsächlich passiert. Seit langem hatte er es gewollt. So häufig hatte er versucht, es sich vorzustellen. So oft hatte er darum gebetet. Und er hatte geglaubt, daß es sich eines Tages erfüllen würde. Es hat sich erfüllt.

Also rennt er. Er schießt. Er rennt. Er kämpft.
Aber nichts davon ist wirklich neu. Eigentlich hat John mit seinem Training schon drei Monate vorher begonnen, als er auf das Clubgelände gezogen ist. Da hat er noch nicht gewußt, wozu es dienen könnte, sondern nur, daß er es tun muß, um bereit zu sein, vorbereitet zu sein für ... etwas.
Als Joshua und Sharon mit dem Drill an der Pistole beginnen, hat er bereits so viele Male mit seiner eigenen geschossen, daß er schnell und genau ist. Er hat bereits an den Stellen seiner Hände, mit denen er den Griff und das Metall berührt – er schießt mit beiden Händen –, Schwielen bekommen. Schon bevor sie mit ihm zu laufen anfingen, war er jeden Morgen zehn Kilometer gelaufen. Die fünf Kilometer am Anfang sind für John ein Klacks. Er hat oben in der Nähe des Clubhauses mit einem Sandsack und einem Punchingball trainiert. Stundenlang hat er sich an den Wochenenden am Segeltuch und am Leder ausgetobt, seine Hände mit Handschuhen geschützt und sich buchstäblich die Wut und die Traurigkeit aus dem Leib geschlagen.
Mit Rebeccas Tod hat John nahezu alles verloren, was für ihn einen Wert gehabt hatte. Er ist wie ein Haus, das durch ein Feuer ausgebrannt wurde. Asche hat sich über sein Inneres gelegt, während das Äußere für die meisten, die ihn sehen, unberührt geblieben ist.
Es gibt niemanden, mit dem er über Rebecca reden kann, weil er nur ihr heimlicher Liebhaber war. Er konnte seinen Freunden oder seiner Familie nicht erklären, warum sein Lebensgeist erloschen war, warum er eine schwere Last mit sich trug, warum seine frühere Freude daran, sich den Lebensunterhalt zu verdienen, mit Freunden was trinken zu gehen oder immer ein wenig an seinem Haus in Laguna Canyon herumzurenovieren, nicht mehr vorhanden war. Er war zum privaten Begräbnis und Gedenkgottesdienst nicht eingeladen worden. Niemand sprach ihm sein Mitleid aus.
Ein Mann, der sich unsichtbar fühlt, wird unsichtbar. Also

verschwand John einfach, von einem Tag auf den anderen, um hier, in dieser weiten, unversöhnlichen Wüste wieder aufzutauchen und sich vor die Aufgabe gestellt zu sehen, sich in Ordnung zu bringen. Hier hatte er die Freiheit, den Schutt zu sortieren. Hier hatte er angefangen, sich auf den Wiederaufbau vorzubereiten. Ein gelegentlicher Hoffnungsschimmer war der einzige Mörtel, der ihm zur Verfügung stand.

Aber die Hoffnung wuchs, als Joshua Weinstein und Sharon Dumars nicht ganz zufällig eines Abends in Olie's Saloon in sein Leben getreten sind. Seit jenem Tag spürt John, wie all seine schwer greifbaren, verwirrenden Träume langsam wahr werden.

Er rennt. Er schießt. Er rennt. Er kämpft.

8

Am dritten Samstag seines Trainings war für John ein Treffen mit Evan geplant. Evan sei ihrem Ziel gegenüber kritisch eingestellt, erzählte Joshua, und er müsse durch das, was er zu sehen bekäme, überzeugt werden. Mehr sagte Joshua nicht, aber für John war es leicht zu verstehen, daß Evan sein Vorgesetzter war, vielleicht einer jener schwierigen Bürokraten in Washington, die Joshua überzeugen mußte, um grünes Licht für das zu bekommen, was sie gerade taten. Schon drei Tage vor dem Treffen mit Evan war Joshua noch humorloser als gewöhnlich, noch in sich gekehrter und zurückgezogener. Und bei Sharon war es das gleiche.

An jenem Morgen fuhren sie sehr früh in Sharons FBI-Ford nach Orange County. Es war das erstemal seit drei Monaten, daß John an den Ort kam, wo er geboren und aufgewachsen war. Der Zugang zum County von der benachbarten Riverside fiel kaum auf, nur eine ältere Leitplanke auf dem Freeway und das allmähliche Verschwinden der Fahrspur für Fahrgemeinschaften. Aber selbst dieser nicht gerade drastische Übergang war für John voller Bedeutung. In dem Augenblick, als sie am Schild von Orange County vorbeifuhren, sah er Rebecca wieder und hörte ihrer beider Stimmen ziemlich klar und deutlich.

»Ich möchte es ihm sagen. Ich muß es ihm sagen. Es ist eine Sünde, es ihm nicht zu sagen.«
»Es wird alles zur rechten Zeit geschehen.«
»Die Zeit war schon da. Ich fühle mich, als quälte ich diesen armen Mann. Er ist so … so … er versteht es. Ich weiß, daß er es weiß. Aber er wird nicht den ersten Schritt machen. Er überläßt ihn mir.«
»Er hofft, du wirst deine Meinung ändern.«
»Jede Verrückte kann ihre Meinung ändern. Aber ich kann mein Herz nicht ändern. Das tut mir ebenso weh, John. Oh, halt mich kurz fest, halt mich einfach nur fest.«
Und er hält sie, dort in der Küche seines Hauses in Laguna Canyon. Er streichelt ihr blondes, welliges Haar. Seine flache Hand gleitet ihren Rücken hinab, dann wieder hinauf zu den zitternden Schultern. Ihre Tränen riechen nach Regen, und John spürt die Feuchtigkeit auf seinem Hemd.

Vom beengenden Rücksitz der FBI-Limousine aus betrachtete John das Profil des Mannes, dem es Rebecca hatte erzählen müssen, des Mannes, mit dem Rebecca verlobt gewesen war, des Mannes, der zwar Bescheid gewußt, aber aus Stolz oder vielleicht aus Rücksichtnahme nicht als erster hatte reden wollen.
In Tustin fuhren sie den Freeway zum Irvine Boulevard entlang und bogen nach rechts ab. John nahm an, sie würden in die Altstadt von Santa Ana und wieder zum Büro des FBI fahren, aber Sharon bog nach links in eine Nebenstraße und dann wieder nach links. Sie befanden sich in einem Vorstadtviertel, dessen Bedeutung im Fehlen seiner Bedeutung lag. Es war hübsch und ruhig hier.

»Zieh dir das kurz über«, meinte Joshua. Er hatte in seinem Aktenkoffer gewühlt, drehte sich nun um und gab John ein kleines Stück Stoff.
John faltete es auseinander. Es war eine Haube aus schwerem Material mit einer losen Kordel am offenen Ende.
»Setz das auf, und leg dich auf den Rücksitz. Vorschrift.«
»Kannst du selber machen«, entgegnete John.
»Setz das auf«, beharrte Joshua.
John legte sich auf das warme Polster und merkte, wie das Auto um weitere Ecken bog und daß sie zum Boulevard zurückfuhren, von wo aus Sharon Dumars eine andere Richtung einschlug. Es dauerte nur ein paar Minuten. Dann spürte er, daß der Wagen in eine Einfahrt fuhr und es kalt wurde. Eine Garage, dachte er. Der Motor wurde abgestellt, und er hörte, wie das Garagentor hinter ihm ins Schloß fiel. Dann begaben sie sich ins Haus.
Evan war groß und schwer, aber als er sich zur Begrüßung vom Tisch erhob, sah John, daß er nicht fett war. Er mußte um die Sechzig sein. Das kurzgeschnittene Haar war grau, und auch sein Gesicht war grau. Seine blauen Augen wirkten glanzlos, und rechts und links seines Mundes waren tiefe Falten. Der raucht seit vierzig Jahren zwei Schachteln Zigaretten am Tag, dachte John. Aber das strenge Gesicht widersprach sich selbst mit einem breiten und gewinnenden Lächeln, das zwei Reihen überraschend weißer falscher Zähne bloßlegte.
Sie setzten sich um einen ovalen Eichentisch, der mit vier Tellern und Papierservietten gedeckt war. Das Eßzimmer war hellbraun tapeziert. In der angrenzenden Küche goß eine junge Latinofrau den Inhalt einer großen Kasserolle in eine Soßenschüssel. Es roch nach Koriander und Fleisch.
»Was für einen Wohnwagen haben Sie, John?« fragte Evan. Seine Stimme war rauh, und man hörte einen leichten texanischen Akzent.
»Einen Holiday Rambler Neunundzwanzig«, antwortete John.

»Hat er Steckdosen?«
»Ja. Und zwei Propangasflaschen und eine Klimaanlage, die immer noch funktioniert.«
In Evans Kehle grollte es leicht, und sein breites Lächeln blitzte auf. »Ich hatte auch so ein Ding, einen kleinen Airstream, früher, als ich jung war. War in ganz Texas damit unterwegs und hab gejagt – Wachteln, Tauben, Truthähne, Rehe. Alles mögliche. Ich habe gehört, Sie jagen auch?«
»Da, wo ich wohne, gibt's einen Haufen Wachteln.«
»Aber Sie haben keinen Pointer?«
»Apportierhunde. Drei Labradore.«
Evan nickte. Er sah zu John, dann zu Sharon und schließlich zur Köchin in der Küche. »Ich vermisse diese Zeit. Jung und sorgenfrei und das ganze Texas zum Austoben. Ich und mein Bruder. Haben Sie einen Bruder?«
»Nein. Ich habe überhaupt keine Familie mehr.«
Evan schien darüber nachzudenken und nickte dann abwesend. »Sie sind hier aufgewachsen, nicht wahr?«
»Mit meinem Onkel. Nur ein paar Kilometer von hier.«
»Wie kommt's, daß Sie nie verheiratet waren?«
»Hab nie die richtige Frau gefunden.«
Evan sagte nichts, sah John aber lange und prüfend an. »Jemals eine gebumst? Sie dann in die Klinik geschickt?«
»Einmal. In der High-School.«
»Wie haben Sie sich dabei gefühlt?«
»Übel.«
»Allerdings nicht so übel wie sie.«
»Es war schlimm.«
»Essen Sie Fleisch?«
»Ja.«
»Gut. Es gibt *carnitas.*«
Die Köchin erschien mit dem Essen.
»Segne diese Speise, Amen«, murmelte Evan und stopfte sich die Papierserviette in den Hemdkragen. »Glauben Sie an Gott, John?«

»Ja.« John dachte einen Augenblick nach. »Aber ich verlange nicht, daß Er an mich glaubt.«
Evan gefiel dieser Spruch. Ein Lachen quoll aus der Tiefe seiner Brust. »Das ist gut. Als ich es das letztemal überprüft habe, war er von meinem Dasein auch nicht überzeugt. Ein beschäftigter alter Kerl, glaube ich. Verbringt die meiste Zeit damit, sich um Babys und den Teufel zu kümmern.«
»Auf den Reisenden«, sagte Joshua und hielt sein mit Eistee frisch gefülltes Glas hoch. »Wenn Sie schon vom Teufel reden.«
John und Sharon stießen mit ihm an. Evan schüttelte das Eis in seinem Glas und setzte es ab, ohne zu trinken. Dann füllte er seine Tortilla mit Schweinefleisch. »Ich lasse für Joshua gerne Schweinefleisch servieren«, sagte er. »Er würde es nicht essen, wenn ich es ihm nicht befehlen würde. Natürlich mag er das Zeug.«
Joshua lächelte ziemlich säuerlich, nahm sich aber etwas von den dampfenden *carnitas* in eine Tortilla. »Evan sucht gern die wunden Stellen, um sie zu heilen«, entgegnete er. »Er reißt sie wieder auf und heilt sie noch einmal. Er ist ein Sadist mit einem Christuskomplex oder ein Christ mit sadistischen Zügen – ich weiß nicht, was von beiden. Es ist mein Glück, daß er am anderen Ende vom Kontinent lebt und arbeitet.«
Sharon lachte. »Du würdest ihm auf der Stelle nach Washington hinterherrennen, wenn du könntest.«
»Nein«, entgegnete Joshua mit seinem üblichen Ernst. »Zuerst der Reisende. Alles andere kann warten.«
»Trinken Sie auch Alkohol, John?« fragte Evan.
»Wenn mir danach ist.«
»Ist Ihnen oft danach?«
»Ziemlich.«
»Mir auch. Sie sind um alle unsere Kriege herumgekommen, nicht wahr?«
»Ich war zu jung für Vietnam.«
»Hatten Sie nie das Gefühl, etwas verpaßt zu haben?«

»Ich hatte einen Freund in Grenada, einen im Golf. Sie schrieben mir, und wir sprachen darüber. Es war für mich, als hätte ich kleine Kriege verpaßt und wäre ihrer nicht würdig gewesen. Sie haben ihre Arbeit auch ohne mich gut gemacht.«

»Wären Sie gegangen, wenn man Sie zur Musterung bestellt hätte?«

»Sicher. Ich war ja auch bestellt.«

»Und wie kommt's, daß Sie nie registriert wurden?«

»Es gab keine Krisengebiete, als ich achtzehn war. Also bin ich nicht zur Musterung. Es gab keinen Anlaß.«

»Weil Sie keinen Anlaß gesehen haben, haben Sie ein Verbrechen begangen.«

»Sie können mich verhaften«, sagte John.

»Nein. Das hilft uns. Das ist schon in Ordnung. Wenn die Geschichte in einem Fiasko endet, wird es viel leichter sein, Sie, einen Alkoholiker, Wehrdienstverweigerer, fanatischen Jäger und abtreibungsfreundlichen Frauenhelden, abzuservieren.«

»Die Haube, die ich getragen habe, wird ihr übriges tun.«

Joshua verschluckte sich fast an seinem Tee. »Warum reden Sie so, Evan?«

»Ich werde dafür bezahlt, so zu reden. Ich bin der Hemmschuh, derjenige, der mit den Fingern in der Wunde bohrt. Sie können sich glücklich schätzen, John, daß Sie nichts mit mir zu tun haben. Der junge Joshua hier hat's mit mir zu tun. Das FBI stählt ihn mit meiner immer noch kräftigen, aber bereits verlöschenden Flamme. Meine Aufgabe ist es, sicherzustellen, daß wir nicht mit einem kompletten Idioten an die Sache rangehen. Ich rede jetzt von Ihnen, John. Meine Aufgabe ist es, sicherzustellen, daß das FBI das kriegt, was es will, und daß Sie dabei nicht draufgehen. Wir haben es mit Mördern zu tun. Jeder, der eine Frau aus hundert Metern Entfernung erschießt, würde Ihnen auch aus einem Meter Entfernung eine Kugel in den Kopf jagen. Wenn ich also etwas schonungslos mit Ihnen umgehe, betrachten Sie das als sorgfältige Prüfung dessen, was unter der Haube ist.«

»Prüfen Sie ruhig weiter.«
»Warum wollen Sie mitmachen?« fragte Evan.
John antwortete nicht sofort. Joshua hatte ihn vorgewarnt, daß diese Frage kommen werde und daß er die richtige Antwort parat haben müsse. Die richtige Antwort sei, hatte Joshua gesagt, den Tod von Rebecca Harris zu rächen. John dürfe nicht sagen, daß die Verhaftung des Reisenden einen Kreis für ihn schließe, dürfe nicht durchblicken lassen, daß er einen tiefen persönlichen Haß gegen den Reisenden hege, dürfe nicht behaupten, daß er sich für jede Form von Wiedergutmachung einsetze. Sein Wunsch müsse sein, nichts anderes als ein vorübergehendes Werkzeug zur Ausübung der Gerechtigkeit zu sein. Aber John hatte sich in diesem Punkt nie mit Joshuas Anweisung anfreunden können.
»Weil ich den Scheißkerl hasse, der Rebecca erschossen hat, und ich würde alles dafür geben, wenn er im Knast verfault. Dann würde ich mich besser fühlen.«
Joshua wurde knallrot. Sharon blickte zu John hinüber, anschließend zu Evan.
Evan blinzelte, dann lächelte er. »Joshua wird Sie für diesen kleinen Ausbruch bezahlen lassen. Diese Art von hitziger Ehrlichkeit könnte Sie unter den bevorstehenden Umständen unter die Erde bringen.«
»Sie müssen das wissen«, sagte John. »Sie wissen es schon. Wenn Sie es nicht täten, wäre ich nicht hier. Der Reisende weiß es nicht.«
»Gütiger Himmel, hoffentlich nicht!« stieß Joshua aus.
Evan blickte John lange an. »Ich würde gern wissen«, fuhr er schließlich fort, »was es für ein Gefühl ist, mit Rebecca Harris rumzumachen, während sie vorhat, jemand anderen zu heiraten. Können Sie mir das verraten?«
»Nein, das kann ich nicht. Das geht Sie nichts an.«
»Oh, es geht mich sehr wohl was an.«
»Dann benutzen Sie Ihre Vorstellungskraft, suchen Sie eine Buchhandlung auf, oder rufen Sie einen Fernsehpsychiater an

und fragen ihn. Und nennen Sie ihren Namen nie wieder. Ich mag die Art nicht, wie Sie ihn aussprechen.«
Evan starrte John an. »Eins können Sie mir glauben, Mr. Menden. Wenn Sie für mich arbeiten würden und das gesagt hätten, hätte ich Ihnen die Scheiße aus dem Hirn geschlagen und Sie nach Alaska versetzen lassen.«
John zuckte mit den Schultern. »Ich vermute, ich bin für die Arbeit beim FBI nicht auserwählt.«
»Nein. Sie sind einer von den netten Kerlen, die lieber solo bleiben, ihre eigenen Fehler machen und zum Märtyrer werden. Ich bin nicht einer von denen, Joshua nicht und Sharon auch nicht. Wir arbeiten zusammen. Wir wollen gewinnen.«
Sie beendeten das Essen. Als die Köchin die Teller abgeräumt hatte, stellte Evan seinen Aktenkoffer auf den Tisch, öffnete ihn und nahm einen Stapel Papiere heraus.
»Lockern Sie Ihren Abzugsfinger, John«, forderte er ihn auf. »Sie müssen etwa hundert Formulare unterschreiben. Damit werden wir von jeglicher Verantwortung für Sie entbunden und sind vor nahezu allem geschützt, was Sie vor einem Gericht aussagen könnten. Die Papiere halten Sie davon ab, mit irgend etwas, was Sie während der Arbeit mit uns tun oder erfahren, an die Öffentlichkeit zu gehen, sei es aus persönlichem Profit oder als Abführmittel für ein schlechtes Gewissen, oder einfach deswegen, weil Sie sich an denen, von denen Sie benutzt wurden, rächen wollen. Es sind alles Standardformulare. Ich würde mich nicht damit abmühen, sie zu lesen, wenn ich Sie wäre.«
Er reichte Sharon den Stapel, die ihn neben Johns Ellbogen legte.
John warf nicht einmal einen Blick auf die Papiere. »Ich muß wissen, wie der Plan aussieht. Ich muß Bescheid wissen, was ich tun soll.«
»Sie müssen was?« fragte Evan. »Sie müssen *Bescheid wissen?*«
Evans tiefes Lachen brach wieder hervor, und seine Schultern

bebten. Dann grinste Joshua – was John noch nie gesehen hatte –, worauf ein Kichern von Sharon folgte. Es war für alle zuviel. Auch die Köchin blickte kurz aus der Küche und grinste blöd.
»Er muß *Bescheid wissen.*« Evan erstickte fast an seinem Lachen und schaute Joshua dabei an. »O mein Gott, das ist wirklich lustig hier.«
Joshuas Grinsen verschwand, und er atmete einmal tief durch. »Du wirst es erfahren, John. Das ist alles, was ich dir sagen kann.«
»Angenehm, nicht wahr?« meinte Evan und sah auf seine Uhr. »Unterschreiben Sie diese Papiere, ja? Ich habe eine Verabredung mit einem Mann wegen eines Hundes.«

Ob Hund oder nicht, ob Norton oder Evan, er entließ Sharon und John, nachdem John die Papiere unterschrieben hatte. Er sah sie nur kurz durch und stopfte sie zurück in seinen Aktenkoffer.
»Er ist hochnäsig«, erklärte Norton.
»Wir müssen ihn bei Laune halten«, entgegnete Joshua.
»Sagen Sie mir nicht, was wir tun müssen, Joshua. Ist seine Ehrlichkeit eine chronische Sache oder nur etwas, was er rausläßt, wenn er überrascht ist?«
Norton sprach jetzt ohne texanischen Akzent.
»Ich habe bisher noch nicht bemerkt, daß er von irgend etwas überrascht gewesen wäre. Seine Offenheit scheint nur durchzubrechen, wenn er nicht sicher ist, welche Lüge er auftischen soll.«
»Ich nehme an, Sie haben ihn wegen der Sache mit dem Haß und der Rache gewarnt.«
»Ja. Sie müssen verstehen, Norton, genau sein hohes Maß an Emotionalität macht die Sache doch erst durchführbar.«
»Hören Sie auf, mich zu zitieren.« Er seufzte, als er die Aktentasche vom Tisch auf den Boden stellte.
In diesem Moment kam die Köchin herein, die jetzt berufs-

mäßig gekleidet war. Ihr dickes schwarzes Haar war hinten zusammengebunden, und ihre Schürze stopfte sie in eine Baumwolltasche. Sie nickte Joshua zu, legte ihre Pistole auf den Tresen und fing an, die sauberen Teller wegzuräumen.

»Monica?« fragte Norton, ohne sie anzuschauen.

»Er ist so selbstbewußt, daß er in Schwierigkeiten kommen wird«, sagte sie. »Er muß mehr an uns glauben. Er muß von uns abhängig sein.«

»Er wird schon noch dahinterkommen«, entgegnete Joshua. »Wir versuchen, eine Beziehung zu ihm aufzubauen, nicht, ihn nach einer Nacht abzuservieren.«

»Ich vertraue keinem hübschen Mann«, meinte Norton. »Sie haben keinen Charakter, Punktum.«

»Er hat alle Bereiche seines Trainings perfekt absolviert. Es ist nicht sein Fehler, daß er ein hübsches Gesicht hat. Das ist es doch, was uns hier zusammengeführt hat, oder nicht?«

Norton nickte. Er erkannte diesen Hinweis auf Rebecca an. »Wie reagiert er auf Druck?«

»Der größte Druck, unter den wir ihn gesetzt haben, war der von heute, Ihre Fragen über Rebecca.«

»Unter dem Gesichtspunkt wird er mit Sicherheit die Schnauze voll haben.«

»Ich glaube, er behält seinen Kopf oben.«

»Legt er am Ende eines Dauerlaufs noch einen Sprint hin?«

»Immer. Warum?«

»Er sieht aus wie einer, der schnell kommt. Er könnte etwas Ausdauer vertragen, Joshua. Wenn er noch etwas Saft für einen Sprint nach zehn Kilometern aufbewahrt, um so besser. Hat er Interesse an Sharon gezeigt?«

»Ein bißchen. Nicht viel. Ich kann mich aber auch täuschen.«

»Hm. Ich hätte gerne, daß er von etwas mehr als nur von euch angetrieben wird.«

»Rebecca treibt ihn an, Norton. Nicht ich oder Sharon oder jemand anders. Er ist ein Einzelgänger. Wir wollen es nutzen, solange es da ist.«

Norton und Joshua erhoben sich und gaben sich die Hände. Monica setzte sich an den Tisch.
»In Washington läuft's gut«, meinte Norton. »Frazee ist immer noch allzu interessiert am Reisenden, und ich weiß nicht, was ich dagegen tun soll. Je mehr ich versuche, ihn aus der Sache rauszuhalten, desto mehr will er sie unter Kontrolle haben. Er ist wie ein Kind mit seinem Spielzeug. Natürlich ist er schrecklich besorgt wegen des Geldes für die Haßverbrechen, das wir vom Weißen Haus erhalten haben – besorgt darüber, daß es ausgeht. Er heult immer, weil kein Geld da ist. Also ist er scharf darauf, diese Operation so klein zu halten, daß man sie auch verleugnen kann. Kein großes Kräfteaufgebot unsererseits, keine Aktionen wie in Ruby Ridge oder in Waco.«
»Wir haben alle unser Kreuz zu tragen«, war Monicas Kommentar. »Du bist das von Joshua, und Frazee ist deins.«
»Und wer ist deins?«
»Mein Mann, hoffe ich.«
Joshua blieb stehen, während Norton sich wieder setzte. »Nun?« fragte er.
»Gute Arbeit«, antwortete Norton. »Weiter so.«

9

Sie ließen John vor einem kleinen Haus auf dem Sun Valley Drive, einer Straße abseits der Laguna Canyon Road, aussteigen, und fuhren dann weiter in die Stadt, um ein paar Lebensmittel für ihre Feier einzukaufen.
Er blieb eine Weile dort stehen, bemerkte den frischen Asphalt unter seinen Füßen, den Efeu, der die chinesische Ulme in seinem Vorgarten verschlang, den Holzzaun, den er für die Hunde gebaut hatte, den alten Backsteinschornstein und die Fassade des Hauses, das er einmal sein Heim genannt hatte. Dann ging er zum erstenmal seit fünf Monaten die Einfahrt hinauf und durch das quietschende Gatter hindurch.

Der Garten war verwildert. Die Gartenmöbel schienen im Unkraut zu versinken.
John bearbeitete das Schloß der Haustür mit seinem Schlüssel, das über die lange Zeit hinweg schwer zu öffnen war. Endlich funktionierte es. Dann das vertraute Geräusch der Tür und die vertraute Umgebung, durch seine Abwesenheit gealtert, aber noch intakt. Schwere Luft. Der Geruch von Verlust. Umrisse von Dingen, die noch an ihrem Platz standen und die mit den Umrissen in seiner Erinnerung übereinstimmten. Sonnenlicht, das durch den Schmutz der Fensterscheiben drang. Eine mächtige Stille. Zu Hause.
»Oh«, stöhnte er.
Er zog die Leinentücher herunter, die er auf Sofa und Sessel, Fernsehgerät und Stereoanlage gelegt hatte. Die Tücher waren mit Staub bedeckt. Er trug sie nach draußen und schüttelte sie aus.
Dann ging er wieder hinein und in die Küche, ließ aber die Tür auf. Er zog die Rollos hoch und öffnete die Fenster. Der Kühlschrank summte immer noch ruhig vor sich hin, und John war froh, daß er Strom, Gas und Wasser eingeschaltet gelassen hatte. Fünf Monate, dachte er. In der Eßecke in der Küche zog er die Tücher von Tisch und Stühlen, schob dann die Glastür auf, die zum Seitenbach des Cañon führte, und ließ die Tücher auf die Terrasse fallen. Und auf der Terrasse sieht er Rebecca, eingewickelt in einen blauen Morgenrock, den er für ihre Besuche bei ihm gekauft hat. Der Regen tropft auf drei Seiten von den Dachschindeln, und sie lächelt ihm über einer Tasse Kaffee zu, während der Dampf an ihren Augen vorbeizieht, und John denkt: Ja, dies sind die Augen, die ich mein Leben lang kennenlernen wollte.
Er brachte das Badezimmer im Erdgeschoß etwas in Ordnung. Dann näherte er sich dem Schlafzimmer. Er ging nicht direkt hinein, sondern beugte sich über die Schwelle und überprüfte es erst auf seine vertrauten Dinge hin, auf die Erinnerungen und Herzschläge. Sie drängten sich hier drin, waren für ihn zu

dicht und zu gewunden und zu lebendig, als daß er ihnen in diesem Moment hätte begegnen wollen. Immer noch sah er Rebecca neben dem Pflanzentrog im Regen.
Und wieder stöhnte er voller Schmerz.
Er saß allein auf der oberen Terrasse und blickte über den Cañon und dann zu den Hügeln hinüber, aber sein geistiges Auge sah nur Rebecca. Es ist wichtig, hier zu sein, dachte er, dieselben Dinge zu berühren, die sie berührt hatte, die Luft zu atmen, die sie einst miteinander geteilt hatten.

Kurz vor Sonnenuntergang deckte John den Grill auf, stellte ihn draußen ans Geländer, das zur Straße ging, und zündete die Holzkohle an.
Joshua kam mit seinem zweiten Gin Tonic und beobachtete John, wie er das Feuer anmachte. »Willst du die Flasche Tequila jetzt?« fragte er.
»Später«, antwortete John.
»Du hättest die Sache beinahe vermasselt mit dem Scheiß, den du zu Evan über deinen Haß auf den Reisenden gesagt hast.«
»Es ist gut ausgegangen, Joshua. Und es waren meine Worte, nicht etwas, was du mir in den Mund gelegt hast.«
»Stimmt. Meine Worte wären ungefähr die gleichen gewesen.« Joshua nahm einen großen Schluck.
Unten hatte Sharon Wasser für den Reis aufgestellt und bereitete einen Salat zu. John hörte, wie ihr Messer auf dem Brett hackte. Er hatte die Geräusche einer Frau in seinem Haus immer gemocht, und er erinnerte sich an diejenigen seiner vergangenen vierunddreißig Jahre. Es ist seltsam, dachte er, daß man jemanden lieben kann, aber nicht fähig ist, sich vorzustellen, mit diesem Menschen lange zusammenzusein. Je intensiver man nach vorne schaut, desto mehr verwischt die Vision.
Aber als er Rebecca Harris kennengelernt hatte, war es, obwohl sie verlobt gewesen war, leicht für ihn gewesen, sich

ihre Gegenwart in seinem Leben vorzustellen. Sie war einfach eingetreten. Bis zu jenem Zeitpunkt hatte John nicht geglaubt, daß das Schicksal mehr als das war, wofür man sich entschied, aber die Verbindung, die er zu Rebecca gespürt hatte, ließ ihn dies neu überdenken. Rebecca war nicht so sehr eine Entdeckung als vielmehr ein Wiedererkennen gewesen.
So viele Nächte hindurch hatte er sich darüber den Kopf zerbrochen und sich gefragt, ob die Umstände im Leben eines Mannes so zusammenwirken können, daß sie ihn zu der einen Frau führen, die für ihn bestimmt ist. Es war ein kitschiger Gedanke, oder doch nicht? Ganz egal, es war passiert.
Aber wie hätte er dieser Frau erklären können, was er gefunden hatte und was er wußte? Es war, als hielte man eine Platte mit der schönsten Musik der Welt in den Händen, hat aber nichts, worauf man sie abspielen konnte.

Joshua pendelte zwischen Küche und Terrasse. Als John die Hähnchen auf den Grill legte, kam er mit seinem dritten, bereits halbleeren Cocktail.
»Normalerweise trinke ich nicht so viel«, sagte er.
»Es scheint dir aber zu schmecken.«
»Wir haben eine Menge zu tun, doch darüber möchte ich im Moment nicht reden. Ich möchte mit dir über Rebecca reden.«
John sah ihn kurz an, wandte dann aber seine Aufmerksamkeit wieder den Hähnchen zu. Er spürte, daß Joshua ihn durch den Rauch hindurch beobachtete.
Joshua nahm einen kräftigen Schluck. »Hat dich ihr Brief überrascht? Hast du geahnt, daß sie vorhatte, mich wegen dir zu verlassen?«
John trank einen Schluck Herradura. Er war warm und süß und schmeckte nach Wüste und nach den Agaven, aus denen er gemacht war. »Mir war klar, daß sie sich bald entscheiden würde. Es war an der Zeit. Aber ich dachte, sie würde bei dir bleiben.«
»Ich wußte, daß sie gehen würde«, erwiderte Joshua. »Ich sah,

wie sie es tat, jede Minute, jeden Tag, jeden Monat. Ich hatte allerdings keine Ahnung, warum, und ich habe auch nicht gefragt. Mein Vater starb an Krebs, als ich zweiundzwanzig war. Es war so ähnlich. Ein langsames Fortgehen, aber du begreifst, wo es endet. Sag nicht, daß es dir leid tut. Du kannst alles über Rebecca sagen, was du willst, aber nicht, daß es dir leid tut.«
John nahm noch einen Schluck von dem Tequila.
»Wie kommt's, daß du das Zeug nicht mit Salz und Zitrone trinkst?«
»Der Geschmack wird dadurch zerstört.«
»Hat er tatsächlich eine halluzinogene Wirkung, wie behauptet wird?«
»Nein, bei mir nicht.«
»Macht er einen bösartig?«
»Nein. Es ist ein grüner, femininer Schnaps. Er beruhigt im Vergleich zu, sagen wir, Scotch oder Gin. Er ist nicht so brutal.«
»Ein femininer Schnaps«, wiederholte Joshua. »Du hast mit Rebecca zum erstenmal am 9. Januar geschlafen, stimmt das?«
»Das stimmt.«
»Ich konnte es an ihrem Gesicht ablesen, als ich sie an dem Abend sah. War es hier?«
»Unten.«
»Im Schlafzimmer?«
»Du willst diese Dinge wirklich wissen, Joshua?«
»Ja, John. Ich will sie wissen. Ich habe meine eigene Art, sie in Erinnerung zu behalten, genauso wie du deine hast. Was tat sie, als du fertig warst?«
»Sie weinte.«
»Hast du auch geweint?«
»Nein.«
»Wie hast du dich gefühlt?«
»Ich fühlte mich, als wäre ich nach einer langen Zeit der Abwesenheit endlich nach Hause gekommen.«
Joshua lächelte unglücklich. »Hast du ihr das erzählt?«

John nickte.
»Du bist ein gewandter Kerl, ein redegewandter Romeo. Ich hatte nie diese Begabung, Frauen das zu sagen, was sie hören wollen.«
»Vor einer Stunde hast du dich über meine dumme Ehrlichkeit gegenüber Evan beschwert«, erwiderte John. »Jetzt rede ich auf einmal gewandt. Was auch immer ich an mir habe, was Rebecca gefiel, du mußt auch einiges davon gehabt haben.«
Joshua nahm einen Schluck aus seinem Glas. »Das ist falsch. Ich habe erkannt, daß wir Gegensätze sind, daß die eigentlichen Gründe, warum sie zu dir ging, die waren, daß sie bei dir bekam, was ich ihr nicht geben konnte. Gewandtes Reden war eine Sache. Und Abgebrühtheit eine andere. Ich bin nicht abgebrüht, John. Ich bin ein hitziger kleiner New Yorker Jude, und nichts kann das ändern. Sie liebte das an mir. Aber was du bist, liebte sie mehr. Du bist redegewandt, hast das gewisse Aussehen und bist abgebrüht. Du hast die Eigenschaften, die in der Werbung für Bier und Sportwagen gepriesen werden. Du hast etwas, dem wenige Frauen wirklich widerstehen können. Es ist zum Teil Hollywood, zum Teil ein Mythos.«
»Unterschätze Rebecca nicht«, entgegnete John.
»Genauigkeit vor Gefühl. Die Wahrheit bringt uns vielleicht nicht weit, aber Lügen bringen uns nirgendwohin.«
»Die Wahrheit ist, daß sie uns beide liebte, und zu der Zeit, als sie den Brief schrieb, dachte sie, sie würde mich mehr lieben.«
»Sie war nicht launenhaft. Dieser Brief kam aus ihrem Herzen.«
Sharon erschien mit einem Krug, schenkte Joshua nach und sah John besorgt fragend an.
»O Gott, hier braucht man ja eine Taschenlampe, um sich in der düsteren Stimmung zurechtzufinden«, stellte sie fest. »He, Jungs, erinnert ihr euch, daß wir irgendwie feiern wollten?«
Ohne eine Antwort abzuwarten, verschwand sie wieder.
»Sharon ist sich bewußt, daß sie einen Mann braucht, und

dieses Bewußtsein macht sie verlegen«, sagte Joshua. »Sie stammt aus derselben Generation wie wir, und die wuchs mit der Vorstellung auf, daß man Liebe in einer Hauskatze finden kann und daß Männer bloß Feinde sind, die darauf warten, Frauen bumsen zu können. Sogar Frauen, die jünger als Sharon sind, haben festgestellt, wie wenig das funktioniert. Aber sie bleibt dabei. Findest du sie attraktiv?«
»Ja. Und sie hat mehr Humor, als du ihr zugestehst.«
»Und schon wieder sagst du etwas, was Frauen hören möchten, auch wenn sie es gar nicht hören können. Du hast wirklich eine geschickte Zunge. Es gab eine Zeit, und ich bin nicht sicher, ob sie schon vorbei ist, wo ich dich herausfordern wollte, in allem, was ein Mann nur sein kann. Ich wußte, in puncto Körpergröße war ich dir unterlegen, aber in allem anderen glaubte ich dich schlagen zu können. Das glaube ich noch immer. Ich bin ein besserer Mensch als du, gemessen an fast allen Standards. Wenn du das jemals überprüfen willst, nenn mir einfach die Disziplin, und ich werde bereit sein. Ich hatte überlegt, dich zu verprügeln, dir die Knochen aus dem Leib zu schlagen.«
»Und?«
»Es ändert sich.«
»Nun, ich hoffe, mich vor dem Reisenden als Köder baumeln und dann fallen zu lassen, hast du nicht in Betracht gezogen.«
Joshua sah John lange an, dann schüttelte er den Kopf. »Das ist unser Job. Du könntest keinen gewissenhafteren Meister finden als mich. Was ich da sage, ist nur Spaß. Und vergiß nicht, ich hasse den Reisenden mehr als dich.«
»Das beruhigt mich.«
Joshua trank sein Glas halb leer, setzte es ab und zog die Automatik aus seinem Schultergurt. Er schaute sie an, als suchte er ein Detail, das er bisher übersehen hatte. Es war eine 9 mm Smith mit bläulicher Oberfläche und dunklem Griff aus Walnußholz. Er ließ die Sicherung vor- und zurückschnappen.

»Wir könnten ein altmodisches Duell austragen«, schlug er vor.
»Könnten wir.«
Joshua legte die Waffe auf die Terrasse und nahm wieder sein Glas in die Hand. »Macht dir das angst – ein Betrunkener mit einer Waffe?«
»Klar. Brichst du damit nicht ein paar FBI-Regeln?«
»Rebecca mochte es, wenn ich oben lag. Bei dir auch?«
»Wie möchtest du dein Hähnchen?«
»Blöde Frage. Magst du deins blutig?«
Joshua nahm die Pistole wieder in die Hand, zielte auf John und ließ die Sicherung erneut vor- und zurückschnappen. Dann steckte er die Pistole in den Halfter zurück, seufzte und trank wieder. »Ich mußte nur ein bißchen Dampf ablassen«, sagte er.
»Gut zu wissen«, meinte John. »Aber zwischen drei Whiskeys und einer Kugel in meinem Herzen liegt nur dieses leichte kurze Abdrücken.«
Und mehr brauchte es nicht – die Erwähnung einer Kugel und eines Herzens –, um sie beide wieder auf den Boden der Tatsachen zurückzuholen, auf die nach drei Seiten hin abgeschirmte Terrasse, auf der ihr Abendessen brutzelte, zurück in das Haus, das das Lachen der Frau gehört hatte, die sie beide geliebt hatten.
»Ich bin viel nüchterner, als ich aussehe. Und es gibt da etwas, was ich richtigstellen möchte, John. Es hat nichts mit Konkurrenz zu tun. Es ist nur einfach eine Tatsache, die du akzeptieren mußt. Es ist eine Tatsache, an die ich mich erinnern muß. Es ist die Tatsache, daß ich Rebecca mehr liebte als du.«
John sah Joshua an, als er dies sagte, und bemerkte das Blut, das in dessen Ohren strömte, und das unersättliche Glühen in seinen Augen.
»Du hast recht«, erwiderte er. Seine Augen brannten von mehr als nur dem Rauch, durch den er nach unten blickte.
»Danke.«

Nach dem Abendessen schalteten sie die Beleuchtung im Haus ab, saßen auf den Gartenstühlen und beobachteten die aufgehenden Sterne. Die Nacht war klar, und der Mond stieg voll und weiß hinter der Hügelspitze auf. John blickte zum Cañon und dachte an die Nächte, in denen er dort geschlafen hatte. Er erinnerte sich an den Puma, den er hier draußen im ersten Licht eines Sommermorgens gesehen und der nur dreißig Meter entfernt auf einem Felsen ausgestreckt gelegen und ihn beäugt hatte. Puma, dachte er. Der Reisende.

»Der Reisende«, sagte Joshua, und John fragte sich, ob Joshua seine Gedanken lesen konnte. »Du weißt, wir verwenden immer noch Codenamen. Die meisten FBI-Büros haben vor langer Zeit auf Computer umgestellt. Der Reisende. Er ist bis weit über die Grenzen hinaus gereist, den Fluß hinauf.«

»Er ist unser Kurtz«, sagte Sharon. »Und du, John, bist unser Marlow.«

Joshua sah in der Dunkelheit zu ihr hinüber, dann zu den Hügeln hinaus. »Bei diesem Geschäft gibt es auch Glück wie bei jedem anderen«, meinte er. »Es war Glück, das mich zu dir führte, John. Ich habe nach Rebeccas Tod fünf Monate damit zugebracht, meine Unterlagen über den Reisenden zusammenzutragen. Zuerst war es nur eine weit entfernte Möglichkeit, aber dann nicht mehr. Ich wägte die Beweise gegenüber dem ab, was ich von ihm wußte, und ich sah, wie es funktionieren könnte. Ich hätte ihn jederzeit verhören können. Doch bei so etwas gibt es nur eine einzige Chance. Wenn er Glück gehabt hätte, und gescheit ist er, dann wären wir am Ende vor weniger als dem Nichts gestanden, weil er auf der Hut sein würde und es unmöglich wäre, ihn zu überraschen.«

Joshua hatte mittlerweile zu schwarzem Kaffee gewechselt. Er schlürfte seine Tasse leer, dann goß er aus der Thermoskanne nach, die er mit auf die Terrasse gebracht hatte. »Ja, ich hab mir dich angeschaut. Meine Neugier war überhaupt nicht auf den Reisenden gerichtet. Es war eine Art zu verstehen, was mit mir und Rebecca geschehen war. Ich wollte einfach sehen, wofür sie sich entschieden hatte. Dein Name auf dem Umschlag half mir dabei, was die Identifizierung betraf. Ich bin deinem Kummer nachgegangen, deinem Rückzug vom *Journal*, deinem kleinen Segeltörn im Südpazifik, deinem Kauf des Wohnwagens und deinem Umzug raus nach Anza Valley. Ich habe dich mehr als einmal vor unserem Treffen in Olie's Saloon beobachtet, wie du festgestellt hast. Was aber hatte ich in der Hand außer einem Verdächtigen, den ich nicht verhaften konnte, und einem jammernden Kläger, der sich der Welt entzog? Nichts, bis Glück ins Spiel kam.«

»Worin bestand das Glück?«

»In dir, John. Aber das war mir nicht gleich klar. Es war mir nicht klar, bis ich eines späten Abends über ein paar nachrichtendienstlichen Tätigkeiten des Reisenden brütete, nichts Heißes, nur das Übliche, was wir über Leute sammeln, die sich als gefährlich erweisen können. Und da sah ich die Verbindung. Das Glück hatte zugeschlagen. Meine Ohren wurden warm, und ich erkannte den Zusammenhang der Dinge. Es gibt einen Zusammenhang der Dinge, John.«

»Und du hast ihn aufgedeckt.«

»Oh, und ob! Da hatte ich endlich die Lösung. Ein kleines Fenster. Ich lese über den Reisenden, seine Gewohnheiten und Hobbys, seine Verhaltensweisen. Der Reisende segelt jedes Jahr bei der Regatta von Newport nach Ensenada mit. Der Reisende verbringt jedes Silvester auf einer Party in Washington D.C. Der Reisende macht jedes Frühjahr eine Jagdexpedition für eine Trophäe mit zwei Freunden vom Boone & Crockett-Rekordbuch. Der Reisende geht jedes Jahr fliegende Fische auf dem Metolius River in Oregon fangen. Dann die Kleinigkeiten: Der Reisende geht jedes Jahr zur Eröffnung der Jagdsaison mit seinen Freunden und seiner Tochter runter in die Wüste zur Wachteljagd. Früher nahm er seine Frau und seinen Sohn mit, jetzt natürlich nicht mehr. Sie fliegen mit dem Hubschrauber der Firma zum Behelfsflugplatz von Lake Riverside. Er nimmt seine Hunde mit. Hunde, Hunde, Hunde – das erinnerte mich an dich und deine Hunde – Hunde, wo auch immer ich hinsah. Er hat ein kleines Haus auf einem Grundstück in Lake Riverside, direkt am Wasser. Sie verbringen die Nacht dort, dann ziehen sie in seinem Landrover gleich nach Sonnenaufgang los. Sie jagen den ganzen Morgen, fahren in die Stadt zum Mittagessen und auf ein oder zwei Bier, dann gehen sie am Nachmittag wieder auf die Jagd. Zu jedem Saisonbeginn, zehn Jahre hintereinander. Keine Änderungen. Wie eine Uhr. Mir geht ein kleines Licht auf. In welche Stadt fahren sie? Anza Valley. Wo John Menden wohnt. Ist John mein Glück? fragte ich mich. Ist John mein Mann? Mein Wunder?«

»Man hat mich ja schon vieles genannt, aber noch nie ein Wunder«, scherzte John.

Sharon und er lachten, aber nicht Joshua.

»Also fing ich an, auf eine Art über euch beide nachzudenken, wie ich es zuvor nicht getan hatte. Du und der Reisende am selben Ort zur selben Zeit. Ein Zusammenspiel. Mehr als das. Ich wußte, daß du, nun ja ... am Ende bist. Ich fragte mich, ob du dich für Rebecca irgendwie rächen willst. Und ich fragte mich, ob er dich vielleicht mögen könnte, eine Verwendung für dich hat, wenn du sie dir verdienst. Ihr zwei habt sehr ähnliche Hintergründe. Ihr seid euch in gewisser Hinsicht erschreckend ähnlich. Wenn ich dich und den Reisenden zusammenbringen könnte, ging es mir da durch den Kopf, könnte dies der Anfang einer Freundschaft werden. Und hier ist er, der Reisende, der laut Plan am 15. Oktober in deine Wüste einfällt. Deswegen kam ich zu dir, John. Um zu sehen, ob du von dem beseelt bist, was ich brauche. Und das bist du. Also sitzen wir hier, haben die Zustimmung von oben und warten auf unseren Einsatz. Der 15. Oktober ist in weniger als zwei Wochen.«

Joshua streckte seine Beine aus und sah in den Nachthimmel hinauf.

»Du wirst der Held des Reisenden sein«, fuhr er fort. »Aber du wirst auch mein Trojanisches Pferd sein, meine Augen und meine Ohren. Ich bringe dich nahe genug an Holt heran, damit du ihn riechen kannst.«

John nahm einen großen Schluck vom Herradura. Er hatte plötzlich das Gefühl, daß alles möglich sei, aber er wußte auch aus Erfahrung, daß dies ein gefährliches Gefühl war. Er hatte bereits bei Rebecca dieses Gefühl, kurz bevor sie gestorben war. Er hatte dieses Gefühl gehabt, bevor sich seine Mutter und sein Vater in ihrer kleinen Piper zum letztenmal in die Luft erhoben hatten.

Er spürte, wie sich die Aktivität, nach der er sich so lange gesehnt hatte, in ihm regte. Als er nach vorne blickte, sah er die Herausforderung, Gerechtigkeit für den Mord an Rebecca zu finden – das einzige, das er ihr bieten konnte.

Als er zurückblickte, hatte er allerdings das Gefühl, als würde etwas Schreckliches die Oberhand über ihn gewinnen.

»Der Reisende wird uns gehören«, sagte Joshua.

»Und ich ihm«, erwiderte John.

10

Am nächsten Tag traf sich Sharon Dumars mit Susan Baum zum Mittagessen in Romeo's Cucina in Laguna Beach. Susan Baum hatte das FBI-Büro seit fast vier Monaten mit Anrufen bombardiert und versucht, jemanden zu einem Treffen zu bewegen. Sharon war ihr anfangs freundlich ausgewichen. Aber plötzlich, als sie grünes Licht von Norton bekommen hatten, stellte Josh fest, wie dringend sie Susan Baum brauchten. Er überließ sie Sharon.

Es war viel schwieriger, die Kolumnistin an die Angel zu bekommen, als Sharon erwartet hatte. Es war erst eine halbe Stunde vor dem Treffen mit ihr möglich, einen genauen Ort zu verabreden. Dreimal teilte sie Sharon eine Änderung mit, bis sie sich schließlich auf das Romeo's einließ. Am Telefon war

Susan Baum kurz angebunden, als befürchtete sie, abgehört zu werden.
Das Restaurant war groß und sehr hell, und die Fenster ließen das Licht der Oktobersonne zu den Ölgemälden an den Wänden durch. Die Ausstattung war aus Holz. Sharon setzte sich an einen Tisch.
»Darf ich Ihnen heute den Chardonnay empfehlen?« fragte der Kellner.
»Eistee, bitte.«
Susan Baum trat ein und ging hinkend auf Sharon zu, was ihrer Ausstrahlung, die absolute Bestimmtheit vermittelte, in keiner Weise abträglich war.
»Danke, daß Sie gekommen sind«, begrüßte sie Sharon außer Atem, während sie eine große und augenscheinlich schwere Ledertasche auf den Stuhl neben Sharon fallen ließ und sich setzte. Sie warf einen Blick zurück zum Eingang. »O Gott, ich mußte achtzig Blocks entfernt parken. Eistee, bitte.«
»Ich freue mich, Sie endlich einmal persönlich kennenzulernen, Mrs. Baum.«
»Nennen Sie mich Susan. Aber bitte, könnten wir vielleicht die Plätze tauschen?« Ihre Stimme klang hart, und sie blickte schon wieder zur Tür. »Ich habe eine Tür-Phobie entwickelt. Ich muß sie sehen können.«
»Natürlich.«
Sie wechselten die Plätze. Susan war sichtlich erleichtert. »Ist das Essen hier gut?«
»Ich habe hier noch nicht gegessen. Sie haben den Ort gewählt.«
»Aus reiner Sicherheit.«
»Hier werden Sie sicher sein.«
Susan nahm ihre riesige Sonnenbrille mit weißem Gestell ab und sah in die Speisekarte. »Es liegt im Trend, habe ich gehört. Seltsam, wie sich all diese neuen Italiener weigern, Spaghetti und Fleischbällchen zu machen. Ich könnte wetten, daß es so was hier nicht gibt.«

Sharon, die die Speisekarte überflogen hatte, bestätigte die Vermutung.

»Als junge Reporterin habe ich von Spaghetti in Dosen und Fleischbällchen gelebt. Ich hatte nicht viel von einer Hausfrau, und das ist heute noch so. Das geht übrigens auf mich. Auf das *Journal*, um genau zu sein.«

»Es ist für mich leichter, wenn wir getrennt zahlen. Sie wissen schon, wie man heutzutage über Geschenke an die Regierung denkt. Ich heiße übrigens Sharon.«

»Sharon. Der Name hat mir schon immer gefallen. Aber kommen wir zur Sache. Ich bin wegen einer Erklärung hier.«

»Worüber?«

»Natürlich darüber, was Sie herausgefunden haben. Sehen Sie, Sharon, ich bin bereit, alles zu schlucken, was Sie wollen. Ich bin die, die im Dunkeln steht. Ich bin diejenige, der beinahe die Eingeweide aus dem Leib geschossen wurden.«

»Vielleicht sollten Sie dann einfach Ihre Fragen stellen.«

»Laß sie ihre Ladung abschießen«, hatte Joshua gesagt.

»Gute Idee. Nehmen Sie die Ravioli oder die Penne?«

»Die Ravioli.«

Sie bestellten, reichten dem Kellner die Speisekarten, und als dieser gegangen war, fragte Susan: »Es ist sechs Monate her – keine Verhaftung, keinen Verdächtigen, ziemlich wenig Kommunikation mit mir in den letzten fünf Monaten. Also, was gibt's?«

»Was gibt's?«

»Nun, was haben Sie herausgefunden?«

»Ich kann Ihnen versichern, daß die Ermittlungen weitergehen, daß wir verhören, untersuchen und Informationen sammeln. Sie sollten wissen, daß es nie zur Politik des FBI gehört hat, mit Dingen an die Öffentlichkeit zu treten, solange wir nicht wirklich denken, daß wir damit was erreichen.«

»Bei allem Respekt, das hätte mir Ihre Flugabwehr auch sagen können. Eigentlich hat sie das auch – mehrmals.«

»Jedes Wort davon ist wahr.«

»So, dann haben Sie nach einem halben Jahr immer noch keinen Verdacht?«
»Ich bin nicht befugt, darüber zu reden.«
»Also haben Sie einen Verdacht?«
»Darüber zu reden bin ich ebensowenig befugt.«
Susan lehnte sich zurück. »Ihr seid mir vielleicht Leute! Ehrlich. Und ihr behauptet, die Medien führen das Land ins Verderben. Sie sind nicht befugt, irgend etwas über irgend etwas zu sagen. Wie großartig. Dann lassen Sie mich sagen, was ich herausgefunden habe. So haben wir wenigstens was, worüber wir beim Essen reden können. In Ordnung?«
Sharon wartete, während sie in ihrer Schüssel mit Nudeln herumstocherte.
Susans Gesichtsausdruck schien etwas von seiner Vitalität zu verlieren. Sie blickte wieder zur Tür. »Die ersten beiden Monate waren schlimm für uns. Ich hatte entsetzliche Angst und fühlte mich hilflos. Armer Rob – das ist mein Mann –, er war sogar noch schlimmer dran. Das *Journal* stellte uns rund um die Uhr einen Personenschutz zur Verfügung, aber nur einen Monat lang. Danach habe ich mich für zwei Monate nach New York abgesetzt. Als ich zurückkam, wurde ich nur noch von und zum Auto begleitet, mit dem ich jetzt sowieso bis direkt vor den Eingang fahre. Ich habe natürlich nicht mehr dasselbe Auto. Nach dem, was passiert war, konnte ich in diesen Wagen nicht mehr einsteigen. Zu der Zeit war ich eigentlich nicht mehr richtig besorgt, ich war abgestumpft. Und ich war wütend auf die Leute, die Rebecca getötet haben, und auf euch, weil ihr mich habt links liegenlassen. Zu Hause gingen wir immer noch durch zwei Sicherheitsanlagen. Wir kamen uns wie Gefangene vor. Mittlerweile haben wir zwei Wohnungen, dazu noch unser Haus, und wir springen zwischen diesen hin und her wie Küchenschaben. Nicht ein einziges Mal in sechs Monaten haben Sie mich angerufen und gesagt: ›Passen Sie auf, Mrs. Baum, wir glauben, er wird es noch mal versuchen.‹ Oder: ›Keine Angst, Susan, er wird es kein zweites

Mal versuchen.‹ Oder irgendwas anderes.« Sie blickte schon wieder zur Tür. »Im Gegenteil, Sie haben meine Anrufe bis letzten Monat kaum beantwortet. Ich hocke am Rande Ihrer Untersuchungen wie eine halb benutzte Zielscheibe. Es scheint mir nicht so ganz unverschämt zu sein, wissen zu wollen, was Sie herausgefunden haben – wenn es was gibt.«

Sharon schämte sich ein bißchen, aber der Gott eines jeden FBI-Agenten war die Vorschrift, und die Vorschrift war auf ihrer Seite. »Wir haben Ihnen im März gesagt, daß Sie aufpassen, Ihre Gewohnheiten variieren, sich nicht unnötig in der Öffentlichkeit zeigen sollen. Wir haben Sie gebeten, vorsichtig und wachsam zu sein.«

»Klar, das hat mir viel geholfen. Heißt ›variieren‹, daß ich jeden Morgen das Haus zu einer anderen Zeit verlassen oder daß ich nach Chicago ziehen soll? Ist ›aufpassen‹ das gleiche wie ›drei Tage hintereinander nicht schlafen‹? Ist es ›nötig‹, mein Haus zu verlassen? ›Vorsichtig‹? Nun, ist zum Abendessen auszugehen vorsichtig oder nicht? Ich habe Monate gebraucht, um dieses einfache Treffen mit Ihnen zu arrangieren. Ein Mittagessen. Ich sitze hier in der Öffentlichkeit. Ich zeige mich, oder nicht?«

Sharon atmete hörbar ein.

»Es ist ein Klischee, aber es stimmt, Sharon: Wenn man den Präsidenten erschießen kann, ist niemand mehr sicher. Fragen Sie Rebecca Harris.«

Sharon aß langsam weiter und ließ ein langes Schweigen entstehen.

»Wie dem auch sei«, fuhr Susan fort. »Ich drehe durch. Und wenn ich durchdrehe, mache ich mich an die Arbeit. Und wenn ich arbeite, finde ich Sachen heraus. Ich bin wirklich gut darin, Sachen herauszufinden. Ich mache dasselbe wie Sie, aber ich schreibe Geschichten, und Sie führen Festnahmen durch. Es wird für Sie keine Überraschung sein, nehme ich an, daß ich selbst einen Verdacht habe.«

»O ja, die …«

»Komm ihr zuvor. Halte sie zurück. Denk daran, wir sind ihr voraus, nicht sie uns«, schossen Sharon Joshuas Worte durch den Kopf.
»... Idee mit Holt. Ich habe davon gehört.«
»Neuigkeiten machen ihre Runde schnell«, erwiderte Susan.
»Sie können wohl kaum über jemanden wie Vann Holt Nachforschungen bei der Polizei von Costa Mesa, dem Sheriff von Orange County und dem FBI in Washington anstellen, ohne daß man bei den Behörden davon Wind bekommt.«
»Sie sind also an dieser Idee nicht mehr interessiert?«
»Das hat Joshua Ihnen schon am Telefon gesagt. Wir haben Ihre Idee nicht einfach abgetan, sondern haben Mr. Holt ausgiebig unter die Lupe genommen, aber nichts entdeckt. Obwohl in Ihrer Theorie eine gewisse Logik steckt, konnten wir keinen einzigen schlüssigen Beweis finden, der ihn belastet.«
»Nicht einmal die Artikel, die ich über seinen Sohn geschrieben habe? Oder über ihn?«
»Bei allem Respekt, der Ihnen gebührt, diese Artikel sind nur für Sie belastend.«
»O nein! Ein FBI-Agent tritt für einen anderen ein. Ich bin nicht sehr überrascht.«
»Glauben Sie ernsthaft, wir würden wegen seiner früheren Zusammenarbeit mit uns nicht gegen ihn ermitteln?«
»Ich weiß nicht, was ich glauben soll.«
»Ich kann Ihnen nur eines sagen – vertrauen Sie uns.«
Susan beugte sich vor. Mit zischender Stimme forderte sie: »Dann reden Sie mit mir!«
Sharon lehnte sich zurück und sah Susan an.
»Sie wird alles tun, um eingeweiht zu werden«, hatte Joshua prophezeit.
»Wir haben etwas«, sagte sie schließlich. »Das ist einer der Gründe, warum wir uns für ein Treffen so lange Zeit ließen. Wir mußten einige Verbindungen herstellen, mehr Fakten sammeln. Es tut uns leid, daß es wie eine unnötige Verzögerung aussieht, aber wir waren beschäftigt, das kann ich Ihnen

versichern. Und in der Tat, Susan, genau jetzt können wir sagen, daß wir auf einer heißen Spur sind. Wir haben einen Verdacht. Und wir sind soweit, damit an die Öffentlichkeit zu gehen.«
Susans Gesicht wurde rosa vor Aufregung, und ihre grünen Augen leuchteten. »Wen?«
»Ich glaube, wir sollten woanders darüber reden. Lassen Sie uns fertig essen und dann spazierengehen. In Ordnung?«
»Oh, ich bin fertig.«

11

Sie spazierten die Promenade am Laguna's Main Beach entlang, obwohl Sharon wußte, daß Susan nicht weit gehen konnte. Es war Joshs Idee gewesen, sie vorab müde zu machen, sie weich zu machen für ihre Leichtgläubigkeit, so wie ein Torero seinen Stier für sein Schwert weich macht. Susan schwitzte schon nach hundert Metern. Sie hatte einen Hut aus der Tasche gezogen, den sie aufsetzte, und schlüpfte in eine große weiße Windjacke. Immer wieder blickte sie hinter sich.
»Ich mag nicht eine Stunde lang gleich aussehen«, erklärte Susan Baum. »Aber es ist schwierig mit der Garderobe.«
»Es ist schon in Ordnung, Susan. Bei mir sind Sie in Sicherheit.«
Sie setzten sich auf zwei mehrfarbige Keramiksitze mit einem mehrfarbigen Keramikständer und einem Schachbrett zwischen sich. Sharon blickte auf den Pazifik, der ohne Wellen, leicht gekräuselt und silbern vor ihnen lag. Während ihres ersten College-Jahres hatte sie hier mit ihrem Freund gelebt. Die Stadt und ihre Strände weckten in ihr immer die Erinnerungen an ihre Liebe, an seinen Verrat und an die Art, wie sich ihr Glück in Trennung wandelte. Donny. Das war vor fast zehn Jahren.
»Sein Name ist Mark Foster«, sagte Sharon. »Er ist vierund-

zwanzig, ein Herumtreiber, ein Krimineller. Zur Zeit von Rebeccas Tod lebte er in Huntington Beach und hatte mit einer Gruppe in Newport zu tun, die sich für die weiße Herrenrasse einsetzt.«

»Alamo West«, unterbrach Susan sie. »Ich hatte darüber geschrieben.«

»Wir glauben, daß Sie vielleicht einen dickeren Nerv als sonst getroffen haben«, schmeichelte Sharon.

»Ich habe versucht, zu diesen Skinhead-Nazi-Idioten nett zu sein. Ich war immer versöhnlich gewesen. Aber der Mann, dieser Geistliche, der den Ort leitet, war zum Kotzen. Ich erinnere mich, daß Mark Foster nicht so ein Schwein war wie die anderen, oder zumindest schien es so. Komisch allerdings, daß ich vergessen habe, welcher er war.«

Sharon zog aus ihrer Aktentasche den Ordner hervor, den Norton ihr zur Verfügung gestellt hatte. Obenauf lag eine Fotografie von Foster, die von der Polizei in Gainesville 1988 gemacht worden war. Es gab noch zwei andere, eine ein Porträtbild, aufgenommen von der Polizei in Eaton in Colorado 1992, die andere ein Schnappschuß von Foster und Freunden bei einem Neonazi-Treffen in Huntington Beach 1994. Sein Gesicht war auf dieser Nachtaufnahme nicht sehr deutlich zu sehen, weil Mark und seine Freunde um ein Lagerfeuer herum versammelt waren. Einige hielten Taschenlampen, andere Bierflaschen in den Händen, und der Fotograf war offensichtlich ein Amateur.

»Das Bild war zusammen mit meinem Artikel im *Journal*«, sagte Susan.

»Genau. Wir haben auch eine lange Liste von Verbrechen und Vergehen: Betrug, Raub, bewaffneter Raub, Trunkenheit in der Öffentlichkeit, Erregung öffentlichen Ärgernisses. Um ehrlich zu sein, Susan, brauchte das FBI nach Rebeccas Tod einige Zeit, bis man anfangen konnte, in Alamo West herumzustöbern. Ich meine, wir hatten eine ziemlich lange Liste von Leuten, die Sie im *Journal* angegriffen hatten.«

»Aus Alamo West hatte ich niemanden angegriffen.«
»Deswegen hatten wir die zuerst auch nicht im Visier. Aber Sie haben sich herablassend geäußert. Für einige ist das schlimmer als ein Frontalangriff.«
»Nun, ich habe sie möglicherweise ... ein bißchen bemitleidet.«
»Vielleicht sollten jüdische Frauen sich nicht herablassend über männliche Neonazis äußern, Susan.«
Sharon fragte sich, ob sie mit ihrer Lügengeschichte nicht etwas zu dick auftrug. Sie vollführte im Moment die psychologische Entsprechung eines Würgegriffs, und in den Jahren ihrer Ausbildung hatte sie gelernt, niemals einen Vorteil aufzugeben. Dennoch schreckte sie innerlich vor ihrer eigenen vorgetäuschten Überlegenheit zurück. Um dieses Gefühl zu verbergen, atmete sie einmal tief durch und blickte Susan wissend an.
»Den Mann, den Sie verdächtigen, Vann Holt«, fuhr Sharon fort, »hatten wir übrigens anfangs selber stark im Verdacht, aber er war sauber. Herzlichen Glückwunsch also zu Ihrem Instinkt, Susan. Vielleicht steht Ihnen ja noch eine Karriere beim FBI bevor, wenn Sie bei der Zeitung in Rente gehen. Wie dem auch sei, Holt ist nicht und war nie unser Mann. Aber zu der Zeit, als wir uns auf Alamo West konzentrierten, war Mark Foster verschwunden.«
»Und?«
»Bleibt es weiterhin. Wir haben unbestätigte Berichte, daß er sich in den Pazifik Richtung Nordwesten davongemacht hat. Sollte sein Maul wieder auftauchen, nehmen wir ihn an die Angel.«
»Wunderschön gesagt. Darf ich Sie zitieren?«
»Klar.« Sharon lächelte, aber es war ein seltsames Gefühl, gleichzeitig zu lächeln und zu lügen. Ob Susan ihre Gespaltenheit spürte?
»Ich kann Ihnen diese Kopien der Unterlagen geben, wenn Sie möchten. Ich habe sie auf unserem besten Kopierer gemacht,

aber sie sind immer noch ein bißchen verwischt. Die Fotos sind ziemlich bescheiden.«

Susan nahm die Unterlagen, und ihre Augen tanzten vor Neugier und Freude. »Wie sind Sie auf Foster gekommen?«

»Zuerst haben wir alle, über die Sie negativ berichtet haben, mit ihrem Potential als Mörder verglichen. Sie haben die Pfadfinder runtergemacht, weil sie schwule Anführer ablehnen und sich in ihrem Schwur trotzdem auf Gott berufen. Aber wir haben nicht geglaubt, daß die Pfadfinder von Amerika Sie als Zielscheibe für einen Mord hernehmen würden. Sie hatten einen Termin mit dem Lobbyisten der Tabakindustrie, der seinen Sommer in Newport Beach verbringt, mit dem Erfinder des GI Joe, der in Fullerton lebte, und dem christlichen Schallplattenlabel draußen in Irvine, aber sind das Mörder? Nein.

Als wir unser Netz weit genug auswarfen, kamen wir auf Alamo West. Eine ganz andere Geschichte. Wir hatten Gerüchte gehört, daß einige Mitglieder einen Gewaltakt gegen eine örtliche Synagoge geplant hatten, und konzentrierten uns auf eine Gruppe in Orange County, die sich ›Einhundert Schwarze Männer‹ nennt. Wäre Foster einfach in der Gegend geblieben und hätte unsere Fragen beantwortet, wären wir vielleicht gar nicht so schnell auf ihn gekommen. Aber er war nicht da. Ohne Zweifel wußte er vom Geistlichen über unser Interesse, und das reichte. Wir fanden an seinem letzten Wohnort eine Schachtel Munition vom Kaliber .30/06, das Kaliber, das beim Mord an Rebecca Harris verwendet wurde. Zwei Patronenhülsen fehlten in der Schachtel. Wir fanden auch Kopien von Ihrem Artikel über Alamo West. Der Auslöser war ein an Sie adressierter Brief, den er nicht abgeschickt hat. Er lag in einem Tresorfach, in das wir nur mit Mühe gelangten. In diesem Brief schreibt er, daß er Sie am liebsten umbringen würde, weil Sie Jüdin und eine Verrückte seien und Amerika verraten hätten.«

»O nein!«

»Wenn du sie an der Angel hast, nimm sie in die Pflicht«, hatte Joshua gesagt.
Sharon legte ihre Hand auf die von Susan. »Ich bitte Sie, dies nicht zu erwähnen. Schreiben Sie nichts darüber, was wir bei ihm gefunden haben. Es würde ihn nur dazu veranlassen, Beweise zu vernichten, und Beweise sind das einzige, was den Mörder von Rebecca überführen kann. Bitte.«
»Mach ich. Ich hätte den Brief erwähnt, wenn ich ihn erhalten hätte.«
»Ich weiß. Da ist eine Kopie bei den Unterlagen für Sie.«
»Haben Sie die Waffe gefunden?«
»Nein, noch nicht.«
»Haben Sie einen Haftbefehl?«
»Nein. Wir wollen ihn nur für ein Verhör. Es ist wichtig, daß Sie das in Ihrem Artikel erwähnen. Wir sollten nicht die Angst in ihm schüren, wenn auch nur die geringste Chance besteht, daß er sich zeigt. Es ist möglich, daß er es nicht getan hat. Es ist auch möglich, daß er es nicht allein getan hat. Also möchten wir ihm die Gelegenheit geben, seine Freunde in Alamo West mit einzubeziehen, wenn es sich so zugetragen hat. Ein Verdächtiger, der für ein Verhör gesucht wird, nicht für eine Festnahme.«
»Ich verstehe. O Gott, das ist ... Ich fühle mich so im Konflikt.«
»Es ist kein Konflikt, wenn man Verbrecher dingfest macht.«
Susan zog das größte Bild von Foster wieder hervor und blickte darauf. »Er war noch am anständigsten von allen. Das dachte ich jedenfalls.«
»Er lebt am Rande der Gesellschaft. Das tun sie alle in Alamo West.«
»Und über die anderen haben Sie nichts herausgefunden?«
»Bis jetzt nicht.«
Susan betrachtete immer noch das Foto. »Nun, da der Mörder ein Gesicht hat, fühle ich mich ... es ist wie ... Dieses Kind soll dazu fähig gewesen sein? Er sieht so unschuldig aus.« Sie

blätterte die Verbrechensliste durch. »Wissen Sie, ich fragte mich, als ich den Artikel über die Skinheads schrieb, ob einer von ihnen – nur einer – ihn lesen und etwas von mir lernen, sich ändern würde. Das war naiv.«

»Optimistisch, aber naiv.«

»Und ich bin eigentlich kein naiver Mensch. Nicht, nachdem ich schon dreißig Jahre Nachrichtenjournalistin bin. Und hier war ich so sicher, daß Vann Holt hinter der Sache steckt.«

»Hatten Sie sich das gewünscht, Susan?«

»Ich habe ihn ein paarmal in der Presse hart angegriffen. Und ich stellte seinen Sohn im Prozeß gegen Ruiz als möglichen Sexualverbrecher dar. Ich war sicher, daß er mich drankriegen wollte. Er schien der perfekte Attentäter zu sein. Ein Schwein mit einer Waffe. Obwohl ich ihn auf eine Art bemitleidete.«

»Es ist ein langer Weg von einem Republikaner zu einem Attentäter.«

»Ich weiß.«

Sharon beobachtete, wie ein Schwarm Seemöwen aufflog, als ein Hund auf sie zugerannt kam. Die Vögel schrien, krächzten, kreisten umher und versammelten sich wieder ein Stück weiter den Strand hinunter, wo sie auf ihren Füßen landeten, die so orange und leuchtend wie Plastik waren.

»Wir dachten, daß Sie diese Informationen zuerst erhalten sollten. Morgen früh werden wir in einer Pressekonferenz die anderen Medien unterrichten. Sie werden das meiste von dem bekommen, was ich Ihnen gegeben habe.«

»Danke, Sharon. Glauben Sie, Foster könnte es noch einmal versuchen?«

»Nein. Aber behalten Sie trotzdem ein wachsames Auge.«

Susan nickte nachdenklich.

Sharon verabschiedete sich mit einem schlechten Gewissen. Doch die Lüge diente dazu, den Reisenden im Glauben zu lassen, das FBI ermittle konsequent in die falsche Richtung. Je länger Foster natürlich auf freiem Fuß blieb, desto besser, und das FBI würde alles dafür tun, diesen Zustand aufrechtzuerhalten.

So sehr Sharon durch die List auch aus dem Gleichgewicht gebracht war, so war sie auch von deren Macht gepackt. Was für ein Gefühl, die Medien zu lenken und zu beeinflussen! Der Betrug hatte die Herrschaft. Sie betrachtete sich im Rückspiegel, um zu sehen, ob die Unehrlichkeit ihr Gesicht verändert hatte. Sharon entschied sich für ein Nein. Es war dasselbe vierunddreißigjährige Gesicht, in dem die biologische Uhr weiterhin tickte und mit dem sie am Morgen das Haus verlassen hatte.

12

Der 14. Oktober schwebt behutsam über Liberty Ridge. Es ist ein windiger Herbstabend, wolkenlos und trocken, in der Luft die Ankündigung eines Wechsels.

Von oben betrachtet, ist das wichtigste Kennzeichen von Liberty Ridge das blaue Oval des Sees im Zentrum. In der Mitte des Sees liegt eine kleine, runde Insel, dicht mit Bäumen bewachsen und dunkel.

Im Norden liegen achthundert Hektar Orangenfelder, ein perfektes Rechteck, das durch Eukalyptusbäume vom Wind geschützt wird. Früh am Morgen füllen sich die Bewässerungskanäle mit Wasser und glitzern wie Streifen von flüssigem Silber. Holt hat Unmengen von Ausgaben getätigt, um seine Zitrusfrüchte als biologisch angebaut zertifizieren zu lassen, obwohl er sich nie um die letzten Bescheinigungen gekümmert hatte, weil sein Anbau nicht gewerblich ist und er jede Art von Schnüfflern auf Liberty Ridge haßt. Holt hat nicht sehr viele Arbeiter, die aber gut bezahlt werden. Hinter dem See, Richtung Süden, liegen hundertsechzig Hektar südkalifornisches Küstengebiet und Savanne. Weil diese natürliche Umgebung ein Teil eines größeren Gürtels nichtkultivierten

Landes ist, läßt sich von oben betrachtet schwer sagen, wo die südliche Grenze von Liberty Ridge verläuft. Nur von unten kann man die gegenwärtige Grenze erkennen – ein zweieinhalb Meter hoher Maschendrahtzaun, auf dem ein weiterer halber Meter Stacheldraht entlangläuft. Das Ganze steht mit 24000 Volt unter Strom. Dieser wird während des Tages in unregelmäßigen Abständen an- und abgeschaltet, ist aber während der Nacht immer an. Die Spannung ist hoch genug, um einen Hirsch zuckend Hals über Kopf ins Gebüsch zurückzujagen oder einen Menschen ohnmächtig werden zu lassen. Einen von Holts frei herumlaufenden Hunden erwischte es letztes Jahr, und er starb noch am selben Tag.

Östlich des Sees, landeinwärts, erstrecken sich weiche Gebirgsausläufer mit Eichen und Salbeisträuchern, Grasland und die Interstate 5, die die Grenze des Grundstücks markiert. Von einer Parallelstraße abgehend, die meist von Surfern und den Marines des nahe gelegenen Camp Pendleton benutzt wird, windet sich ein mit Dattelpalmen gesäumter Asphaltweg Richtung Westen zum Haus und den Außengebäuden, dem See und den Orangenfeldern. Das Tor in der Nähe der Parallelstraße – außer Sichtweite gleich hinter der ersten Biegung – wird rund um die Uhr von einem Team aus fünf Männern von der Liberty Ridge Security bewacht, dessen Vorgesetzter Vann Holts allgegenwärtiger Beschützer, Jagdbegleiter, Saufkumpan und persönlicher Assistent Lane Fargo ist.

Nach Westen hin liegt der Pazifik. Die Grundstücksgrenze befindet sich fast einen Kilometer vor der Küste, was Vann Holt sehr recht ist, da am westlichen Rand von Liberty Ridge ein langer, schmaler Streifen Sumpfgebiet parallel zur Küste verläuft, der elektrische Zäune, bewachte Tore oder sogar Routinegänge des Sicherheitspersonals unnötig macht.

Die Anlage selbst ist um das herum gebaut, was Holt das Große Haus nennt – ein kleiner Witz über sich selbst, einen pensionierten Verbrechensbekämpfer des FBI. Dieses Haus besteht hauptsächlich aus restaurierten Adobeziegeln über

Schlackenstein und T-Stahlträgern. Diese teure Kombination von Materialien ist eine hervorragende Isolierung gegen Kälte und Hitze und verleiht dem Haus natürlich das Flair der Missionszeit aus dem alten Kalifornien. Holt weist seine Gäste oft darauf hin, daß es kugelsicher sei, weil er gerne sieht, wenn jemand seine Augenbrauen hebt. Befindet man sich in diesem imposanten dreistöckigen Gebäude, hat man das Gefühl, es würde ewig weit hinaufgehen. Holt entwarf den Umbau selbst, der neben alten auch zeitgenössische Elemente aufweist wie überdimensionale Doppelglasfenster und vier Meter hohe Wände, zwischen denen sich das Sonnenlicht fängt. Einige Räume sind mit echten Möbeln aus der Missionszeit eingerichtet, in anderen wiederum hängen an den grauen Wänden die sentimentalen Landschaften aus dem frühen 20. Jahrhundert, die Holt so bewundert.

Lane Fargo hat ein eigenes Domizil. Seine Wohnung ist eigentlich ein Teil des restaurierten Hauses, in dem die Orangen gepackt werden, und liegt zwischen dem Großen Haus und dem See. Es ist, wie ursprünglich auch, mit Blech verkleidet und wirkt im Inneren wie eine Höhle. Holt hat einen Teil der alten Verpackungseinrichtung wieder in Schuß gebracht – die Förderbänder und Fülltrichter, die Verarbeitungstische und die beiden Rolltore, die groß genug sind, um einen Lastwagen hindurchzulassen. Aber Fargo läßt die Tore und die Fenster immer geschlossen, bis auf die sehr heißen Tage, wodurch das alte Gebäude den Anschein bekommt, als ginge von ihm nur Unheil aus.

Für die beiden anderen Mitglieder aus Holts innerem Kreis – Laura und Thurmond Messinger – gibt es noch eine Wohnung in der Kirche aus Adobeziegeln, die seit 1853 auf dem Grundstück steht und auf deren Spitze ein hölzernes Kreuz prangt, das den Reisenden erzählen soll, daß sie hier mit christlichem Respekt behandelt werden. Holt räumte die alte Einrichtung fort, als er nach Liberty Ridge zog, da er den Messingers einen angemessenen Ort zum Wohnen geben wollte und weil er seinen Glauben an die Kirche durch die Schießerei auf seinen Sohn und seine Frau auf so bittere Weise verloren hatte. Im Inneren aber ist noch viel von der religiösen Atmosphäre erhalten, da Holt meinte, eine Kirche bleibe in der Hauptsache immer eine Kirche, ganz gleich, was man mit ihr mache. Laura Messinger, einer Katholikin, und Thurmond, einem abtrünnigen Presbyterianer, ist das recht.

In der Nähe, in einem lockeren Archipel, der an eine sanft hügelige Landschaft mit saftigem Gras, Bäumen und Blumen angrenzt, stehen vier geräumige Hütten, in denen die Kadetten von Liberty Operations ausgebildet werden. Ein Gebäude dient für den Klassenunterricht, in einem anderen werden die asiatischen Kampfsportarten geübt, im dritten ist eine Schießanlage untergebracht und im vierten eine Bibliothek. Hinter diesen Gebäuden stehen ein weiteres zur Erholung, zwei Erste-Hilfe-Bungalows, zwei großzügige Gästehäuser und mehrere Schuppen für Fahrzeuge, Hubschrauber, Propangas, Generatoren, Wasserversorgung und Vorräte. Der Hubschrauberlandeplatz und die Tennisplätze liegen verborgen in einer Senke auf der anderen Seite des Haupthauses, ebenso wie das Schwimmbecken, der Whirlpool, der Steingarten und das Vogelhaus. Unten bei den Orangenfeldern gibt es vier geräumige Hütten für die Arbeiter. Am See stehen das Badehaus, ein weiteres Gästehaus und die Zwinger für Holts Armee von English Springer Spaniels. Hier sind auch der Bootsanlegeplatz und das Trockendock. Neben dem Trockendock steht ein großes fensterloses Schlackensteingebäude. Im Inneren befindet sich die »Holt-Allee«, ein Parcours für Handfeuerwaffen, auf dem in einem nachgebildeten Straßenblock fünfundzwanzig Pappkameraden als böse Jungs überall und plötzlich auftauchen können, ebenso wie fünfzehn Unschuldige, die Angst um ihr tägliches Leben haben. Keiner hat es bisher geschafft, den Parcour beim Schießen ohne Fehler in weniger als drei Minuten und fünfzehn Sekunden hinter sich zu bringen.

Am südlichen Ende des Sees liegt der Strand mit den Umkleidezelten und der Schießstand für Gewehre und Pistolen. Gleich neben den Gewehrbänken befindet sich eine abgeänderte Anlage zum Tontaubenschießen, wo Vann Holt seit Anfang August viele Stunden zugebracht hat, um sich auf die Wachtelsaison vorzubereiten.

Als die Sonne ihr Orange in den westlichen Himmel ergießt, steht Holt hier am Tontaubenschießstand an der letzten Station, hinter ihm der Turm mit seiner automatischen Wurfvorrichtung, den Zielscheiben, Plattformen und Geländern. Er befindet sich in einem kleinen, wie ein tragbares Toilettenhäuschen geschnittenen Holzkäfig, bei dem die Verkleidung an der Vorder- und Rückseite entfernt wurde, nicht aber die Seitenteile, so daß das Schießen schwieriger wird. Holt ist ein großer Mann mit dicken Armen und sonnengebräunter Haut, glattem silbergrauem Haar und einem schmalen Gesicht mit tiefen Falten. Seine eigentlich hellgrauen Augen scheinen hinter seiner gelben Schießbrille durchsichtig blau zu sein. Er trägt eine Khakihose, Schnürschuhe aus Wildleder und ein blaues Oxford-Hemd. Eine Patronentasche hängt um seine Hüfte. Er hebt das Gewehr an seine Schulter und ruft: »Los!« Die Tontaube schleudert an seiner linken, verdeckten Seite vorbei, schießt in die Höhe und verschwindet mit einem Knall in einer kleinen Wolke aus schwarzem Staub. Er tritt zurück und lädt erneut. Von jedem Winkel aus betrachtet, ist Vann Holt ein Mann, der Sicherheit, Pflichtbewußtsein und Fähigkeit ausstrahlt.

Hinter der Station legt Lane Fargo den Lauf seines Gewehrs in seine Armbeuge und schaut.

Holt geht in den Verschlag zurück und fordert den zweiten Vogel an, der wieder von links kommt, diesmal aber niedriger, schneller und eher vor ihm wegfliegt. Ein schneller Rückschlag, ein kurzes Vorschnellen des Laufs, doch die Scheibe fliegt weiter, getroffen zwar, aber sie fliegt. Der nächste und übernächste Vogel entwischt ebenfalls, fliegt über den vom

Ton schwarzen Bereich des Schießstandes und landet außer Sichtweite hinter einem kleinen Hügel.

Einen Moment lang steht Holt da, als könne er sie noch einmal sehen, alle nicht getroffenen Vögel. Er hebt sein Gewehr wieder hoch und vollzieht die Schüsse in seiner Vorstellung. Dann tritt er aus dem Verschlag, öffnet sein Gewehr, nimmt die Patronen heraus und geht zu Lane Fargo.

»Nun, das waren vierundachtzig«, sagt Fargo. »Damit kommen Sie fast in jedem Club auf der Welt an die Spitze.«

»Rein mit dir.«

Lane Fargo geht in die Station, schießt eine schwere Ladung und kehrt zu Holt zurück.

»Neunzig«, sagt er.

»Gut geschossen, Lane. Du wirst sie morgen alle schlagen.«

Sie schieben ihre Gewehre in die Futterale zurück und legen sie auf die Ladeflächen eines kleinen Pickup.

»Sie sehen sie nicht mehr so schnell wie früher, Boß«, meint Fargo.

»Die Augen.«

»Ich bin nicht glücklich darüber.«

»Ich noch weniger.«

»Ich würde Ihnen eins von meinen geben, wenn ich könnte.«

»Behalte das, was dir gehört, Lane.«

»Bleiben Sie morgen immer ein Stück voraus, und um zehn haben Sie sie geschafft, Vann.«

»Um halb zehn«, entgegnet Holt mit einem warmen, natürlichen und beinahe spitzbübischen Lächeln.

Holt schweigt, als sie zurück zum Großen Haus fahren. Er hat sich während seiner Jahre beim FBI oft genug mit seiner Vergänglichkeit auseinandergesetzt, so daß er mit diesem Gedanken vertraut ist, aber dieser neue Feind, der sich während einer jährlichen Routineuntersuchung vor acht Monaten selbst vorgestellt hatte, ist entmutigender als ein Scheißkerl mit einer Waffe. Was ihn am meisten demoralisiert, ist nicht die Tatsache, daß das Leiden inoperabel ist, auch nicht die langsame

Beeinträchtigung seiner Kraft, sondern das unerbittliche Nachlassen seiner Sehkraft.
Ich muß noch viel erledigen, denkt er, solange es in meinem Kopf noch Tageslicht gibt.
»Lane, wir brechen morgen um fünf auf.«
»Ich bin bereit. Soll ich mich um die Gewehre und die Hunde kümmern?«
Natürlich hat sich Holt in den letzten fünfunddreißig Jahren zur Eröffnung der Jagdsaison immer selbst um die Gewehre und die Hunde gekümmert. Er schüttelt den Kopf und antwortet, er schaffe das schon. Fargo ist der einzige, dem er über seine Blutwerte erzählt hat, und er bereut es. Nichts auf der Welt ist für Vann Holt verwirrender als die mitleidige Art von anderen. Lane Fargo meint es gut, und das macht es so ekelhaft.

Später am Abend, nach dem Essen, begibt sich Holt in seine Bibliothek. Er überfliegt die *Los Angeles Times,* die *New York Times,* das *Wall Street Journal,* die *Washington Post* und natürlich das *Orange County Journal,* in dem wieder ein Artikel von der schrecklichen Susan Baum steht, die sich über das erste jährliche Schwulen- und Lesbenfestival in Laguna Beach ausläßt: »Das Gefühl der Stärke war überwältigend. Es lag eine lebensbejahende Atmosphäre in der Luft, so deutlich wie der Duft des Eukalyptus. Ich sah die Liebe zwischen einem lesbischen Paar und ihrem zweijährigen adoptierten Sohn. Ich sah die offenen Gesichter junger Schwuler, die vielleicht zum erstenmal in die Welt der Heteros traten, ohne sich dafür zu schämen. Ja, die amerikanische Familie hat sich gewandelt und umfaßt heute all diese verschiedenen Lebensstile. Dies abzulehnen hieße die Wahrheit abzulehnen, und wer dies hier sieht, wirft einen Blick in Amerikas Zukunft.«
Holt war selbst während des Lesben- und Schwulenfestivals in Laguna Beach herumgefahren – Liberty Operations war von bestimmten Einzelpersonen aus Sicherheitsgründen engagiert worden – und hatte gedacht, daß sich die Stadt in eine einzige

große Schwulenbar verwandelt hatte, ein sanktioniertes Straßengerammel unter dem Banner des politisch Korrekten, ein gedankenloses Rudelbumsen zwischen den Naiven und den Entarteten. Gott wußte, wieviel Viren an jenem Wochenende ihre Besitzer gewechselt hatten. Holt fühlte sich elend und wurde wütend.

Und hier noch ein Artikel von der Art, die Holt wütend macht, diesmal über den Nationalen Waffenverband: »Dieser wird von einigen als größere Gefahr für die öffentliche Gesundheit angesehen als der Verband der Tabakindustrie.«

Eine Lüge führt immer zur nächsten, denkt er, ich muß Wayne noch einmal fünftausend Riesen schicken.

In der Bibliothek steht ein Computer. Eigentlich steht in jedem Raum des Hauses ein Computer, außer im Badezimmer und in der Küche, und auch in allen anderen Gebäuden auf Liberty Ridge, ja sogar in den Hütten der Orangenarbeiter stehen Computer. Und alle sind miteinander vernetzt.

Holt meldet sich an, findet seine eigene Mailbox und gibt den Hinweis ein, daß Wayne LaPierre, dem Präsidenten des Nationalen Waffenverbandes, fünftausend Dollar geschickt werden sollen, »zum Verpulvern, wie er es für richtig hält«. Holt weiß, daß Wayne hin und wieder extreme Positionen einnimmt, aber er glaubt auch, daß diese in extremen Zeiten das einzige sind, was funktioniert, in Zeiten zum Beispiel, in denen sich die Justizministerin öffentlich zu ihrem Wunsch bekennt, man solle die Bürger ihres Landes vollständig entwaffnen.

Danach begibt sich Holt hinaus auf den Balkon. Er denkt wieder an die Trefferzahl von vierundachtzig, die er beim Tontaubenschießen erzielt hat, an die Tatsache, daß er letztes Jahr am Tag vor der Eröffnung der Wachtelsaison siebenundachtzig und das Jahr davor neunundachtzig gemacht hat. Das Blut, denkt er. »In den meisten Fällen Beeinträchtigung der Sehfähigkeit.« Und es gibt nichts, was man tun kann.

Außer wütend zu sein.

Es ist die Stunde des Besuchs bei Carolyn, kurz vor ein Uhr nachts. Holt tritt leise ins Zimmer, das nur von der Leselampe der Krankenschwester erleuchtet wird. Diese sitzt an einem Schreibtisch am Computer und schaut sich CD-ROMs mit Rockgruppen an. Sie sieht zu Holt auf und flüstert eine Zusammenfassung: »Gut, Mr. Holt.«

Gut, Mr. Holt. Schlecht, Mr. Holt. Weit weg, Mr. Holt. Ruhig, Mr. Holt.

Holt nickt wie immer, tritt dann an die Seite des Bettes und setzt sich auf einen Sessel mit verstellbarer Rückenlehne, den Joni, die Nachtschwester, für ihn zurechtgerückt hat. Carolyn bewegt sich, als er sich setzt, und verändert ihre Lage. Holt reicht ihr die Fernbedienung für das Bett, und das Kopfteil der Matratze hebt sich mit surrendem Motor, so daß Carolyn ihren Mann anschauen kann.

»Ich mag diesen Mantel«, beginnt sie die Unterhaltung.

Holt sieht hinab auf sein Oxford-Hemd und seine nackten Unterarme.

»Hab ich extra wegen dir angezogen.«

»Ich kann heute nacht ganz gut schlafen.«

»Ich bin sicher, du würdest durchschlafen, wenn ...«

»Ich unterhalte mich viel lieber mit dir.«

»Ich mag diese Zeit auch.«

In Wirklichkeit haßt Vann Holt sie. Er hat ihr den Namen »Kinderstunde« gegeben, weil es die Zeit ist, in der Carolyn in eine ihrer vielen Spuren rutscht, die durch den Schaden der Kugel verursacht wurden, und über die Kinder reden möchte. Nicht, daß sie nicht auch während seiner anderen Besuche am Tag und am Abend über sie spricht, aber um ein Uhr nachts sind es fast ausnahmslos die Kinder. Für Außenseiter wäre es jedoch nicht eindeutig erkennbar, daß es sich um Carolyns Kinder handelt, da sie permanent die Namen ändert. Aber Holt hat über die Jahre hinweg bemerkt, daß sie sich immer auf ihre eigenen Kinder bezieht, ganz gleich, welchen Namen sie wem gibt. Er korrigiert sie schon lange nicht mehr, und seit ein paar Monaten versucht er auch nicht mehr ihr beizubringen, daß sie nur noch ein lebendes Kind namens Valerie und keinen Sohn mehr hat. Holt haßt diese Stunde, weil er danach mehr als sonst daran erinnert wird, wieviel von Carolyn und daß Patrick ganz verschwunden ist. Er haßt diese Stunde, weil er mit ansehen muß, was die Welt ihr angetan hat, weil er Zeuge dessen sein muß, in welche halb gelähmte, von Medikamenten aufgedunsene und psychisch gestörte Frau man sie verwandelt hat.

Manchmal wünscht er sich, sie wäre tot, damit seine Erinnerung die guten Momente auswählen, den Fluß der schlechten aufhalten und in einen Bach verwandeln könnte, mit dem es sich umgehen ließe.

»Woher hast du den neuen Mantel?«

»Von Nordstrom, Liebes.«

»Er wirkt ein bißchen klein.«

»Vielleicht werde ich dicker.«

»Hat Susan dir geholfen, ihn auszusuchen?«

»Ja.«

»Welche Farbe hat der von Nicky?«

»Die gleiche wie meiner«, antwortet Holt. »Blau.«

Holt hat sich damit abgefunden, daß die »Kinderstunde« eine Art von Abwandlung derjenigen Jahre ist, als Carolyn eine gesunde, schöne Frau war und sie immer auf ihn um ein Uhr nachts in ihrem Bett wartete. Das war am Ende von Holts Arbeitstag. Er war müde, aber nie zu müde, um mit ihr zu schlafen, und sie war stets darauf aus. Sie hatten zumindest einen Termin am Tag gemeinsam, der immer galt, und das um ein Uhr nachts.

»Hat er heute angerufen?«

»Kein Anruf. Er muß viel studieren, vermute ich.«

»Sind Terris Lippen verheilt?«

»Ziemlich gut.«

»Diese Zahnspangen tun ihr weh. Vielleicht kann Dr. Dole sie etwas lockerer machen.«

»Ich werde mit ihm darüber reden. Morgen früh gehen wir auf die Vogeljagd.«
»Du und Terri?«
»Ja, du weißt doch, unten in Anza. Wir sind übermorgen wieder zurück, irgendwann um die Mittagszeit. Sie möchte Lewis und Clark vom diesjährigen Wurf mitnehmen.«
»Terri kommt immer auf so hübsche Namen.«
»Stimmt. Und es sind gute Hunde. Sie hat sie neun Monate lang ausgebildet.«
»Was ist mit Sally?«
»Oh, ich werde Sally mit auf die Jagd nehmen, mach dir darüber keine Sorgen.«
»Ich vermisse die alten Tage.«
Momente wie dieser schmerzen Vann Holt besonders, Momente, in denen Carolyn wach und in der Realität ist, in denen er mit der echten Carolyn über ein paar Sätze hinweg kommunizieren und etwas von dem schmecken kann, was einmal gewesen ist, Momente, in denen er merkt, daß sie manchmal sehr gegenwärtig und sehr lebendig ist. Die Ärzte verglichen ihr kaputtes Gehirn mit nackten elektrischen Drähten, die mit Wachs zusammengehalten werden – manchmal werden Signale weitergeleitet und manchmal nicht.
Sie reden bis fast zwei Uhr. Dann lächelt Carolyn, reckt sich mit der oberen Hälfte ihres Körpers und senkt das Kopfteil ihres Bettes in die Schlafposition. Joni und Holt helfen ihr beim Umdrehen, so daß die wundgelegenen Stellen auf ihrem Rücken – jene immer wiederkehrende, unerträgliche Geißel – verheilen und von neuem aufbrechen können.
Er gibt ihr zwei Gutenachtküsse – einen auf die Lippen und einen auf die Stirn –, dann geht er in sein Zimmer, zieht sich aus und steigt in das große, leere Bett. Sein Herz klopft stark in seiner Brust, und es dröhnt bis in sein Trommelfell. Es klopft im Rhythmus der Rache.
Bald fällt er ins Reich der Träume, der gleichen Träume, die er immer am 14. Oktober seit seinem zwölften Lebensjahr hat,

als er zum erstenmal mit seinem Vater zur Eröffnung der Saison jagen ging – Träume von Vögeln, die sich in einem Gewirr von Federn erheben, von einem Gewehrabzug, der betätigt wird, und von den Vögeln, die unberührt in den Himmel fliegen und hinter einem in der Morgensonne funkelnden Hügelkamm verschwinden.

13

Um sechs Uhr morgens am 15. Oktober fühlte sich Vann Holt wie ein neuer Mann, während sie in dreitausend Metern über der kalifornischen Wüste dahinsausten.

Die Hughes 500 hatte Platz für fünf Passagiere, und die Jagdgesellschaft bestand auch aus fünf Personen, was Holt als zu viele für eine sichere und gute Jagd ansah. Der vierte, Juma Titisi, ein Angestellter des Entwicklungsministeriums von Uganda, war daran interessiert, Sicherheitsberater zu engagieren – eigentlich ein ganzes Team. Der fünfte, ein alter Freund von Holt aus seinen College-Tagen, Rich Randell, war jetzt für die paramilitärischen Einheiten von Liberty Operations in Übersee zuständig.

Lane Fargo war in ein Gespräch mit dem Piloten vertieft. Neben Holt saß Valerie am Fenster und hörte höflich dem ehemaligen Harvard-Studenten Titisi zu, der sich über die Zerstörungskraft der Stammesrivalitäten in seinem Land ausließ.

Auch Holt hörte zu oder tat zumindest so, aber seine Aufmerksamkeit war auf seine Tochter gerichtet, der gegenüber er oft stille Ehrfurcht empfand.

Zwei Stunden später waren sie in der Nähe der Wiese von Anza Valley, wo Holt während der vergangenen dreißig Jahre gejagt hatte. Der Morgen war kühl und windstill.

Holts weißer Landrover holperte einen gewundenen schmutzigen Pfad entlang und hielt mitten im Dickicht am Rand der

Wiese. Nachdem Holt allen gesagt hatte, daß sie die Türen nicht zuknallen sollten, stiegen sie aus. Der zweite Wagen, den Lane Fargo fuhr, hielt ein paar Meter dahinter. Holt hatte die anderen bereits darüber instruiert, wie er an diesem Morgen zu jagen gedachte – die Wagen am westlichen Rand der Wiese parken, sich ins niedrige Gras begeben, wo die Wachteln zu dieser Tageszeit wahrscheinlich am Fressen waren, sie nach draußen auf die offene Wiese treiben und versuchen, sie davon abzuhalten, an das andere Ende zu gelangen, wo das Dickicht die Jagd unmöglich machen würde.

Sie verteilten sich und bildeten, zehn Meter Abstand zwischen den einzelnen Personen haltend, eine lockere Front, die sich durch das Gebiet arbeitete. Holt ging mit Sally, seiner zehn Jahre alten Hündin, am rechten äußeren Rand. Daneben kam Randell, dann Titisi, in dessen Nähe sich Holt ziemlich unsicher fühlte, da er noch nie zuvor mit dem Ugander auf der Jagd gewesen war. Links von Titisi, zehn Meter weiter, ging Valerie mit Lewis und Clark, ihren gerade erst zehn Monate alten Hunden. Sie liefen ihr schon im Zickzack voraus, außerhalb der Reichweite ihres Gewehrs, kamen aber bei jedem scharfen Pfiff aus Valeries Pfeife zurückgerannt.

Lane Fargo ging am äußersten linken Rand, achtete jedoch auf den Abstand von sicheren dreizehn Metern zwischen sich und Valerie.

Holt hatte die Formation nicht nur gewählt, damit die Hunde sich verteilten und man sie auf diese Weise gemeinsam nutzen konnte, sondern weil er seine Tochter gern beobachtete, ohne daß sie es merkte.

Jetzt aber richtete er seine Aufmerksamkeit auf Sally, die ein Stück Kürbisfeld durchkämmte. Von dort hörte er, wie die Vögel sich gegenseitig warnten. Die Wahrnehmungsfähigkeit seiner Augen wurde stärker, obwohl er wußte, daß sie ihn im Stich ließen. Selbst sein Geruchssinn lief auf Hochtouren. Der strenge Duft von Beifuß und des Wüstengestrüpps und der feuchte Geruch der Kürbisse durchströmten seine Nase bis di-

rekt hinauf in sein Gehirn. Vann Holt fühlte sich bei nichts anderem auf der Welt so lebendig wie beim Jagen.
Dann schien sich die Erde vor ihm zu bündeln und zusammenzuziehen. Über ihm explodierte die Luft in scharfen Schatten, als der Schwarm hochflatterte. Holts Herz sprang bis in seine Kehle, genau wie in den letzten drei Jahrzehnten, in denen er hier zur Jagd gewesen war, ohne daß dieses Aufbrausen, die Ladung des reinsten Adrenalins quer durch seinen Körper, jemals nachgelassen hätte. Er schätzte ihre Zahl auf neunzig, als er sein Gewehr hochriß und die Sicherung löste. Er suchte sich einen großen Vogel aus und schoß ihn ab, dann noch einen und noch einen. Sally lief zum ersten Vogel, während Holt stehenblieb und der Schwarm vor ihm zu den anderen hin abbog. Er steckte drei Patronen in das Gewehr. Jetzt knallten links von ihm die Gewehre los, als die Vögel zur Wiese flogen. Er sah, wie Titisi in den Schwarm hineinballerte, ohne zu treffen. Dann suchte sich Randell einen einzelnen Vogel aus, als der Schwarm Richtung Valerie flog. Sie knallte zwei ab, und Lewis und Clark spürten den ersten auf. Am anderen Ende schoß Lane Fargo zwei auf etwa fünfzig Meter Entfernung ab. Als Holt zu seinem Hund ging, tauchten zwei Nachzügler mit flatternden Flügeln und vorgestreckten Hälsen auf. Er erlegte sie beide nacheinander, als sie abdrehen wollten, markierte die Stelle, wo sie runtergekommen waren, und schob zwei neue Patronen in sein Gewehr. Sally ließ den ersten Vogel vor seine Füße fallen, drehte sich um und rannte zum zweiten.
Der Schwarm verschwand beinahe so schnell, wie er aufgetaucht war. Holt sah, wie sie mitten auf der Wiese landeten, und war glücklich über diese Dummheit. Bis Mittag, das wußte er, würden sie ängstlich und in einer Woche bereits so panisch sein, daß man sie schon beim erstenmal erwischen mußte, weil es ein zweitesmal nicht geben würde. Dann wurde die Jagd zu einer echten Herausforderung.
Links von ihm drehte Titisi seine Runde und untersuchte eine

Handvoll Patronen, als wären sie dafür verantwortlich, daß er nicht getroffen hatte. Randell fand seinen Vogel am Rande eines Kakteenfeldes. Lewis und Clark kamen mit Valeries erster Wachtel, stritten sich aber um den Vogel, weswegen Valerie jedem der Hunde einen Tritt in den Hintern verpaßte. Lane Fargo stand einfach da und beobachtete alles, nachdem er seine Beute bereits eingesammelt hatte. Sally folgte Holts Handzeichen und hatte seine anderen vier Wachteln schnell gefunden. Holt nahm jeden einzelnen Vogel in die Hand, nachdem Sally sie auf seine Stiefel hatte fallen lassen, fühlte ihre Wärme und ihr Gewicht und bewunderte das hübsche Gefieder der Männchen. Dann steckte er die Wachteln in die Jagdtasche an seiner Weste. Fünf Vögel gleich beim erstenmal, dachte er, das wird bestimmt ein guter Tag.

Nachdem Holt den letzten Vogel eingesteckt hatte, sagte er zu Sally »braves Mädchen« und kraulte sie hinter den Ohren. Sitzend blickte sie zu ihm auf, und ihr kleiner Schwanzstummel vibrierte im Staub. Nach ehe er sich aufgerichtet hatte, war Sally schon wieder weg, die Nase unten, rannte sie im Zickzack zehn Meter vor ihm – nie weiter – und blickte alle paar Sekunden zurück, um sicherzugehen, daß ihr Herrchen sie auch beachtete.

Holt schoß einen einzelnen Vogel ab, der zurückgeblieben war und fast vor seinen Füßen in die Luft jagte. Lane Fargo, ganz außen links von Holt, tat dasselbe. Randell und Titisi schossen ihre Ladungen hinter einem Nachzüglerpaar her, trafen aber nur die Luft.

Um halb zehn hatte Holt sein Limit von zehn Wachteln erreicht. Valerie hatte neun und Lane Fargo dreizehn.

Sie jagten bis fast elf weiter, so daß Titisi und Randell ebenfalls noch die Chance bekamen, ein paar abzuschießen, was sie auch taten.

Um halb zwölf hatten sie die Vögel gerupft und ausgenommen, auf Eis gelegt und sie in die beiden Landrover für die Fahrt in die Stadt gebracht. Holt hatte jetzt Hunger, und fast

roch er schon die Hamburger auf dem Grill. Die sind in der Wüste am besten, dachte er.
»Ihr seid eingeladen im Olie's«, sagte er voller Glück über den Augenblick, froh, daß er an nichts anderes denken mußte als an Vögel, Hamburger und Valerie, die auf dem Beifahrersitz neben ihm saß.

14

Im Olie's ist es dunkel, kühl und still, als sie eintreten. Es ist kurz nach zwölf, und die letzten Gäste von der Stoßzeit am Mittag, ein junges Paar mit einem zweijährigen Kind, kommen durch die Schwingtür.
Holt blickt zum langen Tisch im Campingstil neben der Musikbox, an dem er seit dreißig Jahren immer sitzt. Er ist ein Mann, der seine Sachen stets auf die gleiche Art macht, wenn sich diese Art bewährt hat. Aber als er zu dem Tisch sieht, regt sich eine kleine Stimme in ihm. Vann Holt ist auch ein Mann, der auf seine Stimmen hört. Die jetzt sagt nichts, gibt nur ein kurzes infantiles Wimmern von sich, einen Protest oder eine weniger bedeutende Beschwerde.
»Wir setzen uns da drüben hin«, erklärt er und zeigt zu einem Tisch auf der anderen Seite des Lokals. »Der sieht gut aus.«
»Wir sitzen doch immer hier, Dad.«
»Heute setzen wir uns aber dorthin, Valerie.«
Holt nimmt mit dem Rücken zur Wand Platz, zu seiner Linken Valerie und Lane Fargo zu seiner Rechten. Gegenüber von ihnen sitzen Titisi und Randell, die sich mittlerweile über die Sicherheitsberater unterhalten, die Titisi in Kampala engagieren will.
»Es gibt viele Möglichkeiten, an die Sache ranzugehen«, sagt Randell nickend.
»Kompetente, verantwortungsbewußte Männer«, erwidert Titisi, während er zuerst Holt, dann erneut Randell ansieht.

»Männer, die organisieren, ausbilden und leiten können. Männer wie Sie.«
Holt reicht die Speisekarte herum, während er Desinteresse am Geschäft heuchelt. Berater, denkt er, junge, bewaffnete Männer, die bereit sind, sich für Geld in Gefahr zu begeben, die bereit sind, dafür zu töten. Söldner oder die Ausbilder von Söldnern – was macht das für einen Unterschied?
Und es besteht die Möglichkeit – in diesem Fall zwar eine geringe, aber immerhin –, daß Titisi vom FBI eingeschleust wurde und daß seine wahre Mission darin besteht, Liberty Operations eine Gelegenheit zu geben, sich selbst den Strick um den Hals zu legen, was man schon öfter versucht hat. Aber Holt ist Experte darin, sein Unternehmen auf der legalen Seite des internationalen Rechts zu belassen, was Sicherheitsdienste, Ermittlungen und militärische Beratung angeht. Es gibt allerdings Grauzonen. Holt weiß, daß er eine Ratte aus zehn Kilometern Entfernung riechen kann, doch bis jetzt hat sich Titisi nur als machtgieriger Quälgeist gezeigt, was auf ehrliche Absichten und Glaubwürdigkeit schließen läßt.
Die Hamburger werden serviert; sie schmecken großartig. Valerie, die kein rotes Fleisch mag, hat sich ein Sandwich mit gegrilltem Fisch und einen großen Salat bestellt. Das Mittagessen verläuft ohne Probleme.
Bis von draußen Motorräder zu hören sind, das tiefe, kehlige Dröhnen von Amerikas bester Maschine, der Harley-Davidson. Die Motoren werden noch einmal aufgedreht, dann ausgeschaltet. Für Holt hört es sich an, als wären es ein halbes Dutzend. Als die Türen aufgestoßen werden und die Männer in die Stille von Olie's Saloon einbrechen, sieht Holt, daß er bei seiner Schätzung um zwei danebenliegt. Es sind vier Männer, zwei große, ein langer, dünner und ein Riese. Dies sind nicht die Art von Menschen, die Holt gerne zum Mittagessen um sich hat. Er schaut sie kurz an, dann dreht er sich zu seiner Tochter und erkundigt sich nach Lewis und Clark.
Die Motorradfahrer suchen sich immer noch einen Tisch, als

eine Stimme quer durch die ohnehin schon gestörte Atmosphäre dringt.
»Die wär ganz gut zum Vernaschen.«
Holt ignoriert das, obwohl sein Puls steigt und sich ihm die Nackenhaare sträuben. Valerie wirft den Männern einen Blick zu, dann versucht sie ihrem Vater zu erklären, wie Lewis und ...
»Ich sagte: He, Süße, du wärst ganz gut zum Vernaschen.«
Man kann ihn einfach nicht mehr ignorieren. Es ist der hochgewachsene, dünne, der bereits sitzt, während seine Freunde um den Tisch herum scharren und dagegen knallen. Der Magere hat rotes Haar, einen noch röteren Bart und ein blaues Band um seine Stirn gebunden. Seine hervorquellenden blauen Augen scheinen herausspringen zu wollen. Seine Arme, die in den Löchern seiner fleckigen Jeansweste stecken, sind stramm wie Drähte und mit Tätowierungen übersät. Dämlich grinsend sieht er Valerie an. Auch die Augen seiner Freunde sind auf Valerie gerichtet.
Sie blickt zurück. »Versuch's, und ich puste dir deine bescheuerte Lunge aus dem Leib«, entgegnet sie mit eiskalter Stimme, die Holt in Erstaunen versetzt.
Alle vier Motorradfahrer brechen in lautes Gelächter aus.
Dann muß auch Holt lachen – redet mein kleines Mädchen wirklich so? –, und Titisi und Lane Fargo und schließlich auch der mürrische Randell lachen mit, obwohl Fargos Hand nach innen in seine Jacke rutscht, um sicherzugehen, daß das, was auch immer er da drin hat, bereit ist.
Als das Lachen verebbt, erfüllt das Geräusch der sich unterhaltenden Motorradfahrer den Raum, und der Zwischenfall scheint vergessen zu sein.
Holts Magen entspannt sich ein wenig, und er kann weiteressen. Der Druck, den er in seinem Kopf spürt, wenn er wütend ist, läßt nach.
Titisi ißt seinen zweiten Cheeseburger und konzentriert sich auf die doppelte Portion Pommes frites. Er beugt sich zu Ran-

dell hinüber, flüstert etwas, und beide kichern wissend. Lane Fargo blickt auf diese eisige Art, die Holt kennt und die besagt, daß seine Aufmerksamkeit gleichzeitig überall ist.
Valerie ist still geworden. Holt versteht, daß ihr hitziger kleiner Ausbruch sie verlegen gemacht hat, und nun versucht sie, ihre Haltung wiederzuerlangen. Er weiß, daß sie von Natur aus keine Kämpferin ist, sondern eher bei Harmonie, Kultiviertheit und Liebe aufblüht. Patrick war genauso gewesen.
Plötzlich stehen die Motorradfahrer auf, und der Riese schreit nach hinten in Richtung Küche: »Stopf dir deine blöde Pizza sonstwohin.«
Die anderen lachen wieder dröhnend und schwachsinnig. Lärmend schieben sie sich durch die Tür hinaus auf den Parkplatz. Der Magere geht als letzter, nachdem er ein paar Scheine auf den Tisch geknallt hat. Er schaut wieder zu Valerie, lächelt sie vulgär an und läßt seine Zunge über seine gelben Zähne gleiten. Dann streckt er sie heraus und wedelt ihr mit der Spitze zu.
Valerie wird rot und schaut weg.
Holt will gerade etwas sagen, aber da ist der Magere schon draußen.
»Laßt uns hier verschwinden«, meint Valerie.
»Bleib sitzen«, sagt Lane Fargo. Seine Augen sind auf die schwingende Tür gerichtet. »Die sollen erst abhauen.«
Die Motorradfahrer lassen ihre Maschinen an, legen die Gänge ein und entfernen sich in Richtung Highway 371.
Holt legt das abgezählte Geld auf den Tisch und schiebt seinen Stuhl zurück. »Nun? Sollen wir mal sehen, ob wir noch ein paar Vögel finden? Etwas anderes als Aasgeier? Lane, schau mal nach draußen.«
»Ja.«
Fargo geht hinaus und kommt kurze Zeit später zurück.
»Sie schwirren die Straße runter, vorne an der Imbißbude. Wir können losziehen.«
Sie begeben sich in die Nachmittagshitze von Anza Valley.

Holt blickt quer über den Parkplatz zu den beiden Landrovern, die wegen der Hunde mit halb heruntergelassenen Fenstern im Schatten parken. Sally schaut vom Zwinger auf dem weißen Wagen aus zu ihm herüber. Er legt seiner Tochter gerade den Arm um die Schultern, als das leise Grummeln der Motorräder wieder lauter wird, und er befindet sich nur wenige Schritte vor den Wagen, als die vier Maschinen auf den Parkplatz zurückkehren. Der Magere lenkt sein Motorrad direkt auf sie zu, und Holt sieht keine andere Möglichkeit, als Valerie aus dem Weg zu schieben. Dann springt der Magere wie der Blitz von seiner Maschine und klappt den Ständer nach unten. Lächelnd nähert er sich Valerie, die ihm ausweicht und nach ihm tritt. Seine eigenen langen Beine schnellen nach vorn, und Valerie sinkt in den Staub des Parkplatzes, ist aber sofort wieder auf den Füßen. Ihr Hut ist runtergefallen und der Magere faßt in ihr Haar, während er mit seiner rechten Hand ein riesiges Bowiemesser gegen ihren Hals drückt.
»Geht's dir gut, du kleine Votze? Wenn du dich wehrst, schnitz ich dir 'ne neue Luftröhre. Laß uns mal wieder reingehen, du kleine Votze.«
Holt macht einen Schritt nach vorn, bleibt dann aber stehen. Hinter dem Motorrad des Mageren sieht er, wie Lane Fargo mit erhobenen Händen vor dem roten Landrover steht, während der Riese ihm drohend etwas an seinen Kopf hält, was wie eine Spielzeugpistole aussieht. Die beiden anderen Motorradfahrer blockieren ihm den Weg sowieso, und einer von ihnen zielt mit einem abgesägten Gewehr auf ihn. Er blickt kurz nach rechts, wo Titisi und Randell einem weiteren Motorradfahrer ausweichen, der eine kurze Kette in einem Kreis schwingen läßt.
Holt hat sich nicht mehr so hilflos gefühlt, seit er vor fünf Jahren vom Sheriff angerufen wurde und erfuhr, daß sein Sohn tot und seine Frau lebensgefährlich verletzt war. Und er verspürt eine grenzenlose Wut.
Der Magere zieht Valerie in Richtung Eingangstür von Olie's

Saloon. Lane Fargo steht immer noch mit erhobenen Händen starr am roten Landrover, als müßte er bis in alle Ewigkeit so verharren. Titisi brüllt und rennt direkt in den Schlag der Kette, die ihn in den Bauch trifft und zu Boden wirft. Dann eine Bewegung – Holts ungläubige Augen erhaschen eine Bewegung, die nicht Teil der Szene ist. Ein Pickup fährt auf den Parkplatz und an Fargo und dem Riesen vorbei, bevor dessen Fahrer realisieren kann, daß etwas nicht stimmt. Er hält direkt in der Mitte des Parkplatzes, da es ihm nicht möglich ist, am Motorradfahrer mit dem Gewehr vorbeizukommen, der seine Waffe noch immer auf Holt gerichtet hat. Holt sieht zum Fahrer des Pickups – ein normaler Typ mit einem grauen Hut, den er in den Nacken geschoben hat, und einem ruhigen, vielleicht auch verständnislosen Gesichtsausdruck. Ein paar große Hunde sitzen bei ihm im Führerhaus. Holt dreht sich zu seiner Tochter und zum Mageren, als ob sein Blick den Blick des Fahrers mitziehen und ihm die unmittelbare Bedrohung zeigen könnte. Holt glaubt, es sei nun Zeit, etwas zu sagen.
»Lassen Sie sie gehen. Das ist die Sache doch nicht wert. Sonst wird noch jemand getötet.«
»Halt's Maul, alter Arsch. Lenny, paß auf, daß der da hinten seine Hände oben läßt. Und bleibt mal 'ne Minute schön brav hier draußen – länger werd ich für die Nutte nicht brauchen.«
»Lassen Sie sie gehen«, wiederholt Holt. »Lassen Sie sie einfach gehen. Sie fahren weg, und wir fahren weg. Keine Anzeige, keine Cops, nichts. Nur ein kleines Mißverständnis zwischen Männern. Wenn Sie Geld wollen, ich hab genug, damit sich's für Sie lohnt. Ich hab mehr als tausend Dollar dabei, hier in meiner Brieftasche.«
»Halt's Maul, du altes Weib«, schnauzt ihn der Magere an.
Titisi muß kotzen.
Der Mann im Laster scheint erstarrt zu sein.
Holt blickt noch einmal verzweifelt zu Lane Fargo, der sich keinen Zentimeter gerührt hat.
Wieder hört er Valerie wimmern. Sie kämpft mit dem Mage-

ren, dann reißt er sie herum, damit sie Holt ansehen kann. Die breite, blitzende Schneide des Messers liegt an der Stelle zwischen Hals und Kinn. Dann merkt Holt, daß Valerie von ihrem Peiniger nicht für ihn herumgewirbelt wurde, sondern für den überraschten jungen Mann im Pickup.
»Fahr dein Scheißding hier weg! Das ist bloß eine Familienangelegenheit. Verpiß dich, Schwuchtel!« schreit der Magere.
Zu Holts absoluter Überraschung nickt der Fahrer im Pickup, legt den Rückwärtsgang ein und blickt über seine Schulter nach hinten raus. Irrationale Wut erfüllt Holt, als sein – oder vielmehr Valeries – letzter potentieller Retter seinen Wagen rückwärts setzt. Da plötzlich läßt er die Kupplung springen und würgt den Motor ab.
Was dann passiert, geschieht so schnell und chaotisch, daß Vann Holt wenig mehr als zuschauen kann.

15

Die Fahrertür des Wagens mit abgewürgtem Motor wurde aufgerissen, und einer der Hunde, ein riesiger deutscher Schäferhund, schnellte aus dem Führerhaus auf den Parkplatz hinaus. Als nächstes stieg der hinterhältige Samariter, immer noch mit dem Hut auf dem Kopf, höchstpersönlich aus. Er landete vorsichtig auf seinen Füßen, ging dann vorn um das Auto herum, als wollte er die Motorhaube aufmachen. Stattdessen zog er aus der Innentasche seiner Jacke einen Revolver hervor und zielte auf den Mageren und Valerie.
»Diese Kugeln sind ein bißchen schneller als deine Klinge«, drohte er. »Laß sie los.«
Der Motorradfahrer, der Holt bedrohte, richtete sein abgesägtes Gewehr jetzt auf den Mann mit Hut, aber Holt registrierte eine ganz andere Bewegung. Der Hund war nicht mehr zu erkennen, bestand nur noch aus Maul und Zähnen, flog auf den Motorradfahrer zu, der sein Gewehr in der Hüfte herumriß

und dem Hund zwei Kugeln verpaßt hatte, bevor dieser zerrissen und zerfetzt auf den Boden fiel. Der scharfe Geruch von verbranntem Schießpulver erfüllte die Luft. Dann feuerte der Mann mit Hut. Holt wirbelte herum und sah, wie Valerie zur einen und der Magere zur anderen Seite fiel. Das Messer schwebte in Augenhöhe in der Luft. Der Motorradfahrer mit dem Gewehr fummelte an seiner leergeschossenen Doppelbüchse herum, als ihn der Mann mit Hut mit einem Schlag seiner Pistole in die Knie zwang, das zu Boden gefallene Gewehr aufhob und es auf das Dach des Saloons schleuderte. Holt rannte instinktiv zu Valerie, die ins Olie's floh; dann drehte er sich nach Fargo um. Dieser stand noch immer mit erhobenen Händen mit dem Rücken zum Laster, aber der Riese saß bereits auf seinem Motorrad und bewegte es mit Hilfe seiner Füße rückwärts, während er seine Pistole weiter auf den hilflosen Fargo gerichtet hielt, der mittlerweile in die Hocke gegangen war und auf alles vorbereitet war. Der Riese feuerte zweimal knapp an Fargo vorbei auf den roten Landrover. Der Mann mit Hut wirbelte nach links und nahm den Motorradfahrer mit der Kette vor den Lauf, der panisch versuchte, seine Harley wieder zum Leben zu erwecken. Eine Sekunde lang sah es so aus, als würde der Mann mit Hut den stöhnenden Motorradfahrer in den Bauch schießen wollen, aber statt dessen war er in vier langen Sätzen beim Mageren und rammte ihm den Knauf des Revolvers ins Gesicht und zwang ihn so in die Knie. Das große Bowiemesser kickte er zur Seite. Der Hund hatte sich nicht bewegt, aber die Blutlache um ihn herum sickerte in den Sand. »Es reicht, Mann – du hast gewonnen«, knurrte der Riese. Der Mann mit Hut nickte ihm kurz zu, hielt aber seinen Revolver auf ihn gerichtet. Er ließ ihn vorbei zum Mageren gehen, der seine Hand gegen die Schulter preßte und hinten auf die Harley des Riesen kletterte. Mit haßerfülltem Blick rief er dem Mann mit Hut zu: »Du wirst mich noch wiedersehen, du blöde Schwuchtel.« Dann schaute er auf den Hund. »Hoffentlich schmeckt euch euer Abendes-

sen.« Mit höllischem Lärm donnerten die drei Maschinen mit ihren drei Fahrern und einem blassen, blutenden Beifahrer auf den Highway.
Der Mann kniete vor seinem Hund. Seinen Hut hatte er auf den Boden und seinen Revolver obendrauf gelegt.
Vann Holt rannte an der Kellnerin vom Olie's vorbei, die auf der hölzernen Terrasse des Restaurants stand, und verschwand durch die Schwingtüren.
Valerie stand nur ein paar Meter entfernt und schaute durch ein staubiges Fenster. In der Hand hielt sie ein großes Küchenmesser. Die Farbe war aus ihrem Gesicht gewichen, das mit dem Blut des Mageren bespritzt war.
»O Gott, Liebes!« stieß Holt aus und legte seine Arme um sie. »Bist du in Ordnung?«
»Ja, Daddy, ich bin in Ordnung.« Das Messer fiel auf den Boden.
»Bist du sicher, daß du in Ordnung bist?«
»Wer ist das?«
»Bist du sicher, absolut sicher, daß du nicht verletzt bist?«
»Er hat ihn in der Sekunde angeschossen, als ich ihn weggestoßen habe.«
»Laß uns rausgehen. Kannst du nach draußen gehen?«
»Ich hab gesagt, daß ich in Ordnung bin, Daddy.«
»Was zum Teufel ist hier los?« fragte der Koch mit einem Gewehr in der Hand.
»Es ist vorbei«, beruhigte ihn Holt.
»Ich werde den Sheriff anrufen.«
»Das haben wir schon – über Funk«, log Holt. Für ihn war es sicher, daß die Polizei eher noch Verwirrung als Klarheit in die Sache bringen würde.
»Krankenwagen?«
»Niemand verletzt.«
Holt schob Valerie hinaus in die helle Oktobersonne. Titisi und Randell standen beieinander und blickten verwirrt den Mann und seinen Hund an.

Lane Fargos rotes Gesicht und sein unsicherer Blick waren Zeichen dafür, daß sein Selbstbewußtsein dahinschwand. Er sah, wie Holt und Valerie die Stufen zum Parkplatz herunterkamen, konnte aber weder ihm noch seiner Tochter in die Augen blicken.
»Ich glaube, wir können sie mit den Rovern kriegen, Boß.«
»Nein.«
»Da gibt's nicht viel mehr außer den geraden Highway.«
»Nein. Kümmer dich um die Hunde, Lane, und sieh nach, ob die Kugeln den Benzintank getroffen haben.«
Valerie ließ ihren Vater stehen und näherte sich dem Mann, der noch immer neben seinem Hund kniete.
»Kann ich Ihnen helfen, den Hund in Ihr Auto zu bringen?«
Er sah sie nicht an. »Ja. Danke.«
»Ich danke Ihnen. O Gott, vielen, vielen Dank.«
Holt kam heran, irgendwie größer als noch vor einigen Augenblicken, und reichte dem knienden Mann die Hand. »Mein Name ist Vann Holt.«
Der Mann erhob sich schließlich, ließ den Revolver in die Jackentasche gleiten und schlug den Hut gegen sein Bein, blickte aber noch immer zu dem toten Hund hinab. Er schüttelte Holts Hand abwesend.
»John«, sagte er. »Und das war Rusty.«
Holt musterte John. Er sah ein vertrauenswürdiges, aber Unsicherheit ausstrahlendes und vom Schmerz gezeichnetes Gesicht, in dem sich Angst und Abscheu widerspiegelten. Er sah das Gesicht eines Mannes, der gehandelt hat und nun mit den Folgen leben muß. Einen kurzen Augenblick lang erinnerten Holt die Augen an sich selbst.
»Sind Sie in Ordnung?«
»Es geht schon.«
»Das ist meine Tochter Valerie.«
John schaute sie an, während er ihr die Hand gab.
»So was hab ich noch nie gesehen«, meinte Holt.
»Ich auch nicht, um ehrlich zu sein, Mr. Holt.«

»Sie kennen diese Jungs?«
»Bin ihnen, glaub ich, schon mal begegnet. Ich wohne da draußen.«
»Die Kerle wissen, wo?«
»Nein, ich denke nicht.«
Valerie schaute auf Rusty. »Haben Sie den Hund ausgebildet?«
»Nur Sitz und Steh. Als er sah, wie der Kerl Sie bedroht hat, hat er geknurrt wie noch nie. Er war ein Streuner, als ich ihn bei mir aufgenommen habe. Ich denke, er hat's wohl von jemand anderem gelernt. Er war wirklich ein guter Hund. Scheiße, und jetzt ist er tot.«
»Ich würde Ihnen gerne einen anderen besorgen«, bot Valerie an.
»Nun ...« brachte John hervor. »Äh ... ich muß die Sandkiste holen. Entschuldigen Sie mich.«
Holt begab sich zu seinen Jagdhunden. Titisi untersuchte die rote Stelle quer über seinem Magen und tastete sich nach gebrochenen Rippen ab. Dann erklärte er sich als nicht weiter verletzt. Fargo war immer noch dabei, die Autos zu überprüfen, und lag unter dem roten Rover, um nach dem Tank zu sehen. Randell saß mit Holt, Valerie und dem Ugander im Schatten.
Zehn Minuten vergingen, bis John wieder auftauchte. Auf Holt wirkte er frischer, seine Bewegungen waren nicht mehr so langsam, und eine gewisse Wachsamkeit lag in seinem Blick. Er ging zu seinem Wagen und fuhr ihn in den Schatten eines Pfefferbaums. Holt erkannte einen schokoladenbraunen Labrador, der Johns Gesicht ableckte, als dieser auf die andere Seite griff, um das Fenster ein Stück weiter runterzukurbeln. Als John wieder zurückkam, hielt er seinen Hut in der Hand.
»Was genau ist denn hier passiert?« wollte er wissen.
»Das ist eine Geschichte, die wir besser woanders erzählen«, antwortete Holt, »denn wir wollen von hier verschwinden, ohne irgendwelche Aussagen unterschreiben zu müssen. Diese Motorradfahrer werden keine Anzeige machen, und es gibt

keinen Grund, daß wir das tun sollten. Es sei denn, Sie wollen den Revolver in Ihrer Tasche melden.«
»Nun ja … ich meine … äh … nein. Sie haben recht.«
»Können wir Sie nach Hause begleiten? Wir müssen alle unsere Nerven wieder zur Ruhe bringen. Wohnen Sie in der Nähe?«
»Nur ein paar Kilometer von hier. Aber wirklich, ich …«
»Ich bestehe darauf«, entgegnete Holt.
»Nun gut, in Ordnung.«
Holt half Valerie und John dabei, den großen Hund auf die Ladefläche von Johns altem Pickup zu heben.
»Fahren Sie voraus«, sagte er dann. »Wir folgen.«

Ein paar Kilometer den Highway 371 weiter bemerkte Holt, daß John in seinem Pickup einen Zahn zulegte, doch die Landrover konnten leicht Schritt halten. Erst als sie in eine sanfte Kurve fuhren, sah er, daß John seinen rechten Blinker betätigt hatte. Die Bremslichter leuchteten auf, der Ford fuhr plötzlich langsamer und bog nach rechts in eine staubige Straße, die zwischen die Hügel führte. Und dann erblickte er die tiefschwarze Rauchsäule von irgendwo in mittlerer Entfernung vom Boden aufsteigen.
»O nein«, sagte er.
Es war nicht leicht, mit John auf der ausgefahrenen, schmutzigen Straße mitzuhalten. Staubwolken wirbelten auf, als der Ford um die Kurven schoß und vor den abschüssigen Abschnitten bremste. Lewis, Clark und Sally wurden im hinteren Teil des Rovers heftig hin und her geworfen. Die Straße wand sich immer weiter, eine Kurve nach der anderen, Gefälle und Steigungen im ständigen Wechsel. Dann wurde sie breiter und ging geradeaus einen steilen Abhang hinauf. Holt blieb ein Stück zurück, dann gab er Gas und schoß hinauf. Oben angekommen hatte er eine große Wiese vor sich, auf der sich ein paar Wohnmobile, ein Schlackensteingebäude und am hinteren Rand ein feststehender Wohnwagen befanden, der wie ein

angerissenes Streichholz loderte und schwarzen Rauch in den blauen Wüstenhimmel schickte.
Ein untersetzter Mann stand mit einem Wasserschlauch etwa zehn Meter vom Inferno entfernt. Der schwache Wasserstrahl verschwand in den Flammen. John hielt abrupt neben ihm und sprang, gefolgt von einem Labrador, heraus. Holt bremste schon etwas früher und kam hinter dem Ford zum Stehen. Er riß den Feuerlöscher aus der Halterung neben dem Sitz, aber er erkannte, daß es zu spät war. Der Wohnwagen sah aus wie eine in Brand gesteckte Schachtel mit Feuerwerkskörpern. Der untersetzte Mann nickte heftig, als er eine Hand vom Schlauch nahm, um die Straße hinunter zu deuten.
»Diese Schweine!« rief Valerie. »Diese verdammten Schweine.«
Dann ging John zu seinem Wagen zurück, klappte die Sitzlehne nach vorn und griff nach einem Stoffutteral, aus dem er eine .12er Remington Automatik herauszog. Aus einer Patronenschachtel nahm er drei Patronen und schob sie in das Gewehr. Anschließend setzte er sich in den Wagen, in den der Labrador bereits wieder gesprungen war, und jagte den Hügel hinunter, zurück auf die Straße.
»Bleib hinter ihm, Dad.«
»Tu ich, Val. Halt dich fest.«
John schien jeden Zentimeter der miserablen Straße zu kennen. Einen guten Kilometer vom Wohnwagen entfernt schoß er eine breite, gut ausgebaute Auffahrt zum Haus einer Ranch hinauf, das inmitten einer Wiese mit grasenden Pferden stand. Als Holt aufgeholt hatte, sprach John gerade mit zwei Männern, dann sprang er in seinen Transporter und kam in Holts Richtung zurück. John nickte ihm beim Vorbeifahren zu. Lane Fargo, Randell und Titisi mußten ausweichen, um nicht mit ihm zusammenzustoßen. Nach einem Kilometer erfolgte ein weiterer Halt. Und wieder redete John mit Leuten, als Holt endlich eintraf, und sprang danach in seinen Transporter und jagte auf die Straße zurück, als sich der Staub gerade gelegt

hatte und Holt erkennen konnte, was vor sich ging. Kurz darauf hielt der Ford abrupt vor einer Gruppe baufälliger Wohnwagen. Drei Frauen saßen im Schatten, tranken Bier und rauchten. Diesmal sah Holt, daß John sein Gewehr dabeihatte, als er an den Frauen vorbeimarschierte und die Tür des größten Wohnwagens aufriß. Er verschwand im Inneren, dann kam er wieder heraus und schob sich an den Frauen vorbei, die ihn zu beschimpfen schienen. John sagte auch etwas, aber Holt war zu weit entfernt, um es verstehen zu können.

»Hier draußen wird er sie nie finden. Die sind schon über alle Berge.«

Noch zwei Kilometern der miserablen staubigen Straße, dreimal ergebnislos angehalten, und alle schwitzten sie unter der zunehmenden Hitze der Wüste. Schließlich verlangsamte der Ford seine Geschwindigkeit und hielt dort, wo die Straße auf den Highway mündete. John sprang aus dem Wagen, ging zum Holzzaun, der neben der Straße entlanglief, und trat gegen einen der vor Trockenheit gekrümmten Pfosten. Dann kehrte er zum Wagen zurück, öffnete die Beifahrertür und zog das Gewehr und eine kleine Kühlbox in der Größe eines Sechserpacks heraus. Er trat an den Straßenrand, schleuderte die Kühlbox in die Luft und schoß dreimal darauf. Nachdem mit jedem Schuß ein Stück abgesprungen und die dunkle Flüssigkeit herausgespritzt war, landete die Box in den Beifußsträuchern, hüpfte kurz herum und rollte in den Sand. John warf sein Gewehr in den Wagen zurück, blickte Holt an, drehte sich um und schüttelte den Kopf.

»Der Zorn der Gerechtigkeit«, meinte Holt. »Das ist das Beste, was ihm im Moment passieren kann.«

»Außer einem Zuhause und einem lebenden Hund.«

»Gut gesagt.«

»Der arme Mann. Es ist meine Schuld. Es ist alles meine Schuld. Ich werde es wiedergutmachen.«

»Wir werden es wiedergutmachen, Valerie.«

»Wir nehmen ihn mit zu uns nach Hause«, sagte sie.

»Das ist für niemanden eine gute Lösung«, erwiderte er. »Aber vielleicht könnte er ein paar Wochen hier im Seehaus verbringen, bis er einen neuen Wohnwagen hat.«
»Und dann finden sie ihn hier und zünden unser Haus auch an, ja?« fragte sie. »Nein. Er braucht ein Zuhause, eine Basis, von wo aus er handeln kann. Er braucht Sicherheit und Zeit, um sich wieder zu sammeln. Er hat mein Leben gerettet. Er kommt mit auf Liberty Ridge, Dad.«
»Vielleicht will er das gar nicht.«
»Doch, bestimmt. Was hast du vor ungefähr dreißig Sekunden gesagt?«
»Das sei der Zorn der Gerechtigkeit ...«
»Du hast gesagt: ›Wir werden es wiedergutmachen.‹ Und wir werden es auf diese Art wiedergutmachen. Ganz einfach.«
Sie nahm sein Gesicht in ihre Hände und küßte ihn auf beide Wangen und auf die Stirn.
Für sie war die Sache erledigt, und ohne ein weiteres Wort stieg sie aus dem Landrover und ging zu John hinüber, dem Mann, der ihr das Leben gerettet und einen großen Preis dafür bezahlt hatte. Vann Holt blickte ihr nach. Sein Herz klopfte nicht nur von der aufregenden Fahrt, sondern auch wegen der sich widersprechenden Gefühle von Dankbarkeit, Machtlosigkeit, Eifersucht und Scham. Er sah, wie sie ihre Hand auf Johns Arm legte.
»So nicht, Mädchen. Das werden wir auf keinen Fall«, sagte er zu sich. »So nicht.«

16

Joshua Weinstein und Sharon Dumars beobachteten die Szene versteckt von einem Dodge-Kastenwagen Baujahr 1986 aus, der auf der anderen Seite des Highway vor einem Futtermittelladen parkte. Der Kastenwagen mit abgedunkelten Scheiben war ausgerüstet mit einer Antenne, die auf die Übertragungsfrequenz einer Piepser- und Funkkombination an Johns Gürtel eingestellt war, mit einem Parabolmikrofon auf dem Dach, einem Kassettenrecorder und auf jeder Seite großen Magnetschildern der Firma Empire Cable Services. Ein Anrufer hätte gemerkt, daß es unter der angegebenen Nummer keinen Anschluß mehr gab.

Sie saßen in der brütenden Hitze auf zwei Stühlen und blickten mit Ferngläsern durch die Fenster.

Als Rusty sein aus zwei Kugeln bestehendes Schicksal hinnehmen mußte, stöhnte Sharon auf, und obwohl auch Joshua im Innersten davon getroffen war, daß ein absolut perfekter FBI-Hund von einem Teilzeitmitarbeiter des FBI zerfetzt wurde, sagte er sich, daß der Hund nicht umsonst gestorben sei. Die Tüte mit dem Blut war genau im richtigen Moment aufgegangen und hatte somit Joshuas zweitgrößte Besorgnis aus dem Weg geräumt. Sie hatten hart an der Choreographie gearbeitet, aber er wußte, daß sich der auf Sams Schulter unter dem T-Shirt und der Weste verklebte Draht durch eine unglückliche, nicht vorhergesehene Bewegung von Valerie verschieben konnte. Sie waren vorsichtig genug gewesen, einen halben Liter von Sams eigenem Blut zu nehmen, falls Holt oder eher noch Lane Fargo in einem Anfall von Mißtrauen das Zeug im Labor untersuchen lassen würde, das mit Sicherheit auf Valerie und ihre Kleider spritzen würde. Joshuas größte Angst jedoch, daß ein normaler Passant vorbeikommen und die ganze Angelegenheit zum Platzen bringen könnte, hatte sich als unbegründet erwiesen. Der Sheriff von Riverside County war ebenfalls ein Problem gewesen. Deswegen hatten Joshua, Sharon und die vier aus ihrer Gruppe sein Büro kurz vor Mittag mit Anrufen bombardiert und sich als Grundstückseigentümer ausgegeben und berichtet, daß Jäger ihre etliche Kilometer von Anza Valley entfernten Grundstücke unbefugt betreten würden – was in vielen Teilen der Wüste am 15. Oktober sehr leicht geschehen konnte. Kein Angestellter des Sheriffs war in Sicht.

Während Joshua die Szene durch das Fernglas hindurch beobachtete und ihm der Schweiß den Rücken hinunterlief, war er sehr besorgt darüber, wie langsam sich die ganze Sache zu entwickeln schien. Aber später, als er die Zeit überprüfte, war fast alles nach Plan gelaufen – eine Minute und dreißig Sekunden vom Überraschungsauftritt der Motorradfahrer bis zu ihrer endgültigen Abfahrt. Joshua hatte tief durchgeatmet, als er die Krieger abziehen sah.

Er konnte nur hoffen, daß es Mickey, der Riese, und Sam rechtzeitig bis zum Wohnwagen schafften, um die Ventile der Propangasflasche zu öffnen und das Feuer zu legen, ohne daß sie von Tim, dem Verwalter des Rodeo- und Schützenvereins, gestört wurden. Wenn nötig, sollte Mickey den Verwalter schmieren. Aber zwanzig Minuten nachdem der Brand entfacht war, rief Mickey über das Funktelefon an, das im Werkzeugkasten seiner Harley versteckt war, und berichtete, daß alles geklappt habe. Er erzählte, Tim sei ein paar hundert Meter weit weggewesen, als sie John Mendens Domizil in Flammen hatten aufgehen lassen. Die vier Männer und die drei Harleys waren auf die Hebebühne eines Umzugslasters, der an einer Ausfahrt des Highway 371 gewartet hatte, und hinein auf dessen Ladefläche gefahren. Von dort aus hatten sie dann auch angerufen.

Natürlich nützen die perfektesten Pläne nichts ohne ein bißchen Glück, und um Glück hatte Joshua gebetet, seit ihm Norton an jenem Nachmittag in Santa Ana grünes Licht gegeben hatte. Sie konnten den Reisenden zum Wasser führen, aber sie konnten ihn nicht zwingen zu trinken. Und alles, was John tun konnte, war, den Tag herumzukriegen, höflich und ein bißchen aufsässig zu sein und seine natürliche Liebenswürdigkeit einzusetzen, um den Reisenden zu bedeutsamen Gesten zu verführen. Joshua hatte John gesagt, er solle »dem dreckigen Hurensohn die Hosen ausziehen«.

Eine Einladung, im Haus am Lake Riverside zu bleiben, war bei vernünftigem Überlegen das höchste, worauf sie hoffen konnten. Wenn Holt schließlich so weit ginge, böte Johns großzügige Zurückweisung (»Sie würden mich hier ziemlich leicht finden, Mr. Holt, und dann hätten wir beide kein Dach mehr über dem Kopf.«) die kleine Chance, die zum eigentlichen Ziel führen würde: Liberty Ridge.

Der Ersatzplan, falls Holt keine Zuflucht oder was auch immer für John anbot, sah vor, daß John den Reisenden direkt wegen Arbeit, Schutz oder vielleicht eines kleinen Kredits für einen neuen Wohnwagen ansprechen sollte. Den Wohnwagen niederzubrennen, war Johns Idee gewesen, und Joshua war beeindruckt vom konsequenten Verhalten seines verdeckten Ermittlers. Er sah aber auch, daß es John tief berührte, den Wohnwagen zu verlieren, dieses kleine alberne Stück Aluminium.

Die Dinge lagen nicht mehr in Joshuas Hand – jetzt war das Glück gefragt. Er hatte immer Glück gehabt, außer mit Rebecca Harris und, wenn man einen Schritt weiterdenkt, mit John Menden. Als Josh Weinstein mit dem Wohnmobil den Parkplatz vor dem Laden verließ, nachdem der Pickup und die Landrover hintereinander weggefahren waren, konnte er nicht die schwache Übelkeit leugnen, die er dabei verspürte, die Schicksalsgötter so schamlos herauszufordern.

Eine Stunde nach Johns vorgetäuschter Jagd auf seine Peiniger durch die Wüste von Anza Valley parkte Joshua den Kastenwagen zwei Häuser von Holts Riverside-Haus entfernt, da er annahm, daß dies der Ort sei, an den Holt und seine Leute John nach dem Feuer bringen würden. Er beobachtete, wie die beiden Landrover in die breite, halbrunde Einfahrt bogen und wie Johns Ford hinter ihnen auftauchte. In Joshuas Ohren sauste das Blut.

»O Gott, bin ich gut«, flüsterte er zu Sharon.

»Ja, das bin ich.«

»*Wir* sind gut. Wir beide sind verdammt gut, Sharon. Wenn wir die Sache erledigt haben, wollen die bestimmt, daß wir das ganze Land in die Hand nehmen.«

»Du machst dir wirklich keine Sorgen wegen des Senders an seinem Gürtel?«
»Er ist Redakteur bei einer Zeitung und der einzige Vollzeitreporter. Er muß immer erreichbar sein. Wenn der Reisende allergische Reaktionen auf einen Piepser entwickelt, sind wir verloren. Aber wir werden nicht verloren sein, weil wir verdammt gut sind.«
Die Übertragung erfolgte deutlich, auch als John und seine Wohltäter in das Haus im Ranchstil verschwanden.

HOLT: Macht es euch bequem, ihr könnt auch telefonieren, wenn ihr wollt. Und es gibt überall Badezimmer.
TITISI: So habe ich mir eine Jagdhütte nicht vorgestellt.
VALERIE: Wir haben alles mögliche zum Trinken. John?
JOHN: Für mich nichts, danke.
VALERIE: Wenigstens ein bißchen kaltes Wasser?
JOHN: Das wär genau das Richtige.

»Jetzt hör dir den an«, sagte Joshua. »Mein Joe. Mein Mann. Mein Geheimagent. Meinem hübschen kleinen Nichtjuden kann niemand widerstehen.«
»Ich denke, er hat Schiß«, entgegnete Sharon.
»Ich hoffe doch.«
Bei der übertragenen Unterhaltung, die zehn Minuten lang nur aus Höflichkeitsfloskeln bestand, war John natürlich der Mittelpunkt. Einmal sagte Titisi, daß er ein paar hundert Männer wie John in Uganda gebrauchen könne. Der Kassettenrecorder nahm alles auf.
Dann wurde ihm der entscheidende Moment, den Joshua vorsichtshalber nicht erwartet hatte, wie ein Feuerwerkskörper hingeknallt.

HOLT: Ich dachte, wir könnten Sie für die Nacht mit in mein Haus in Orange County nehmen. Ich weiß zwar, daß es ein weiter Weg zur Arbeit hier raus ist, aber ich sehe keinen

Sinn darin, daß Sie sich diesen Arschlöchern auf dem Serviertablett präsentieren.

JOHN: Das ist wirklich nett, daß Sie mir das anbieten, aber es wäre mir nicht recht.

HOLT: Haben Sie Verwandte hier? Oder Freunde?

JOHN: Na ja, nicht so richtig. Ich wohne erst seit ein paar Wochen in Anza Valley.

VALERIE: Und was ist Ihnen dann nicht recht?

JOHN: Ich will mich nicht aufdrängen.

VALERIE: Sie sollten das Haus von meinem Dad sehen. Es hat genug Platz für Jumas Armee und noch ein bißchen mehr. Sie können den ganzen Streß erst mal loswerden und sich dann einen neuen Wohnwagen besorgen. Das heißt, wenn Sie hier in der Wüste bleiben wollen.

HOLT: Er hat dir das Leben gerettet, Valerie, aber das heißt nicht, daß du seines in die Hand nehmen darfst.

JOHN *(lacht):* Das ist wirklich ein großzügiges Angebot, aber ich weiß nicht. Es ist ...

HOLT: Es ist unsere Art, danke zu sagen. Was Sie heute getan haben, war großartig. Ich hab's immer noch nicht richtig verdaut.

VALERIE: Bitte!

JOHN: Nun ja, für ein Plätzchen heute nacht wäre ich wirklich dankbar.

HOLT: Also abgemacht. Sie werden sich bei uns wohl fühlen, John. Es ist richtig luxuriös auf Liberty Ridge.

JOHN: Liberty Bridge?

VALERIE: *Ridge.* Dad muß alles benennen. Er gibt sogar jedem Haus einen eigenen Namen. Sie werden es trotzdem mögen – und natürlich ist auch Ihr Hund herzlich willkommen. Ich habe vierzehn English Springer Spaniels und Dad hat auch noch sechs, so daß wir genug Auslauf in unseren Zwingern haben.

JOHN: Oh, vielleicht gibt's da ein Problem, denn ich habe noch zwei Hunde auf dem Grundstück. Ich habe sie beim

Verwalter gelassen, als ich heute morgen auf die Jagd gegangen bin.
VALERIE: Machen Sie Witze? Drei Hunde mehr oder weniger fallen doch gar nicht auf.
HOLT: Sie hat recht.
JOHN: Ich sollte aber auch zum Wohnwagen zurückfahren und nachsehen, ob noch was übrig ist. Ich meine, ich will Sie nicht damit belasten.
HOLT: Schon verstanden. Das erledigen wir, bevor wir fahren.
JOHN: Ich würde auch gerne Rusty da draußen begraben.
HOLT: Mit allen Ehren.
JOHN: Das wäre prima.

»Ich könnte losschreien, aber ich habe Angst, daß sie mich hören«, flüsterte Joshua.
»Du kannst auf dem ganzen Weg zurück nach Orange County brüllen wie am Spieß.«
»Vielleicht tu ich das auch.«
Aber er tat es nicht. Statt dessen rief er, während Sharon am Steuer saß, Norton in Washington an und erzählte ihm, daß der Reisende nun im stolzen Besitz der Eule sei – der von Joshua gewählte Deckname für John.
»Ist die ganze Hollywood-Szenerie gutgegangen?« fragte Norton.
»Gleich bei der ersten Aufnahme.«
»Wie sieht es aus?«
»Steht wegen Gewaltverherrlichung auf dem Index.«
»Ihr habt die echten und die falschen Szenen nicht durcheinandergebracht? Das Mädchen hat den Blutbeutel nicht von Sammys Schulter gerissen?«
»Es lief perfekt.«
»Rusty ist ehrenhaft gestorben?«
»Ja.«
»Schnell?«
»Sofort.«

»Hier ist die Stimmung seltsam, Josh. Frazee kann vom Reisenden und der Eule nicht genug kriegen. Er ist schon so alt, daß er permanent den einen mit dem anderen verwechselt. Aber er kümmert sich ums Geld, solange ich ihm das Gefühl gebe, daß er an der Sache beteiligt ist. Es ist wie mit einem Banker, der sich an der Umstrukturierung deiner Firma beteiligt. Du brauchst ganz dringend den Kredit, doch eigentlich willst du nicht, daß er die ganze Zeit bei dir in der Firma rumhängt.«

»Wie sehr könnte er uns blockieren?«

»Er ist für das Geld gegen haßmotivierte Verbrechen zuständig. Das wissen Sie doch.«

»Ich weiß auch, daß sein Weg mit dem Reisenden bis zur Militärschule in Quantico zurückreicht. Student und Professor, mit dem Umweg über die Jesus-Christus-Mormonenkirche der Heiligen der letzten Tage.«

»Er glaubt, sein fortwährendes Interesse sei das Sühneopfer für den Fehltritt des Reisenden. Frazee leistet seine Sühne sehr energisch ab. Ich glaube, er will den Reisenden nicht einfach nur kriegen, sondern ihn bis auf die Knochen fertigmachen.«

»Gut, dann werden wir anfangen, Neuigkeiten über unseren Hauptverdächtigen durchsickern zu lassen.«

Zurück im Hof vom Technischen Dienst, steckte Joshua seine Kassette und die Ferngläser ein und überprüfte mit dem Angestellten den Wagen. Dieser nickte, als er die Schlüssel entgegennahm, und Joshua nickte zurück.

Dann tat er etwas, was er nie zuvor getan hatte. Ohne einen geschäftlichen Grund anzugeben, ohne seinen höheren Dienstgrad ausnutzen zu wollen, und sogar ohne sie zu bitten, daß sie fährt, fragte Joshua Sharon Dumars, ob sie mit ihm zu Abend essen wolle – auf seine Rechnung.

Sharon bemerkte sein rotes Gesicht.

»Ich wünschte, ich könnte, Josh, aber ich habe heute abend schon was vor. Ein andermal?«

Er wurde noch röter, lächelte aber. Es war das Nicht-Lächeln, das sie sah, ohne Fröhlichkeit, gezwungen und falsch.
»Klar«, antwortete er, »wann immer du willst.«

17

Früh in jenem Winter, in dem John neun wurde, flogen seine Eltern mit dem neuen Flugzeug nach Oregon, um Freunde zu besuchen.
John stand eines Abends neben dem Eßtisch, als sein Vater die Flugroute auf der Karte einzeichnete – die Strecke in Rot und Zwischenlandungen als schwarze Kreise. Er hörte ihnen zu, wie sie über den Flug redeten; er half ihnen beim Packen.
Einige Wochen vor ihrer Abreise hatte er aus einer versteinerten Seemuschel, drei roten Bussardfedern, einer getrockneten Distelkapsel und einer Kette aus Kürbisranken ein Amulett gemacht, aus Dingen, die er mit einiger Voraussicht auf einem wilden Gelände gesammelt hatte, das jetzt Liberty Ridge hieß. John betete, Gott möge dieses Amulett mit beschützenden Eigenschaften versehen und es nicht verlorengehen lassen.
Er und sein Onkel Stan sahen zu, als sich die kleine Piper brummend in die Luft erhob. John roch das Parfüm seiner Mutter auf seinen Wangen von ihren langen Abschiedsküssen. Sie hatte das Amulett um ihren Hals getragen und es an ihre Brust gedrückt, damit es nicht kaputtging, als sie sich niederkniete, um ihn zu küssen. Er konnte noch einen kurzen Blick auf den Rücken seines Vaters werfen, als dieser in seiner seidenen Fliegerjacke über die Rollbahn Richtung Flugzeug ging. Das Wetter war kühl, die Luft klar. Sie wollten eine Woche fortbleiben.
An jenem Abend waren Stan und seine Frau Dorrie sehr überschwenglich und unterhaltsam. Aber Stan ging mitten beim Abendessen zum Telefonieren, und als er zurückkam, machte

er einen besorgten Eindruck. Später sah John fern, und sie saßen in der Küche und sprachen miteinander.
Am nächsten Tag um die Mittagszeit rückten Stan und Dorrie mit der Nachricht heraus. Der Funkkontakt zu Johns Eltern war am Tag zuvor spätnachmittags abgebrochen. Seitdem war von ihnen nichts mehr gesehen oder gehört worden. Es könnte hundert Sachen bedeuten, sagte Stan zu ihm. Höchstwahrscheinlich sei sein impulsiver Vater einfach früher gelandet, um das Ende des Sturms abzuwarten. Ja, ein ziemlich heftiger Sturm sei von Alaska heruntergekommen. Bei den ganzen Störungen sei natürlich der Funkkontakt zuerst abgebrochen. Man könne jetzt nur abwarten. Er wisse ja, wie sein Vater sei. Das Flugzeug wurde als vermißt gemeldet, vermutlich hatte es eine Bruchlandung hinter sich. Die Such- und Rettungsmannschaften konnten die Sturmfront nicht durchbrechen, die sich bis in den Süden nach Fresno ausgebreitet hatte. An jenem Abend, als die ersten vom Wind gepeitschten Regentropfen gegen Onkel Stans Dach prasselten, stand John am Fenster und wußte – mit großer Erleichterung –, daß kein Regen, sei er auch noch so stark, die Pläne seines Vaters durchkreuzen könnte. Er hatte nicht angerufen, weil auch die Telefonleitungen zusammengebrochen waren. Es war beinahe spaßig, mit anzusehen, wie Stan und Dorrie wie aufgescheuchte Hühner umherliefen. John hatte die Wahrheit bereits gesehen. Er konnte sich deutlich vorstellen, wie die gelbe Piper, geführt vom Amulett, durch eine schwarze Wolkenwand auftauchte.
Während der nächsten acht Wochen wurde das Land im tiefsten Winter von Stürmen heimgesucht. Selbst die Berge in der Gegend waren unter Schnee begraben. John wurde mit allen Vorzügen und Würden eines Hinterbliebenen behandelt. Er traf Verwandte, die er kaum gekannt hatte. Er wurde nach Plänen gefragt. War mit Stan und Dorrie alles in Ordnung? Du bist mutig, und wir sind stolz auf dich.
Ende Juni war die Schneedecke so weit zurückgeschmolzen, daß die gelbe Piper wieder zu sehen war.

Stan und Dorrie fuhren mit ihm in das Leichenschauhaus von Siskiyou County, um die Leichen zu identifizieren und überführen zu lassen. Es war eine lange Fahrt von Orange County, deren Stationen von Dorries Zusammenbrüchen markiert waren. In einer Raststätte kaufte John zwei »Jackelope«-Postkarten, von denen er je eine an seinen Vater und seine Mutter adressierte und mit einer kurzen Nachricht versah: »Bin bald wieder zu Hause.«

Im Leichenschauhaus gab es unvorhergesehene Probleme. Stan und Dorrie berieten sich mit einem Angestellten, bis sich Dorrie auf das Sofa der Eingangshalle setzte und unverständlich vor sich hinredete. Stan verschwand mit einem anderen Angestellten und kam kreidebleich wieder zurück.

»Ich kann es nicht mit Sicherheit sagen«, gestand er.

»Ich kann's«, sagte John. »Es sind schließlich meine Eltern.«

Der Angestellte wollte es nicht zulassen. John war zu jung – sowohl vom Gesetz als auch vom Gefühl her –, um eine rechtsgültige Identifizierung vorzunehmen. Der Sheriff höchstpersönlich kam und bat die drei in sein Büro.

»Du bist wirklich bereit, das zu tun, junger Mann?«

»Das habe ich schon mehrmals gesagt, Sir.«

Der Raum, in dem die Identifizierung stattfand, war klein und wirkte offiziell. Entlang einer Wand befanden sich vier Stühle und ein Waschbecken. Zwei große Schachteln mit Papiertaschentüchern lagen auf einem Tresen.

Ein Angestellter trat durch eine große Schiebetür und zog eine Rolltrage hinter sich. Er blickte John und den Sheriff an, dann entschuldigte er sich und kam kurz darauf mit einer weiteren Trage zurück.

»Sie waren zuerst dem Feuer und dann für lange Zeit der Witterung ausgesetzt«, erklärte er.

»Er weiß Bescheid«, meinte der Sheriff.

Die erste Leiche war zweifellos nicht die seines Vaters. John wußte es weniger aufgrund dessen, was übrig war, sondern aufgrund dessen, was nicht mehr da war. Man konnte es sich leicht wieder hinzudenken – ein bißchen Fleisch hier, ein Muskel da, die Fliegerjacke, die Augen, Haare. Nein, das Ergebnis würde nicht sein Vater sein.

Er nickte, sagte aber nichts.

Ähnlich war es mit der Leiche, die sie für seine Mutter hielten. Das ist eindeutig nicht sie, dachte John. Da stimmt einfach gar nichts mehr. Er blickte den Sheriff an.

»Das sind nicht meine Eltern.«

»Bist du sicher, junger Mann?«

»Ich bin sicher, Sheriff.«

»Gut, dann ist die Sache erledigt.«

Er schüttelte John die Hand, dann gingen sie zurück in sein Büro, wo Stan und Dorrie saßen. Der Sheriff erklärte, daß die Leichen nicht Johns Eltern seien, und John mußte die Papiere unterzeichnen, damit die Sache offiziell war. John unterschrieb an sechs Stellen. Der Sheriff blätterte den Stapel Papiere durch, dann legte er ihn vor sich auf den Schreibtisch. Aus einer Schublade nahm er eine kleine Plastiktüte heraus und überreichte sie John.

»Die kannst du ja genausogut behalten.«

John drückte die Tüte fest an sich und blickte auf die beiden Eheringe darin. Selbst durch das Plastik hindurch erkannte er die Gravierungen: »lieben und ehren«. In einer Ecke der Tüte lag eine versteinerte Seemuschel.

Auf der langen Heimfahrt starrte John aus dem Fenster und fragte sich, wo genau seine Eltern hingegangen waren.

Die Erde ist ein kleiner Ort, aber überall ist Himmel, der nie endet. Alles, was du brauchst, ist ein kleines Stück Erde, um darauf zu stehen. Von dort kannst du aufblicken und die Dinge herausfinden, die dir gehören.

18

John wachte um acht Uhr auf Liberty Ridge auf. Er hatte gerade geduscht, sich rasiert und die Sachen vom Vortag angezogen, als es klopfte. Durch den Glaseinsatz der Tür des Seehauses sah er Valerie. Noch bevor er etwas sagen konnte, ging die Tür auf, und die Hunde schossen herein. Sie folgte ihnen und blickte sich forschend in der Küche um. Sie trug eine ärmellose weiße Bluse, die sie in ihre kurzen Khakihosen gestopft hatte, weiße Socken und schwere Wildlederwanderschuhe. Ihre Haut war braun, allerdings nicht allzusehr, eine natürliche Farbe, die eher von Aktivitäten an der frischen Luft als von stundenlangem Herumliegen am Strand herrührte.

»Da ist noch Kaffee«, sagte er.

Sie sah ihn an. »Guten Morgen.«

»Guten Morgen.«

»Eigentlich einen herrlichen Morgen. Der Herbst ist meine liebste Jahreszeit. Und Ihre?«

»Der Frühling.«

»Die Labradore scheinen das Wasser zu mögen.«

»Draußen in Anza gibt's nicht soviel davon.«

»Mir ist eingefallen, daß Sie vielleicht was zum Anziehen brauchen.«

»Keine schlechte Idee. Die Klamotten von gestern fühlen sich tatsächlich etwas schmuddlig an.«

»Wir nehmen meinen Jeep. Der Tag ist so schön, daß wir mit offenem Verdeck fahren können.«

Zuerst aber wollte John noch seinen Chef bei der Zeitung anrufen. Als sie durchs Große Haus gingen, warf er einen Blick in das riesige Wohnzimmer, in dem ein ruhiges Feuer brannte, und dann in die Küche, die in etwa so groß war wie das Haus, in dem er aufgewachsen war. Es gab weder von Holt und seinen Gästen noch von irgendwelchen Angestellten auf Liberty Ridge ein Anzeichen, auch nicht von einem der Dutzend zum inneren Kreis von Liberty Operations gehörenden Menschen, von denen ihm Joshua erzählt hatte. Er speicherte alles, was er sah, in seinem Gedächtnis. Valerie gab ein paar Vorwahlziffern am Telefon mit den Worten ein, das System sei hier etwas kompliziert, »grundlegende Sicherheit«.

John wollte erklären, was passiert war, aber Bruno, sein geschwätziger Chef, steckte voller Fragen: Hatte John drei oder vier von ihnen angeschossen? Wie viele Wohnwagen hatten sie angezündet? Hatte die Vergewaltigung drinnen im Olie's oder auf dem Parkplatz stattgefunden? Und seit wann fuhr John mit einem Rudel Kampfhunde in der Gegend rum? Der Herausgeber erzählte ihm, daß die gesamte Stadt – alle zweitausendvierhundert Einwohner von Anza Valley – nur noch über den Vorfall sprach. Und natürlich würde ein Augenzeugenbericht in den *Anza Valley News* Anzeigenkunden anziehen. Er solle am nächsten Tag vor vier Uhr nachmittags im Büro sein. Für die kommende Woche seien eventuell ein paar Sonderseiten vorgesehen. Hatte jemand Bilder gemacht?

John sagte, er sei pünktlich im Büro, drückte die Aus-Taste und lauschte auf Geräusche, die möglicherweise auf die Aufnahme des Gesprächs hinwiesen, konnte aber nichts hören.

»So, dann gibt's also eine Feier für den Helden in Anza Valley?«

»Eine Konfettiparade mit allen großen Medienvertretern; ein wichtiges Ereignis für die Stadt.«

»Das haben Sie auch verdient.«

»Und Sheriffs.«

»Haben Sie Angst vor denen?«

»Weniger als vor Motorradfahrern.«

Sie fuhren den Freeway entlang zum South Coast Plaza, einem Einkaufszentrum, das im ganzen Land wegen seiner Größe, der Menschenmassen und der Vielzahl an Geschäften bekannt war.

»Lassen Sie uns dem Konsum frönen«, sagte Valerie, als sie

angekommen waren. »Benehmen wir uns wie gute kleine Rädchen in der kapitalistischen Maschine.«

»Ich wette, Ihr Vater würde ein wenig zurückschrecken, wenn er Sie so reden hörte.«

»Er verachtet die Konsumgesellschaft. Ich glaube, er würde diesen Ort in die Luft jagen, wenn er dürfte.«

»Das sollte keine Beleidigung sein.«

»Hab ich auch nicht so aufgefaßt. Ich werde Ihnen dafür, was Sie gestern für mich getan haben, etwas kaufen.«

»Ich kann nicht ewig von meinem guten Ruf leben«, entgegnete er. »Wie wär's, wenn ich meine Klamotten selbst kaufe?«

»Hören Sie, Sie haben mich vor einer Vergewaltigung und vielleicht noch vor mehr bewahrt, und es hat Sie einen Hund und Ihr Zuhause gekostet. Also lassen Sie mir das Vergnügen. Ende der Diskussion.«

Sie kaufte ihm drei Paar Hosen, drei Hemden und drei Paar Schuhe, ohne sich von den Preisen beeindrucken zu lassen. In einem anderen Geschäft versorgte er sich mit Socken und Unterwäsche, während Valerie umherstreifte, nur um mit einer leichten Jacke, einem Pullover und drei Krawatten zurückzukommen. Sie bestand auf einem cremefarbenen Sommeranzug aus Leinen und dazu passenden Hemden. Seine Proteste unterdrückte sie mit der Drohung, noch mehr zu kaufen. In einem dermaßen teuren Zoogeschäft, daß er es kaum glauben konnte, kaufte sie einen Zwanzig-Kilo-Sack Futter für seine Hunde.

Zum Lunch hielten sie in Laguna Beach. Das Café bestand aus wenig mehr als ein paar Plastiktischen und Stühlen, die oben auf einem Felsen mit Blick auf den Ozean aufgereiht waren.

Während Valerie bestellte, nahm John die Gelegenheit wahr, sie sich genauer anzusehen. Er wußte von Joshua, daß sie zweiundzwanzig war. Er schätzte ihre Größe auf einssiebzig, durchschnittliches Gewicht, vielleicht ein bißchen mehr. Auf den Wangen ihres vollen Gesichts waren einige Sommersprossen. Sie hatte einen breiten Mund, schöne gleichmäßige Zähne, eine schmale Nase und Augen so dunkel wie Schokolade. Ihr strohblondes Haar war zu einem vom Wind zerzausten Pferdeschwanz zusammengebunden. Valerie war in jeder Hinsicht eine schöne junge Frau.

»Nun«, fragte sie, als sie von der Speisekarte aufblickte, »bin ich bei der Musterung durchgekommen?«

»Entschuldigung. Ja.«

»Ihnen sei vergeben. Sie sind ja schließlich ein Schreiberling.«

»Immer am Beobachten.«

»Und was sehen Sie?«

Er blickte, mit den Schultern zuckend, auf seine Speisekarte. »Das Hühnchen-Sandwich hört sich gut an.«

Sie lachte. »Sie sind ein Lümmel. Ja, genau das sind Sie – ein süßer kleiner Lümmel. Ein Zufallsheld. Ein geheimnisvoller Mann mit einer schnellen Waffe und einem schüchternen Wesen. Und was bin ich?«

Er sah sie zurückhaltend an. »Eine hübsche junge Frau, die noch das ganze Leben vor sich hat.«

»Nicht bloß ein Mädchen mit einem Spatzenhirn und viel mehr Geld, als es braucht?«

»Aber nein!«

»Gut für Sie, weil Sie heute abend beim Abschlußessen neben mir sitzen werden. Es wird eine große Sache werden, und Sie sind der Ehrengast.«

»Abschlußessen?«

»Dad läßt alle sechs Monate für seine neuen Holt-Männer eine Party steigen, wenn sie ihre Ausbildung fertig haben.«

»Er nennt sie Holt-Männer?«

»Das, was sie sind«, erklärte sie fröhlich. »Sie sind bloß bessere Wachmänner, auch wenn ihnen Dad weiß der Teufel was beibringt. Aber Sie werden der Gast sein, um den sich jeder reißen wird.«

Den Rest des Nachmittags brachte John damit zu, den Bericht des Vorfalls vor Olie's Saloon für die *Anza Valley News* zu schreiben. Er benutzte für seinen nur fünfundfünfzig Zeilen umfassenden Artikel den Computer auf dem Tisch im Eßzimmer. John konzentrierte sich darauf, Gerüchte aus der Welt zu räumen: Die Frau sei weder vergewaltigt noch verletzt worden; sein Wohnwagen sei als einziger angezündet worden; er habe nur einmal geschossen, wodurch der Angreifer der Frau leicht verletzt worden sei und die Frau die Möglichkeit zur Flucht gehabt habe. Er nenne keine Namen, weil er darum gebeten worden sei. Er forderte jeden, der etwas über die Motorradfahrer wisse, auf, die Außenstelle des Sheriffs in Indio anzurufen. Und er schrieb auch, daß das Schlimmste an der ganzen Sache der Verlust von Rusty sei – dem wahren Helden des Tages.

Am Abend spazierte er mit seinen Hunden am See entlang. Er erkannte den Strand auf der Insel in der Mitte des Sees und die dunklen Eichen und dahinter die Nadelbäume. Am anderen Ende des Sees stand eine Reihe kleiner Hütten und ein Gestell, das wie ein Turm zum Tontaubenschießen aussah. Er dachte zwanzig Jahre zurück an die Sommertage, als er und seine Freunde an den »Betreten verboten«-Schildern vorbei zum See geschlichen waren, um den Tag mit Schwimmen, Fischen und der Suche nach Tieren zu verbringen. Er wünschte, Rebecca könnte das alles hier sehen. Seine Gedanken wanderten zu dem Traum, den er früh an diesem Morgen gehabt hatte, in dem sie so gegenwärtig und real gewesen war. Und heute abend, dachte er, werde ich mit dem Mann zu Abend essen, der ihr eine Kugel durchs Herz gejagt hat.

Das Foyer des Großen Hauses ist hell erleuchtet, als John eintritt, geführt von einer hinreißenden Brünetten, die sich selbst als Laura Messinger vorgestellt hat. John hat sie bereits erkannt. Sie faßt ihn am Arm und sagt, sie habe schon immer einen Helden berühren wollen. Dann fragt sie ihn, was er trinken will, und gibt dem Barmann die Bestellung weiter. Der Duft von Wildbret und Elch, die auf einem offenen Grill liegen, und der Koriandergeruch, der vier riesigen Pfannen entströmt, durchziehen die Luft.

»Sind Sie eine Freundin von Mr. Holt?« fragt er.

»Seine Rechtsanwältin und, ja, auch eine Freundin. Cheers.« Sie reicht ihm Scotch mit Wasser und hebt ihr eigenes Cocktailglas leicht in die Höhe. Sie könnte dreißig sein, denkt John, aber von Joshua weiß er, daß sie zweiundvierzig ist. Und er erinnert sich, was Joshua noch über sie gesagt hat: »Laura und ihr Ehemann Thurmond sind an höchster Stelle für die Auslandsgruppen von Liberty Operations zuständig. Du brauchst hundert fähige Männer, um an der Diamantenküste von Namibia Unfrieden zu stiften? Sprich mit Laura. Oder du brauchst jemanden in Sierra Leone, der weiß, wie man mit Kleinwaffen umgeht? Thurmond kann helfen. Er ist ehemaliger Vizepräsident von Northrup, der nie eine Abfindung erhalten hat, und sie hat von ihrem Jahrgang als Drittbeste in Jura abgeschnitten. Sie erhalten keinen Lohn – niemand von Liberty Operations außer Lane Fargo erhält Lohn. Letztes Jahr betrugen ihre Einnahmen etwas über vierhunderttausend Dollar, Prämien inbegriffen.«

Ihren Arm wieder auf den von John gelegt, führt ihn Laura Messinger in das Wohnzimmer. »Hochverehrtes Publikum«, ruft sie mit einschmeichelnder Stimme, »John Menden.«

Köpfe drehen sich, zwei Dutzend sind es, die Männer in Smoking, die Frauen in Abendkleidern, meist mittleren Alters, mit dem Ausdruck höflicher Abschätzung, milder Zustimmung und Neugier. Die frisch gekürten Holt-Männer stehen leicht nervös auffällig abseits in der Nähe des Kamins. Sie sind Ende Zwanzig bis Ende Dreißig, fit, wachsam, und alle tragen sie schwarze Hosen und weiße Smokingjacken. John fühlt sich verlegen und unpassend angezogen. Die Gäste klatschen in die Hände.

»Machen Sie den armen Mann doch nicht so verlegen«, meint Laura und lächelt John an. Dann führt sie John zu einer kleinen Gruppe und verschwindet.
»Ich habe Ihre Artikel im *Journal* vermißt«, begrüßt ihn ein Mann mit einem Händeschütteln.
John erkennt ihn von Joshuas endlosen Einsatzbesprechungen – Adam Sexton, jung, ehrgeizig, eingeheiratet in eine der größten Grundbesitzerfamilien des County und gegenwärtig stellvertretender Leiter der Inlandsabteilung von Liberty Operations.
Außerdem hat Joshua ihm erzählt: »Sexton bringt das echte Geld für Liberty Operations. Die Inlandsabteilung macht dreimal soviel Umsatz wie die Auslandsabteilung, so prosaisch die Arbeit auch klingen mag – Schutz von Wohnungen, Firmen, Geschäften und Personen, private Ermittlungen. Als die Kriminalität vor ein paar Jahren die Titelseiten beschäftigte, hatte jeder Angst, jeder war besorgt, niemand konnte sich daran erinnern, daß es jemals so schlimm gewesen war. Wem vertrauen wir? fragten sich die Leute. Wen engagieren wir? Die Cops können uns nicht helfen. Wer könnte denn tatsächlich drauflosballern, wenn die schlitzäugigen Einbrecher aus Little Saigon aufkreuzen oder wenn ein ganzer Trupp aus Santa Ana die Mauern unserer nach außen abgeschotteten Gemeinde erklimmt, um dahinter die Frauen zu vergewaltigen? Sexton lag genau richtig mit seiner Mischung aus Weltklugheit und New Yorker Gassenmentalität. Dank seiner Person setzen jetzt alle Holt-Männer – Entschuldigung, Liberty-Männer ein. Männer von Liberty Operations vor seinem Haus in Newport mit Blick auf die Bucht patrouillieren zu lassen, ist genauso zum Statussymbol geworden, wie das richtige Auto oder die richtige Garderobe vorweisen zu können. Es bedeutet sogar noch mehr. Man besitzt mehr als nur ein Haus oder ein Privatflugzeug – man besitzt einen Mann. Einen Liberty-Mann.«
»Danke. Es ist schön, wieder im County zu sein«, sagt John.

»Wollen Sie nun hierbleiben?« fragt Sexton.
»Nein. Ich arbeite jetzt in Anza Valley.«
»Die Leute da können wirklich lesen?«
»In ihren Höhlen haben sie Kerzen.«
»Kerzen. Was für ein Fortschritt. He, hier im County gibt's einen Haufen Arbeit, wenn Sie interessiert sind. Alles mögliche.«
»Danke. Mir gefällt meine Arbeit ganz gut.«

Das Eßzimmer strahlt warm im schimmernden Kerzenlicht eines riesigen kreisförmigen Kandelabers. Der Tisch scheint sich bis ins Unendliche zu erstrecken. Kellner, die beiläufig zu Laura Messinger blicken, von der sie mit stillem Kopfnicken dirigiert werden, kommen und gehen. Vann Holt hat sich reingeschlichen – wann genau, weiß John nicht – und steht an der Stirnseite des Tisches. Er blickt wachsam und wie ein Löwe in die Runde. Schließlich sieht er in seine Richtung und starrt ihn einen Moment lang ausdruckslos an. Dann hebt er sein Weinglas, nickt ziemlich förmlich und lächelt ihm zu. Hinter Holt schaut Lane Fargo mit einem Ausdruck geballter Aggression in seine Richtung.
Holt setzt sich, und die anderen tun es ihm gleich. John wird ein Ehrenplatz links von Holt zugewiesen. Sie machen es sich gerade bequem, als Holt wieder aufsteht, den Ärmel seiner Jacke zurückschiebt und auf seine Uhr schaut. Dann dröhnt er mit einer Stimme, die beinahe die Kristallgläser erzittern läßt: *»Valerie Anne Holt, du hältst schon wieder meine Abendgesellschaft auf!«*
Am allgemeinen Kichern merkt John, daß dies so etwas wie ein Ritual ist. Die Köpfe drehen sich, als Valerie Anne Holt erscheint. Sie geht zu ihrem Vater und küßt ihn auf beide Wangen. Dann setzt sie sich rechts von ihm und gegenüber von John. Nachdem sie jeden am Tisch mit einem Blick bedacht hat, lehnt sie sich lächelnd zurück und widmet all ihre Aufmerksamkeit John.

In seinen Ohren klingelt es, und er fühlt sich so unwohl, als starrte ihn die ganze Welt an.
»Hübscher Anzug, Mr. Menden«, sagt sie. »Er paßt vorzüglich zu Ihrem erröteten Gesicht.«

John nimmt das Abendessen durch einen angenehmen Schleier wahr. Er trinkt zwei Cocktails und drei Gläser Wein. Die Unterhaltung um ihn herum verläuft angeregt und fließend. Holt gibt Geschichten seiner Boone & Crockett-Trophäen zum besten.
Valerie lauscht ihrem Vater, unterhält sich mit Thurmond Messinger zu ihrer Rechten und schaut hin und wieder zu John hinüber. Er spürt ihre Aufmerksamkeit auf sich gerichtet, auch wenn sie wegsieht, und es beunruhigt ihn, daß Vann Holt vielleicht dasselbe spürt. Aber es gibt ihm Sicherheit, zu wissen, daß er nicht vollkommen allein hier ist. Seine Augen sind direkt auf sie gerichtet. Sie sind nicht gewillt, vorbei, durch sie hindurch oder um sie herum zu schauen.
»Du mußt sie kennenlernen, um sie für dich nutzen zu können«, hatte Joshua gesagt. Trotz der Aufmerksamkeit, die er Valerie widmet, nimmt John jedes andere Gesicht wahr. Neben ihm sitzt Mary Randell, eine geschwätzige Frau Anfang Fünfzig. Mary ist glücklich, daß sie John etwas über jeden am Tisch erzählen kann. Zusammenfassungen würzt sie mit mindestens einem Häppchen des Allerpersönlichsten. »Und neben Laura sitzt Mike O'Keefe. Er kann brillant motivieren, aber als Partner beim Doppel ist er schrecklich. Er hat bei seiner Rückhand einfach keine Geschwindigkeit drauf. Und Adam Sexton? Er bringt dem Unternehmen das Geld säckeweise. Ein hochnäsiger Kerl, der einzige hier, der Vann nicht wie einen Gott verehrt.« Mary ist die Frau von Rich, den John als Teil derjenigen Gruppe von Liberty Operations kennt, die mit Juma Titisi ins Geschäft kommen will.
Titisi sitzt am anderen Ende des Tisches gegenüber von Holt. John nimmt auch die winzigste Information mühsam auf, da

er sich nicht sicher ist, was für Joshua wichtig sein könnte. Er will sich nichts entgehen lassen. Ihm wurde aufgetragen, alles zu sammeln und die Aufbereitung der Informationen Joshua zu überlassen. John war beim Sammeln von Informationen – der wichtigsten Aufgabe eines Reporters – immer gut gewesen, so daß er noch vor Ende des Abends die Namen, Gesichter, Tätigkeiten und mindestens je eine persönliche Eigenschaft der Anwesenden kennt. Laura Messinger zum Beispiel hat zwei Kinder aus einer früheren Ehe, während Thurmond, zwanzig Jahre älter als sie, keine hat.

Das Essen ist hervorragend – Elch und Wildbret, Fasan und Rebhuhn, Gemüse, Basmatireis mit Mandelsplittern, Bohnen mit Koriandersoße, mit Dill bestreute Brötchen und Spargelsalat. Holt ist mächtig stolz auf das Essen, von dem er das meiste selbst erlegt oder angebaut hat.

»Gehen Sie in Anza Valley oft zur Jagd?« fragte er John.

»In den letzten zehn Jahren ja.«

»Haben Sie es jemals auf der Wiese draußen bei Copper Saddle probiert, wo der alte Wasserspeicher steht?«

»Da sitzt ein hübscher kleiner Schwarm drin.«

»Dann waren Sie das also, der sich an meine Wachteln rangemacht hat! Komisch, daß wir uns nie über den Weg gelaufen sind.«

»Die Wüste dort ist groß, Mr. Holt. Ich gehe normalerweise früh auf die Jagd und höre dann auf.«

»Vertragen Labradore die Hitze gut?«

»Na ja, sie sind nicht gerade geschaffen dafür. An einem heißen Vormittag saufen sie fünfundzwanzig Liter Wasser.«

»Warum nehmen Sie keine English Springer Spaniels?«

»Mit Labradoren komme ich ganz gut zurecht.«

Valerie schaltet sich mit warnenden Worten ein: »Dad, versuch nicht, einen Hundemenschen von etwas anderem zu überzeugen. Es ist was Persönlicheres als Religion oder Politik – das hast du mir beigebracht.«

Holt lächelt, streckt seinen Arm aus und berührt die Wange

seiner Tochter. »Was haben Sie mit diesem heldenhaften Schäferhund von gestern angestellt? Und erzählen Sie mir nicht, Sie hätten ihn auf Wachteln abgerichtet.«
»Nun, irgend jemand hat's ja wohl gemacht, Sir. Den ganzen Frühling und Sommer war er hinter ihnen her, also habe ich ihm zur Saisoneröffnung eine Chance gegeben.«
»Armer Kerl.«
Zum Abschluß des Essens steht Holt auf und hält eine Ansprache. Sie ist kurz und unterstreicht die Tatsache, daß Holt seine Holt-Männer als Verlängerung seiner selbst sieht. Dann stößt er auf John Menden an. »Ein guter Schuß und ein guter Mann und eine gute Portion Glück. Ein Holt-Mann, wie er im Buche steht«, beendet er seine Rede, begleitet von höflichem Applaus.

Nach dem Essen bietet Holt John eine Führung durch das Große Haus an. Mit den Gläsern in den Händen gehen sie durch die Räume des Erdgeschosses, Wohn-, Spiel-, Arbeits-, Gäste- und Waffenzimmer. Dann steigen sie die breite Treppe in den ersten Stock hinauf. Hier, erklärt Holt, seien die Schlafzimmer, das von seiner Frau, seiner Tochter, sein eigenes und dann noch eins. Er zögert einen Moment, und John wartet auf weitere Erläuterungen, aber Holt überquert nur den gefliesten Treppenabsatz und geht in den zweiten Stock. Er zeigt ihm die Bibliothek, einen riesigen Raum voller Bücherregale und ausgestattet mit sehr alten Ledersofas und Rohledersesseln. Truhen aus der Missionszeit dienen als Tische. Zwei große Flügeltüren führen auf einen Balkon und eine Aussichtsplattform. Hinter einer schweren Eichentür liegt Holts Büro. An einer kleinen Bar, die beim Öffnen einer Schiffstruhe nach oben geschwenkt wird, mischt Holt frische, sehr starke Getränke.
»Lassen Sie uns die Aussicht genießen.«
Vom Balkon aus steigen sie eine Außentreppe auf die Aussichtsplattform hinauf. John kann das Nordufer des Sees er-

kennen, die Hügel von Liberty Ridge, den Ozean, den Chaparral, in der Ferne ein Stück des beleuchteten Freeways nach Osten und den dichten Teppich aus Orangenbäumen, der sich nach Norden zum Herzen des County hin erstreckt.

»Versuchen Sie's mit dem Fernrohr.«

John richtet das Instrument zuerst auf den See, dann auf die Rückseite des Seehauses, in dem er die Nacht verbracht hat, und schließlich schwenkt er es nach Westen auf den silbern glänzenden Pazifik.

»Haben Sie gute Augen?« fragt Holt.

»Glücklicherweise ja. Warum?«

»Neugier. Vielleicht auch Neid.«

»*Sie* haben hier eine Menge, worauf man neidisch sein kann, Mr. Holt. Ich habe noch nie einen Ort wie diesen gesehen. Wozu sind die ganzen Gebäude dort?«

»Angestellte, Leute fürs Haus und für die Landwirtschaft. Die Orangenarbeiter leben in den Hütten, die dort stehen, wo die Orangenfelder anfangen, aber die kann man von uns hier aus nicht sehen.«

»Ich wußte nicht, daß Sie der Besitzer von Liberty Operations sind.«

Holt nickt.

»Sind Sie dann ein Detektiv, so was wie ein privater Polizist?«

Holt kichert. »So ähnlich. Ich gebe den Menschen einfach die Möglichkeit, sich sicher zu fühlen.«

Hast du je Rebecca Harris das Gefühl von Sicherheit gegeben? denkt John.

»Irgendwie bin ich da reingeraten. Jeder hat heutzutage Angst, und man bezahlt mich dafür, daß sie vergeht.«

»Nun, Sie haben es mit Sicherheit zu Wohlstand gebracht.«

»Liberty Ridge ist eine Perle mit einem guten Preis. Die meisten Dinge im Leben haben ihren Preis.«

John nickt.

»Wie kann ich mich für das erkenntlich zeigen, was Sie getan haben?«

»Das haben Sie bereits.«
»Ich wäre Ihnen dankbar, wenn ich Ihnen einen neuen Wohnwagen kaufen dürfte.«
»Ach, Wohnwagen sind gar nicht so teuer. Mit dem Lohn von ein paar Wochen kann ich schon eine Anzahlung machen, das ist also nicht ...«
»Was hat Ihr letzter gekostet?«
»Gerade mal zweieinhalbtausend. Er war fast zwanzig Jahre alt, aber früher waren sie besser. Manche jedenfalls.«
»Dann betrachten Sie es als ausgemacht, daß Ihr nächster Wohnwagen ein Geschenk der Familie Holt wird. Sie suchen sich einen aus, natürlich mit allem Drum und Dran.«
»Nein, wirklich ... das scheint mir nicht richtig zu sein, Sir.«
»Was scheint nicht richtig zu sein? Ich verstehe Sie nicht.«
John sieht Holt in die Augen, unersättliche Augen, unfähig zu Mitleid. Für John ist dies der richtige Moment, um den Köder auszuwerfen. »Du wirst merken«, hatte Joshua gesagt, »wann du ihm zeigen mußt, was in dir steckt, John. Du wirst merken, wann du ihn etwas in dir erblicken lassen mußt, was auch in ihm steckt. Wenn du das tust, zeig ihm ein klares Bild seiner selbst.«
»Ich habe nur getan, was ich für richtig hielt, Mr. Holt. Ich will ehrlich zu Ihnen sein. Der Vorfall gab mir die Chance, ein kleiner Held zu sein. Er war die Erfüllung eines hübschen Tagtraums, den ich schon als Junge hatte. Jeder Mann träumt davon, einen König oder seine Prinzessin zu retten. Ich hatte ein nettes Abendessen und konnte ein paar tolle Leute kennenlernen. Wenn ich es weniger vornehm ausdrücke, hatte ich die Chance, einer Bande von Arschlöchern etwas Gottesfurcht beizubringen. Hat sich gut angefühlt. Ich habe mich seitdem öfter gefragt, was es wohl für ein Gefühl gewesen wäre, wenn ich diesem Scheißkerl eine Kugel in den Bauch gejagt und ihn neben meinem Hund hätte verbluten lassen. Eigentlich habe ich Angst, daß es sich allzugut angefühlt hätte.«
Holt schweigt sehr lange. Schließlich fängt er zu lachen an. »O

mein Gott, was sich da nicht alles im Herzen von John Menden verbirgt. Ich verstehe.«
»Wirklich?«
»Natürlich. Welcher denkende Mann würde das nicht?«
»Mir fallen nicht viele ein.«
»Dann lassen Sie mich also fragen: Diese denkenden Männer, würden Sie sie Freunde nennen, mit ihnen auf die Jagd gehen, Zeit mit ihnen verbringen, sie und ihre Familien kennenlernen wollen?«
»Das hab ich noch nie.«
»Können Sie einen Mann respektieren, der keine Idee davon hat, was Überzeugung und konsequentes Handeln sind?«
Konsequentes Handeln, denkt John, einer von Joshuas Lieblingsausdrücken.
»Nein. Eigentlich nicht. Und genau deswegen, Mr. Holt, würde ich mich klein fühlen, wenn Sie mir einen Wohnwagen schenken oder sich sonstwie erkenntlich zeigen würden. Ich glaube, ich werde einfach ›nein danke‹ sagen und morgen gehen. Ich werde das Gefühl mitnehmen, etwas Anständiges vollbracht zu haben. Und das ist ein gutes Gefühl. Ich hoffe, ich wirke nicht undankbar. Und außerdem muß Valerie heute zwei Tausender nur für Kleidung ausgegeben haben.«
Holt überlegt. »Ich verstehe, daß in Ihrem Fall ein Geschenk entwürdigend sein kann, aber wir müssen manchmal auch praktisch denken. Sehen Sie es doch mal so: Wenn ich Ihnen keinen Wohnwagen schenken darf, nehmen Sie mir die Chance, großzügig zu sein.«
»Das würde ich nicht wollen, Mr. Holt«, entgegnet John mit einer leichten Spur von Ironie in seiner Stimme.
Holt merkt es und lächelt. »Sehen Sie. Wie wär's, wenn Sie ein paar Tage darüber nachdenken. Währenddessen bleiben Sie bei uns. Es gibt ein paar Dinge, bei denen Sie mir vielleicht helfen können.«
»Zum Beispiel?«
»Valerie könnte ein bißchen Hilfe bei den Hunden brauchen.

Jetzt, da sie nicht mehr zur Schule geht, gibt's nur noch Hunde, Hunde, Hunde. Sie will nächsten Herbst Tiermedizin studieren, vielleicht in einem anderen Staat. So ... nun, sie bildet ihre jungen Hunde jedenfalls noch aus.«

John spürte, daß etwas in Holts Gedanken ungesagt blieb. Er wartete, aber Holt schwieg.

»Verlockendes Angebot, Mr. Holt, aber die Lohntüte wartet.«

»Fargo hat heute mit Bruno gesprochen. Wenn man den gestrigen Tag mit einrechnet, steht Ihnen zwar kein Urlaub mehr zu, aber Sie haben eine ganze Woche bezahlten Urlaub erhalten. Fargo hat Ihren Chef vom Wert Ihrer vollständigen Erholung überzeugt.«

»Sie machen mir was vor.«

»Ich mache Ihnen nichts vor. Bruno will, daß die Geschichte bis morgen nachmittag geschrieben ist. Dann haben Sie Urlaub.«

»Nun, Sie bringen mich in Versuchung.«

»Abgemacht.«

Holt reicht John die Hand. »Ich war überrascht zu erfahren, daß Sie für das *Journal* geschrieben haben. Aber als Fargo es erwähnt hat, habe ich mich an Ihre Rubrik erinnert. Nettes Zeug. Sehr *›un-Journal‹*.«

»Danke.«

»Kennen Sie Susan Baum?«

Johns Herz verkrampft sich.

»Nicht sehr gut.«

»Haben Sie Kontakt zu ihr?«

»Eigentlich nicht.«

»Könnten Sie ihn vielleicht haben?«

»Ich habe gehört, sie versteckt sich seit der Schießerei.«

»Das habe ich auch gehört. Ich denke, das würde ich ebenfalls tun.«

Als John zum Seehaus zurückkehrt, ist es fast Mitternacht. Seine Hunde liegen auf der Veranda neben einem Stuhl, auf

dem jemand langsam schaukelt. Sein Herz hebt sich etwas, und in seinem Ohr klingelt es wieder. Irgendwie erinnert er sich an Valeries Parfüm, ein leichter Duft, den er hier aber nicht wahrnimmt.
»So, wie haben Sie sich entschieden?« fragt Fargo. »Werden Sie dableiben?«
Kalter Schweiß bildet sich auf Johns Stirn. Die Hunde schlagen mit ihren Schwänzen gegen sein Bein. »Ja, habe ich vor.«
»Überrascht mich nicht.«
»Danke für den Urlaub.«
»Das war einfach.«
John betritt die Veranda, und Lane Fargo erhebt sich. In der Dunkelheit stehen sie sich gegenüber.
»So, und Valerie hat Ihnen heute neue Klamotten gekauft.«
»Ich denke, das ist ziemlich offensichtlich.«
»Ziemlich offensichtlich. Sie schieben gern mal eine kleine Nummer, oder nicht?«
»Manchmal kann man sich schwer eine gute Chance entgehen lassen.«
Fargo nickt. »Sie sind schwer zu durchschauen.«
»Wieso das?«
»Ich weiß noch nicht.«
»Vielleicht sehen Sie mich zu kompliziert.«
»Vielleicht auch nicht. Es gibt zwei Arten von Menschen in meiner Welt, solche, denen ich vertraue, und solche, die ich hasse. Über Sie wird noch beraten.«
»Na, dann mal danke für den Situationsbericht.«
»Schlafen Sie gut.«

Die nächsten drei Tage verbrachte John auf Liberty Ridge. Er vergnügte sich mit Holt und Fargo am Schießstand mit Pistolen und Gewehren, genoß Holts Erzählungen von seinen Safaris in Afrika und erduldete Fargos Spott und grübelnde Blicke, als er diesen beim Tontaubenschießen übertrumpfte.
John versuchte sein Ziel zu vergessen, was ihm in den Stun-

den, die er mit Valerie auf der Wiese hinter dem Großen Haus verbrachte, fast gelang. Dort arbeiteten sie mit ihren jungen Hunden, während Johns Labradore neidisch im Schatten saßen und zusehen mußten. Boomer jaulte traurig vor sich hin.
John fühlte sich von Valerie angezogen. Wie lange war es her, daß er das gleiche Gefühl für Rebecca hatte?
Den restlichen Nachmittag dachte er nur an Rebecca und an die Verpflichtung, die er für sie eingegangen war.

19

Im ersten Licht des fünften Tages ging John mit seinen Hunden am See entlang. Er lief um das südliche Ufer herum, bog dann vom See ab und kam auf den Pfad, der in den Chaparral führte. Oben auf einer Anhöhe blieb er stehen und blickte zum See zurück, dann zu den Ausbildungsgebäuden für die Kadetten von Liberty Operations. Ein Hubschrauber hob vom Landeplatz ab, einen Augenblick später stieg ein zweiter auf und folgte dem ersten. Holt-Männer, die ihr Revier überprüfen, dachte John.
Beim Weitergehen wanderten seine Gedanken zu Valerie Holt und ihrer Art, wie sie ihn beim großen Abendessen beachtet und beobachtet hatte. Obwohl es in seinem Magen warm wurde und er dieses schwache Klingeln in seinen Ohren hörte, zwang er sich zu rationaler Kälte und sagte sich nochmals, daß jede Nähe, die er zu Valerie gespürt hatte, falsch sei. Er dachte auch an Lane Fargo und an die offene Feindseligkeit, die dieser ihm gegenüber an den Tag gelegt hatte. Es war beinahe angenehm zu wissen, daß Fargo hinter ihm her war; damit hatte die Herausforderung ein Gesicht. »Fargo ist Holts freigesetzte Paranoia, sein Kampfhund«, hatte Joshua gesagt. »Wenn er auf dich losgeht, behalte den Boden unter den Füßen, wenn er dir entgegenkommt, ergreife seine Hand.«

Vor allem aber dachte er an Vann Holt. Ein erstaunlicher Mann. John war auf Holts Selbstbewußtsein und sein Gefühl für Macht, auf die Aura seiner Autorität, wie Joshua es beschrieben hatte, vorbereitet. Er hatte die unbeschwerte Art, mit der Holt auf Liberty Ridge kommandierte, und die Achtung seiner Freunde, Geschäftspartner und Gäste ihm gegenüber erwartet. Nicht vorbereitet war John auf die schlichte Harmonie zwischen Holt und seiner Welt. John konnte nichts von der eisernen Hand eines Gebieters erkennen, kein häßliches Machtgehabe, nichts von einem großspurigen Triumph der Reichen. Ja, Vann Holt war der unangefochtene König auf Liberty Ridge. Aber seine Regentschaft schien eher eine Projektion seiner Vorstellung als die Hingabe an eine Leidenschaft zu sein. Er hatte sich den Ort erträumt, nicht erobert; es war sein Herz gewesen, nicht sein Körper. John war von Holts verschwenderischer Großzügigkeit überrascht, obwohl Joshua sie vorausgesagt hatte: »Glaubt der Reisende, daß er dir was schuldet, ist nur der Himmel die Grenze. Schlage ihm den Himmel aus, aber akzeptiere Liberty Ridge. Deine Anwesenheit auf Liberty Ridge ist das, was wir brauchen. Seine Dankbarkeit wird seine Achillesferse sein.«
John drehte sich um und ging den Pfad weiter, der allmählich immer schmaler wurde und jetzt steil anstieg. Auf einer Anhöhe machte John wieder halt und verschnaufte. Von hier aus waren der See und die Gebäude von Liberty Ridge nicht zu sehen.
Der Pfad führte jetzt wieder abwärts, vorbei an ein paar Eukalyptusbäumen, die in der zunehmenden Hitze dufteten. Er erinnerte sich an Joshuas Karte, auf der die Bäume nach etwa einem Drittel des Wegs zwischen dem See und dem elektrischen Zaun eingezeichnet waren. Das nächste Zeichen war eine bestimmt schon zweihundert Jahre alte kalifornische Mammuteiche, die geisterhaft und einsam rechts von ihm auf einer Kuppe stand. Die nächsten achthundert Meter führten mühsam bergauf, die letzten achthundert Meter gingen erneut

abwärts, wo der Pfad auf eine von einem Zaun begrenzte Lichtung mündete. Er sah auf die Uhr. Siebzehn Minuten, zweimal kurz gehalten, gleichmäßig, aber ohne Eile gegangen.
Er rief die Hunde, überquerte mit ihnen die Lichtung und befahl ihnen vor dem Zaun, sich zu setzen. Er nahm jeden Hund am Halsband, zeigte auf den Zaun und ließ ein hartes »Nein« hören. Die verwirrten Hunde folgten ihm zurück auf die Lichtung und legten sich neben ihn, als er sich auf einem Baumstumpf niederließ und eine Zigarette anzündete. »Wenn du auf die Lichtung kommst, mach eine Pause. Achte darauf, ob du irgendwelche Schatten siehst«, lautete Joshuas Instruktion. Er rauchte und lauschte den Vögeln. Als er fertig war, stand er auf und sagte zu den Hunden: »Bleib!« Dann ging er über die Lichtung zu einer kleineren Eiche, deren Zweige wegen des Zauns zurechtgestutzt waren. Er schätzte einen Punkt ab, einen halben Meter vom Baumstumpf entfernt in Richtung des Zauns, kniete nieder und schob mit beiden Händen die lockere, von Blättern bedeckte Erde beiseite. Die Kiste lag fünfzehn Zentimeter darunter. Er hob sie heraus, öffnete den Deckel und entnahm ihr das kleine flache Telefon. Nachdem er sich noch mal umgesehen hatte, drückte er eine der beiden Tasten. »Die Tasten haben eine bestimmte Funktion«, hatte ihm Joshua erklärt. »Du kannst nur einen Menschen auf der Welt anrufen, und dieser Mensch bin ich. Die schwarze ist für normale Gespräche, die rote, sollte es in die Hosen gegangen sein. Wenn man dich erwischt hat, John, drück auf diese rote und kriech durch das Loch. Wir werden tun, was wir können, um dich da rauszuholen.«
John sah zur Lichtung. Sein Herz klopfte heftig, sein Puls raste. Joshua antwortete schon vor dem zweiten Klingeln.
»Ich bin hier.«
»Wie sieht's aus?«
»Wunderbar.«
»Alles Gepäck eingetroffen?«
»Ich glaube. Hab's sofort gefunden.«

»Erzähl.«
»Ich wurde eingeladen, ein paar Tage zu bleiben. Ob fünf, sieben oder neun Tage, wurde nicht festgelegt. Der Reisende hat darauf bestanden. Der Kampfhund hat schon ins Hosenbein gebissen, aber noch keine Haut erwischt. Er hat mit Bruno eine Woche bezahlten Urlaub für mich ausgehandelt. Am zweiten Abend habe ich zwei Kunden und ein paar der Leute von Liberty Operations bei einem Essen kennengelernt. Einzelheiten in Kürze.«
»Hast du irgendwann Zeit?«
»Er fährt morgen weg, kommt Samstag zurück.«
»Schön. Ist sein Arbeitszimmer noch im Haupthaus?«
»Ja. Genau wie auf deinen Zeichnungen.«
»Dann ist das deine erste Haltestelle.«
»Ich weiß. Aber ich kann immer noch nicht glauben, daß er bei seinem eigenen Haus so lasch ist.«
»Mit seinen bewachten Toren, fünf Mann für die Sicherheit und fast vollständiger Isolierung ist er alles andere als lasch.«
»Da müssen Kameras drin sein.«
»Er hat Liberty Ridge so konzipiert, daß er keine Kameras braucht.«
»Er hat gefragt, ob ich mit Susan Baum in Kontakt bin.«
Joshuas leises Lachen war klar und gemein. »Ja, ja, er beißt langsam an. Und?«
»Das war alles.«
»Vielleicht stellt man dich auf die Probe, Eule.«
»Das habe ich schon in Betracht gezogen.«
»Die Welt ist herrlich, wenn einem die Dinge in den Schoß fallen. So, jetzt das Arbeitszimmer – Papiere, Aufzeichnungen, Akten, Berichte. Denk an das, was *du* zu Papier bringen würdest, wenn du hinter jemandem her wärst. Von allem, was auch nur den Anschein danach hat, machst du ein Foto. Klar?«
»Klar.«
»Wie sind deine Nerven?«

»Ruhig.«
»Prima, kluge Eule.«
»Bis später.«
John drückte die Aus-Taste, schob die dünne Antenne mit verschwitzten Fingern wieder rein und legte das Telefon in die Kiste zurück. Anschließend blickte er zu den Hunden, dann zum Pfad und lauschte. Als nächstes nahm er eine der beiden Mikrokameras heraus, die als Taschenlampen in Kugelschreiberformat getarnt waren, verschloß die Kiste, schob sie wieder in das flache Loch und häufte Erde und Eichenblätter darüber. Er ging zum Baumstumpf zurück, wo die Hunde warteten, setzte sich und rauchte noch eine. In die leere Zigarettenschachtel mit dem Zettel zwischen Zellophan und der Pappe steckte er einen Stein und zerknüllte sie, dann trat er an den Zaun und warf die Schachtel hinüber. Joshuas Leute würden sie im Dunkel der Nacht finden, genauso wie sie eine volle Kamera finden und durch eine neue ersetzen würden, indem sie durch das Loch unter dem Zaun schlüpften. John schaute auf die Erde zwischen dem Pfosten, der dem Baum am nächsten stand, und dem nächsten Richtung Norden, konnte aber nichts erkennen, was auf den ein mal ein Meter großen Tunnel hindeutete, den Joshua unter dem Zaun hindurch gegraben hatte.
Er kehrte zum Baumstumpf zurück, wo die Hunde lagen, und befahl ihnen noch einmal, sich nicht von der Stelle zu rühren. Dann ging er zu der Eiche, griff in die zweite Gabelung des Stamms und zog den von Joshua versprochenen .45er Colt aus der Sicherheitshalterung. »Solltest du ihn jemals brauchen«, hatte Joshua zu ihm gesagt, »wirst du möglicherweise mit ihm in der Hand sterben. Er ist die letzte Rettung, John. Dein Ziel muß es sein, ihn nie zu berühren. Dein Ziel muß es sein, ihn dort zu lassen, damit er im Schatten verrottet, während der Reisende das gleiche in einer Zelle tut. Wenn du jeden Abend ein Gebet sprichst – und ich rate dir, dies zu tun –, solltest du darum beten, diesen Colt niemals anfassen zu müssen.«

Er überprüfte die leere Kammer und den Bügel, dann schob er die Automatik wieder in die Halterung.
Kurz nach sechs Uhr an diesem Morgen machte John sich auf den Weg zurück zum Seehaus.

20

Vann Holt war unten am Ufer, als John zurückkam. Ein weißer Range Rover stand neben Johns Pickup. Holt beobachtete John, als er um die Biegung des Sees herumkam, aber John wußte nicht, wann Holt ihn erblickt hatte. Die Hunde tollten herum. Boomer sah Holt und rannte bellend auf ihn zu. John winkte.
»Hallo, Mr. Holt!«
Holt hob seinen Kopf, sagte aber nichts, bis John näher bei ihm war.
»Morgen, John. Zum Morgenspaziergang unterwegs gewesen?«
»Wir sind den Weg auf der anderen Seite dort hinaufgegangen.«
»Zu dieser Jahreszeit müssen Sie auf Schlangen achtgeben. Die Jungen sind schon geschlüpft.«
»Hab nur ein paar Wildkaninchen gesehen.«
Holt schaute ihn eine Weile an. »Es wäre besser, Sie hielten sich vom Gelände fern. Lanes Blutdruck steigt, wenn er was in den Büschen sieht. Er schießt schnell und stellt keine Fragen. Kommen Sie, wir drehen eine Runde auf Liberty Ridge. Ich möchte Ihnen die Gegend zeigen.«
Sie fuhren im Range Rover die Straße hinunter auf das Große Haus zu und bogen von dort nach Norden in ein falsches Tal ein. Vor ihnen erstreckten sich so weit das Auge reichte die Orangenfelder. John konnte die Früchte riechen.
»Wie groß sind die Orangenfelder?«
»Achthundert Hektar. Organischer Anbau, alles Valencias. Die

sind am besten für Saft. Ich habe jetzt fünf regulär beschäftigte Arbeiter und einen Aufseher.«

»Verkaufen Sie das Obst?«

»Einen Großteil. Die besten verschenke ich. Carolyn, meine Frau, hat sie immer zu Saft und Marmelade verarbeitet, ich meine, tonnenweise Marmelade, aber das kann sie jetzt nicht mehr. Ich habe Freunde auf der ganzen Welt, und frische Orangen aus Südkalifornien sind für einige ein wahrer Hochgenuß.«

»Da ist ja überhaupt kein Unkraut.«

»Glatt wie ein Billardtisch, das war mein Ziel. Sie sollten makellos sein.«

»Ich würde sagen, das haben Sie auch geschafft.«

»Mein Aufseher ist ein falscher Hund, aber von den Arbeitern verlangt er echte Arbeit.«

»Leben Sie schon lange hier?«

»Fünf Jahre. Das Gelände ist schon seit fast achtzig Jahren im Besitz der Familie. Als Mumsey starb, wurde es im Großen Haus einsam. Vor fünf Jahren hatte meine Frau ein paar Probleme, und wir zogen hierher. Ich baute das Große Haus wieder auf, stellte ein paar Nebengebäude dazu und hab den ganzen Laden eingezäunt.«

»Es ist wie im Paradies.«

»Es ist das Paradies. Wenigstens für mich.«

Am anderen Ende der Orangenfelder gabelte sich die Straße. Ein Weg bog ab und führte an den Bäumen entlang weiter, der andere ging geradeaus. Holt fuhr geradeaus, einen Hügel hinauf und auf der anderen Seite wieder hinunter. Nach einer Weile stieg die Straße steil an, wurde flacher und stieg wieder an. Es folgte eine lange Serpentine, die immer noch bergauf ging. Schließlich wurde die Straße wieder eben. Ein paar Minuten später ließ Holt den Wagen in einem weiten Bogen ausrollen und parkte.

»Die Spitze der Welt«, erklärte er.

Sie kletterten noch fünfzehn Meter bis zur abgeflachten und

mit Kies bedeckten Spitze, auf der am anderen Ende drei weiße Grabmonumente aus Marmor im Halbkreis gegenüber von einem Tisch und mehreren Bänken aus Stein standen. Auf jedem der Monumente thronte eine Statue.

»Wir sind auf vierhundert Meter Höhe«, sagte Holt. »Der höchste Punkt auf Liberty Ridge.«

John blickte nach Süden zurück, in die Richtung, aus der sie gekommen waren, dann hinunter auf den See, der in dunklem Kobaltblau schimmerte. Das Große Haus war wie eine weiße Schachtel mit rötlichem Dach, und um es herum lagen die Nebengebäude im Halbkreis. Von hier aus konnte man sehen, wie weitläufig die parkähnliche Anlage um das Anwesen war.

»Nachts schaut alles anders aus. Das Finanzamt hat den Wert auf vierundzwanzig Millionen geschätzt. Wenn ich es aufteilen und geschäftlich und privat nutzen würde, wäre es ein ganzer Batzen mehr.«

»Haben Sie das vor?«

»Um Gottes willen, nein! Ich werde diesen Ort so belassen, bis ich sterbe. Ich zeige Ihnen, wo genau ich bestattet werde. Hab schon alles hergerichtet.«

Sie näherten sich den Monumenten. Das von Patrick befand sich links. Sein bronzenes Abbild stand obendrauf, mit ein paar Büchern in der Hand, wie ein Student in der Pause zwischen zwei Vorlesungsstunden.«

»Pat wird mir immer als Leser in Erinnerung bleiben«, sagte Holt. »Das sind Carolyn und ich. Der Bildhauer hat sie anhand eines alten Hochzeitsfotos angefertigt.«

Die bronzenen Holts standen Arm in Arm wie die Figuren auf einer Hochzeitstorte, aber der Bildhauer hatte ihren Gesichtern Einzelheiten hinzugefügt, so daß sie beinahe menschlich aussahen. »Carolyn hat darauf bestanden. Sie ist so romantisch. Nun ja, sie war es zumindest.«

Valeries Grabmoment war rechts neben dem ihrer Eltern. Sie war gehend dargestellt, und neben ihr einer ihrer Hunde.

»Hübsch«, meinte John.

»Hab ich erst letztes Jahr machen lassen«, erklärte Holt. »Die Türen der Gruften sind mit Gold überzogen. Das ist schon was, wie sie hier oben die Sonne einfangen, oder nicht?«
»Es ist wunderschön.«
»Kommen Sie rein. Ich zeige Ihnen Pats Urne.«
Holt zog die schwere Tür auf, und John trat in das Innere des kühlen Marmormonuments.
»Sie schließen nicht ab?«
»Auf Liberty Ridge schließe ich nicht viel ab. Brauch ich nicht, und genauso hatte ich's geplant. Da, in dieser Urne ist die Asche von Pat.«
Es war ein gedrungenes, niedriges Rechteck, das wie schwarzer Marmor aussah. Holt seufzte. »Ich erwarte nicht, daß es Ihnen etwas bedeutet.«
»Na ja, das ist hier nicht die Frage.«
»Da haben Sie recht. Gott, wie ich diesen Jungen vermisse. Nun, egal, so sieht es also bei Pat zu Hause aus.«
Holt ließ John an sich vorbei hinausgehen und schob die Tür wieder zu.
Sie traten zum Rand des Plateaus und blickten hinab. »Jetzt gehört alles Val. Ich habe genug Pesos verdient, so daß ich schon ihre Ururenkel hier herumspringen sehe.«
John atmete schwer in der heißen, trockenen Luft. Der von Nordosten herüberwehende Santa Ana ließ die Büsche auf den Hügeln erzittern, und der See kräuselte sich gleichmäßig. Das Meer lag flach und schimmernd weit hinten im Westen.
»Es wird bald alles verschwunden sein«, sagte Holt.
»Ich dachte, es ist schon alles für Valeries Ur ...«
»Liberty Ridge, ja. Aber der Rest vom County wird vor sich hin eitern wie Akne. Genau das war es einmal gewesen. Das ist es, wofür unsere wilden und mörderischen Vorfahren lebten und starben. Der Westen. Ihr greifbares Schicksal. Der kalifornische Traum. Alle diese unspezifischen Wörter. Hier ist das Spezifische. Hier ist sie, die Seele dessen, was die Menschen suchten. Schauen Sie es sich an.«

John sah nach Norden, wo die Hügel den Blick freigaben auf die endlosen mit Wohnungen bebauten Flächen von Orange County.

»Sehen Sie nicht in diese Richtung«, sagte Holt. »Das ist die Zukunft. Ein häßliches Baby, oder nicht? Sehen Sie nach Westen oder Süden, und schauen Sie genau hin, weil das, was Sie dort sehen, nicht mehr lange dort sein wird.«

John sah einen Raben, der auf das Große Haus hinabschoß, dann auf einer Windbö mit fast senkrecht gestellten Flügeln und angewinkeltem Schwanz wieder in die Höhe jagte.

»Zu schade«, meinte John.

»Das ist unsere eigene Schuld«, entgegnete Holt. »Die Schuld von Menschen wie mir und Ihnen.«

»Wieso das?«

»Nicht schnell genug reproduziert. Von unserer Sorte gibt es nicht genug. Wir sind zu beschäftigt mit dem Bau von Autos und Städten, um die Zahlen hochzutreiben. In dieser Mannschaft braucht man eine gute Ersatzbank. Wir haben zuviel von allem gemacht, außer von uns selbst. Es sind einfach nicht genug von uns übrig. Wenn ich sterbe, wird Liberty Ridge eine kleine Insel im Meer der Menschen sein, die den Wert nicht begreifen. Sie haben keinerlei Vorstellung von Wert. Von Preisen, ja. Jeder Trottel kann auf einem Taschenrechner einen Preis anzeigen lassen. Aber nicht den Wert. Asiaten, Latinos, Schwarze, Araber und was sonst noch alles. Ich hab nichts gegen diese Leute, aber sie haben nicht dafür gearbeitet. Es ist nicht ihr Blut. Sie verstehen dieses Land genausowenig, wie ich ihres verstehe. Sie können es mit Leichtigkeit überrollen oder es stückchenweise aufkaufen, die Früchte auslutschen. Aber sie würden nichts hinzufügen, sondern nur den Wert vermindern, nur etwas wegnehmen. Wie Vampire. Es ist allerdings nicht ihr Fehler. Es entspricht der Natur der Menschen, daß sie sich das Gute nehmen.«

Holt schwieg einen Augenblick und sah auf das Meer hinaus.

John bemerkte den Stolz in seinem Gesicht und die Härte in seinen neugierig blickenden Augen.
»Nun, ich habe Sie hier eigentlich nicht zu einem Vortrag hoch gebracht.«
»Fahren Sie ruhig fort.«
»Meine eigenen Ideen langweilen mich schon.«
»Mich nicht.«
»Sie haben zehn Sekunden damit zugebracht. Ich lebe seit sechs Jahrzehnten mit ihnen.«
»Erklären Sie, was Sie meinen. Warum mindern diese Leute den Wert des Landes? Ist das nicht das gleiche, was die Juaneno-Indianer über Sie sagen würden?«
»Vernünftige Frage. Was die Indianer angeht, ist es schade, daß sie nicht dabeibleiben konnten. Sie hatten es kapiert, hatten eine vollkommen andere Einstellung als wir. Aber sie wurden ausgelaugt, ausgerottet und aus der Zucht genommen. Das gleiche, was uns passieren wird. Haben wir den Wert des Landes vermindert? Verdammt, natürlich, und das wird für das Land den Tod bedeuten. Und für uns. Aber schauen Sie sich Liberty Ridge an, eine kleine Perle im miserablen Fluß des menschlichen Fortschritts – herrliche Früchte, Lebensraum für Wildtiere, Pflanzen und Menschen, saubere Luft und ein See, in dem die Fische springen, fruchtbare Erde. Ich habe den Wert nicht vermindert, das kann ich stolz sagen.«
»Aber warum werden die neuen Barbaren den Wert mindern?«
»Hab ich doch schon erklärt. Weil sie das Land nicht begreifen. Das Land macht die Menschen. Das Land gibt den Menschen eine Kontur. Es formt sie zu seinem eigenen Zweck. Deswegen müssen Menschen in ihr Erbe investieren, es nie im Stich lassen, ihren eigenen Dreck aufarbeiten. Das ist doch die Aufgabe im Leben, oder nicht? Sie müssen das Land schützen und verteidigen. Ein Land sollte nie verkauft werden. Vielleicht erobert, wie die Geschichte zeigt. Was denken Sie?«
»Nun, das sind gut gesprochene Worte.«

»Ich habe nicht um eine Beurteilung meiner Rede gebeten. Ich habe gefragt, was Sie denken.«
»In politischen Fragen solltest du immer zustimmen«, hatte Joshua ihm geraten. »Hinterfrage Einzelheiten, aber niemals die Grundlage.«
»Das, was Sie sagen, leuchtet mir ein. Es stellt sich aber die weniger wichtige persönliche Frage, ob man dableibt und zusieht, wie alles verrottet, oder ob man seine Sachen packt. Ich habe vor drei Monaten meine Sachen gepackt und bin ab nach Anza Valley. Aber ich bin nicht sicher, ob es das Richtige war.«
»Ich kann Ihnen garantieren, daß es nicht das Richtige war.«
»Auch ich spüre, wie mich das Land anzieht, Mr. Holt. Ich wuchs hier auf, wissen Sie. Ich habe in dem See da vorne geangelt, auf diesen Hügeln gezeltet und auf dem Meer dort gesurft. Stimmt, es war die falsche Entscheidung zu gehen. Das wußte ich, schon kurz nachdem ich weg war.«
»Aber es gibt noch eine dritte Möglichkeit, außer zuzusehen, wie die Dinge zugrunde gehen, oder abzuhauen, nämlich zu gewinnen. Das heißt zu bleiben und etwas zu tun. Arbeiten. Kämpfen. Schaffen. Widerstehen. Sammeln. Wie auch immer Sie es nennen wollen.«
»Dazu muß man ein leistungsfähiger und visionärer Mensch sein. Ich glaube nicht, daß ich auch nur eines davon bin.«
Holt mußte lachen. »Natürlich sind Sie das. Das haben Sie vor drei Tagen bewiesen, als es um die Entscheidung zwischen Leben und Tod ging. Manchmal braucht man einen besonderen Druck, um seine Vision ans Licht zu bringen.«
»Nun ja, das waren schon extreme Umstände, Sir.«
»Ohne extreme Umstände wird nichts wirklich Interessantes erreicht.«
»Da haben Sie recht.«
Holt sah John an. Sein Blick schien ihn abzuschätzen. »Was wollen Sie?« fragte er.
»Nun, Sir, ich hätte gern einen Wohnwagen.«

»Nein. Nicht im Moment. Langfristig. Für Ihr Leben. Wie sind Ihre Pläne? Ich habe Sie jetzt drei Tage beobachtet, und ich weiß, daß Sie nicht dumm sind. Sie müssen doch eine Idee von dem haben, was Sie wollen. Wie Sie es erreichen können.«

»Um Vertrauen zu erhalten, mußt du Vertrauen geben«, waren Joshuas Worte.

»Das war nie die Art, wie ich gedacht habe. Ich habe immer nur einen Tag auf einmal leben wollen, haben genau wie Sie versucht, die Dinge ein bißchen besser zu machen. Ich habe die beunruhigende Vorstellung, daß viele Menschen nur ausharren und von einem Unglück auf das nächste warten.«

»O mein Gott, hört sich das pathetisch an. Von welchem Unglück konkret sprechen Sie?«

»Eine Frau, die ich heiraten wollte.«

»Und was ist mit ihr passiert?«

»Sie war auf dem Weg zu mir, als ein Betrunkener bei Rot über die Ampel fuhr. Sie starb, und er brach sich die Nase.«

Holt nickte ernst und langsam. »Wie hieß sie?«

»Jillian.«

»Jillian«, hatte Joshua gesagt, »ist deine Taschenlampe. Du kannst sie verwenden, um deinen Weg zum Reisenden auszuleuchten. Sie ist deine Carolyn – der Katalysator deines Selbstmitleids, die Saat für deinen Haß. Sie ist Rebecca.«

»Vietnamese?«

»Bitte?«

»War der Fahrer ein Vietnamese? Die können weder fahren noch trinken.«

»Ja, er war tatsächlich Vietnamese.«

»Und wenn er auf seinem Reisfeld geblieben wäre, hätten Sie Jillian geheiratet.«

»Ja.«

»Genau das meine ich. Der Typ hätte in seinem eigenen Dreck arbeiten sollen. Was haben Sie damals gemacht?«

»Gemacht?«

»Mit dem Fahrer.«
»Er kam ins Gefängnis. Ich habe ihm schließlich verziehen. Ich hielt Rache für einen Luxus, den ich mir nicht leisten konnte.«
»Bedauern Sie es?«
»Ich habe genug gelitten. Und ganz egal, wieviel ich noch gelitten hätte, es hätte sie mir nicht zurückgebracht.«
»Das ist zwar eine edle Gesinnung, aber er läuft jetzt rum und lebt sein Leben, während sie tot ist. Er lacht und ißt und macht Liebe. Sie bewegt sich nicht einmal. Ist das für eine wachsame Seele wie Ihre ein gutes Gefühl?«
»Ich wollte ihn töten. Das muß ich zugeben.«
»Selbstverständlich wollten Sie das. Das ist natürlich und ehrlich. Wie weit haben Sie es mit Ihrem Plan gebracht?«
John lächelte und sah zur Seite. »Ich wartete auf seinen Entlassungstag. Ich hatte die Adresse seiner Familie herausbekommen. Ich saß tatsächlich einen Abend vor seiner Entlassung vor ihrem Haus und dachte darüber nach.«
»Und?«
»Ich hatte Schiß und ließ die Sache sausen.«
Jetzt lachte Holt. Es war ein tiefes glucksendes Lachen. »Wirklich konsequentes Handeln ist schwer zu erreichen. Es geschieht nur das, was das Herz durchläßt. Wenn Ihres nicht wollte, daß Sie ihn sich vornehmen, dann war es gut so, es nicht zu tun.«
»Außerdem gibt es noch das Gesetz.«
»Immer. Aber es wurde nicht für Kriminelle geschrieben, damit die sich dahinter verschanzen können. Vergessen Sie das nicht. Davon kriegen Sie heute eine Menge zu sehen. Es ist das Kennzeichen einer schwachen Gesellschaft, wenn Gerechtigkeit durch Mitleid ersetzt wird. Jeder kommt mit allem durch.«
»Das ist wahr, Sir.«
Holt schien zufrieden, daß er seine Punkte gemacht hatte. Er schwieg eine Weile, während er zum Großen Haus hinab-

schaute. »Nun, ich bin wieder abgeschweift. Zurück zu meiner ursprünglichen Frage. Was wollen Sie?«
»Auch wenn es sich dumm anhört im Vergleich zu dem, was Sie gerade gesagt haben, ich möchte einfach ein geregeltes Leben führen. Ich würde gerne eine Frau finden, sie lieben und eines Tages heiraten und eine Familie gründen. Ich strebe nicht nach dieser Art von ... Pracht. Das brauche ich nicht, obwohl ich deren Schönheiten zu schätzen weiß. Ich möchte nur meine Ruhe haben, um meine Arbeit tun und für die Menschen sorgen zu können, die ich liebe. Nur so einfache Dinge, wirklich.«
»Deswegen ist es nicht weniger bedeutungsvoll. Ich respektiere Ihre Sehnsucht. Und ich wünsche Ihnen Glück.«
»Danke.«
»Haben Sie je daran gedacht, etwas anderes zu probieren?«
»Wie meinen Sie das?«
»Haben Sie den Willen verspürt, sich dem Steinbruch aus einer ganz anderen Richtung zu nähern?«
»Das ist etwas vage ausgedrückt.«
Holt lächelte. »Stimmt. Also, hypothetisch: Wären Sie bereit, etwas anderes als das zu probieren, was Sie bisher getan haben, um damit zu erreichen, was Sie sich wünschen? Ein Wechsel des Schauplatzes. Sagen wir, Sie hätten die Chance, eine andere Arbeit auszuprobieren – eine Arbeit, von der Sie bisher nicht wußten, daß Sie sie tun können, bei der Sie aber gut sind? Sagen wir, diese neue Arbeit gäbe Ihnen die Möglichkeit, die Frau zu finden, die einst Jillian für Sie war, und Sie könnten eine Familie gründen. All das, indem Sie einen Weg gehen, von dem Sie nicht gewußt haben, daß es ihn gibt.«
»Ich müßte wissen, wo der Weg endet, wo die Abzweigungen und Kurven wären.«
»Sie wären besonnen, nicht impulsiv.«
»Stimmt.«
»Bis Sie Ihre Beherrschung verlieren. Wie vor drei Tagen, als die Typen Ihren Wohnwagen angezündet haben.«

»Ja. Meine Geduld hat ihre Grenzen.«
»Das sollte sie auch.«
»Denken Sie an etwas Bestimmtes?«
»Ja. Es hat was mit einer vietnamesischen Bande zu tun, die in Häuser eindringt. Ich will dort auf sie warten, wo ich weiß, daß sie hinkommen. Es ist eine Aufgabe von Liberty Operations in reinster Form. Gute Jungs. Böse Jungs. Gutes Geld. Interessiert?«
»Interessiert? Warum ich?«
Holt sah ihn eine Weile an. Dann sagte er: »Ich möchte, daß Sie jemanden kennenlernen.«

John blieb vor dem Schlafzimmer stehen, als Holt hineinging und die Tür hinter sich schloß. Er hörte die Stimmen einer Frau und eines Mannes. Das Schlafzimmer befand sich im ersten Stock des Großen Hauses, und das Sonnenlicht ergoß sich auf den Treppenabsatz. Einen Augenblick später kam eine Krankenschwester heraus, stellte sich als Staci vor und teilte John mit, daß Mr. Holt ihn hineinbitte.
Es war ein geräumiges Zimmer, gedämpftes Licht fiel durch die heruntergezogenen Rollos, und ein schwacher Rosenduft lag in der Luft. Holt saß auf einem Stuhl neben einem Krankenhausbett und winkte John zu einem leeren Stuhl neben sich. John setzte sich.
»John, ich möchte, daß Sie meine Frau Carolyn kennenlernen. Liebes, das ist der junge Mann, von dem ich dir erzählt habe.«
»Was? Wie geht's Ihnen?« fragte sie.
»Sehr gut, Mrs. Holt«, antwortete John lächelnd.
Verwirrt und unbefangen sah sie John an. Sie schien gleichzeitig anwesend und abwesend zu sein. Dann plötzlich wurden ihre dunkelbrauen Augen größer, sie wurden feucht, und Tränen rannen über ihre Wangen. »O Gott«, flüsterte sie, während sie John anstarrte.
»Liebes, John wird ein paar Tage …«
»O Gott …«

»... bei uns bleiben ...«
»... es ist schon so lange her ...«
»Er muß sich wieder ein bißchen sammeln nach all dem ...«
»... ich wußte nicht, daß ich jemals ...«
»Liebes, paß auf, daß du dich nicht ...«
Aber es war zu spät. Carolyn Holt hatte schon die Fernbedienung ihres Bettes gedrückt, und das Kopfteil hob sich. Ihre Augen waren immer noch auf Johns Gesicht gerichtet, und mit beiden Armen griff sie nach ihm, während sie die Fernbedienung in ihren Schoß fallen ließ und sich nach vorn beugte.
John sah Holt an, der total verunsichert war. Dann beugte er sich vor, und sie legte ihre Arme um seinen Nacken und zog ihn zu sich herab.
»Erwürg den armen Jungen nicht, Liebes. Denk dran, er ist derjenige, der Valerie gerettet ...«
»O danke. Danke. Ich hab dich so vermißt, Patrick. Danke, daß du zu mir gekommen bist! Oh, Patrick!«
»John«, sagte John. »John Menden, Mrs. Holt.«
»Oh, Pat. Patty-cake, Pat-a-tat-tat!«
John löste sich aus der Umarmung und half Mrs. Holt zurück in die Kissen.
»Sehen Sie mich an, Mrs. Holt. Ich bin nicht Patrick. Ich bin John. Ich bin derjenige, der ...«
»Du kleiner Teufel, du.«
Sie lächelte ihn an, ein strahlendes, gewinnendes Lächeln, bei dem die Augen nur so blitzten, als sie John von oben bis unten begutachtete.
»Wir haben viel nachzuholen, Pat. Jetzt setz dich wieder hin, und erzähl mir alles, ja? Als erstes, wie sind deine Noten? Und dieses Cheerleader-Mädchen, mit dem du zusammen warst? Diese Priester haben dir doch wohl nicht auf die Finger geklopft, oder? Ich glaube, die beste Dose für dein Pausenbrot, die du je hattest, war die mit dem Regenbogen drauf, aber natürlich war die Thermosflasche immer ...«

»Carolyn«, befahl Holt, »sei jetzt still und hör mir zu. Dieser junge Mann ist nicht dein ...«

»Du störst uns, Vanny. Könntest du uns vielleicht etwas zu trinken bringen? Und laß dir die Brille richten. Sieh doch, wer aus der Schule der Toten zurückgekommen ist.«

John blickte wieder zu Holt, der sich von seinem Stuhl erhoben hatte und mit seiner Hand über Carolyns Haare und Gesicht strich. Wut, Überraschung und Ärger standen in seinen Augen. Er winkte John zur Seite.

»Warten Sie draußen auf mich«, bat er.

»Patrick!«

»Er muß zum Unterricht, Liebes. Laß ihn gehen. Er kommt zurück. Mach dir jetzt keine Sorgen, Carolyn. Er kommt zurück.«

»Das ist der glücklichste Tag meines Lebens.«

»Dies ist mit Sicherheit ... ein glücklicher Tag, Liebes.«

John zwang sich, sie anzulächeln, dann drehte er sich um und ging hinaus.

Holt erschien fünf Minuten später mit rotem Gesicht und zerzaustem Haar. Er sah John mit einem Ausdruck von Scham, Verzweiflung und scheinbar unkontrollierbarer Wut an. John folgte ihm die Marmortreppe hinab.

»Ein paar verdammte Mexikaner haben sie in einem Schnellrestaurant in Santa Ana angeschossen. Verdammte Bande. Und Patrick haben sie getötet, weil sein Haar blond war oder wegen irgend so 'nem Scheiß. Eine Kugel hat Carolyns Gehirn getroffen.«

Holt blieb auf halbem Weg auf der Treppe stehen, drehte sich um und drückte John seinen Zeigefinger auf die Brust. »Genau so was passiert, wenn Menschen nicht da bleiben, wo sie hingehören. Genau das passiert, wenn sie in dieses Land eindringen, sich wie die Fliegen vermehren und versuchen, uns das zu klauen, wofür sie nicht gearbeitet haben und von dem sie nichts begreifen. Genau das passiert, wenn zwei unschuldige Menschen in diesem verdammten Schmelztiegel, zu der unsere Republik geworden ist, mittags zum Essen gehen. Und deswegen bleibt man und kämpft dagegen. Deswegen behält man seinen Fuß auf dem Land, in dem man aufgewachsen ist. Deswegen geht man mit einer Frau ins Bett. Stimmt's Lane?«

»Stimmt, Mr. Holt.«

Fargo wartete unten an der Treppe mit einer Aktentasche auf dem Boden neben sich. Er blickte John an, als sie herunterkamen.

Hinter ihm standen zwei große junge Männer, der eine in Tennishemd und Freizeithosen, der andere in locker sitzendem Anzug, die Arme hinter dem Rücken verschränkt, die Augen hinter dunklen Sonnenbrillen verborgen.

»Fertig?« fragte Holt.

»Fertig, Sir.«

Holt ging weiter, ohne sich umzudrehen.

»John, Sie gehen mit Fargo. Er wird Ihnen ein paar Fragen stellen, die Sie beantworten müssen, wenn ich Sie mit Ihrer Kanone einstellen soll.«

21

Fargo führte ihn, gefolgt von den beiden Männern, entlang den Hütten von Liberty Operations. Die Sonne brannte auf Johns Gesicht, als sie an den geschlossenen Türen vorbeigingen. Auf dem Parkplatz standen drei Patrouillenfahrzeuge und zwei orange-schwarze Kübelwagen.

Johns Nerven waren gereizt, und sein Herz raste vor Angst. Joshuas Worte gingen ihm durch den Kopf. »Fargo wird der Großinquisitor sein, so daß Holt als großzügiger König auftreten kann. Aber denk daran, Fargo ist Auge, Ohr und Faust von Holt. Fargo ist Holt, und Holt ist Fargo.«

»Hier, John«, sagte Fargo. »Die Treppe rauf.«

John stieg auf die Holzveranda der letzten Hütte. Fargo drückte die Tür auf und ließ John zuerst in den klimatisierten Raum eintreten. Hinter den heruntergelassenen Jalousien war das

Licht dämmrig. Der Boden war aus Hartholz, an einer Wand stand ein schlichter Tisch mit zwei Stühlen und gegenüber, entlang den Fenstern, eine Couch. Zwei Arbeitstische waren an eine Wand geschoben, und ein Flur führte nach hinten, wahrscheinlich zu den Toiletten. In einer Ecke hing eine Überwachungskamera.

»Setzen Sie sich vor den Schreibtisch, John«, forderte Fargo ihn auf. »Partch, Snakey, setzt euch auf die Couch. Ach ja, John, das hier ist Partch und das ist Snakey. Freunde.«

John drehte sich um und nickte. Partch, der Mann im Tennishemd, nickte zurück, während Snakey ihn nur durch die dunkle Brille anstarrte.

Fargo nahm hinter dem Schreibtisch Platz, holte aus einer Schublade eine Mappe heraus, die er vor sich legte und öffnete. Obendrauf lag ein gelber Block. Die ersten beiden Blätter waren beschrieben. Fargo überflog sie, dann klappte er den ganzen Block um, und es kamen einige lose Blätter zum Vorschein.

Fargo wirkte für seine Verhältnisse ziemlich heiter. Er trug wieder seine Standarduniform: schwarzes T-Shirt und Jeans, schwarze Stiefel, schwarzer Schultergurt und seine Automatik. Er lächelte, was die menschlichen Züge seines Gesichts schlagartig in eine Blutsaugermaske verwandelte und ihm den Ausdruck einer tiefen und dauerhaften Seelenkrankheit verlieh.

»Gefällt's Ihnen auf Liberty Ridge?« fragte Fargo.

»Ja, ganz nett hier.«

»Nett«, wiederholte Fargo. »Als Mr. Holt mir sagte, Sie würden ein paar Tage hierbleiben, habe ich das Übliche gemacht – Sie überprüft.«

»Ich hoffe, ich habe bestanden«, sagte John.

»Mr. Holt hat manchmal so seine Art, Leute aufzunehmen. Ab und zu haben wir einen bösen Buben dabei.«

»Sie können das Silberbesteck im Seehaus abzählen.«

»Wir reden nicht über Silberbesteck.«

»Worüber reden wir dann?«
»Erst mal über Rebecca Harris. Wie nahe standen Sie sich?«
»Nicht sehr«, antwortete John, bevor er die Frage voll verstanden hatte. Er stellte sich jetzt auf »die Lüge« ein, daß er mit ihr kaum gesprochen hatte. Er und Joshua hatten die Lüge perfektioniert.
»Aber wie nah ist ›nicht sehr‹? Erklären Sie mir das. Wenn ich das Gefühl habe, daß Sie mir was verheimlichen, lasse ich Sie einfach Ihre Koffer packen.«
»Ich kann sofort packen gehen. Ich bin hier, weil Mr. Holt mich eingeladen hat. Ich habe keinen Grund, mich mit Ihren Fragen und Ihrem Scheiß abzugeben.«
Fargo starrte ihn, augenscheinlich verwirrt, lange an. »Ich glaube, ich bin gerade beleidigt worden, Snakey.«
»Das stimmt.«
»Partch?«
»Sie sind eindeutig beleidigt worden, Sir.«
John hörte ein Schlurfen hinter sich. Er wollte sich gerade umdrehen, als sein rechtes Ohr taub wurde und dann explodierte. Er lag flach auf dem Rücken und blickte in Snakeys dreieckiges Gesicht. Das Läuten in seinem Kopf war so laut wie eine Sirene. Ein wild gewordener Feuerstein fegte durch seinen Kopf. Dann saß er wieder aufrecht auf seinem Stuhl, an dem er sich mit beiden Händen festhielt. Sein Oberkörper schwankte, und sein Gleichgewichtssinn war unkontrollierbar wie ein nebelhafter Traum.
»Ich würde mir diese Späßchen sparen. Es gibt hier Benimm-Regeln, die streng eingehalten werden. Ist das jetzt klar?«
»Klar.«
»Na prima. Einige Leute vom *Journal* glauben, Sie seien auf Rebecca Harris scharf gewesen.«
»Da irren sie sich.«
»Warum sollten Sie nicht scharf auf sie gewesen sein? Ich habe Bilder von ihr gesehen. Sie war jung und schön. Wie konnten Sie auf so jemand nicht scharf sein?«

»Nun, man kann auf verschiedene Weise scharf auf jemanden sein.«
Seine eigene Stimme drang zu ihm durch wie bei einem Ferngespräch. Es gab ein Echo, Verzögerungen und Knistern. John schmeckte Blut in seinem Mund, aber als er es zu schlucken versuchte, mußte er husten.
»Und auf welche Weise waren Sie scharf?«
»Ich habe ihr nachgeschaut. Sie hat nie zurückgeschaut. Sie war verlobt.«
»Das hat sie Ihnen erzählt?«
»Ich hab's von jemandem gehört.«
»Sie haben nie mit ihr geredet?«
»Nur ganz Allgemeines an der Kaffeemaschine.«
»Sie haben sie nie ausgefragt?«
»Nein.«
»Was?«
»Nein.«
»Mit wem waren Sie zu der Zeit zusammen?«
»Mit niemand Speziellem.«
»Auch mit niemand Unspeziellem, wie ich erfahren habe. Wie haben Sie dann Ihre Triebe in den Griff bekommen?«
Plötzlich verschwand der Nebel in Johns Kopf. Das Klingeln war noch da, aber sein Gleichgewichtssinn war wieder intakt, so daß er fest im Sattel saß.
»Das geht Sie nichts an.«
Er wirbelte herum, um nach hinten zu sehen, aber Partch und Snakey saßen immer noch auf der Couch. Fargo lachte.
»Sie haben recht, John, das geht mich nichts an. Wo hatten Sie den Hund her?«
»Hund?«
»Rusty, den Helden.«
»Er ist mir zugelaufen.«
»Ein reinrassiger, abgerichteter Deutscher Schäferhund spaziert eines Tages einfach vor Ihren Wohnwagen und bittet um eine Dose Chappi?«

»Er war das reinste Elend, halb verhungert, ohne Halsband. Meine Labradore hätten ihn beinahe umgebracht.«
»Wann war das?«
»Letztes Frühjahr.«
»Dann haben Sie ihn aufgenommen?«
»Genau.«
»Komisch.«
John sagte nichts. Die Sirene in seinem Kopf ging immer an und aus – ein stechendes Heulen gefolgt von drückender Stille.
»Komisch, daß Sie niemand in Anza Valley jemals mit diesem Hund gesehen hat. Mit einem ganzen Laster voller Hunde, aber keinem Deutschen Schäferhund dabei.«
John tat die unaufmerksame Bevölkerung von Anza Valley mit einem Schulterzucken ab.
»Vielleicht könnten Sie mir erklären, warum«, sagte Fargo.
»Er liebte den Wohnwagen. Er war häuslich und ein bißchen schwach. In der Stadt war er nicht gut zu haben.«
»Aber als Apportierhund war er gut genug, so daß er zur Saisoneröffnung mit auf die Jagd konnte?«
»Ja, das war er.«
»Und woher wußten Sie, daß er jagen konnte, wenn Sie ihn noch nie auf der Vogeljagd dabeigehabt hatten?«
»Er war am Wohnwagen immer hinter den Wachteln her. Man konnte leicht sehen, daß er für die Vogeljagd geeignet war. Am Tag der Saisoneröffnung wollte ich ihm eine Chance geben, das ist alles.«
»Wie hat er sich angestellt?«
»Gut.«
»Wie viele Vögel haben Sie abgeschossen?«
»Das Limit. Zehn.«
»Warum lagen die Wachteln nicht in Ihrem Wagen, als Sie in Olie's Saloon waren?«
»Ich habe sie vorher nach Hause gebracht.«
»Dann hätten Sie ja noch zehn weitere schießen können.«

»Richtig.«
»Sie hätten aber auch fünfzig Vögel im Wohnwagen haben können, und wir werden es nie wirklich erfahren, da er abgebrannt ist.«
»Ich hatte zehn.«
»Vielleicht hatten Sie auch gar keinen. Vielleicht waren Sie an diesem Tag gar nicht auf der Jagd. Das können Sie nicht beweisen, hab ich recht?«
John streckte sich auf seinem Stuhl und schielte wieder nach hinten zu Snakey und Partch.
»Wissen Sie, Fargo, wenn Sie direkte Antworten wollen, müssen Sie direkte Fragen stellen. Ich habe keinen Schimmer, was für einen Verdacht Sie gegen mich hegen, aber wir könnten uns eine Menge Gequatsche und geplatzte Trommelfelle ersparen, wenn Sie einfach mit der Sprache rausrücken würden. Ich habe mit Rebecca Harris kaum gesprochen. Ich habe einen streunenden Hund aufgenommen. Ich habe zur Saisoneröffnung zehn Wachteln geschossen und Mr. Holt aus einer beschissenen Situation geholfen. Was zum Teufel wollen Sie?«
»Ich möchte Sie einfach gern haben, John.« Fargo lachte. »Wie kommt's, daß Sie Ihre Arbeit beim *Journal* aufgegeben haben? Sie haben sechzig Prozent weniger Lohn in Kauf genommen, um aus Laguna Beach weg und in einen Wohnwagen zu ziehen. Das macht keinen Sinn für mich. Erklären Sie's mir, John. Geben Sie mir die Gelegenheit, Sie zu mögen.«
John warf wieder einen Blick zu den beiden Typen.
»Wenn Fargo dich unter Druck setzt«, hatte Joshua gesagt, »heißt das, daß Holt was zu verbergen hat. Wenn Fargo dich unter Druck setzt, könnte es heißen, daß Holt etwas im Schilde führt. Aber denk einfach daran, daß du nichts weißt. Du hast deine Grenzen. Du bist bereit, gewillt und fähig, einfach vorwärts zu gehen.«
»Ich hatte einfach genug.«
»Genug von was?« Fargo wirkte ehrlich erstaunt.
»Genug von Ihnen. Ich werde jetzt zum Seehaus gehen, Mr.

Holt einen kurzen Dank schreiben, mit meinen Hunden in meinen Wagen steigen und wegfahren. Ich brauche Sie nicht, Fargo. Ich brauche diese Schlägertypen nicht, die hinter mir sitzen. Und mit Sicherheit brauche ich Vann Holt nicht.«

»Oh, haben wir Ihre Gefühle verletzt? Brauchen Sie Ihre Mommy?« Sein Lächeln ließ seine ganze unterschwellige Grausamkeit durchschimmern.

»Lassen Sie uns rausgehen und kämpfen.«

»Sie werden ein bißchen zu persönlich.«

John stand auf, schwankte etwas und wurde von zwei schweren Händen auf seinen Schultern zurück auf den Stuhl gedrückt.

»Ich versuche nur meine Arbeit zu tun, John. Jeder, der seine Zeit mit Mr. Holt verbringt, muß überprüft werden. Ich bin dabei, Sie zu überprüfen. Seien Sie etwas lockerer. Es ist so schön draußen. Sie können Ihre geheimnisvollen kleinen Augen wieder auf Valerie richten. Die Welt ist gut. Liefern Sie mir einfach nur Gründe dafür, Sie hier auf Liberty Ridge zu behalten.«

»Ich will gar nicht auf Liberty Ridge bleiben.«

»Was Sie wollen, entscheiden nicht Sie. Das entscheidet Mr. Holt. Übrigens, die Schlüssel von Ihrem Wagen sind in meinem Tresor, zusammen mit Ihrer Brieftasche, der Pistole, der Munition, dem Messer und Ihrem Funkruf. Sie können nicht weit gehen – die Pforte wird von meinen Männern bewacht, und das Gelände ist mit einem elektrischen Zaun umgeben.«

»Warum?«

»Liberty Ridge ist eine Art Kreuzung aus Club Med und einer wild gewordenen Stadt, sagen wir wie Tombstone in Arizona. Die Pistole geben Sie beim Sheriff ab, und Geld brauchen Sie auch keines, weil der ganze Spaß kostenlos ist. Es dient der Sicherheit. Liberty Ridge *ist* Sicherheit. Der Name Liberty Operations *bedeutet* Sicherheit. Und ich habe nicht die Absicht, das wegen eines Clowns zu riskieren, der mit einem Auto voller Waffen rumfährt. Also noch mal, warum haben Sie beim *Journal* gekündigt?«

»Ich fühlte mich leer und konnte einfach keine Menschen mehr sehen.«

»Waren Ihnen die Ideen für Geschichten ausgegangen?«

»So ungefähr.«

»Warum haben Sie das Haus in Laguna Beach nicht gekündigt?«

»Ich dachte, ich würde vielleicht irgendwann zurückgehen.«

»Wollten Sie etwa vor Erinnerungen davonrennen? Erinnerungen an eine Geliebte, mit der es nicht klappte? Oder vielleicht eine Geliebte, die starb, wie Rebecca Harris?«

»Würden Sie mir bitte verraten, warum ich in sie verliebt gewesen sein soll?«

»Kennen Sie Joshua Weinstein?«

Johns Puls sprang in die Höhe, und seine Kopfhaut zog sich zusammen. Joshua hatte sich ziemlich angestrengt, daß Holt ihn nicht mit Rebecca in Verbindung brachte, indem er sich den Einfluß des FBI auf das *Journal* zunutze gemacht hatte, um seinen Namen aus der Zeitung herauszuhalten. »Nein, Joshua Weinstein kenne ich nicht.«

»Haben Sie von ihm gehört?«

»Nein.«

»Lügen Sie mich an, John?«

»Ihnen kann ich doch nur die Wahrheit erzählen, Fargo.«

»Er war Rebeccas Verlobter.«

»Jetzt hört sich das so an, als wären *Sie* in Rebecca verliebt gewesen.«

Fargo lächelte. »Das ist nicht möglich, John. Ich habe sie nicht gekannt. Ich habe keine acht Stunden am Tag in einem Büro verbracht, das am anderen Ende des Flurs von ihrem lag. Ich war nie so hübsch wie Sie, John, mit dieser schwuchteligen Art. Schon mal einem Mann einen geblasen?«

»Das geht Sie nichts an.«

»Ich bin nur neugierig.«

»Nein.«
»Schon mal Lust dazu gehabt?«
John stand wieder auf, und wieder drückte ihn eine Hand auf den Stuhl zurück.
»Na ja, egal«, fuhr Fargo fort. »Weinstein ist beim FBI in Orange County.«
»Ich habe noch nie jemanden vom FBI kennengelernt. Ich habe über Fischen und Wandern geschrieben.«
»Wissen Sie was? Die Kellnerin vom Olie's sagte, Weinstein komme ihr bekannt vor. Ich hab ihr ein Bild gezeigt.«
»Dann ist er wohl öfter dort.«
»Und sie sei sich ziemlich sicher, beobachtet zu haben, wie Sie mit ihm geredet hätten, mit ihm und einer Frau.«
»Ich habe mit einer Menge Leute dort geredet. Ein Joshua Weinstein war nicht darunter.«
»Wenn Sie ihn nie kennengelernt haben, woher wollen Sie das dann wissen?«
»Menschen haben so was wie Namen.«
»Vielleicht hat er den eines anderen benutzt?«
»Warum sollte er?«
»Sie kann es nicht beschwören, die Kellnerin im Olie's, ob es der Typ auf dem Bild war oder nicht.«
»Weil sie mich nicht mit ihm zusammen gesehen hat.«
»Apropos Bilder, dieses hier gefällt mir ganz gut.«
Fargo zog ein Blatt aus seinem Ordner und legte es vor John auf den Schreibtisch. Es war eine Vergrößerung des Fotos, das von dem Fotografen des *Journal* auf dem Parkplatz aufgenommen worden war: Rebecca neben dem Pflanzentrog im Regen, die fünf Mitarbeiter des *Journal*, die sich alle in unterschiedlich ausgedrücktem Schrecken nähern. John in der Mitte tritt in einer Weise auf sie zu, als könnte alles wiedergutgemacht werden. Von seinem Filzhut tropft der Regen, und sein Ledermantel wird vom Wind aufgebläht.
»Das sind doch Sie, oder?«
»Ja.«

»Sie seh'n ziemlich durcheinander aus.«
»Hätten Sie auch.«
»Wie kam's, daß Sie so schnell da waren?«
»Es war Feierabend. Ich war auf dem Weg zu meinem Wagen.«
»Sie beide wollten sich an jenem Abend zu einem kleinen Rendezvous treffen?«
John sagte einen Augenblick nichts. Er schaute Fargo nur an und dachte, daß es sehr befriedigend sein müßte, ihm eine Gewehrladung ins Gesicht zu verpassen.
»Sie langweilen mich«, erwiderte er schließlich.
»Was ist mit Susan Baum? Kennen Sie sie?«
»Nicht gut. Und auf die war ich ebensowenig scharf. Sie ist eher Ihr Typ, Fargo.«
»Haben Sie noch Kontakt zu ihr?«
»Nein.«
»Mögen Sie sie?«
John zögerte. »Eigentlich nicht.«
»Zu politisch? Zu liberal? Zu strebsam und egozentrisch?«
»Wir kommen ganz gut zurecht.«
»Haben Sie schon mal mit ihr gestritten?«
»Niemand beim *Journal* hat mit Susan Baum gestritten.«
»Sie muß Ihre Freiluft-Artikel gehaßt haben.«
»Stimmt, das hat sie.«
»Sie sind also nie so richtig aneinandergeraten, sondern haben sich irgendwie arrangiert? Und jetzt sind Sie beide so glücklich darüber, daß Sie sich auf immer und ewig lieben? Sie wissen schon – montags Kampf auf dem Spielplatz, dienstags die besten Freunde.«
»Wir befanden uns auf keinem Spielplatz.«
»Seit Sie weggegangen sind, hatten Sie keinen Kontakt mit ihr?«
»Ich habe mit keinem vom *Journal* Kontakt.«
»Und warum nicht? Mit einigen haben Sie fast drei Jahre zusammengearbeitet.«
John schwieg einen Moment. Er blickte hinter sich nach Sna-

key und Partch. Es mit Fargo aufzunehmen konnte er sich vorstellen, aber mit einem der beiden schon nicht mehr.
»Die Menschen ändern sich, Fargo. Bestimmt haben Sie noch so was wie ein rudimentäres Gedächtnis.«
»Ich bin bloß neugierig. Sehen Sie mal, Sie sind seit sechs Monaten weg und haben noch keinen Ihrer alten Saufkumpane angerufen? Nicht einen einzigen von den Typen, mit denen Sie freitags abends nach der Arbeit Ihre Kneipentour gemacht haben?«
»Bei mir dauert es lange, bis ich Freundschaften schließe.«
»Sie haben einfach alle aufgegeben und sind weggezogen, um die Stadt gegen ein Leben in der Aluminiumdose zu tauschen? So mir nichts, dir nichts finden Sie einen abgerichteten Hund, der das Leben der kleinen Val rettet? Nur zufällig kreuzen Sie an jenem Tag im Olie's auf, genauso wie auf dem Parkplatz vor dem *Journal.* Zufällig haben Sie Ihr gutes Stück griffbereit. Zufällig knallen Sie auf ein paar Motorradfahrer. Komisch, daß niemand auf Sie geschossen hat. Und in einem Rutsch landen Sie auf Liberty Ridge, ohne auch nur einmal Ihren Hut zu verlieren. Sie haben viel Glück, John, oder nicht?«
»Das scheint sich vor zwanzig Minuten geändert zu haben.«
»Komisch, daß sich der von Ihnen angeschossene Motorradfahrer nicht in medizinische Behandlung begeben hat. Für mich hatte das so ausgesehen, als hätten Sie ihn richtig gut erwischt. In Riverside County wurde an jenem Tag keine Schußwunde behandelt – jedenfalls keine Schulterwunde. Ihr Opfer muß eine Pulle Whisky gesoffen und in den sauren Apfel gebissen haben, weil er sich das Ding scheinbar von einer Rothaarigen, die vielleicht Kitty oder Cora heißt, mit den Zähnen herausziehen ließ.«
»Ich an seiner Stelle wäre auch zu keinem Arzt gegangen.«
Fargo legte das Foto und den Schreibblock in den Hefter zurück und klappte ihn zu.
»Nun, das hört sich wirklich alles harmlos an. Ich mache mir

zu viele Sorgen. Aber ich bin Sicherheitschef für den Chef eines Sicherheitsunternehmens. Also gehe ich auf Nummer Sicher. Ich gehe so sicher, daß ich jedesmal, wenn die Sonne aufgeht, eine Verschwörung dahinter vermute. Und weil Mr. Holt morgen fährt, hielt ich es für sicher, Sie einmal unter die Lupe zu nehmen. Es ist nicht gut, wenn ein Mensch von schlechter moralischer Gesinnung hier herumlungert, bei einem so knackigen und vertrauensseligen Mädchen wie Valerie. Ja, überall Verschwörungen – und ich werde dafür bezahlt, sie aufzudecken. Und um ehrlich zu sein, es macht wirklich Spaß, so zu leben.«

»Danke, daß Sie mir mein Trommelfell zertrümmert haben.«

»Nur eine kleine Ohrfeige, John. In zwanzig Jahren werden Sie sich nicht mehr daran erinnern.«

»Kann ich gehen?«

»Klar. Es tut mir leid, wenn es Ihnen ein bißchen zuviel geworden ist. He, darf ich Ihnen was im Vertrauen sagen? Ich meine, wirklich geheim und höchst vertraulich. Vor ein paar Jahren hatte Mr. Holt einen Aufseher für eines der Software-Häuser angestellt, die wir bewachen. Er war gut, hat dafür gesorgt, daß seine Leute glücklich und ehrlich waren und daß sie gut aufgepaßt haben. Aber ein Jahr später ging die Firma pleite, weil ein Konkurrent einen furchtbar schlecht gemachten RAM-Abgleich auf den Markt brachte. Wir brauchten drei Monate, bis wir den Aufseher hopps nehmen konnten, weil er den Entwurf weitergegeben hatte. Aber wir haben es geschafft. O ja, das haben wir.«

Fargo legte den Ordner achselzuckend in die Schublade.

»Dann sind Sie also gut in dem, was Sie tun«, meinte John.

»Was ich sagen will, ist nicht, daß wir das Arschloch geschnappt haben. Das hätten wir in jedem Fall. Wir sind nicht gut. Wir sind die Besten. Wir sind verdammt noch mal das beste private Sicherheitsunternehmen auf der Welt, und das wissen wir. Nein, es ist nicht entscheidend, daß wir ihn geschnappt haben. Den Scheißkerl hätten wir auch im Schlaf gekriegt. Es geht darum, was wir mit ihm gemacht haben. Das ist der Teil, auf den ich immer stolz bin.«

Fargo verschloß die Schublade und erhob sich.

»Also gut, ich gebe auf. Was haben Sie mit ihm gemacht?«

»Er ging mit Snakey irgendwohin, und Snakey kam zurück.«

»Das war's?«

»Im Moment ja. Einen schönen Tag, John. Lassen Sie Ihren Schwanz in der Hose, wenn Val in der Nähe ist. Ich glaube, ich fange an, Sie zu mögen.«

22

Am nächsten Tag steht John vor der Eingangstür des Großen Hauses und blickt durch die Scheibe ins Innere. Er öffnet sie leise, läßt sie aber angelehnt. Sein Herz klopft wie wild. Dann drückt er sie ein paar Zentimeter auf.

»Hallo«, ruft er zögernd. »Valerie?«

Erst vor einer Stunde hat er gesehen, wie sich Holts Hughes 500 mit Holt, Fargo und Titisi sowie den Messingers darin in den Himmel erhoben hat. Er hat mit Valerie ausgemacht, um drei Uhr dazusein, um ihr beim Abrichten der Hunde zu helfen. Jetzt ist es Viertel vor drei. Er ist früher gekommen, weil er Bruno anrufen und fragen will, ob an dem Artikel Änderungen vorgenommen werden müssen. Er hat Valerie und Mr. Holt gegenüber erwähnt, daß er dies tun wolle.

Er drückt die Tür ganz auf, tritt ein, schließt sie hinter sich und geht zur Küche.

»Valerie? Valerie, sind Sie hier?«

Er steht in der Küche und blickt auf das Telefon. Dann nimmt er das tragbare Gerät und drückt den Aus-Knopf. Anschließend steigt er in den zweiten Stock hinauf, betritt Holts Bibliothek und ruft wieder nach Valerie. Von dort geht er in Holts Arbeitszimmer. Er steht vor dem riesigen Mahagonischreibtisch wie jemand, der darauf wartet, daß ihm ein Platz angeboten wird. Dann atmet er einmal tief durch und setzt sich auf den bequemen Stuhl dahinter. Er sieht sich alles an, was sich auf dem Schreibtisch befindet – Ablagen für Eingang und Ausgang (beide leer), ein kombiniertes Telefon- und Faxgerät, ein Tintenabroller, ein niedriges Kristallgefäß mit zehn frisch gespitzten Bleistiften, ein Computer mit Tastatur, ein einfacher Stehkalender für den Schreibtisch mit dem heutigen Tag (Donnerstag, 19. Oktober), ein sauberer Kristallaschenbecher und ein gerahmtes Bild der Familie Holt, aufgenommen vielleicht vor zehn Jahren.

Am interessantesten ist eine Ausgabe des *Journal* von gestern mit den Bildern von Mark Foster auf der ersten Seite und der Geschichte, daß ihn das FBI wegen einer Befragung zum Mord an Rebecca Harris sucht. Die Zeitung ist sorgfältig in der Mitte gefaltet, wo die Überschrift zu lesen ist: FBI UNTERSUCHT NEONAZI-GRUPPE WEGEN DES MORDES AN JOURNALISTIN.

Joshuas Ablenkungsmanöver. Der Weg ins Nichts.

John wirft einen Blick über Liberty Ridge und stellt sich vor, er sei Vann Holt, der auf sein Königreich schaut und Pläne schmiedet. Eintausendfünfhundert Holt-Männer wieseln unter ihm im County umher. Weitere tausend vertreten ihn rund um den Globus. Sie sind gut ausgebildet, loyal und wachsam. Sie haben ihr eigenes Netz von Freunden, Bekannten und Quellen. Sie haben ihre eigene Einflußsphäre. Und alle Netze laufen an einem Punkt zusammen, genauso, wie sich alle Einflußsphären zu einem gemeinsamen Plan vereinigen. Der Punkt und der Plan sind Vann Holt. Und dies ist der Schreibtisch, an dem Vann Holt sitzt.

Also, wo würde er den Plan für die *Journal*-Geschichte, die Aufzeichnungen über Susan Baum ablegen? – Nirgends – warum aufheben? Wo würde er das Gewehr verschwinden lassen? – Auf dem Boden des Sees von Liberty Ridge. Was ist mit dem Werkzeug, mit dem die Patronenhülsen graviert wurden? – Wieder beim anderen Werkzeug. Was muß er sonst

noch zerstören? – Alles, was ihn mit Susan Baum in Verbindung bringen könnte.
John dreht sich um und betrachtet den massiven Stahltresor, nimmt seine Minikamera heraus und schießt vier Bilder von dem Kasten. Nach jedem Bild dreht er den Kopf des Stiftes, um den Minifilm weiterzuspulen. Auf der Rückseite des Tresors entdeckt er die Herstellernummer und macht auch davon zwei Bilder. Vielleicht findet Joshua eine Möglichkeit, die Zahlenkombination herauszubekommen. Würde der Hersteller etwa nicht mit dem FBI zusammenarbeiten? Natürlich nicht. Er dreht an dem glänzenden Knopf, aber er geht schwer. Er wischt den Knopf mit einem Taschentuch ab, setzt sich wieder an den Schreibtisch und wirft einen Blick auf die Uhr – fünf vor drei.
Die obere linke Schreibtischschublade läßt sich fast lautlos auf ihren Rollen öffnen. Im Innern laufen zwei Metallstäbe von vorn nach hinten, auf denen die Metallhaken von etwa zehn grünen Ordnern hängen. John zieht die zweite und dritte Schublade auf der linken Seite des Schreibtischs heraus, in denen jeweils noch einmal etwa zehn Ordner hängen. Die ersten sechsundzwanzig sind in alphabetischer Reihenfolge von A bis Z beschriftet. Auf den restlichen vier steht »VERM«. Einige scheinen ziemlich voll zu sein, andere wiederum leer.
John nimmt sich den Ordner mit »C« vor. Er enthält ein einzelnes Blatt von guter Qualität, hochwertiges Schreibpapier, an das ein Stück Zeitung geheftet ist. Links oben auf dem Blatt steht ein mit Hand geschriebenes Datum, und darunter nur ein Wort, ebenfalls handgeschrieben: Anita.
Außerdem entdeckt John etwas, das wie eine siebenstellige Telefonnummer aussieht.
Der Zeitungsartikel stammt aus dem *Journal* und ist knapp ein Jahr alt. Es ist ein großer Artikel aus dem Lokalteil über ein achtzehnjähriges Mädchen, das tot aufgefunden worden war. Die Mutter des Mädchens heißt Anita, Familienname: Carpenter.

John hängt den Ordner in die Halterung zurück und nimmt einen anderen heraus, dann den nächsten. Jeder enthält ein ähnliches, qualitativ hochwertiges Blatt Papier mit spärlichen, handgeschriebenen Notizen, aber ohne Zeitungsausschnitte. Im Ordner mit »S« befinden sich zehn Blätter mit Notizen, meistens nur Vornamen und hin und wieder ein Satz: »Ehem. Karl übertrumpft …« – »Sean ausfindig machen, Sohn … Mex Surf?« – »Hilfe bei Ausweis, Grundstück und ? für Aufenth.«
John macht die Ordner wieder zu und hängt sie zurück. Geistesblitze, einfach nur kleine Stichworte für das nach außen hin verschlossene Gedächtnis des Reisenden. Es sind Zugangscodes, wie PINs für Anrufbeantworter. Alles Wichtige steckt in seinem Kopf, alles Belastende, alles Private, alles Geheime. Er zieht die Ordner mit »B« und »H« heraus und durchsucht sie nach Hinweisen auf die Namen Baum und Harris. Es ist reinste Zeitverschwendung.
John sieht erneut auf seine Uhr. Es ist drei. Von der Wiese dringen die leisen Pfiffe aus Valeries Pfeife herauf.
In den Schubladen rechts des Schreibtischs findet er weitere Ordner, aber diese sind braun und aufschlußreicher beschriftet: »Bank«, »Versicherung«, »Zitrus«, »Waffen«. Einige sind ziemlich dick. Er zieht den Ordner mit »Boone & Crockett« heraus und überfliegt die Glückwunschschreiben des Clubs an Vann Holt zu seinem dritten Grand-Slam-Trophäensieg auf vier Kontinenten. Der Ordner mit »Kreel« ist Dr. Alfred J. Kreel gewidmet, der das Chirurgenteam nach dem Schuß auf Carolyn geleitet hatte. John sucht umsonst nach einem Ordner mit dem Namen Baum.
Doch es versetzt ihm einen Schock, als er einen Ordner mit »Harris« entdeckt, der vollgestopft ist mit Zeitungsausschnitten über den Tod seiner heimlichen Geliebten. Das Bild, auf dem John einen Teil des tragischen Chors bildet, stammt aus dem *Journal*, der *Time*, dem *Wall Street Journal* und mehreren anderen Zeitungen.
Ist das die übliche Leseliste des Reisenden?

John findet Artikel über ihren Tod, Folgeartikel, Folgeartikel zu den Folgeartikeln, Meinungsartikel des Herausgebers, Sonderbeiträge in Zeitschriften. Mindestens die Hälfte der Ausschnitte sind allerdings nicht über Rebecca, sondern über Susan Baum.

John spürt den Schweiß auf Stirn und Rücken.

Der letzte Ausschnitt ist eine ganze Seite des *Journal*. Er überfliegt sie zweimal, dann sieht er eine einfache Notiz im Veranstaltungskalender unter »Vorträge«, die lautet: 22. November, »Von John Kennedy bis Rebecca Harris – die Ermordung des Geistes«, Moderation: Susan Baum, Mitglied des Journalistenverbands.

John fotografiert den Artikel und noch ein paar andere Ausschnitte. Seine Hände sind dermaßen verkrampft und verschwitzt, daß er kaum den Kopf der Kugelschreiberlampe halten kann, um den Film vorzuspulen. Er weiß, daß er zu viele Aufnahmen macht, aber er will sich nichts entgehen lassen.

Es scheint eine Stunde zu dauern, um vier Bilder zu machen. Er fragt sich, ob das, was er gefunden hat, gut ist oder nicht, als er das schnurlose Telefon nimmt und das Arbeitszimmer verläßt. Seine Nervosität überrascht ihn. Er hat das Gefühl, als wären tausend Augen auf ihn gerichtet, als er die Treppe hinuntergeht, das Telefon wieder in die Halterung steckt und sich durch die kühle Eingangshalle in Richtung Tür begibt.

Er empfindet große Erleichterung, aber dann sieht er durch die Scheibe in der Tür Valerie, die gerade die Veranda betritt. Er stürzt, um nicht von ihr gesehen zu werden, zurück in die Küche und greift wieder zum Telefon. Kurze Zeit später kommt sie herein. John steht mit dem Apparat in der Hand und verwirrtem Gesichtsausdruck da.

»Können Sie mir sagen, wie man mit diesem Ding ganz einfach nur telefoniert?« fragt er.

»O mein Gott, haben Sie mich erschreckt.«

»Tut mir leid. Ich habe geklopft, geklingelt und nach Ihnen gerufen.«

»Wir waren für drei Uhr verabredet, oder nicht?«
»Ich habe die letzten fünf Minuten mit dem Versuch zugebracht, ein Gespräch mit meinem Chef zu führen. Tut mir leid, daß ich spät dran bin, aber das hier ist das komplizierteste Gerät, das ich je gesehen habe.«
»Versuchen Sie's mal mit drei-neun-neun.«
»Ist das in Ordnung? Ich meine …«
»Es ist in Ordnung. Rufen Sie ruhig an.«
»Danke.« Er lächelt, aber seine Nerven liegen blank. »Oh, tatsächlich, das Freizeichen.«

Fünf Minuten später sind sie auf der Wiese, die hinter dem Großen Haus und den Gebäuden von Liberty Operations liegt. Valerie führt ihn zum Rand der Wiese, wo ihre Hunde immer noch nach einem »Steh«-Befehl warten.
»Hier«, sagt sie und zeigt auf eine Jutetasche, die im Schatten liegt.
»Wirbeln Sie einen Vogel in der Luft rum, und verstecken Sie ihn dort drüben im Gras. Ich lenke währenddessen Lewis und Clark ab. Wenn ich das allein mache, beobachten sie mich immer dabei.«
»Gut.«
Valerie hält die Tasche auf. Die Tauben mit ihrem prallen Gefieder kauern wartend auf dem Boden der Tasche. Mit beiden Händen nimmt er eine heraus. Valerie bindet die Tasche wieder zu und legt sie in den Schatten. Der Vogel fühlt sich warm und schwer an und blickt John mit wachsamen, aber furchtlosen Augen an.
»Gefällt's Ihnen hier?« fragt sie.
»Es ist ein wundervoller Ort, aber ich sehne mich langsam wieder nach meiner Arbeit.«
»Dad hätte Sie gerne für längere Zeit hier.«
»Er ist einfach zu großzügig.«
Valerie greift nach ihrem Gewehr, das an einer Eiche lehnt. »Ich denke, er bietet Ihnen einen Job an.«

John drückt den Vogel an sich und streichelt seinen weichen Rücken.
»Irgendwas mit vietnamesischen Einbrechern.«
»Wirklich? Was haben Sie gesagt?«
»Ich habe ja gesagt. Er hat mich mit nach oben genommen, damit ich Ihre Mutter kennenlerne, dann hat er mich Fargo übergeben, der mich eine Stunde lang zusammen mit zwei idiotischen Schlägertypen in die Mangel genommen hat. Es war verrückt.«
»Lane ist ein … Rätsel. Aber was Dad betrifft, der hat Sie ins Herz geschlossen.«
»Na ja …«
»Nein, wirklich. Sie erinnern ihn an meinen Bruder. Hat er Ihnen von Patrick erzählt?«
John nickt. »Ihre Mutter dachte, ich sei Patrick.«
»Oh, das tut mir leid.«
»Nein, sie war ganz nett, aber … na ja, man weiß einfach nicht, was man sagen soll. Ich hab dann einfach mitgespielt.«
»Dad schreibt jetzt schon seit vier Jahren falsche Briefe von Patrick. Mom wollte einfach nicht akzeptieren, daß er tot ist. Sie glaubt immer noch, daß er auf dem College ist. Dad hat schließlich eingelenkt und angefangen, diese Illusion zu unterstützen. Sie sollten sehen, wie glücklich sie ist, wenn sie eine Postkarte oder einen Brief von ihrem … Sohn bekommt.«
»Gibt es überhaupt nichts, was man für sie tun kann?«
Valerie schüttelt den Kopf und sieht einen Moment zur Seite. »Nein, nichts. Gut, legen Sie den Vogel aus.«
John läuft über die Wiese. Er hält den Vogel in beiden Händen mit dem Kopf nach unten und dreht ihn in einem großen Kreis herum. Beim Gehen läßt er den Kreis kleiner werden und erhöht die Geschwindigkeit, bis das Tier ohnmächtig wird. Dann legt er die Taube ins Gras, wo sie langsam wieder zu sich kommt. John streichelt sie ein letztes Mal und murmelt ihr »viel Glück« zu.
Valerie hat Lewis und Clark solange mit Futter abgelenkt und

läßt sie für kleine Happen sitzen und stehen. Als John sich nähert, sieht sie ihn an und lächelt.
Du bist sehr schön, denkt er, aber das tut nichts zur Sache. Er hatte sich oft in Gegenwart von schönen Frauen befunden und sich nur einmal so gefühlt, als erhielte sein Körper unaufhörlich leichte elektrische Stöße. Das erste-, aber auch das letztemal, daß er dieses Gefühl hatte, war mit Rebecca.
»Es wird Zeiten geben, John, in denen du dich nach einer Freundin sehnen wirst, einer Vertrauten, einer Liebhaberin. Du wirst eine Einsamkeit erfahren, die du dir nicht vorstellen kannst. Der Wunsch zu bekennen wird in dir hochsteigen«, hatte ihm Joshua prophezeit. »Du hast keine Freundin. Du bist allein. Du mußt dich zurückhalten – du mußt in deiner eigenen Haut bleiben.«
Ich werde es versuchen. Für Rebecca.
»Was ist denn das für ein Gesichtsausdruck, Mr. Menden?«
»Bewunderung«, antwortet er, bevor er sich zurückhalten kann.
»Wofür?«
»Für Ihren Umgang mit den Hunden.«
»Oh, danke. Es ist schön, so was von einem Hundekenner zu hören.«
»Die Taube ist fertig«, sagt er.
»Sie schwitzen, John.«
»Es sind ja nur ungefähr dreißig Grad.«
»Im Haus waren es keine dreißig Grad, und Sie haben trotzdem geschwitzt.«
»Schweiß ist Schweiß«, meint er.
»Darf ich Sie was fragen? Ist es nur mein Umgang mit Hunden, den Sie bewundern?«
»Hauptsächlich.«
Nein!
Valerie marschiert mit ihrem Gewehr auf die Wiese, die Hunde ihr voraus. Sie schickt sie mit zwei kurzen Pfiffen aus ihrer Hundepfeife nach links, dann mit einem Pfiff nach rechts.

Und wieder nach links, wieder nach rechts. John registriert die Hunde, aber seine ganze Konzentration ist auf Valerie gerichtet. Als sie das erstemal an der Stelle, wo er den Vogel ausgelegt hat, vorbeigehen, erkennt keiner der Hunde den Geruch. Aber beim zweitenmal haben es plötzlich beide kapiert, und ihre Körper schnellen mit zitternden Schwänzen in die Richtung. Die Taube fliegt in die Luft, anfangs etwas unsicher, dann aber mit immer schnellerem Tempo. Die Entfernung ist ideal zum Abschießen. Doch Valerie hebt ihr Gewehr nicht, sie läßt den Vogel einfach fliegen und pfeift nur einmal lang. Das ist für junge Hunde am härtesten, denkt John, zurückzukommen, wenn sie gerade einen Vogel aufgestöbert haben. Weder Lewis noch Clark scheinen zu gehorchen. Sie hechten quer über die Wiese dem fliegenden Vogel hinterher und bellen frustriert zum Himmel hinauf, auch Valeries dritten Pfiff ignorierend. Der Vogel ist nur noch ein Klecks am blauen Himmel, der nach Süden entschwindet.

Ein paar Augenblicke später kehrt Valerie mit zwei reuigen Hunden zurück. Sie hat ihnen einen leichten Klaps versetzt, doch ihr ist kein Zorn, keine Ungeduld anzumerken, nur die deutliche und bestimmende Disziplin.

»Das war ja wohl ein Fehlschlag«, meint sie.

»Das ist ein guter Befehl. Für meine Hunde ist das immer am härtesten. Jugend und so. Die reinste Energie.«

Sie nickt, schiebt die Mütze zurück und wischt sich über die Stirn. John sieht mit verstohlenem Blick auf die dunklen Flecke unter ihren Armen, wo sich der Schweiß ins Hemd gesaugt hat.

In der nächsten Stunde kommen beide Hunde auf Kommando zurück, angetrieben durch zwei lange Leinen, die John zieht, wenn der Pfiff losgeht. Zuerst purzeln sie rückwärts, wenn die Leinen gezogen werden, dann kapieren sie es. Am Ende der Übungsstunde schaffen sie es ohne Johns Hilfe.

»Die Schule ist aus«, sagt Valerie. »Sie sind müde, und mir ist heiß. Wie wär's mit einem Sprung in den See?«

»Gute Idee.«
Der Nachmittag geht in der leichten, gewichtslosen Atmosphäre eines Traums weiter.
Sie schwimmen im See und lassen sich anschließend auf dem hölzernen Dock in der Sonne trocknen. Die Hunde – die drei von John und Lewis und Clark – platschen im Wasser.
Sobald es am Abend etwas kühler wird, gehen sie in den Orangenhain.
Später trennen sie sich, um zu duschen und sich umzuziehen. Valerie schlägt vor, John in einer Stunde auf dem Dock zu treffen. Sie möchte mit einem Boot zum Picknick zur Insel hinüberfahren. Die Sachen hat sie schon vorher vorbereitet.
John geht ins Seehaus und versucht sein flatterndes Herz in einen Schraubstock zu stecken.

23

Er blickt durch das Fenster auf den See. Die Hunde auf der Terrasse schauen von draußen zu ihm.
Innerlich wird er ganz unruhig, eine verzögerte Reaktion auf sein erste verdeckte Mission in Holts Arbeitszimmer. Das Licht für eingegangene Nachrichten auf dem Computer blinkt, und er drückt die F2-Taste, wie Valerie ihm gesagt hat. Er ist zuversichtlich, eine kleine Nachricht von ihr zu finden.
Zwei Nachrichten erscheinen auf dem Bildschirm:

HABE DEN KÜHLSCHRANK AUFGEFÜLLT, WÄHREND SIE WEG WAREN. ESSEN SIE EINE KAROTTE.

WIE GEHT'S SO AUF LIBERTY RIDGE? WOLLTE MICH NUR MAL MELDEN. A. SEX

John lächelt. Er fragt sich, ob dies eine Art Spiel ist, geht zum Kühlschrank und zieht das Gemüsefach heraus. Er und Rebecca spielten beim *Journal* immer per E-mail, und ihn überkommen die gleichen Schauer der Vorfreude wie damals, vor ei-

nem ganzen Leben, als er ihre unschuldigen Botschaften auf dem Bildschirm seines Rechners las.
Die Karotten liegen im Gemüsefach. Aber daneben ist etwas, das ganz und gar nicht nach Gemüse aussieht.
Lange blickt er darauf, dann greift er hinunter, schiebt die Karotten beiseite und hebt den Gefrierbeutel hoch. Durch das durchsichtige Plastik sieht er umgebogenes, aber nicht geknicktes Papier.
Er öffnet die Tüte und schüttelt das Papier auf die Fliesen. Die Seiten landen mit der Schrift nach oben. Es sind zwei Blätter. Das erste, ein schneeweißes, zeigt eine Skizze von den Gebäuden und vom Parkplatz des *Journal*. Sie ist von oben gezeichnet und nicht besonders detailliert, aber Susan Baums Parkplatz ist durch ein gemaltes Schild mit ihrem schwach geschriebenen Namen markiert. Der Fairway Boulevard ist deutlich eingezeichnet, ebenso der Maschendrahtzaun entlang dem Parkplatz. In der Ecke rechts oben steht eine Notiz:

Mo, Mi zw. 4 u. 5
Di, Do zw. 3 u. 4
Fr 12

Die Zeiten, wenn Susan Baum Feierabend hat, einschließlich ihres halben Arbeitstags freitags.
John erkennt die leicht geneigte Schrift, die er in den Ordnern von Vann Holts Schreibtisch gesehen hat.
Das zweite Blatt ist eine schwarzweiße Luftaufnahme eines Hauses irgendwo in den Vorbergen. Unten auf dem breiten weißen Rand stehen mit dicker Tinte die Worte: »Wohnung von B – Newport Beach – 15.15 Uhr – 1/12.«
Und wieder ist leicht zu erkennen, daß die Schrift auf dem Foto von derselben Hand stammt wie die Notizen in Vann Holts Ordnern.
John starrt auf die Blätter, als handelte es sich um einen brennenden Busch oder einen riesigen Klumpen Gold. Er dreht

sich um und geht zurück zum Eßtisch. Ihm läuft es kalt den Rücken hinunter.
John erinnert sich an Joshuas Vorwarnung, daß dies passieren könne. Es könne eine Zeit kommen, in der all ihre Pläne nicht ausreichen und all ihre Vorsorge nichts nützt. »Wenn du aufgeflogen bist, renne. Wenn du nicht rennen kannst, leugne. Wenn du nicht leugnen kannst, gestehe. Damit kommst du entweder aus der Sache raus, wirst eine andere Richtung einschlagen oder getötet werden.«
Und dann hörte er wieder Fargo sagen: »Er ging mit Snakey irgendwohin, und Snakey kam zurück.«
Geduld, sagt er zu sich selbst.
Ruhe.
Er nimmt die Skizze und das Foto mit ins Badezimmer, holt die Kugelschreiberlampe aus seiner Tasche und macht von jedem Dokument, das er mit einem Papiertuch anfaßt, drei Bilder. Nachdem er sie wieder in die Tüte getan hat, wischt er diese ab und legt sie dorthin zurück, wo er sie gefunden hat. Dann macht er noch einmal einen Spaziergang mit seinen Hunden, geht um den See herum, angezogen von der mobilen Nabelschnur, die zu Joshua reicht, und mit der Gewißheit, daß alle Augen im Himmel und auf Erden ihn beobachten.

Joshua schweigt lange, während er Johns Geschichte verdaut. Dann läßt er ihn alles ein zweites Mal wiederholen. Endlich spricht er, aber mit tiefer, gehetzter und seltsam förmlicher Stimme.
»Du bist geködert worden. Die Frage ist, von wem und womit. Leg jetzt die Kugelschreiberlampe in die Kiste, und nimm eine neue. Das war ziemlich umsichtig von dir, die Blätter im Gemüsefach zu lassen, aber ich brauche sie bis morgen früh um sechs, zusammen mit deinem Film. Wir haben zwei Tage für die Analyse, um festzustellen, ob es Kopien sind, und um sie zurückzulegen, wenn dem so ist. Wir wissen, daß dich jemand im Verdacht hat. Doch wir wissen nicht, wer. Wenn es Holt ist,

wirst du während seiner Abwesenheit getestet. Die Handschrift wird nicht von ihm und das Foto irgendwie eine Hinterlist sein. Er wird erwarten, daß du sie ihm zeigst.«

»Man kann aber sagen, daß es Holts Schrift ist.«

»Nein, Eule, *man* kann das nicht. Urkundenfälschung läßt sich erlernen, und viele Menschen tun das.«

»Was ist, wenn es nicht Holt war?«

»Wenn er es nicht war und das Material echt ist, dann gibt es noch einen Spion auf Liberty Ridge.«

»Wird man mich töten?«

»Nicht, wenn du zuhörst und tust, was ich dir sage. Mach weiter.«

John erzählte ihm von seinem Ausflug auf die »Spitze der Welt«, Holts Angebot eines Jobs bei Liberty Operations, den Grabmonumenten der Familie Holt mit den Statuen und den goldenen Gittertoren, auf denen in der Sonne glänzende Vögel eingeprägt waren. »Sie sind unheimlich schön«, schloß er seine Erzählung.

»Und das Mädchen, ist Valerie auch schön?«

»Ich glaube nicht, Joshua, daß du darauf eine Antwort brauchst.«

»Ich glaube, ich habe sie schon.«

Sie treffen sich bei Sonnenuntergang wieder, laden den Picknickkorb in ein Boot und fahren hinüber auf die Insel in der Mitte des Sees.

Auf der Insel erwartet sie ein sauberer Sandstrand. Valerie erzählt, daß ihr Vater achtzig Tonnen Sand habe herüberschaffen lassen. Sie setzen sich auf ein großes Tuch, dessen Ecken sie mit Steinen beschweren. Von hier kann man die Wiese, das obere Stockwerk des Großen Hauses, die Rückseite einiger Gebäude von Liberty Operations und die riesigen Valencia-Haine sehen.

Sie trinken Wein und essen von den kalten gegrillten Wachteln, die Valerie bei der Jagderöffnung geschossen hat.

»Waren Sie jemals verliebt?« fragt sie.
Bloß das nicht, denkt er. Nicht jetzt. »Ja«, antwortet er knapp.
»Was ist passiert?«
Und weil es seine Pflicht ist, erzählt er ihr die Geschichte von Jillian. In seinem Herzen erzählt er die Geschichte von Rebecca. John ist mehr als nur etwas erstaunt, daß eine Lüge so viel Wahrheit enthalten kann.
»Wann war das?«
»Vor zwölf Jahren.«
Valerie sagt eine ganze Weile nichts. Dann fragt sie: »Haben Sie nie wieder das gleiche verspürt?«
»Nein.«
»Es versucht?«
»Das kann man doch nicht einfach herzaubern. Es passiert einfach.«
»Es kommt.«
»Oder auch nicht. Wie war das bei Ihnen?«
»Ach, wissen Sie, ich war ein paarmal verknallt. Einmal war es mehr als das, aber er … na ja, paßte nicht so recht. Das war in meinem ersten Jahr auf dem College. Dad hat ihn nicht gemocht. Ich hatte nicht viel Glück, was Jungs betrifft. Ich dachte immer, man müßte für jemanden etwas Besonderes empfinden. Aber das habe ich nie. Ich habe es mir wirklich gewünscht. Die Jungs waren zwar nett, aber nichts Besonderes. Ich habe nie rumexperimentiert – mit Jungs, Mädchen oder Drogen. Ich bin nicht experimentierfreudig. Ich hab mich immer wie eine Außenseiterin gefühlt. Trotzdem hatte ich ein paar gute Freunde. Das waren auch Außenseiter, denke ich.«
John nickt, sagt aber nichts, so als bestätigte er die Bedeutung von Freunden. Und er denkt: Da sitzt sie neben mir und spricht über Jungs vom College, während ich versuche, einen Weg zu finden, ihren Vater für den Rest seines Lebens hinter Gitter zu bringen.
»Woran denken Sie?« fragt sie.
Das würde dir weh tun. Ich tue Rebecca weh, und ich tue Jo-

shua weh, und ich bin hier, um deinem Vater weh zu tun, und wenn du mich berührst, werde ich auch dir weh tun. Es ist unvermeidlich.
»Rusty.«
Sie trägt ihr Haar offen, und ein Windstoß weht ihr eine Strähne in die Stirn.
Er streckt den Arm aus, um sie zurückzuschieben, zögert aber. John weiß, daß er mit einer Berührung die Wahrheit seines Verlangens und die Falschheit seiner Absichten verraten würde.
»Tu es«, fordert sie ihn auf. »Bitte.«
Er berührt ihre Stirn mit seinen Fingerspitzen. Sie ist warm und feucht. Er schiebt die Locke zurück, aber sofort fliegt sie ihr wieder ins Gesicht. Er schiebt sie noch einmal zurück.
»Nur eine verdammte Strähne«, sagt er.

Sie trinken den Wein aus und rudern im Mondlicht zum Ufer. Valerie geht, Arm in Arm mit John, langsam und unsicher zum Großen Haus hinauf.
»Willst du mit reinkommen?«
»Ja.«
»Du kannst dir mein Zimmer ansehen.«
Drinnen lassen sie das Licht ausgeschaltet, weil das Mondlicht durch die hohen Fenster scheint und alles in ein eisiges Blau taucht. John steht im Halbdunkel der Küche und öffnet noch eine Flasche Wein.
»Ich bin ein bißchen beschwipst«, sagt sie.
»Ich gieße dir ein Glas ein. Du kannst es trinken oder stehenlassen.«
Sie nimmt das Glas, und sie gehen die Treppe hinauf. Valeries Zimmer ist eigentlich eine Suite, bestehend aus einem riesigen Wohnzimmer mit hoher Decke, einer Küche, die sich hinter einer Bar und Hockern zum Eßbereich hin öffnet, einem Badezimmer und einem Schlafzimmer, in das sie ihn bringt. Schiebetüren führen von hier auf einen Balkon. Sie hat die

Lichter immer noch nicht eingeschaltet, so daß die Gegenstände gleichzeitig sichtbar und geheimnisvoll erscheinen.
Sie trinken im Halbdunkel des Schlafzimmers, aneinandergelehnt auf dem Bett sitzend, die Kissen am Kopfteil aufgetürmt.
»Ich habe dich gefangen«, sagt sie. »Du bist meine Trophäe.«
»Wirst du dann meinen Kopf an die Wand nageln?«
»Ich mag dich lieber, wenn du atmest. Wie könnte ich all die anderen guten Teile wegwerfen? Deine Hände und deinen Rücken und deine Arme?«
»Du könntest ja auch den ganzen Körper nehmen und mich wie einen Polarbären in die Ecke stellen.«
»Oh, hast du etwa Dads Trophäenraum gesehen?«
»Nein.«
»Er ist sein Heiligtum. Trotz all der Bilder und Skulpturen, der ganzen Werte, die es hier überall gibt, ist der Trophäenraum immer noch das einzige, das er abschließt. Er sagt, er tut es wegen des Luftbefeuchters und der Klimaanlage, aber ich weiß, daß er es tut, weil er den Ort zu sehr liebt. Es ist *sein* Ort, der niemand anderem gehört. Seine kleine Kapelle voller Tiere. Mehr als hundert. Die meisten sind echte Trophäen.«
»Er hat mir das Haus gezeigt, aber den Raum nicht erwähnt.«
»Er liegt im Untergeschoß.«
»Dein Vater ist ein bemerkenswerter Mann.«
Valerie nippt an ihrem Wein. »Stimmt, das ist er. Er wurde ein bißchen verrückt, als Patrick starb und Mom verletzt wurde. Ich kann ihm das nicht vorwerfen. Er tut mir leid.«
»Verrückt?«
»In sich gekehrt. Geheimnisvoll. Nur halb im Hier. Mit seiner Arbeit hat er schon immer geheimnisvoll getan – du weißt doch, daß er fast dreißig Jahre beim FBI war, oder? Aber nach Pat und Mom, nun … wurde er noch unzugänglicher. Er sitzt stundenlang mit einem Scotch in der Hand rum und starrt aus dem Fenster, redet nicht, bewegt sich nicht, trinkt nicht einmal. Und wenn Dad nicht trinkt, stimmt mit ihm etwas nicht.

Pat wurde durch eine Kugel getötet, und Mom wurde durch diese Kugel gelähmt, aber ein Teil davon ist auch in Dad übergegangen. Und vielleicht auch in mich – ich meine, es hat meine Art verändert, wie ich die Dinge betrachte.«

»Wie?«

»Ich kann mehr lieben, aber auch mehr hassen. Es hat mich alt gemacht. Es ist in meine Träume vorgedrungen. Es hat mir zwei Dinge genommen, die für mich sehr wichtig waren, und nichts kann sie mir ersetzen. Du hast dieses Loch in dir, und du mußt es schützen, versuchen, das Schlechte draußen zu lassen. Ich weiß nicht, es ist so schwer zu erklären.«

»Ich glaube, ich verstehe.«

»Ja, das tust du. So wie du Rusty angesehen hast, wußte ich, daß du mich verstehen würdest. Und als ich dir beim Abendessen gegenübersaß, wußte ich ebenfalls, daß du mich verstehen würdest. Du bist ja auch älter.«

»Viel älter als du.«

»Nicht Jahre älter. Ein Leben älter. Kilometerweit älter.«

John sieht auf ihren Wecker. 3.53 Uhr. »Es ist spät.«

»Wer bist du?«

»Was ich dir gesagt habe.«

»Das hat mich nicht überzeugt. Du bist mehr als das. Viel mehr.«

»Nun«, meint er, als er die Schlafzimmertür öffnet, »laß es mich wissen, wenn du die Wahrheit herausgefunden hast.«

4.08 Uhr – John ist zurück im Seehaus und nimmt die Kugelschreiberlampe aus dem Nachtkästchen. Kurz darauf beugt er sich unter einen der unteren Stoßdämpfer seines Wagens und greift nach der magnetisierten Versteckschachtel, in der sich sein Spezialschraubenschlüssel und ein Sperrhaken für Schlösser befindet.

4.16 Uhr – John ist in Vann Holts Arbeitszimmer und macht Fotos von allen handschriftlichen Notizen aus dem »B«-Ordner. Kurz und wenig aufschlußreich, wie sie sind, überlegt er,

ob die Sache mit Baum unter einem Code abgelegt sein könnte, den nur Holt kennt. Er hält die Minikamera an sein Auge und lauscht auf das leise Klicken des Verschlusses, der sich beim Drehen des Schafts öffnet und schließt.
4.24 Uhr – John steht vor der Tür im Untergeschoß, die wahrscheinlich in den Trophäenraum führt. Er braucht fünf Minuten, um hineinzukommen, weil in dem Zylinder acht Sperren zu lösen sind und er ein bißchen beschwipst ist und sich vor Nervosität fast in die Hosen macht.
Er tritt ein und schaltet das Licht an. Der Raum sieht ganz anders aus, als er erwartet hat. An den Wänden hängen keine Köpfe, keine Geweihe, kein Elfenbein. Und es gibt keine Häute oder Pelze.
Statt dessen findet er hier eine natürliche Welt vor – oder etwas, das so aussieht.
Der Raum ist erstaunlich groß, und man hat eher das Gefühl, in einem naturhistorischen Museum zu sein.
An der einen Wand sind Dioramen von Indien, China und Nepal aufgereiht. Jedes erstreckt sich vom Boden bis zur Decke. An der Wand gegenüber befinden sich Dioramen von Afrika, dem Dschungel von Belize und den kanadischen Rocky Mountains. Die Wand dazwischen zeigt den australischen Busch und das Tiefland von Ecuador. Und als Mitte der Welt erhebt sich aus den Ebenen der riesige nordamerikanische Kontinent, auf dem sich Büffel tummeln und der fast an der Decke endet, wo ein wundervoller Puma auf einem Steinhaufen wacht und auf John hinabblickt.
Auf den Dioramen wimmelt es von Tieren, die einst lebendig waren und nun beinahe wieder zu leben scheinen.
John betritt diese Welt als Tourist. Er läuft im Zickzack, manchmal vorwärts, manchmal rückwärts, ist von Bewunderung gepackt, möchte sich nichts entgehen lassen und will alles auf einmal sehen. Vor dem Diorama von Afrika liest er die Tafeln.
Noch erstaunter ist er, als er in der Beschreibung für Afrika

aufgefordert wird, einen roten Knopf an den Ständer vor sich zu drücken, wenn er mit dem Betrachten der Szene fertig ist. Er drückt den Knopf, obwohl er nicht fertig ist. Sein Herz macht einen Satz, als das deckenhohen Diorama sich zu drehen anfängt, langsam und fast geräuschlos in der Wand verschwindet und eine andere Tafel erscheint.
Ein Elefantenbulle taucht drohend über ihm auf, Stoßzähne und Rüssel nach oben, die Ohren – sie müssen so groß wie Bettlaken sein – nach außen gerichtet.
John drückt noch einmal auf den roten Knopf, und das ursprüngliche Diorama erscheint wieder.
So steht John da, mit klopfendem Herzen, dröhnenden Ohren und vollkommen ergriffen. Er bewegt sich durch den großen, sich verschiebendem Raum und drückt einen Knopf nach dem anderen. Die Welt ist ein Kaleidoskop.
Australien wird zu Montana.
China wird zur Insel Kodiak.
Ein Rudel Wölfe reißt einen Elch.
Ein Kaffernbüffel wirft einen Jeep um.
Und vielleicht sind die kleinen horizontalen Plattformen neben den Informationstafeln das Interessanteste von allem. Sie sind hoch und schmal wie Kerzenhalter, und auf jedem befindet sich wie eine goldene Flamme eine Gewehrpatrone. Im Licht des Trophäenraums erkennt John, daß auf jeder Hülse etwas geschrieben steht. Er beugt sich nach vorn, um die Gravierung in der Messinghülse lesen zu können, die vor dem Kaffernbüffel ausgestellt ist.

.458er
Win.
Mag.
500 gr.
Silber
Spitze

Die Gravierung sieht fast so aus wie diejenige auf den Patronen, die Joshua ihm gezeigt hat.
Mit seiner Kamera nach vorn gebeugt, macht John mehrere Aufnahmen von den leuchtenden, beschrifteten Messinghülsen.
Nachdem er fertig ist, drückt er wieder auf den roten Knopf.
Als sich aber das letzte Diorama dreht, erblicken seine Augen keineswegs eine wilde Natur.
Zu Johns Überraschung erscheint etwas, das wie die Vorderseite einer Kneipe aussieht. Und tatsächlich erkennt er durch eines der mit Pfosten unterteilten Fenster eine Bar, einen langen Spiegel und eine Reihe leerer Barhocker. In der hölzernen Eingangstür befindet sich in der Mitte ein großes Fenster, an dessen Innenseite grüne Gardinen an Messingringen hängen. Er denkt an den Alkohol, den er an diesem Abend getrunken hat, und reibt sich die Augen. Nein, die Kneipe bleibt und lädt ihn geradezu ein.
John tritt zur Tür, öffnet sie und begibt sich hinein. In dem Moment gehen die Lichter automatisch an. Es ist tatsächlich eine kleine Kneipe. An der polierten Bar stehen drei Hocker und vor dem Spiegel an der Wand gegenüber unzählige Flaschen. Auf dem Tresen befinden sich drei Pappuntersetzer und drei saubere Aschenbecher mit jeweils einer Streichholzschachtel darin. John beugt sich über die Bar. Dahinter sieht er das Laufbrett, einen kleinen Kühlschrank, den Eiskühler mit einem gefalteten Handtuch darüber und über dem Tresen einen Gläserhalter. Es ist alles wirklich und echt, weder Fassade noch nachgemacht. John fühlt sich richtig benommen, hin und her gezerrt zwischen der Illusion der wilden Natur und der Realität der »Zivilisation«, in der er jetzt steht.
Rechts von ihm und eine Stufe tiefer befindet sich ein kleiner Raum mit einem Großbildschirm-Fernseher, mit einem halben Dutzend Stühlen davor, der in einem Wandschrank am anderen Ende steht.
John wundert sich, warum Holt seinem System zur häusli-

chen Unterhaltung so viel Aufmerksamkeit gewidmet hat. Irgendwie enttäuscht es ihn. Er versucht sich vorzustellen, wie der Reisende nachts hier rumsitzt und sich Komiksendungen anschaut. Aber plötzlich begreift er, daß diese Kneipe und der große Fernsehraum nicht der kommerziellen Unterhaltung dienen, sondern für etwas vollkommen anderes gedacht sind. Ein Blick auf die entlang von zwei Wänden auf Augenhöhe eingebauten Regale bestätigten seine Vermutung.
Dies ist der Ort, an dem Holt die Jagd noch einmal durchlebt. Die Jagden. Natürlich. Holt gewinnt Trophäen, aber er zeichnet seine Jagden auch auf.
John überfliegt die Titel in einem der Regale – Afghanistan: Widder, 1966; Afrika: Kudu, 1988; Afrika: Löwe, 1990; Afrika: Löwe, 1977; Alaska: Braunbär, 1989; Alaska: Elch, Braunbär, 1974; Alaska: Karibu, 1993 …
Wo könnte die Kassette mit Baum sein?
Nicht unter »B«, wie John feststellt, und auch nicht unter »S«. Nirgends, denkt er, ich werde sie nirgends finden.
Am Ende des zweiten Regals geht er die gemischten Titel durch, aber auf den Schildchen zeigt sich kein Hinweis, daß Holt den Tod von Rebecca Harris auf dem Parkplatz aufgezeichnet hat. Er geht zurück zu »R« und »H«, findet aber auch hier nichts. Er versucht es bei »K« für Kolumnistin, bei »A« für Autor und bei »J« für *Journal.* Nichts.
Er würde kein Schildchen darauf machen, und er würde sie nicht hier aufbewahren.
Oder doch? Wo würde es weniger Aufmerksamkeit auf sich ziehen? Die Nadel – der Heuhaufen.
John sieht auf die Uhr. Es ist zwanzig nach fünf. Er hat nur noch vierzig Minuten, um die Sachen von hier und die Skizze und das Foto in seinem Kühlschrank in die Kiste zu legen.
Unter den Regalen mit den Videokassetten sind Schubladen, sechs an jeder Wand. In den ersten drei findet er das übliche Durcheinander, leere Kassetten, übrige Hüllen, Markierstifte, Gebrauchsanleitung für den Videorecorder, den Bildschirm,

die Lautsprecher und die Fernbedienung. Und Dutzende von Fotoalben.
Das nächstemal, denkt er.

24

Fünf Minuten später war John am Seehaus. Er versuchte wie jemand auszusehen, der dort zufällig bei Sonnenaufgang entlanggeht, aber mit jedem Schritt spürte er die Vorsätzlichkeit. Er ließ die Hunde raus, braute sich einen Kaffee, trank ihn und griff wenig später nach dem Spazierstock, der draußen auf der Terrasse lag. Mit der Minikamera voller Bilder in seiner Hosentasche und der Plastiktüte unter seinem Hemd machte er sich wieder auf den Weg entlang dem See. Sein Ziel war die Kiste, sein Tunnel, seine Daseinsberechtigung.
Sobald der Weg ins Gebüsch abbog, fing John an zu rennen. Nach ein paar Minuten hielt er an, um sich umzuschauen und zu lauschen, aber es war ein ruhiger Morgen, nur die Vögel sangen in den Büschen und Boomer, Bonnie und Belle raschelten vor ihm. Und so rannte er weiter den schmalen Pfad entlang.
Dann war er schließlich auf die Lichtung. Ruhig, beruhig dich, sagte er sich, setzte sich auf den Baumstumpf und zündete sich eine Zigarette an. Die Hunde hatten sich hechelnd um ihn herum ausgestreckt. Die Zigarette schmeckte nicht, also drückte er sie aus und steckte sie in seine Tasche. Dann stand er auf und ging zu dem Platz, wo die Kiste verborgen war.
Er ließ eine neue Kugelschreiberlampe in seine Tasche gleiten, legte die gebrauchte in die Kiste, knöpfte sein Hemd auf und zog die Tüte heraus, die er ebenfalls in die Kiste legte.
Anschließend griff er nach dem Telefon, stand auf und wollte gerade Joshua anwählen, als sich die Hunde stocksteif hinstellten und knurrten.
Snakey trat aus dem Pfad hervor, warf den Hunden ein paar

Kekse hin, blickte aber zu John. Seine Kleidung war voller Dornen und Kletten, und Schweiß tropfte von seinem Gesicht. In seiner rechten Hand hielt er eine Maschinenpistole, deren Lauf direkt auf Johns Brust gerichtet war.

»Laß das Telefon fallen«, befahl er John.

Was wird mir wohl die rote Taste bringen? fragte sich John. Antwort: eine FBI-Eskorte zum Leichenschauhaus.

Er ließ das Telefon fallen.

»Heb die Hände hoch.«

Und John tat es.

»Geh zum Baum rüber, und stell dich davor. Wenn du losrennst, eine schnelle Bewegung machst oder auch nur daran denkst, knall ich dich ab. Jetzt ganz langsam ... zum Baum. Und wenn du da bist, legst du deine Hände oben an den Stamm und rührst dich nicht.«

John machte einen unsicheren Schritt zum Baum hin. »Vielleicht sagst du mir mal, was du hier tust.«

»Schnauze. Lehn dich an den Baum. Du behältst deine Hände da oben, oder ich verpaß dir 'ne Kugel.«

Snakey war direkt hinter ihm und drückte ihm den kalten Stahl ins Genick.

»Mr. Holt wird das gar nicht gefallen«, sagte John.

»Ich arbeite nicht für Mr. Holt. Ich will nicht so ein Pfadfinder-Arschkriecher sein wie die Holt-Männer. Ich arbeite für Lane Fargo, und er arbeitet für Holt. Los, drück dich an den Baum, als würdest du ihn ficken wollen. So, wie du's heute nacht mit Val auf der Insel und in ihrem Zimmer tun wolltest. Ja, hab ich alles gesehen. Bist nicht zum Zug gekommen, was?«

»Hat Fargo dir nichts erzählt?«

»Schnauze. Noch ein Wort, und ich schieß dir aus lauter Spaß an der Freude ein Loch ins Bein.«

Snakey war vielleicht sieben Meter hinter ihm. John hörte, wie er die Kiste hochhob und zwischen den Kugelschreiberlampen und der Videokassette herumkramte.

»Sind in den kleinen Lampen Mikros drin?«
»Ja, um aufzuzeichnen, wenn jemand Mr. Holt reinlegt.«
»Du bist derjenige, der Mr. Holt reinlegt.«
»Du solltest mir zuhören, Snakey.«
»Schnauze! Na, ihr Hundchen, noch ein paar Kekse? Ihr werdet euch jetzt mit Snakey begnügen müssen. Diese Schwuchtel, die bis heute euer Herrchen war, wird nicht mehr dasein. Hier, da habt ihr noch was.«
John hörte das Knacken von Zähnen, die in Kekse beißen. Er drehte leicht seinen Kopf, konnte aber nur den verschwommenen Umriß von Snakey ausmachen, der vor dem Mobiltelefon kniete.
»Zwei Tasten«, meinte Snakey. »Wozu?«
»Die rote ist für Mr. Holt. Mit der schwarzen kommt man zu Lane.«
»Du lügst.«
»Drück drauf und find's selbst raus.«
Snakey lachte. Es war ein Lachen wie von jemandem, der nicht genau weiß, ob der Witz für ihn oder über ihn ist. »Dieses Ding reicht bis zu den Cayman-Inseln?«
»Klar.«
»O ja. Dieses kleine Stück Scheiße erreicht sie bis da draußen auf dem Meer?«
»Das geht über Satellit. Ich könnte auf dem Mars anrufen, wenn Mr. Holt da oben wäre.«
»Schnauze!«
»Ruf ihn an. Frag ihn, ob ich für ihn arbeite oder nicht.«
»Wir hätten dich doch nicht verprügelt, wenn du für uns arbeiten würdest. Für wie blöd hältst du mich?«
»Fargo hat es wegen euch beiden getan. Er und Mr. Holt wissen, daß jemand Dokumente rausschmuggelt.«
»Dokumente?«
»Ja. Das Geschäft mit Titisi. Titisi will viel zuwenig zahlen, allerdings ist Titisi auch in der Klemme. Das macht keinen Sinn.«

»Mr. Holt vermutet, daß jemand für diesen Blödmann rumspioniert?«
»Deswegen haben Fargo und ich das veranstaltet. Ihr zwei Typen solltet glauben, daß ich verdächtigt werde. Wenn du also noch ein Ohr brauchst, kannst du's bei mir ausprobieren. Fargo ist der Meinung, daß einer von euch beiden die Schwachstelle ist. Du oder Partch.«
»Ich? *Ich?* Ich kann das nicht sein. Du quatschst bloß Scheiße. Wenn es jemand ist, dann dieser alte Furzer Messinger.«
»Sag das Mr. Holt, und bring die Sache wieder in Ordnung. Wenn nicht, wird er dir 'ne Kugel in den Arsch jagen, wenn er rauskriegt, daß du mir meine Arbeit vermasselt hast.«
»Schnauze!«
»Frag Fargo, was du tun ...«
»Halt die Schnauze!«
Snakey befand sich immer noch am Rand von Johns Blickfeld, eine undeutliche Figur, die dort stand, wo das Telefon lag. John bewegte seine rechte Hand auf den .45er Colt in der Astgabel zu. Snakey ging jetzt zum Zaun in Richtung des Tunnels. John schob seinen Finger in dem Moment durch den Abzugsbügel des Colts, in dem Snakeys Fuß auf die Abdeckung des Tunnels trat. Mit einer vorsichtigen Drehung seines Handgelenks löste er die Automatik aus ihrer Halterung.
»Was für ein Scheiß ist das denn?«
»Der Tunnel, den er gegraben hat.«
»Der was?«
Johns Hals spannte sich, als er sich nach Snakey umdrehen wollte.
»Beweg dich nicht! Ich bin fast soweit, dich abzuknallen. Fehlt nicht mehr viel. Scheiße, jetzt guck dir mal das Loch an.«
John hörte, wie der Deckel über die trockene Erde gezogen wurde.
»Wo führt der hin?«
»Unter dem Zaun durch zur anderen Seite.«

»Wozu?«
»Er kann rein und raus, wenn er muß. Wir sind ziemlich sicher, daß er hier die Dokumente durchgibt, und jemand auf der anderen Seite nimmt sie dann mit.«
»Ach, du erzählst ja doch bloß Quatsch.«
»Es ist die Wahrheit.«
»Wir fragen Fargo und Mr. Holt, ob es die Wahrheit ist. Sieh mal, ich muß bloß meine Arbeit erledigen, das heißt, dich im Auge behalten. Ich hab viel zu berichten. Du beschlabberst bis spät in die Nacht seine Tochter, du brichst in seinen Trophäenraum ein, du hast von irgendwoher eine Tüte mit Papieren, und in einer Kiste in der Erde versteckst du einen Haufen Zeug zum Spionieren und ein Telefon. Du bist Geschichte, Mann. Wir haben dich auf Eis gelegt.«
Da hat er recht, dachte John. Und wieder schossen ihm die Worte durch den Kopf: »Er ging mit Snakey irgendwohin, und Snakey kam zurück.«
»Du hast deine Arbeit gut gemacht, Snakey, aber du hast dir den falschen Typen gegriffen.«
»O nein, du bist schon der richtige. Die Sache ist ganz einfach. Ich werd das Zeug nehmen und Lane geben. Lane ist der Kopf. Ich erzähl ihm, was du mit Val gemacht hast. Ich erzähl ihm, wie du hier draußen rumgeschnüffelt und versucht hast, das Telefon zu benützen. Ich geb ihm das Bild und die Zeichnung hier. Wenn sich rausstellt, daß du für ihn arbeitest, dann ist ja nichts dabei, oder? Wir lachen uns einen, und du machst mit dem weiter, was du tun sollst. Und ich hab nichts von Dokumenten und Schwachstellen gehört. Was ich von Lane gehört hab, ist, daß man dir nicht trauen kann.«
Johns Geist schlug Purzelbäume, ein Chaos aus Angst, Verwirrung und Zweifel. Dies hier, diese nicht eingeplante Eventualität, stand nicht in Joshuas Drehbuch.
Der Colt war bereits entsichert, aber es befand sich keine Kugel vor dem Lauf. Er müßte den Hahn spannen. Doch in der Zeit, die er zum Umdrehen, Laden, Zielen und Abfeu-

ern brauchen würde, müßte Snakey nur den Abzugshahn betätigen und zusehen, wie sich zehn Kugeln in Johns Rücken bohren.

»Wenn du aufgeflogen bist, renne. Wenn du nicht rennen kannst, leugne. Wenn du nicht leugnen kannst, gestehe. Damit kommst du entweder aus der Sache raus, wirst eine andere Richtung einschlagen oder getötet werden«, hatte Joshua zu ihm gesagt.

»Ich arbeite für das FBI, Snakey.«

»Und ich bin John Gotti.«

»Du wirst wie Gotti hinter Gitter landen, wenn du nicht diese Waffe weglegst.«

»Ich zittere vor Angst.«

»Hör zu. Vor sechs Monaten hat Holt versucht, eine Journalistin zu töten, die hinter ihm her war. Sie ist über Patrick hergezogen, nachdem ihm das in Santa Ana passiert war. Sie ist sogar über Holt hergezogen. Sie hat alles schlechtgemacht, wofür er sich einsetzt, alles, was er ist und was er tut. Sie hat seine politischen Ansichten lächerlich gemacht und ebenso Liberty Ridge. Sie beschrieb die Sache so, als hätte ihn das, was seinem Sohn und seiner Frau passiert ist, wahnsinnig gemacht. Sie wollte damit sagen, daß er ein Opfer der Gewalt ist, daß es ihn aus der Fassung gebracht, ihn in einen bösartigen, alten Verrückten verwandelt hat und er ein Zeichen seiner Zeit ist. Sie war richtig herablassend. Zuerst hat sie ihn verarscht, dann hat sie ihm den Kopf getätschelt. Aber sie hatte mehr recht, als sie glaubte. Er wurde verrückt wegen der Sache, die mit Patrick und Carolyn passiert ist, und er wollte es an jemandem auslassen, den er haßte. Man hat die Patronen mit einer aus seinen Gewehren verglichen. Man hat Fingerabdrücke gefunden.«

Snakey schwieg lange.

»Ich hätte die Votze für das, was sie geschrieben hat, auch umgebracht.«

»Verdammt noch mal, Snakey, er hat die Falsche erschossen!

Er hat eine vierundzwanzigjährige Frau umgebracht, die nie irgend etwas über ihn geschrieben hat. Er hat sie auf einem Parkplatz mit einem durchlöcherten Herzen liegenlassen. Sie hätte deine Freundin sein können.«

»War sie aber nicht.«

»Ich weiß. Sie war meine.«

Und wieder schwieg Snakey lange.

»Mr. Holt ist nicht dumm. Und ich auch nicht. Du erfindest diesen Scheißdreck bloß und denkst, ich bin blöd genug und kauf dir das ab. War ein guter Versuch, Schwuchtel.«

»Ich erzähl dir die Wahrheit, Snakey. Ich schwöre bei Gott, daß ich das tue. Arbeite mit mir zusammen. Hilf uns, Holt zu fassen.«

»Kannst du zwei Riesen die Woche zahlen?«

»Ich kann dir keinen roten Heller zahlen.«

»Ich soll Mr. Holt ganz umsonst verkaufen?«

»Er hat sie umgebracht. Wenn das nicht genug für dich ist, dann paßt du besser auf dich selbst auf. Wenn wir nämlich ihn zu fassen kriegen, bist du genauso dran. Und Partch. Erinnerst du dich an den Aufseher, der mit dir die Reise gemacht hat und nicht wiedergekommen ist? Man wird dich so lange daran festnageln, bis du uns hilfst. Du hast eine Chance, deinen Arsch zu retten und einen kranken alten Bastard festzunageln, der ein Mädchen umgebracht hat, das er nicht einmal kannte. Das ist ein gutes Geschäft für dich. Denk nur fünf Sekunden darüber nach, wenn du genug Hirn dafür hast.«

»Gut.«

Snakey schwieg etwa fünf Sekunden.

»Bin fertig mit Denken. Du lügst. Aber auch wenn du nicht lügen würdest, würde ich dir nicht helfen. Ich bring dich und den ganzen Scheiß hier zu Mr. Holt und Lane. Die sollen sich überlegen, was sie mit dir anstellen.«

»Hör mal, Snakey, ich werde dir jetzt was erzählen. Wenn du uns hilfst, bleibst du am Leben, wenn nicht, wirst du jung sterben. So einfach ist das.«

»Ziemlich netter Spruch von einem, der gerade einen Baum fickt, während eine Mac auf seinen Rücken zielt.«
»Laß mich gehen, Snakey. Das ist die einzige Chance, die du hast. Ich flehe dich an, Mann. Ich flehe dich an.«
»Schnauze! Ich mag keine Bettler. In Jersey hab ich mal einen von denen totgeschlagen, nur weil er so gestunken hat. Hab Handschuhe dazu benutzt. Ich hasse diese stinkigen, heimatlosen Rumtreiber.«
John hörte, wie Snakey die Holzabdeckung wieder über den Tunnel schob. Er müßte knien, mit einer Hand an der Abdeckung und einer an seiner Waffe. John schob seine linke Hand zentimeterweise zu seiner rechten hinauf.
O Gott, hilf mir!
»Hilf mir, Snakey.«
»Hilf dir selbst, du Arsch.«
John umschloß die Automatik mit seiner Hand, drehte sich um und lud die Waffe. Er ließ sich in die Hocke fallen, während er den Lauf auf den Oberkörper des immer noch knienden Snakey richtete.
Snakey hatte die Mac neben sich gelegt, um den Deckel zurückschieben zu können.
Er blickte John an, dann zur Waffe und schließlich wieder zu John. Sein Gesicht zeigte Entschlossenheit, sein Blick reine Arroganz.
»Tu das nicht«, sagte John. Aber Snakey griff bereits nach der Waffe.
Die beiden Kugeln aus dem Colt hatten ihn durchdrungen, noch bevor seine Hand die Waffe berührt hatte. Snakey fiel auf den Boden wie ein Sandsack.
John lag auf seinen Knien, seine brennenden Augen immer noch auf Snakey gerichtet.

Als John ihn erreichte, war Joshua auf dem Weg zum Flughafen, um nach Washington zu fliegen, weswegen der Empfang ziemlich schlecht war. Er und Sharon waren von Evan zu einem dringenden Gespräch einbestellt worden. John erzählte ihm, was geschehen war. Und dann schloß er: »Ich hab gerade einen unschuldigen Mann umgebracht. Ich hatte Bilder und Zeichnungen und Notizen. Ich will da raus, Josh. Ich hab genug.«

»Du hast getan, was du tun mußtest, John. Es war nicht deine Entscheidung, sondern die von Snakey. Er hat sie getroffen.«

»Ich will raus der Sache. Ich bin fertig.«

»Hör mir jetzt zu, John. Ich habe dir gesagt, daß das passieren würde. Ich habe dir gesagt, daß du dir irgendwann nichts mehr wünschst, als aus der Sache rauszukommen. Und ich habe dir gesagt, wo du sein würdest, wenn du dich so fühlen würdest. Wiederhole, was ich dir gesagt habe. Wo du sein würdest?«

Benommenheit. Übelkeit. John kotzte.

»John«, befahl Joshua, »antworte mir jetzt. Wo, sagte ich, würdest du sein?«

»In der dunkelsten Stunde meines Lebens.«

»Hatte ich recht?«

»Du hattest recht.«

Joshuas Stimme wurde schwächer, dann war sie wieder ganz da.

»Und was habe ich dir als nächstes gesagt? Wann ist die dunkelste Stunde?«

»Irgendein Scheiß über ›kurz nach dem Morgengrauen‹.« Er schluchzte.

»Genau. Es war kein Scheiß, und deswegen brauchst du nicht aufzugeben. Du bleibst da. Wenn du jetzt aufgibst, wirst du dich immer in dieser dunklen Stunde befinden. Sie wird dich für den Rest deines Lebens verfolgen. Genau jetzt, in diesem Augenblick, gehörst du ihr. Aber damit sie für immer und ewig verschwindet, muß sie dir gehören.«

»Ich kann nicht mehr.«

»Sei still, John. Hör zu. Ich hol dich sofort da raus, wenn du fertig bist, aber keine Sekunde vorher. Ich brauche Zeit, um

die Dokumente, die du im Seehaus gefunden hast, zu analysieren und um einen Durchsuchungsbefehl zu bekommen, wenn das überhaupt möglich ist. Wir werden mehr Beweise benötigen.«
»Ich will keine mehr.«
»O doch, die willst du. Du willst Holt. Das ist die Vereinbarung, John – Holt, nicht Snakey. Holt.«
John versuchte sich zu fassen. »Dieser arme, dämliche Snakey. O Gott, hol mich hier raus.«
»Ich brauche dich jetzt, John.«
»Ich weiß nicht, was ich tun soll.«
»Du bleibst da drin. Du wartest, bis ich die Dokumente untersucht habe. Wenn die Sachen gut sind, sind wir dem Reisenden dicht auf den Fersen. Denk dran, der Reisende ist der einzige Mensch auf Erden, der deine Seele wieder in Ordnung bringen kann. Er ist dein fehlender Teil. Er gehört dir, wenn wir ihn gefaßt haben.«
John sah wieder auf Snakeys reglosen Körper, auf die beiden blutigen Löcher hinten auf seinem Hemd.
Sein Herz beruhigte sich allmählich, und Erschöpfung machte sich breit. »Glaubst du, daß Snakey die Nachricht im Computer geschrieben und die Tüte in meinen Kühlschrank gelegt hat?«
»Nein, ich glaube nicht, daß es Snakey war. Ich glaube, es war Holt, und deswegen wollte ich, daß du mir das Foto und die Skizze und die Notizen bringst. Wir werden sie in vierundzwanzig Stunden analysiert haben, so Gott und das Polizeilabor wollen. Es wird sich zeigen, daß die Handschrift nachgemacht und das Foto abgeändert ist. Du wirst sie ihm als Zeichen deines Vertrauens und deiner Loyalität präsentieren.«
John sagte nichts. Am liebsten hätte er sich hier in den Dreck gelegt und eine Woche geschlafen.
»Laß die Tüte zusammen mit deinen Sachen in der Kiste. Und laß auch Snakey dort liegen, wo er ist. Nimm eine neue Kamera, und geh wieder zum Seehaus. Erhol dich. Der Reisende

wird übermorgen zurück erwartet. Finde wieder zu dir selbst. Du verlierst deine Konzentration. Zeig mir, daß du der Mann bist, für den Rebecca dich gehalten hat. Zeig mir, daß sie das Richtige tat, indem sie mich für dich verlassen hat.«

25

Als John Menden das erstemal von zu Hause fortrannte, war er elf Jahre alt. Natürlich war es nicht das Zuhause seiner Eltern, sondern das von Stan und Dorrie.

Er packte die notwendigen Dinge für ein auf sich selbst gestelltes Leben zusammen – Schlafsack, ein Kissenbezug voller Eßsachen, Taschenmesser, alles Bargeld, das er besaß, sechsundzwanzig Dollar, eine Taschenlampe und eine Jacke. Es war ein Muß, daß er seine Kiste mitnahm, eine Zigarrenkiste aus Zedernholz, die sein Vater ihm gegeben hatte und die mit einem glänzenden Messinghäkchen verschlossen wurde. Darin befanden sich die angesammelten Reichtümer seiner elf Jahre – ein Silberring mit großem eingefaßtem Türkis, den seine Eltern ihm aus Mexiko mitgebracht hatten und der selbst für seinen Daumen zu groß war, ein Stück eines versteinerten Baums aus Arizona, Bilder, eine Armbanduhr, die nicht mehr funktionierte, ein paar Seemuscheln, die er gesammelt hatte, zwei Pfeilspitzen, die er gefunden hatte, ein Haifischzahn, den er in der Mohavewüste bekommen, und ein anderer, riesengroßer und schwarzer, den seine Mutter ihm gekauft hatte, und ein Sammelsurium aus Eicheln, Krabbenscheren, wichtigen Steinen und Rasseln von Klapperschlangen. Die letzte Errungenschaft für seine Kiste war die Plastiktüte, die der Sheriff ihm mit der versteinerten Seemuschel und zwei Goldringen gegeben hatte. Dieses ganze Gepäck – die Zigarrenkiste, den Schlafsack und die Eßsachen – befestigte er mit einem Isolierband auf dem Gepäckträger seines Rades. An diesem späten Sommermorgen machte er sich aus dem Staub.

Zuerst fuhr er an seinem alten Haus vorbei, das nur ein paar hundert Meter weiter lag. Er hielt auf dem gegenüberliegenden Bürgersteig und blieb eine Weile dort stehen, um die Atmosphäre des Orts einzusaugen. Die neuen Besitzer hatten bereits die Außenseiten mit einem zarten Gelb gestrichen. Unter dem Schlafzimmerfenster hatte die Frau Schalen mit Ringelblumen und Lobelien aufgestellt.

Während er so dastand, kamen zwei Jungs seines Alters aus dem Haus und kickten einen Ball gegen das Garagentor. Sie benutzten genau dieselbe Trefferzone, die sein Vater für ihn dort hingemalt hatte.

John setzte sich wieder aufs Fahrrad und fuhr die ganze Fourth Street entlang der Marinebasis hinunter, am Wachhaus vorbei zur Schnellstraße, dann runter zum Küsten-Highway und zu einem Kiesweg, der durch einen Salzwassersumpf in die wilden Hügel der Rancho del Sol führte, und knappe drei Stunden später war John an dem Ort, den man eines Tages als Liberty Ridge kennen würde.

Er schob sein Rad durch das Gebüsch in Richtung des Sees. Als es nicht mehr weiterging, lud er seine Habseligkeiten ab und versteckte sie unter einem Färberbaum. Er brauchte fast eine Stunde, um den Kamm der Ausläufer zu überqueren und zum See zu gelangen. Auf der anderen Seite sah er das alte Missionshaus oben auf einer Erhebung, von wo aus man einen Rundumblick über die Landschaft hatte. Die Dachziegel leuchteten orange in der Sonne, und die Mauern waren weiß gestrichen.

Er fand das alte Boot am gewohnten Platz angebunden. Die Ruder lagen im Bootsrumpf.

»Wer bist du?«

Er wirbelte herum, in die Richtung, aus der die Stimme kam. Ein dunkelhäutiger Junge stand genau dort, wo John einen Moment zuvor entlanggegangen war. John war beeindruckt, daß sich jemand so leise fortbewegen konnte. Noch beeindruckter war er aber von dem langen Messer mit schmaler

Klinge in der linken Hand des Jungen. Er trug Jeans, ein T-Shirt und Sandalen.
»John.«
»Das Boot gehört mir.«
»Okay.«
»Willst du es klauen?«
»Ich will zur Insel rüber.«
»Die Insel gehört auch mir.«
»Okay.«
»Ich wohne hier. Meine ganze Familie arbeitet für die Holts.«
»Ich bin mit dem Fahrrad gekommen.«
»Und wo ist es?«
»In den Büschen. Ein Stück weiter hinten in diese Richtung.«
»Ich bin Carlos, und das hier ist mein See. Ich könnte dir mit meinem Messer die Haut abziehen und dir dein Fahrrad wegnehmen.«
John zitterte, und er wußte, daß ihn seine Beine nicht weit tragen würden. Er überlegte, was sein Vater sagen würde.
»Was meinst du, Carlos, sollen wir zur Insel rüberfahren und ein bißchen miteinander quatschen?«
Der dunkle Junge starrte ihn an, dann klappte er sein Messer zu und steckte es in die Tasche. »Ich werde rudern.«
Sie brauchten nicht lange bis zum anderen Ufer. John half Carlos, das Boot zwischen die Rohrkolben zu ziehen, die am Südrand der Insel wuchsen.
»Warst du schon mal in der Höhle?« fragte Carlos.
»Ich hab drin geschlafen.«
»Hast du meine Heftchen gefunden?«
»Nur Insekten und die Quelle.«
»Da sind meine Heftchen mit Nacktbildern drin.«
»Mein Dad hat den *Playboy*.«
»Den *Playboy* hab ich auch. O Mann, da gibt's einen, wo das Mädchen in der Hängematte liegt und einen Apfel ißt. Das ist Miss December.«
Sie marschierten durch das Gebüsch und zwischen eng wach-

senden Bäumen hindurch zur Inselmitte und in die Höhle. Diese war groß und mit einer riesigen Öffnung, durch die man mit einem Auto hätte hineinfahren können. Sobald sie drin waren, hörte John das Wasser aus der Erde sprudeln und das Echo an den Wänden. Carlos zündete eine Laterne an.
John legte seine Sachen auf den feuchten Felsboden. Dann ging er in den hintersten Teil der Höhle und schaute zwischen die Felsen zum aufsteigenden Wasser hinab. Es sah schwarz aus, und als er seine Hand hineinhielt, war es warm und fühlte sich weich und seidig an. Carlos zeigte ihm das Ausklappbild mit dem Mädchen in der Hängematte, das einen Apfel aß. Später gingen Carlos und er durch das Gehölz auf die andere Seite der Insel. Dort gab es gleich hinter ein paar kalifornischen Fliederbüschen einen kleinen Strand mit schwarzem Sand. Sie krabbelten unter die Sträucher und schauten zum Missionshaus hinüber.
»Paß auf, daß sie uns nicht sehen«, meinte Carlos. »Ich dürfte gar nicht hiersein.«
John spähte über die Zweige wie ein Spion. Da erblickte er auf der anderen Seite des Sees ein paar Menschen. Es waren ein Mann, eine Frau und ein kleiner Junge. Als sie den Punkt ihnen gegenüber erreichten, sah John, daß der Mann und die Frau ungefähr im gleichen Alter waren wie seine Eltern.
»Das ist der Besitzer mit seinem Sohn«, erklärte Carlos. »Er ist beim FBI und hat eine Waffe. Sie kommen ab und zu hierher, aber nicht oft.«
John beobachtete die drei. Der Junge wurde müde, und der Mann hob ihn auf den Arm und trug ihn.
»Das ist eine gute Familie«, meinte John.
»Woher willst du das wissen?«
»Sie ist wie meine.«
»Weshalb ist deine gut?«
John sah zuerst zu Carlos, dann zurück zum Ufer. »Nun, wir machen einen Haufen Sachen zusammen.«
»Und warum bist du dann weggerannt?«

»Sie sind für eine Weile verreist und werden zurückkommen. Ich wollte nur sehen, ob mein Vater hier eines Tages leben könnte.«

»Das Land hier gehört nicht euch.«

»Er könnte es kaufen. Er hat ein Flugzeug gekauft.«

Wieder zurück, blieben sie vor der Höhle sitzen und aßen die Kekse und den Obstsalat, den John eingepackt hatte. Während Carlos in seinen Heftchen blätterte, hatte sich John in der Wärme des späten Nachmittags ausgestreckt und ließ die Sonne durch seine Augenlider scheinen.

Einen Moment lang dachte er, die Sonne da draußen gehöre ihm. Er dachte, die kühle Erde unter ihm gehöre ihm. Er kam sich unabhängig und aufgehoben vor. Er war sicher, daß er auf eine Art hierhergehörte, so wie er nicht mehr in das alte Haus oder in das von Stan und Dorrie gehörte. Es war das beste Gefühl, das er kannte, diese Zugehörigkeit zu einem Ort, weil ein Ort niemals weggeht. Und er erinnerte sich an die Worte seines Vaters: »Schau auf dieses Land runter, mein Sohn. Es gehört dir. Ist das nicht ein schöner Gedanke?«

»Es gehört nicht wirklich mir, Dad.«

»Doch, das tut es. Es gehört jedem, der hier Wurzeln faßt. Bei deiner Mutter und mir ist das so. Bei dir wird ...«

»Ich möchte hier eines Tages leben«, sagte er laut. »Genau hier auf dieser Insel. Genau hier in dieser Höhle.«

»Das Land gehört nicht dir«, wiederholte Carlos.

»Es gehört jedem, der hier Wurzeln faßt, Carlos.«

26

Joshua Weinstein saß im Konferenzzimmer in Quantico und blickte auf die verbrannte Landschaft von Virginia. Die Bäume waren nackt und der Boden braun. Das sieht aus, als hätte Wyeth die ganze verdammte Welt gemalt, dachte er. Ein leichter Wind bewegte die Zweige und wirbelte das Laub durcheinander. Die Zentralheizung sprang an, und er blickte Sharon an.

»Wie ist dein Zimmer?« fragte er Sharon.

»Genau wie deins.«

Und gleich rechts nebenan, dachte er – er dachte an alles, was ihm die Sorge und die Angst zu nehmen vermochte. Was konnten sie von ihm wollen? Wußten sie bereits von Snakey? Unmöglich, aber ihre Aufgabe war ja, das Unmögliche zu entdecken.

Gleich nach Johns Anruf hatte er Sharon durchgegeben, nicht weiter zum Flughafen, sondern zur Grenze von Liberty Ridge zu fahren. Dort hatte er sich um Snakey und das Paket gekümmert. Seine Leute hatte er zur strikten Geheimhaltung verpflichtet und arrangiert, daß sie den Leichnam beim County als John Doe einliefern konnten. Dank eines Abgeordneten, der ihm einen Gefallen schuldete, hatte er noch zwei Wochen Schonfrist.

Die Sachen von John hatte er durch einen Kurierjet wegbringen lassen, so daß sie etwa fünf Stunden später auf Nortons Schoß landeten. Dann, als sie so taten, als eilten sie zum Flughafen, ließ er Sharon auf dem Seitenstreifen anhalten, stieg aus, hob die Motorhaube hoch und fragte sie, wo die Benzinleitung sei. Joshua konnte eine Benzinleitung nicht vom Batteriekabel unterscheiden, aber sie. Er hatte die Leitung von der Pumpe losgerissen und dem technischen Dienst des FBI per Telefon eine Panne mit seinem Wagen gemeldet.

Der nächste Flug war um elf gegangen.

Jetzt war er da, mit einem halben Tag Verspätung.

Norton betrat den Raum, und sie schüttelten sich die Hände. Von ihm strömten Rasierwasser und Besorgnis aus. Seine leuchtend rosa Wangen zeigten die kapillare Maserung von vierzig Jahren Scotch im Übermaß. Sein Lächeln wirkte zu fröhlich.

Wir sind am Arsch. Selbst Norton weiß es, dachte Joshua. Haben sie ihm von Snakey erzählt? Norton setzte sich, und fünf

ewige Minuten lang redeten sie unerträglich belangloses Zeug daher.
Schließlich tauchte Walker Frazee auf. Sein lebhafter Gang reichte, damit sich in Joshua der übliche Widerwillen breitmachte. Sie begrüßten sich alle mit Handschlag. Frazee, klein, mit einem jungenhaften Gesicht und einem so entwaffnenden Lächeln, daß man ihn am liebsten umarmen würde, trug den dunklen billigen Anzug, den Joshua schon immer an ihm gesehen hatte. Er wirkte auf ihn wie ein Heimberater eines Beerdigungsinstituts, was aber, wie er wußte, ein völlig unangemessener Eindruck war. Wenn nämlich die Jungenhaftigkeit aus Frazees Gesicht schwand und er sein einschmeichelndes Lächeln ablegte, blieb nur noch das fanatische Leuchten des wahren Gläubigen. Er schwor nie, trank keinen Alkohol oder Kaffee, rauchte nicht, verpaßte nie den Gottesdienst, investierte auf äußerst schlaue Weise und spendete – wie die Gerüchte besagten – kräftig an die Kirche. Seine Frau war atemberaubend häßlich, wie die Fotos in seinem Büro belegten. Seine acht erwachsenen Kinder waren Säulen der Mormonen und über die ganze Republik wie die Niederlassungen einer Stiftung verteilt. Frazee erzählte unablässig von seinen Kindern.
»Guten Morgen«, grüßte er und zog einen Stuhl am Kopfende des Tisches hervor. »Wie war Ihr Flug?«
»Gut, Sir«, antwortete Sharon.
»Lang«, ergänzte Joshua.
Frazee behielt sein jungenhaftes Lächeln. »Schaut aus, als hätten Sie ihn bestens überlebt.« Und zu Sharon gewandt: »Sie sehen sehr gut aus in den letzten Tagen.«
»Danke, Sir.«
»Und Sie, Joshua?«
»Ich habe mir überlegt, ein Surfbrett zu kaufen.«
»Wirklich?«
»Nein, nicht wirklich. Aber im Büro in Orange County geht's zu wie in einem Bienenkorb. Es gibt immer viel zuviel zu tun.«

»Gute Arbeit war das mit dem Entführer, der den Ferrari gekauft hat.«
»Der blöde Scheißkerl – oh, Verzeihung, Sir – der blöde Kerl lief einfach mit dem Geld rein. Wir hatten Leute da drin, die als Verkäufer getarnt waren.«
»Erstaunlich, daß er sich die Tochter eines Kasino-Besitzers geschnappt hat.«
»Er wird nicht lange unter der Gefängnisbevölkerung weilen«, sagte Norton. »Verdammte Sch ... äh ... verdammter Mist.«
»Und Sie haben den Reisenden?«
»Ja«, antwortete Norton. »Joshua und Sharon haben uns Dokumente besorgt, die sich auf das Haus und die Arbeit von Mrs. Baum beziehen.«
»Ich habe sie gesehen. Interessant. Aber kein Beweis dafür, daß der Reisende am Tatort war. Sie werden gerade analysiert – nichts ist sicher.«
Joshua rutschte das Herz in die Hose.
»Wie bitte?« fragte Sharon verblüfft.
»Das Foto ist von Baums Haus«, verteidigte sich Norton. »Das kann man doch sehen. Dazu noch die Skizze vom Grundstück des *Journal*.«
»Was nichts beweist«, entgegnete Frazee.
»Dann werden wir den Kreis schließen«, meinte Norton.
»Wie?«
»Eule schnüffelt viel besser als vermutet«, berichtete Joshua. »Wir haben Dokumente über Liberty Operations und einen Tresor, der vielversprechend aussieht. Als nächstes erwarten wir ein Jagdgewehr vom Kaliber .30/06, so daß wir Vergleiche mit den gravierten Patronenhülsen anstellen können. Das Gewehr da rauszukriegen, könnte schwierig werden. Aber er durchwühlt Liberty Ridge wie ein Maulwurf.«
Frazees Brauen zogen sich zusammen. »Ich dachte, wir hätten festgestellt, daß die auf das Opfer abgefeuerten Geschosse nicht aus den gravierten Hülsen stammten.«
»Korrekt, Sir«, entgegnete Joshua. »Wir hoffen herauszufin-

den, daß sie aus einer anderen Waffe aus dem Arsenal des Reisenden abgefeuert wurden.«

Frazee nickte mit unverhohlener Verwirrung. »Wenn Eule hofft, den Tresor aufmachen zu können, würde ich gerne wissen, wie. Kann er mit seinen bloßen Händen Stahl verbiegen?«

»Er ist knapp über eine Woche da drin«, sagte Sharon.

»Wie oft reden Sie miteinander?« fragte er Joshua, Sharons Worte ignorierend.

»Alle zwei Tage, Sir. Es hängt von John ... äh ... Eule ab, wie er zum Telefon kommt. Es ist draußen an der Grenze des Geländes versteckt.«

»Warum nicht näher dran?«

»Wir befürchteten, der Reisende könnte es finden.«

»Hat der Reisende ihn schon in Verdacht?«

Das »schon« traf Joshua wie eine Herablassung, aber er hielt sich zurück. »Der Sicherheitschef des Reisenden hat ihn durch ein paar Reifen springen lassen. Er hat sie alle geschafft, soweit wir wissen.«

»Fargo?«

»Ja.«

Frazee lehnte sich zurück, dann sah er kurz zu Norton und anschließend zu Joshua. »Hm. Sie wissen, daß wir das Geld für Haßverbrechen nicht umsonst bekommen. Sie sollen einen Mörder festnehmen.«

»Wir arbeiten uns mit guten Ergebnissen an dieses Ziel heran«, entgegnete Norton.

»Hm«, machte Frazee wieder. »Sie wissen, Norton, ich hätte dem Ganzen nicht zugestimmt, wenn es über meinen Schreibtisch gegangen wäre. Es ist zu riskant, zu zeitaufwendig, zu teuer.«

»Wir halten die Sache so knapp wie möglich«, sagte Joshua.

»Sie wissen das, und ich weiß das. Aber der Haushaltsausschuß sieht, daß zwölf Millionen Dollar ausgegeben werden und nichts zurückkommt. Wenn wir in diesem Jahr keinen kostengünstigen Erfolg zu bieten haben, werden wir in nächster Zeit nichts von der Abteilung für Haßkriminalität bekommen. Das muß ich Ihnen gar nicht erst erzählen. Unglücklicherweise gibt's auch nicht den kleinsten Ausweg. Deswegen habe ich Sie herbestellt. Sie haben jetzt ein Limit. Ein kurzes.«

Joshuas Magen drehte sich einmal um die eigene Achse und kam in einer unbequemeren Position wieder zum Stehen. Er hatte versucht, seine kleine Operation aus diesem Labyrinth der Finanzen und der Politik herauszuhalten, aber das war hoffnungslos. Sie war nur ein kleiner Fisch im Aquarium des FBI.

Über dem Raum lag Schweigen. Alle waren sich bewußt, daß Captain Frazee im Begriff war, eine große Kurskorrektur vorzunehmen.

»Und wenn wir keine saubere Verhaftung des Reisenden hinbekommen, werde ich den Fall der Abteilung für Alkohol, Tabak und Waffen übergeben müssen, damit sie die Sache zu Ende bringt.«

»Nein!« rief Joshua.

»Das können wir nicht einfach so hinnehmen«, entgegnete Norton.

»Das werden Sie, wenn ich sage, daß Sie es sollen.«

»Warum? Wir sind voll in der Zeit. Wir haben das Geld über das Gesetz zur Bekämpfung von Haßverbrechen. Wir haben den Reisenden die eine Seite hoch- und die andere Seite wieder runtergejagt, wir haben einen Mann reingeschleust, wir stehen kurz vor dem Erfolg.«

»Wenn wir nicht bald den Kopf des Reisenden auf einem Silbertablett präsentieren, bekommt die Abteilung für Alkohol, Tabak und Waffen ihre Chance. Ich muß denen zumindest etwas bieten«, erklärte Frazee.

»Wie bald ist bald?« brachte Weinstein heraus.

»Sechs Tage ist das höchste, was ich Ihnen noch geben kann. Glauben Sie mir, die Justizministerin war schon dabei, uns die Sache sofort aus der Hand zu nehmen. Sie hat leider großen

Wert darauf gelegt, zu betonen, daß es sich beim Mord an Rebecca Harris um kein Haßverbrechen handelt.«

»Wir alle wissen, wer das Ziel war!« schrie Joshua.

»Das ändert nichts am Ergebnis«, konterte Frazee.

»Und wenn die Verhaftung nicht innerhalb von sechs Tagen erfolgt?«

»Übernimmt die Abteilung für Alkohol, Tabak und Waffen.«

»Würden Sie mich nur für einen Augenblick entschuldigen, Sir?«

»Natürlich.«

Joshua ging auf die Herrentoilette und kotzte. Dann wischte er sich das Gesicht mit einem nassen Papierhandtuch ab und trat mit einem Fuß gegen den Aluminiumabfalleimer. Runde zwei, dachte er. Dieser Scheißkerl kriegt mich nicht klein.

Wieder zurück, sagte er ganz ruhig: »Ich glaube, Sir, dies ist die schlechteste Entscheidung, die zu diesem Zeitpunkt getroffen werden kann. Unser Informant hat sich als hervorragend, schnell und intelligent erwiesen. Wir stehen kurz vor einer sauberen Verhaftung. Ich kann Ihnen eins versichern, Sir: Wenn die Abteilung für Alkohol, Tabak und Waffen die Mauern von Liberty Ridge stürmt, wird der Reisende alles zerstören, was ihn mit dem Mord an Rebecca Harris in Verbindung bringen könnte. Es wird ein unqualifizierter Rückzug werden, und der Reisende wird weitermarschieren. Er wird uns nie wieder eine solche Chance bieten. Nie. Sie kennen ihn, Sir. Sie wissen, daß ich recht habe.«

Frazee erhob sich, ging zum Fenster und blickte hinaus. Schließlich drehte er sich um und sah Joshua an.

»Ich weise Ihren Zynismus und Ihre Ironie zurück, Mr. Weinstein. Sie haben die Aufsicht über den Fall erhalten. Ihr Mann ist jetzt neun Tage da drin. Er wird höchstens noch sechs weitere haben. Bringen Sie die Sache zu Ende, oder die Abteilung für Alkohol, Tabak und Waffen wird es tun.«

»Sir«, entgegnete Joshua, »ich versichere Ihnen, daß wir den Reisenden über eine saubere Verhaftung abliefern. Eule wird

dafür sorgen. Und ich flehe Sie inständig an, diese verdammten Affen aus meinem Fall draußen zu lassen.
»Hauen Sie ab nach Kalifornien«, sagte Frazee barsch.
»Wir sind schon auf dem Weg«, rief Norton, der Joshua am Arm packte und aus dem Raum führte.

Sie verkrochen sich in der hintersten Ecke einer Bar in der Abflughalle von Dulles International in Washington. Joshua verrührte Milch und Zucker in seiner dritten Tasse Kaffee. Seine Ohren waren noch immer leuchtend rot wegen einer heftigen Auseinandersetzung am Schalter der Fluggesellschaft, aus der Joshua schließlich siegreich mit zwei Tickets für einen früheren Flug ohne zusätzliche Gebühren hervorging. Er hatte nur drei Stunden Zeit gespart, aber irgend etwas in seinen Eingeweiden sagte ihm, daß er sie brauchen würde.
»Können wir bei Eule den fünften Gang einlegen?« fragte Norton.
»Er arbeitet, so schnell er kann«, antwortete Joshua. »Aber jetzt muß er eben noch schneller arbeiten.«
Joshua sah seinen Chef an. Es war unmöglich, ihm jetzt von Snakey zu erzählen, es wäre der sichere Selbstmord.
»Wie kommt's, daß Sie gestern früh den Flug verpaßt haben?« fragte Norton.
»Wie ich Ihnen gesagt habe, der FBI-Wagen hatte eine Panne. Der technische Dienst brauchte über eine Stunde, um das verdammte Ding in eine Werkstatt zu schleppen. Aber da war's schon zu spät für den Flug.«
Norton sah ihn mit fragendem Blick an.
»Benzinleitung«, erklärte Joshua.
Norton stand auf, klopfte ihm auf die Schulter und begab sich durch die leere Bar Richtung Ausgang.
Joshua wartete, bis Norton außer Sichtweite war, dann sagte er: »Ich fühle mich verraten, Sharon. Sechs Tage.«
»Besser als zwei.«
Joshua dachte nach. »Die Skizze vom *Journal* und das Foto

von Baums Haus sollten ausreichen. Sie waren im Besitz des Reisenden. Sie sind der Beweis für die Planung eines Mordes. Warum kann uns Frazee damit nicht loslegen oder zumindest einen Richter entscheiden lassen? Wir brauchen doch nur einen Haftbefehl. Von wem zum Teufel sollen diese Skizze und die Notizen sonst stammen, wenn nicht vom Reisenden?«

»Das macht mir nicht wirklich Sorgen, Joshua. Was mir Sorgen macht, ist John. Wie wird er es durchstehen? Er hat seine Sachen gepackt und ist bereit, auszusteigen. Er ist schwach und verwundbar.«

Joshua schüttelte den Kopf. »Er ist geschult und hat die Fähigkeit, das zu finden, wofür wir ihn da reingeschickt haben.«

»Er hat gerade einen Mann erschossen, um uns was zu besorgen, und es hat nicht gereicht.«

Joshua blickte Sharon lange an. Die erste Wut und der anfängliche Adrenalinschub ließen nach, und aufgrund des Zweifels und des Wartens stellte sich langsam große Mattigkeit ein.

»Sechs Tage«, wiederholte er.

Sharon legte eine Hand auf seine.

»Vorgestern hast du mich was gefragt, und ich habe dir mit einer Lüge geantwortet«, sagte sie. »Du hast mich gefragt, ob wir zusammen zu Abend essen, und ich antwortete, ich hätte schon was vor. Das hatte ich nicht.«

»Oh, das ist schon in Ordnung.«

Sharon wurde rot, was Joshua überraschte, denn er kannte sie nur beherrscht und gefaßt.

»Würdest du mich noch mal fragen, ob wir heute abend zusammen essen, Joshua?«

»Würdest du wollen?«

»Bei mir zu Hause. Wir werden die Akten des Reisenden durchgehen, bis wir unsere Augen nicht mehr aufhalten können. Danach, nun ja, dann tun wir einfach das, wozu wir Lust haben.«

27

John bewegt sich wie ein Geist durch das Große Haus, an der Küche und dem Eßzimmer vorbei zur Treppe, wo er lautlos die Stufen hinaufsteigt. Im zweiten Stock geht er geradewegs auf Holts Privaträume zu und tritt ein.

Er fragt sich, mit welcher Arroganz er zu dem Glauben gelangte, er könne diesen Auftrag erfüllen. Er sieht zu seiner rechten Hand hinab, immer noch verblüfft, daß sie erst vor ein paar Stunden einem Menschen das Leben genommen hat. Ich bin jetzt ein Mörder, denkt er.

Der Eingangsbereich führt in ein Zimmer, das eindeutig das eines Mannes ist. Die Ausstattung ist funktional, auf Stil oder Harmonie wurde wenig Wert gelegt. Drei Ledersofas stehen um einen großen Kodiakbären herum, der als Vorleger dient. Zwei Wände sind voll mit Bücherregalen, und in einer Ecke des Zimmers häufen sich afrikanische Trommeln, Waffen und Schnitzereien. Gegenüber dem Fenster steht eine lange Bank mit Holts Geräten zum Wiederaufladen der Patronenhülsen, jeweils eines für Handfeuerwaffen, Gewehre und Schrotflinten. Neben dem Gerät für die Schrotflinten stehen Pappkartons mit den entsprechenden Hülsen, die Gewehrhülsen befinden sich in durchsichtigen und die Hülsen für Handfeuerwaffen in gelben Plastikschachteln. Auf jeder Schachtel sind Kaliber, Kugelgröße oder -gewicht, Pulverart und Ladung angegeben. John macht vier Aufnahmen.

Das Schlafzimmer ist größer als das vorherige, aber auch leerer. John kniet sich nieder, öffnet die oberste Schublade des Nachttisches und zieht einen losen Stapel Postkarten heraus. Zum erstenmal sieht er Valeries Handschrift. Es sind Karten zum Vatertag, zum Geburtstag und zu Ostern.

Unter den Karten findet er vier gelbe Schreibblöcke voller Notizen von Holt. In einem liest John: »... Wäre Patrick noch da, könnte ich etwas Licht in der dunklen Zukunft erkennen. Da stünde er: meine Augen, mein Samen, mein Stolz und meine

Liebe, und er würde voranschreiten. Als Pat starb, war es, als hätte ich nicht nur seine, sondern auch meine Zukunft verloren. Was muß ich tun? Valerie ist das einzige, was mir geblieben ist, aber wird sie Liberty Ridge als ihren Besitz akzeptieren, oder wird sie sich davon trennen, einem Mann folgen und irgendwo ihr eigenes Leben beginnen?«
Zwischen zwei Blöcken entdeckt John einen kleinen Stapel mit Ärzterechnungen. Sie stammen alle von der M. D. Anderson Clinic in Houston, und keine ist von der Post abgestempelt. Die Rechnungs- und Gebührennummern sagen ihm nichts, dafür aber die Strahlenuntersuchungen – Röntgen, CT, MRI und PET. Er erkennt, was niemand zu wissen scheint oder was ihm zumindest bisher noch niemand gesagt hat: Holt wird bald sterben Und er hat die Rechnungen nicht mit der Post kommen lassen, damit Valerie und Fargo oder wer auch immer sie nicht in die Finger kriegt. Er macht Aufnahmen von den Rechnungen und legt dann alles in die Schublade zurück.
Das Badezimmer ist karg und sauber. In der Hoffnung auf einen Hinweis für Holts Leiden öffnet er den Medizinschrank, findet aber nichts außer frei verkäuflichen Medikamenten.
Der letzte Raum ist eine nur mäßig ausgestattete Küche. Im Kühlschrank findet er Obst, Milch, Mineralwasser und einen Krug mit frisch gepreßtem Orangensaft.
John steht lange in der Küche und versucht ein Gefühl für diesen Mann zu bekommen, der zumindest manchmal seinen Tag hier beginnt.

Zehn Minuten später sitzt er an seinem eigenen Eßtisch im Seehaus und beobachtet durch das große Panoramafenster, wie Valerie mit den Hunden über die Wiese kommt. Er geht auf die schattige Veranda hinaus, um sie zu begrüßen. Boomer, Bonnie und Belle rennen auf die Wiese zu Valeries Hunden. Sie bleibt stehen und sieht eine Weile zu, dann betritt sie lächelnd die Veranda.
»Dad möchte, daß wir heute mit ihm zu Abend essen.«

»Ist er schon zurück?«
»Er hat aus dem Flugzeug angerufen. So gegen sechs wird er dasein.«
»Alles in Ordnung?«
»Er klang ganz begeistert. Ich vermute, Titisi hat unterschrieben.«
»Das sind gute Nachrichten.«
»Was machst du gerade?«
»Ich stell eine Liste von Verlegern zusammen, die ich anrufen will. Ich glaube, ich mag nicht mehr da draußen in der Wüste leben.«
»Es wäre schön, wenn du in der Nähe wärst. Dann könntest du mir mit den Hunden helfen.«
»Ja, das wäre schön.«
»Du bist nicht verknallt in mich, oder?«
»Nein.«
Sie versucht zu lächeln, wird dabei aber ganz rot. »Lane sagt, du seist es. Und daß man dir sowenig wie einer Klapperschlange über den Weg trauen könne. Dafür habe ich nämlich den Revolver hier – für Klapperschlangen.«
»Ich dachte schon, für mich.«
»Wie könnte ich den Typen abknallen, der meine Jungfräulichkeit gerettet hat? Nicht, bis ich ihm in angemessener Weise gedankt habe.«
Sie macht eine Pause und sieht ihn halb grinsend an. Dann wird sie wieder rot.
»Vielleicht ein klein wenig verknallt?«
»Vielleicht.«
Sie atmet tief durch. »Ich mache einen Spaziergang. Kommst du mit?«
»Klar.«
Sie gehen um den See herum. Als sie den Platz erreichen, wo er Vann, Carolyn und Pat Holt vor mehr als zwanzig Jahren gesehen hat, erzählt er ihr die Geschichte von Carlos und der Höhle und wie sie sie beobachtet haben.

Valerie bleibt stehen. »Genau hier?«
»Ja. Ungefähr hier waren sie.«
»Das macht mich irgendwie gerührt.«
»Es ist nur eine Geschichte.«
»Nein. Es ist mehr. Ich denke, du bist jemand, der hier aus einem bestimmten Grund hergeschickt wurde, damals und heute. Vielleicht von Gott, vielleicht vom Teufel. Hast du die Quelle in der Höhle gesehen?«
»Ich habe daneben geschlafen.«
»Sie ist immer noch da. Ich war zwar schon jahrelang nicht mehr in der Höhle, aber die Quelle ist immer noch da, sonst gäbe es den See nicht. Wir sollten sie uns einmal ansehen. Wie wär's morgen nachmittag? Ich werde wieder was zum Essen mitbringen.«
»Ja, abgemacht.«
Johns Angst läßt allmählich nach und wird durch die sanfte Glückseligkeit darüber ersetzt, daß er in Gesellschaft eines Menschen ist, zu dem er sich hingezogen fühlt.

Zurück im Seehaus, nahm John eine Dusche und zog sich zum Abendessen um. Dann fütterte er die Hunde und rauchte eine Zigarette auf der Veranda. Kurz bevor er sich auf den Weg machen wollte, sah er auf dem Computer, daß eine Nachricht eingegangen war. Mit nervösen Fingern fragte er sie ab:
»DRITTE SCHUBLADE VON UNTEN. RECHTS VOM KÜHLSCHRANK, GROSSES HAUS. HABEN DIE KAROTTEN GESCHMECKT, SÜSSER? KONNTE SIE NIRGENDS FINDEN. HAST DU SIE ZUM VORKOSTER GESCHICKT?«

28

Holt sah eher aus wie jemand, der eine Kreuzfahrt in der Karibik hinter sich hatte, und nicht, als hätte er gerade mehrere tausend Kilometer in der Luft zurückgelegt, um, wie er John gegenüber erklärt hat, »Klapperschlangen zu töten und Feuer auszutreten«. Er war braungebrannt, gut in Form und überschwenglich. Er saß mit Fargo und Adam Sexton auf der Küchenveranda des Großen Hauses, als John sich zu ihnen gesellte. Unter dem gerippten Rotholzvordach mit Blick auf die weiten Wiesen und Bäume war es schattig. Jenseits der Wiesen waren der Dunstschleier des Salzsumpfes und die leuchtende Silberplatte des Pazifik zu erkennen. Die kühle und reine Abendbrise roch nach Ozean und Salbei.

Holt beendete gerade eine Geschichte über Fargos Duell mit den ugandischen *turista,* eine auf Fargos Kosten erzählte Geschichte, der, ausgestreckt auf einer Chaiselongue im Schatten, blaß und elend aussah.

»Gut, daß ich nicht dabei war«, sagte Sexton. »Ich hasse das Ausland. Hier gefällt es mir besser. Die einheimischen Werte – dafür bin ich geschaffen.«

»Auf dem schwarzen Kontinent würdest du es keinen Tag aushalten«, meinte Fargo.

»Kaum, das ist ja der Punkt«, entgegnete Sexton. »Und der Punkt ist auch, daß neunzig Prozent des Gewinns von Liberty Operations durch mich erzielt werden, genau hier in Südkalifornien. Da kannst du ruhig auf den internationalen Vergleich kotzen, Fargo.«

Holt kicherte. »Jetzt hört schon auf, ihr beiden. Laßt uns doch einfach zugeben, daß es ein schönes Gefühl ist, wenn man für ein paar Stunden Arbeit ein paar tausend Riesen mit nach Hause bringt.« Er blickte John forschend an. »Interessiert Sie diese Art von Geld?«

»Hängt davon ab, was ich dafür tun müßte, Mr. Holt.«

»Was ist der höchste Betrag, den Sie jemals in einer Woche verdient haben?«

»Fünfzehnhundert Dollar.«

»Und was haben Sie dafür gemacht?«

»Ein paar Artikel fürs *Journal* und freiberuflich was für die *Western Outdoor News* geschrieben.«

»Vierzigstundenwoche?«
»Ich glaube fünfundvierzig. Plus der Morgen beim Barschfischen für den Artikel für die *News*. Benzin und Köder habe ich erstattet bekommen.«
Sexton gluckste vor Vergnügen. »Das ist wirklich viel Geld.«
Holt blickte ihn scharf an. »Nach Steuerabzug blieb Ihnen wieviel? Neunhundert und ein paar Zerquetschte?«
»So ungefähr.«
Holt nahm einen großen Schluck aus seinem Glas. »Die Sache ist die, John: Ein Mann muß arbeiten. Dadurch behält er seine Füße auf dem Boden. Arbeit öffnet ihm die Seele für die Vorstellung des Himmels. Je härter ein Mann arbeitet, desto stärker wird er.
Aber wenn man arbeiten muß, weil es die Seele formt, warum nicht gleich einen Haufen Geld dafür kassieren? Sie verbringen die gleiche Zeit damit, verbrauchen die gleiche Energie, bleiben die gleichen Abende auf. Das sind Opfer. Warum streben Sie nicht gleich nach mehr Einkommen? Eine einfache Rechenaufgabe.«
»Stimmt, die Rechenaufgabe ist einfach, Mr. Holt. Aber eine Arbeit zu finden, die ein paar hundert Riesen in der Woche bringt, ist es nicht.«
Holt zuckte mit den Schultern und grinste. »Sie müssen anfangen, sich an diese Art zu denken zu gewöhnen. Wie hört sich zweitausend die Woche an? Das sind über hunderttausend im Jahr.«
»Das hört sich an wie das Dreifache von dem, was ich jetzt verdiene.«
»Würde Ihnen so was gefallen?«
»Für das, was ich bei den *Anza Valley News* mache? Klar.«
»Nein, für etwas ganz anderes, etwas … Aktuelleres, Greifbareres, mehr … mit den Händen.«
»Das könnte was mit Einbalsamieren zu tun haben. Nein danke.«
Fargo setzte sich auf. »Er besitzt keine schnelle Auffassungs-

gabe, Boss. Warum fragen Sie ihn nicht, was mit Snakey passiert ist?«

Holt schwenkte das Eis in seinem Glas. »Haben Sie Snakey gesehen, während ich weg war, John?«

»Nein.«

»Wenigstens einmal?«

»Auch nicht einmal. Ich wußte gar nicht, daß er da war.«

»Aber Val haben Sie gesehen?«

»Wir haben viel Zeit miteinander verbracht.«

»Oh, gut. Und was haben Sie getan?«

»Geredet. Gegessen. Mit den Hunden trainiert. Wir sind zur Insel rübergerudert und haben ein Picknick gemacht.«

»Aber Snakey haben Sie nicht gesehen?«

»Nein, Mr. Holt. Was ist mit ihm passiert?«

»Er ist verschwunden.«

John nickte und sah auf seinen Scotch hinab. »Nun, vielleicht hat er was gefunden, was ihm ein paar hundert Riesen in der Woche bringt.«

»Ich habe gestern früh ein paar Schüsse gehört. Vielleicht hat John ihn erschossen und im See versenkt.«

Mit diesen Worten setzte sich Valerie auf den Gartenstuhl neben ihrem Vater. In der Hand hielt sie ein hohes Glas mit einer durchsichtigen Flüssigkeit. »War nur ein Witz, Lane.«

»Um wieviel Uhr waren die Schüsse, Val?« fragte Fargo.

»Ich hab gerade gesagt, es war ein Witz, Lane. Das heißt, ich habe überhaupt keine Schüsse gehört. Und Gott sei Dank habe ich auch Snakey nicht gesehen. Gib Lane eine Gehaltserhöhung, Dad, vielleicht steigert das seinen Sinn für Humor. Wobei habe ich euch unterbrochen?«

»Wir reden über die Freuden des Geldes.«

»Aber Dad, du protzt doch nicht etwa schon wieder rum?«

»Ich wollte sehen, ob ihn hunderttausend im Jahr reizen könnten.«

Sie blickte John an und lächelte. »Paß auf. Er wird dich für irgendeine langweilige Überwachungstätigkeit engagieren, bevor du es überhaupt merkst. Ich kann mir dich nicht in einem schwarzen Hemd vorstellen, auf dessen Tasche ›Liberty Operations‹ steht.«

Holt lehnte sich mit einem verhaltenen Lächeln zurück. Er blickte zuerst zu John, dann zu seiner Tochter. »Wir werden die Unterhaltung nach dem Besuch von Little Saigon heute abend fortsetzen. Ah – da ist meine Braut.«

In ihrem Rollstuhl wurde Carolyn von Joni auf die Veranda geschoben. Sie lächelte, als sie ihren Mann erblickte, der aufgestanden war und zu ihr ging, während Joni ins Haus zurückkehrte.

Carolyns ausgestreckte Arme legten sich um Holts Hals. Dieser beugte sich nach unten und drückte sie fest an sich. Mehrmals küßten sie sich auf die Wangen.

»Du siehst heute abend wundervoll aus, Liebes«, sagte er.

»Ich fühle mich, als wäre ich eine Million Dollar wert. Oh, Janice!«

»Momma!« Valerie rannte hinüber und küßte ihre Mutter. »Mindestens zwei Millionen, Mom. Deine neue Bluse gefällt mir.«

Fargo hatte sich hinter Valerie gestellt. Als er an der Reihe war, reichte er Carolyn die Hand und erzählte ihr, sie lebe in einer Familie von Geizhälsen, und erhöhte den Wert ihres Aussehens glatt auf eine Milliarde.

»Sie wird doch nicht versteigert«, meinte Valerie.

»Ich sage nur, was ich sehe«, entgegnete Fargo.

»Patrick! Ach, Patrick!«

Carolyn griff an die Räder und fuhr mit dem Rollstuhl nach vorn. Beinahe wäre sie von der oberen Ebene der Veranda hinuntergesaust, hätte John nicht eine der Bremsen mit seinem Fuß erreicht. Er lächelte unsicher zu ihr hinunter und warf dann Holt einen Blick zu. Dieser nickte.

»Hallo, Carolyn.«

»Ich habe deinen Brief bekommen.«

»Das ist gut.«

»Hast du letzte Woche gewonnen?«
»Ich hatte kein Spiel.«
»Es scheint Jahre her zu sein, daß ich dich das letztemal gesehen habe. Wie lange ist das her, Pat?«
John sah zu Holt.
»Du hast ihn letzte Woche gesehen, Liebes.«
»Wir waren einkaufen, oder nicht?«
»Genau«, antwortete Holt. Seiner Stimme war eine plötzliche Erschöpfung anzumerken. »Val, kümmere dich um deine Mutter. Ich werde eine neue Runde Getränke machen. John, Sie kommen mit mir.«
Carolyn lächelte John an, als er an ihr vorbeiging. »Er sagt jetzt John zu dir?«
»Jeder tut das, Carolyn.«
»Gibst du deiner Mom einen Kuß?«
Er beugte sich hinab und küßte sie zart auf die Wange.
Holt faßte ihn am Arm, als sie zur Bar gingen. Mit einer Handbewegung schickte er Joni zu den anderen auf die Veranda. Als sie gegangen war, sagte Holt: »Es tut mir leid, aber spielen Sie weiter. Wenn wir beim Essen sind, wird sie glauben, Sie sind Robert Goulet oder Sandy Koufax oder irgendein Kind mit Namen Deke. Es ist scheißegal, was Sie machen.«

Aber nach dem Essen nannte Carolyn ihn immer noch Patrick, förderte immer noch Erinnerungen zutage, die, wie John merkte, in keiner Weise fabriziert waren. Sie und Pat am Strand. Sie und Pat mit den Multiplikationsaufgaben. Sie und Pat auf der Fahrt nach Tijuana zu einem Stierkampf, bei dem der kleine Pat vor Übelkeit hinausgerannt war. Er nickte mit einem versteinerten Lächeln vor sich hin, während sein eigenes Gedächtnis im Zickzack von Rebecca zu Snakey und von Valerie zu Joshua Weinstein hin und her jagte.
»Sie entschuldigen mich«, sagte er und stand auf, um in die Küche zu gehen. Er fand ein hohes Glas, zog mit seiner Schuhspitze die dritte Schublade rechts vom Kühlschrank auf und

schielte hinein, während er das Glas unter den Eisspender hielt. Auf einem Stapel sorgsam gefalteter Küchenhandtücher lag eine Videokassette in einer Plastikhülle. Er blickte nach draußen. Die Aufmerksamkeit aller war auf Carolyn gerichtet. Das Glas noch immer gegen den lärmenden Eisspender gedrückt, beugte sich John hinunter, schob die Kassette schnell in seine Jackentasche und stand wieder auf, während er die Schublade mit dem Fuß zustieß. Er füllte sein Glas mit Wasser und ging hinaus. Als er sich nach Vann Holt umsah, bemerkte er, daß dieser nicht mehr da war.

Einen Augenblick später hörte er das laute Röhren eines startenden Motors auf dem Hubschrauberlandeplatz und gleich darauf das schneller werdende Surren von durch die Luft sausenden Rotorblättern.

Holt tauchte wie eine Erscheinung wieder auf und winkte John von der dunklen Auffahrt aus zu sich. Dann verschwand er in Richtung des surrenden Hubschrauberpropellers.

»Geh«, sagte Valerie, »er meint dich.«

»He«, rief Fargo ihm hinterher, »ich habe Snakeys Kassettenrecorder in seinem Zimmer gefunden. Da hat er aufgezeichnet, was er vor seinem Verschwinden gemacht hat.«

John sah vom Hubschrauber aus zuerst zu Valerie, dann zu Fargo. »Dann sollten Sie vielleicht dort nachsehen.«

»Genau. Viel Glück mit Holt. Immer schön geradeaus schießen. Ein bißchen Eindruck schinden.«

»He, John«, rief Sexton, »ich rufe Sie morgen an. Wir sollten miteinander reden.«

29

Holt, der sich bereits hinter dem Plexiglas der Führerkabine der Hughes 500 niedergelassen hatte, beobachtete John dabei, wie er quer über den Landeplatz gelaufen kam und an Bord kletterte. Einen Moment später spürte Holt den Schub, der einem den Magen nach unten drückt, wenn die Maschine abhebt. Er liebte dieses Gefühl. Er hielt sich dicht über den Hügeln, bis er sich der Schnellstraße näherte, dann ließ er den Hubschrauber hoch in die sternenklare Oktobernacht hinaufsteigen.

»Little Saigon, Mr. Holt?«

»Wir machen zuerst einen Abstecher.«

Holt flog Richtung Norden über Santa Ana, dann ließ er den Hubschrauber so gezielt abtauchen, daß sich John mit einer Hand an der Instrumententafel und mit der anderen am Fenster abstützen mußte. Holt erkannte das leuchtendgelbe Logo des Schnellrestaurants, auch wenn das Bild, anders noch als vor einem Jahr, etwas verschwommen war. Er weigerte sich, über seine Augen nachzudenken. Statt dessen dachte er über die Wut nach, die in ihm aufzusteigen begann, und über die wunderbare Klarheit, wenn die Wut vergangen sein würde. Er verringerte seine Fallneigung und senkte sich in einer Spirale auf das Gebäude zu.

»Ist Ihr Magen noch da?« fragte er.

»Ja, irgendwo hier drin.«

»Das hier ist es.«

Holt blickte forschend in Johns Gesicht. Der junge Mann war wie üblich gelassen. Über die Tage hinweg hatte Holt für sich entschieden, daß Johns Ruhe eher ein Zeichen für Intelligenz aus für Trägheit war. Und mich hält er mindestens für halb verrückt, dachte Holt.

So spät am Abend war es leicht, den Hubschrauber auf dem Parkplatz abzustellen. Als Holt die vertraute Umgebung durch das Glas der Führerkabine erblickte, stieg in ihm der Haß wieder hoch.

Er forderte John auf, mit ihm zu kommen.

Er begab sich zum Eingang, schob die Tür auf und trat ein. Die Gäste waren zumeist Latinos.

»Dieses Restaurant war damals voller Menschen – die gleiche Art von Menschen, die Sie jetzt sehen. Carolyn und Patrick

saßen dort am Fenster.« Er deutete zu einem Tisch, an dem zwei Mädchen Platz genommen hatten. »Der Schütze war noch ein Kind, hier geboren. Er hatte tatsächlich was im Kopf, war ein Jahr auf dem örtlichen Junior College gewesen und hat für die Schülerzeitung gearbeitet. Er hat ein paar Artikel mit vielen Ausrufezeichen über verweichlichte, schwammige Weiße geschrieben, die ein Kalifornien besetzten, das rechtmäßig seinem Volk gehöre. Er hat sich eine kleine Anhängerschaft aufgebaut. Der Grund, warum er meine Frau und meinen Sohn niedergeknallt hat, war der, daß seine Tante behauptete, Patrick habe sie vergewaltigt. Das war eine absurde Lüge, geschürt und genährt von den Medien. Der Mord verschaffte auch seinen politischen Ansichten einige Glaubwürdigkeit. Politik und Haß, John – eine schlechte Mischung. Sie waren gerade mit dem Essen fertig. Patrick hat die Sache kommen sehen und versuchte seine Mutter vor den Kugeln zu schützen. Die Kugel, die in Carolyns Gehirn drang, hat zuerst Pats Hals durchbohrt. Es war eine tödliche Kugel, aber die anderen drei, die ihn trafen, waren es auch.«
Mit jedem Satz steigerte sich Holts Hitze bis zum Kochen. Und der Zorn brachte ihm die Klarheit etwas näher. Er beobachtete die wenigen Gesichter, die ihm zuerst zugewandt, jetzt aber weggedreht waren. In Momenten wie diesen hätte er am liebsten eine Maschinenpistole rausgezogen und sie alle umgebracht, aber Holt wußte daß die Wut in etwas Rationaleres und Effektiveres umschlagen würde.
In einer der hinteren Ecken saßen vier junge Männer einer Bande mit blauen Stirnbändern und Arbeiterhosen, dunklen Flanellhemden und schwarzen Arbeiterstiefeln.
»Hier lang, John.«
Er marschierte zum Tisch und stellte sich davor, während seine rechte Hand in seine Manteltasche glitt. Es ist immer gut, diese Menschen im Zweifel zu lassen, dachte er.
»Schauen Sie sich die an«, sagte er zu John und nickte zu den Jungs hinab. »Ungebildet, können kaum lesen. Zum größten

Teil faul, was durch das Indianerblut kommt. Sind dem Saufen nicht abgeneigt, womit sie ihre alten Riten mit Peyotl und Meskalin wiederholen wollen. Aber ein Sechserpack Bier verschafft euch keine interessanten Visionen. Bringt euch bloß in schlechte Stimmung. Für diese Jungs gibt's keine Zukunft, über die man sich unterhalten könnte. Sie haben keinen von ihrer Straße gesehen, der es je geschafft hat. Was haben sie, womit sie weitermachen können? Fernsehen? Stimmt's nicht, Jungs?«

»He, Mann, wir schaffen's schon, wenn wir wollen«, sagte der Anführer. »Wir haben unsere Wurzeln hier, und wir haben eine Familie. Wir sorgen füreinander. Wir sterben füreinander, wenn es sein muß. Was bist du überhaupt, du arschgesichtiger Weißbrot-Gringo, ein bescheuerter Philosoph?«

Holt blickte zu John, und es freute ihn, einen erregten Ausdruck auf seinem Gesicht und Wachsamkeit in seinen Augen zu sehen. Vielleicht kapiert er es jetzt, dachte Holt. Könnte es tatsächlich bis zu ihm durchdringen? Er wäre fähig, es zu verstehen.

»Und genau das, was er gerade gesagt hat, setzt dem Ganzen die Krone auf«, fuhr Holt fort. »Sehen Sie, John, diese Typen tragen den Geist des Kriegers in sich. Das tun die meisten Jungs, von zwölf bis fünfundzwanzig oder so. Sie stecken voller Testosteron, Mut, Idealismus und Zorn. Das perfekte Material für Krieger. Der da macht keine Witze – sie werden füreinander sterben. Das tun sie die ganze Zeit. Partys, Hochzeiten, Beerdigungen. Aber da liegt der Hase im Pfeffer. Partys sind keine Kriege. Kein Krieg, keine Krieger. Was übrigbleibt, ist ein gemeiner kleiner Kriecher in einem Flanellhemd und mit einem bescheuerten blauen Lappen um seinen armseligen Kopf. Es ist reine Verschwendung. Sie sind ein Schandfleck, und sie haben meinen Jungen getötet und meine Frau zum Krüppel gemacht.« Mit diesen Worten blickte Holt wieder auf die Jungs hinab. »Ihr erinnert euch daran, wie ihr auf meine Frau und meinen Jungen geschossen habt?«

»Wir haben auf niemanden geschossen. Das war Ruiz, und Ruiz ist verschwunden.«

»Aber in jedem von euch steckt etwas von Ruiz. Das ist der Teil, zu dem ich spreche. Ich stehe hier vor euch, weil das Kind mein Sohn und die Frau meine Frau war, weil ich nicht will, daß ihr vergeßt, wie ich aussehe. Ich habe euch im Auge. Meine Leute haben euch im Auge. Wir kennen euch. Wir sind hier, auch wenn ihr uns nicht seht. Wir hätten euch alle schon vor langer Zeit umgebracht, wenn es was genützt hätte. Aber das habe ich nicht. Nicht, daß ihr den Tod nicht verdienen würdet. Es gibt bloß zu viele von euch, und ich müßte euch alle töten. Dafür habe ich nicht genug Zeit oder Kugeln. Wenn ich es täte, würdet ihr genau hier auf dem Boden verbluten wie mein Sohn, als ihr ihn erschossen habt. Wie bei meiner Frau. Glaubt also niemals, daß ihr davonkommt. Ihr kommt mit überhaupt nichts davon. Ich habe eure Nummern. Ich werde sie an dem Tag aufrufen, an dem ich es für richtig halte. Ich bin euch überlegen. Jedem einzelnen von euch. Ich bin in der Luft. Ich bin der arschgesichtige Gringo-Geist, und ihr kriegt mich nicht los. Ich bin überall. Dies ist mein Revier. Da ist mein Blut drauf.«

Holt hob seine rechte Hand und zielte mit dem Zeigefinger in das Gesicht eines der Jungen. Dieser war ganz bleich geworden.

»Wessen Revier ist das?«

»Ihres.«

Mit Holts Finger auf die Stelle zwischen ihren Augen gerichtet, stimmten auch die nächsten beiden zu.

Holt sparte sich den Anführer bis zuletzt auf. »In wessen Revier befindest du dich, Kleiner?«

»Das ist mein Revier, *pendejo.*«

Holt hakte zwei Finger in die Nase des Anführers. Der Junge jaulte auf, dann erhob er sich widerwillig von seinem Platz, und Holt ging, seinen Kopf wie mit der Gabel aufgespießt hochhaltend, mit ihm quer durch den Raum. Holt sah aus wie ein Bauchredner mit seiner Puppe, deren Schuhe kaum den Boden berührten. Der Junge zerkratzte Holts ausgestreckte Hand, ohne daß dieser ihn losließ, und das Blut tropfte an seinem Ellbogen hinab. An der Tür ließ Holt den Anführer runter, der wild um sich schlug, und hielt ihn mit einer Hand von sich weg, dann versetzte er ihm einen Hieb in den Magen, der ihn schneller rückwärts schleuderte, als seine Beine ihn tragen konnten, bis er schließlich rücklings auf einem freien Tisch liegenblieb. Holt kickte die Waffe zur Seite, ging hinüber zum Jungen, riß ihm sein Stirnband ab und wischte sich das Blut vom Arm.

»In welchem Revier befindest du dich?« fragte er.

»In deinem. Es ist dein bescheuertes Revier.«

»Erinnere dich dran. Das nächstemal, wenn jemand mit blondem Haar und blauen Augen hier zu Mittag essen will, erinnerst du dich dran.«

Holt ließ seinen Blick noch mal durchs Restaurant wandern, bevor er sich zum Gehen umdrehte.

»Tun Sie's?«

Johns Ausdruck war leer. Vielleicht ist er nicht der Mann, den wir brauchen, dachte Holt. Vielleicht habe ich doch zuviel erwartet.

»Was tu ich, Sir?«

»Verstehen Sie das?«

»Ja, absolut.«

30

Holt flog in die schwarze Nacht hinaus.

»Was wollen Sie damit erreichen?« fragte John.

»Einen klaren Kopf kriegen. Mir ist vierundzwanzig Stunden am Tag zum Kotzen. Nur wenn ich genau dort hingehe, wo es passiert ist, komme ich da durch. Oder wenn ich Gerechtigkeit plane. Es ist, als kehrte ich zu dem Pferd zurück, das mich

abgeworfen hat, wenn ich da hingehe, wo Pat starb. Die Wut verkocht dann einfach zu etwas anderem.«
»Frieden?«
»O Gott, nein. Zu etwas Hellem. Zu Klarheit. Vision. Eine klare Sichtweise dessen, was ich zu tun habe.«
John schien darüber nachzudenken. Holt beobachtete ihn dabei, wie er eine Weile aus dem Fenster schaute.
»Planen Sie gerade Gerechtigkeit, Mr. Holt?«
»Natürlich. Das ist meine Arbeit. Das tu ich jeden Tag. Sie werden schon sehen.«
»Haben Sie je an Rache gedacht?«
»Stündlich.«
Holt spürte das Schweigen, das sich zu einer Frage formte, und er kannte die Frage bereits. Wenn man John einmal in eine bestimmte Richtung gebracht hat, begriff er, wo es langging. Holt gefiel das. Ihm gefiel die Art, wie John damals versucht hatte, die Motorradfahrer zu finden, nachdem sie seinen Wohnwagen abgefackelt hatten. Durchhaltevermögen, dachte er, das schätze ich sehr bei einem Mann.
»Ich habe Ruiz nicht verschwinden lassen«, sagte Holt. »Ich hatte nie die Chance dazu. Aber ich hätte es getan.«
»Wirklich?«
»Wirklich. Ich versuchte ihn zu finden. Alle von Liberty Operations taten das. Ich denke, er ging zurück nach Mexiko. Ich habe ein paar Leute da unten.«
»Und wenn Sie ihn finden?«
»Die Gerechtigkeit fordert sein Leben. Genau wie die Rache. Sie haben die Wahl.«
»Welche haben Sie getroffen?«
»Es war keine nötig. Gehen Sie zu den Opfern aller schlimmen Verbrechen, und Sie finden überall dasselbe: Gerechtigkeit ist das Gesetz des Staates, Rache das Gesetz der Menschen. Manchmal überschneidet sich das auch.«
»Ich wollte mich da nicht einmischen. Ich erinnere mich bloß an die Fragen, die Sie mir über Jillian gestellt haben.«

Holt flog aufwärts. Und mit jedem Meter, den er an Höhe gewann, spürte er die Klarheit in sich wachsen. Hier oben über der Welt war der einzige Platz, an dem man wirklich verstehen konnte. Für eine Vision brauchte man Perspektive. Patrick war tot. Carolyn war tausend Kilometer entfernt, so schien es. Er sah zu John Menden hinüber und hatte mehr denn je das Gefühl, daß John ein Geschenk Gottes war. Er wurde zu uns geschickt, dachte Holt. Ein Sohn für Carolyn, ein Bruder für Valerie, ein Werkzeug für die Gerechtigkeit.

»Sie planen also Gerechtigkeit für das, was Patrick passiert ist? Mehr als das, was gerade im Restaurant vorgefallen ist? Mehr als nur die Suche Ihrer Leute nach Ruiz in Mexiko?«

Er drehte sich zu John Menden um und durchbohrte dessen Augen mit den seinen. »Gerechtigkeit bezieht sich auf mehr als nur auf Ruiz.«

»Was können Sie unternehmen?«

»Sehen und hören Sie ganz einfach zu.«

Sie schwebten jetzt über der Stadt Orange. Holt ließ den Hubschrauber hinabgleiten und schaltete ein Suchlicht an, das sich in einem breiten weißen Strahl über der Straße ergoß.

»Sehen Sie die Straße? Genau da unten, direkt vor dem Laden, da haben sie geparkt und ihre Drogen gekauft.«

»Wer?«

»Die Leute mit ihrem Kind im Auto und ihrer Ratte. Natürlich waren die beiden voll bis obenhin, als sie zum Auto zurückkamen, und dann sind sie weggekippt. Sie haben sich ausgeschlafen. Die Ratte hat das Baby aufgefressen. Dreihundert Bisse. Verblutet. Die hatten das Schreien nicht gehört, so vollgepumpt waren die.«

»Ich erinnere mich an die Geschichte«, bestätigte John.

Holt hielt den Hubschrauber in der Schwebe und richtete den Scheinwerfer auf den Straßenrand, wo das Auto geparkt hatte.

»Das war eine perfekte Geschichte, John. Sie hat jedem auf der Welt jemanden zum Hassen gegeben. Sentimental. Empörend. Dazu war das Pärchen noch weiß gewesen. Über Schwarze,

Latinos oder Asiaten hätten sich die Medien nicht so überschwenglich mit Horrorgeschichten auslassen können. Es ist wichtig, die Weißen ans Kreuz zu nageln. Das nährt den Mob, den sie mithelfen, aufzubauen.«

»Ist es das gleiche, was mit Patrick passiert ist?«

»Ja. Ruiz sagte, Patrick habe seine Tante vergewaltigt. Die Tante hat das auch erst bestätigt, dann meinte sie, sie sei nicht sicher, ob es Pat gewesen sei. Später hat sie Susan Baum erzählt, sie sei sich sicher. Ich hatte die Protokolle und Berichte des Sheriffs von einem Freund auf dem Revier bekommen. Die Tante hieß Teresa Descanso. Erklärte, sie habe Ruiz gesagt, sie *denke,* daß Patrick der Mann gewesen sei, der sie vergewaltigt habe. Sie war sich aber nicht sicher, bis Susan Baum sie dazu brachte, das für das *Journal* zu behaupten. Das war während der Verhandlung. Die hatten eine sensationelle Auflage. Weißer Mormone, Sohn eines FBI-Agenten, vergewaltigt arme Immigrantin im Spanierviertel. Eine von Descansos Freundinnen behauptete schließlich, daß sie auch von Pat vergewaltigt worden sei. Mit der hatte Baum ein Gespräch vor Ort, bei dem sie ihm lauter ungelöste Fälle angedichtet haben. Die Jagdsaison auf Patrick war eröffnet. Ruiz nahm ihm sein Leben und Baum seinen guten Namen.«

Holt drehte über der Straße und flog Richtung Westen weiter. »Ich hasse Ruiz dafür, was er getan hat, aber ich respektiere seine Tat«, fuhr Holt fort. »Er handelte aufgrund falscher Informationen. Aber er handelte ehrenhaft. Es war eine öffentliche Stellungnahme. Doch Susan Baum verabscheue ich. Sie erzählte nur Lügen für ihr Geld. Das respektiere ich nicht. Das ist der Krebs in Reinform, der diese Republik auffrißt. Genau das reißt uns ins Verderben. Mißachtung der Wahrheit, sklavische Unterwerfung unter den Gewinn, Manipulation weniger gebildeter Menschen zum eigenen Vorteil. Nichts als Lügen, Falschheit und Betrug. Die bloße Zerstörung der Ehre, des Namens und des Rufs eines Mannes. Alles nur zur Unterhaltung. All das, um ein Volk zu erschrecken, das bereits vor Angst gebeutelt ist. Angst läßt sich in diesen Tagen gut verkaufen. Sogar noch besser als Sex. Angst paßt für jedes Alter, für jede Hautfarbe, Glaubensrichtung und Weltanschauung. Mache ihnen Angst, und du kannst aus ihnen einen Gewinn rausschlagen. Sie bezahlen dich dafür. In einer gerechten Welt, John, würde Ruiz für seine Tat sterben, und Susan Baum würde zur sozialen Wiedergutmachung gezwungen werden – alle Lügen widerrufen, alle Fehler wiedergutmachen, alle Gewinne zurückzahlen, persönlich mit allen Menschen sprechen, die jemals einen Artikel von ihr gelesen haben, und zugeben, daß sie diese Menschen getäuscht hat. Ein Licht anzünden, wo sie Dunkelheit gebracht hat. Die Wahrheit sagen, wo all ihre Lügen wie ein Eitergeschwür gewachsen sind und Fäulnis gebracht haben und bis in den höchsten Himmel hinauf stinken. Kein Wunder, daß Gott nicht mehr auf Erden wandelt. Er hält den Gestank nicht aus. In solch einem Milieu leben wir. Überall sind Mörder und Verrückte, Sexualverbrecher und Schwachsinnige, Bösartige, Dumme, Verzweifelte und Wilde. Und deswegen habe ich Liberty Operations gegründet. Ich versuche, die Angst zu stillen. Wenn sich eine Familie den Schutz von Liberty Operations erkauft, erhalten alle Mitglieder Schutz. Sie werden über Alarmanlagen, Tresore und, wenn sie es wünschen, über den Einsatz von Feuerwaffen, Tränengas und Selbstverteidigung beraten. Wir liefern ihnen eine Einschätzung ihrer Bedrohungssituation. Sie bekommen Spiegel, mit denen sie ihre Autos nach Bomben absuchen, und Geräte, mit denen sie ihre Post prüfen. Sie können ihre Hunde abrichten lassen. Sie werden geschult, um in der Lage zu sein, alle möglichen Geräte zur Selbstverteidigung einzusetzen, und bekommen natürlich auch die Geräte dazu. Holt-Männer schlagen für sie mit Waffen zurück. Es werden weitere Ermittlungen angestellt, wenn es zu keiner Verhaftung gekommen ist. Sie können Vorsichtsmaßnahmen, Präventivschläge und Schutzangriffe buchen. Sie erhalten auf ihren Straßen jeden Tag rund um die Uhr zweitausend starke, ge-

sunde, fähige Holt-Männer. Die Wächter des Friedens. Die besten Männer auf der Welt.«
Holt drehte mit dem Hubschrauber nach Norden und beschleunigte.
»Greifen Sie hinter sich.«
John fand ein Bündel und wickelte es auf seinem Schoß auf.
»Ziehen Sie die Weste unter Ihrem Mantel an. Schießen Sie mit dieser .45 nicht, es sei denn, Sie wollen Ihr Leben retten.«
Holt lächelte über Johns verwirrten Blick.
»Lassen Sie uns an die Arbeit gehen«, sagte er.

31

Er landete mit seiner Hughes auf einem kleinen, leeren Feld auf Bolsa nicht weit von Little Saigon. Es war Privatgelände, und er kannte den Besitzer und wußte, daß sein Hubschrauber hinter dem Maschendrahtzaun mit dem Stacheldraht obendrauf und den Dobermännern sicher war. Der Besitzer würde die Hunde frei lassen, sobald Holt und John den Platz verlassen hatten.
Er sah die beiden Einsatzwagen – orange-schwarz, sauber und glänzend –, die auf der Straße am anderen Ende des Platzes standen. Er rannte über den dürren Boden und winkte John in Richtung der Wagen.
Vier seiner Lieutenants warteten dort auf ihn – Kettering, Stanton, Summers und Alvis. Die Besten der Besten. Sie trugen die Standarduniformen: schwarze Hosen und Stiefel, kurzärmelige Hemden über schußsicheren Westen, orangefarbene Krawatten mit halbem Windsor-Knoten und unter dem dritten Knopf in die Hemden gesteckt. Jeder von ihnen hatte eine Waffe, für die sie für die Arbeit eine Genehmigung hatten, dazu ein Funkgerät, einen Patronengürtel, eine Taschenlampe und Handschellen.
Holt schlüpfte in die von Summers bereitgehaltene schußsi-

chere Weste, schnallte sich den Schulterhalfter darüber, zog den .45er Colt Gold Cup heraus, mit dem er nachweisbar schon getötet hatte, überprüfte den Hahn, steckte eine Runde Patronen in die Kammer und schob ihn zurück ins Leder.

»Was sagt Terry?« fragte er. Terry, der Maulwurf, Terry, der Vertraute der Bolsa Cobra Boys, die in dieser Nacht das Ziel waren.

»Terry sagt, wir sind dabei«, antwortete Alvis. »Irgendwann nach Mitternacht. Sie kommen zu sechst.«

»Was macht die Familie?«

»Die Mädchen sind bei Freundinnen. Er und sie waren beim Abendessen, als wir gingen. Sie haben Angst und lachen viel.«

»Gut«, sagte Holt. »Das hier ist John Menden, ein Freund der Familie. Er arbeitet vielleicht in Zukunft mit uns.«

»Das war gute Arbeit da draußen in Anza«, begrüßte ihn Stanton.

John dankte ihm.

Holt kletterte in den ersten Wagen und winkte John, ihm zu folgen. Summers fuhr, und Alvis setzte sich nach hinten zu ihnen. Die hellen Lichter von Little Saigon flogen rechts und links an ihnen vorbei.

»Unsere Kunden sind die Vu-Minhs«, erklärte er John. »Er ist Zahnarzt, sie Rechtsanwältin. Leben seit 1974 in Amerika. Zwei Töchter. Strahlende Schönheiten. Die Bolsa Cobra Boys suchten sie aus verschiedenen Gründen aus: schönes Haus, hohes Einkommen. Wir haben einen Mann in ihrer Nähe. Jetzt lassen wir sie ins Haus und mit ihrer Sache anfangen, dann treten wir ihnen kräftig in den Arsch.«

»Wie viele Männer brauchen Sie dazu?«

»Sechs im Haus, einschließlich Ihnen. Fünf Verfolgungsfahrzeuge mit je zwei Mann und die beiden Kastenwagen, mit denen Nachschub geholt werden kann. Ein Hubschrauber, falls was schiefgeht. Bleiben Sie in meiner Nähe und tun Sie, was ich Ihnen sage. Nichts anderes. Klar?«

»Ja, Sir.«

Zehn Minuten später fuhren sie an den Straßenrand. Das Haus befand sich in einem älteren Vorstadtviertel. Holt ging die Einfahrt zum Haus hinauf. Zwei seiner Männer, Rodgers und Mason, kamen ihm mit Mr. und Mrs. Vu-Minh entgegen. Er hielt an, als sie nahe bei ihm waren, begrüßte Allen und Joan Vu-Minh aber nur mit einem kurzen Hallo. Stanton hatte ihnen bereits erzählt, was geschehen würde, und dies war nicht der geeignete Zeitpunkt, um asiatische Höflichkeiten auszutauschen.

Er stand am Eingang des Hauses und beobachtete, wie die beiden Einsatzfahrzeuge in Richtung der Avenue fortfuhren. Er machte die Tür zu und schloß sie ab. Kettering legte die lange Leinentasche auf den Teppich und verteilte die vier halbautomatischen Maschinenpistolen, von denen er eine für sich behielt.

Holt ließ Summers, Stanton, Alvis und Kettering auf ihre Plätze gehen – je zwei in den Zimmern der Mädchen.

Er nahm John mit ins Wohnzimmer, stellte sicher, daß zwischen den Vorhängen kein Spalt war, und knipste alle Lichter bis auf das in der Küche aus. Dann begab er sich zusammen mit John ins Elternschlafzimmer. Hier machte er Licht, schob zwei Stühle an die der Tür gegenüberliegende Wand, schaltete die Lampe wieder aus und ging im Dunkeln zu den Stühlen. Anschließend setzte er sich mit dem Gesicht zur Tür und knipste das Licht dreimal an und aus.

»Setzen Sie sich neben mich«, befahl er John. »Hören Sie. Die Bolsa Cobra Boys gehen etwas anders vor als die übrigen uns bekannten Banden. Die letzten drei Einbrüche erfolgten genau um zwei Uhr nachts. Sie brechen ein Türschloß auf – gewöhnlich den Vordereingang –, kommen rein und überfallen die Opfer während des Schlafs, fesseln sie mit vorgehaltener Waffe, schleppen sie ins Badezimmer, tauchen die Frau mit dem Kopf unter, bis der Mann verrät, wo das Bargeld und die Juwelen sind. Redet der Mann nicht, tunken sie ihn unter und fragen die Frau. Redet sie auch nicht, durchwühlen sie das Haus. Bis jetzt haben sie noch keine Familien mit Kindern überfallen. Sie stehen mehr auf ältere Leute, die was gespart haben. Sie wissen ja, die Vietnamesen vertrauen den Banken nicht, weswegen sie einen Haufen Juwelen zu Hause versteckt haben. Sie vertrauen auch dem Gesetz nicht. Von Allen und Joan weiß man, daß sie vermögend sind. Sie leisten viel für soziale Dienste, fahren teure Autos, man schreibt über sie in den Zeitungen. Also haben die Bolsa Cobra Boys sich entschlossen, vom üblichen Weg abzuweichen und es bei einer jüngeren Familie mit Kindern zu probieren. In der Regel arbeiten sie paarweise. Für diesen Fall haben sie sich zu sechst zusammengetan. Sie werden voller Adrenalin sein, nervös, schnell.«

»Werden sie nicht losschießen, wenn sie uns anstatt eines schlafenden Ehepaars sehen?«

»Die werden gar nicht merken, was hier abgeht.«

Holt saß in der Dunkelheit und ließ seine Gedanken in die Vergangenheit schweifen, als seine Familie noch intakt, Patrick am Leben und Carolyn gesund war. Er blickte zu John hinüber, der größer und dünner war als Pat, aber das gleiche strenge Profil und die gleichen ruhigen Augen wie sein Sohn hatte. Er schien in seiner Abgeschlossenheit so weit weg. Sie hatten kein gemeinsames Blut, doch es mußte etwas Ähnliches sein. Geist? Eine geistige Verwandtschaft? Er fragte sich, ob er sich in bezug auf John allzu törichte Dinge vorstellte, ob er auf ihn eine übermäßige Hoffnung projizierte. Er fragte sich, kurz gesagt, ob es vielleicht einen Gott gab, der über die Angelegenheiten der Menschen wachte und ihm John als eine Art Rettung auf den Weg gestellt hatte. Nein, gab er sich selbst die Antwort.

»Kam Jillian zurück und sprach mit Ihnen, nachdem sie starb?«

John schwieg eine ganze Weile. Dann antwortete er: »Ich

dachte, ich hätte einmal ihre Stimme gehört, aber es war nur der Wind.«
»Woher wußten Sie, daß es nur der Wind war?«
»Ich habe aufmerksam hingehört.«
»Ich habe nach Pats Tod viel über Stimmen aus dem Grab, über Kommunikation mit Geistern und das ganze Zeug gelesen. Ich habe wirklich versucht, offen zu sein und meine Sinne für ihn bereitzuhalten. Aber es ist nie was passiert.«
»Ich denke nicht, daß es ein Maß für Ihre Seele ist, wie stark Sie einen Toten zu hören glauben.«
»Haben Sie je von ihr geträumt?«
»O ja.«
»Ich auch. Manchmal wachte ich lachend auf, oder weinend oder schreiend. Er schien dann immer so echt zu sein.«
»Vielleicht war das seine Art, mit Ihnen zu sprechen.«
Holt lauschte auf ein Auto, das auf der Straße vorbeifuhr. »Das war nett, was Sie heute abend für Carolyn getan haben.«
»Ich war nicht sicher, wie ich mich verhalten soll.«
»Lassen Sie ruhig zu, daß Sie sie Pat nennt. Soweit ich sehe, richtet es keinen Schaden an.«
»Nur solange ... nun ... ich sie nicht enttäusche.«
»Sie hat noch nie so gut ausgesehen. Seit dem Schuß, meine ich.«
»Irgendwie habe ich das Gefühl von Unehrlichkeit.«
»Ein geringer Preis.«
»Stimmt.«
»Was ich bei diesen Einsätzen am meisten liebe, ist, daß ich diese Hurensöhne tatsächlich erwische. Im offiziellen Gesetzesvollzug gibt's so was nicht. Die haben keine Männer dafür. Und die Gerichte würden einen umbringen.«
»Wie viele haben Sie geschnappt?«
»Zweihundertundvier.«
Holts Funkgerät gab einen leisen Ton von sich. Er schaltete es ein. Carfax, einer der Holt-Männer, die hinter der Holunderhecke auf der anderen Straßenseite Stellung bezogen hatten,

teilte mit, ein Auto sei einmal vorbeigefahren und im Begriff, es wieder zu tun. Holt funkte Summers und Alvis an.
»Ich glaube, es ist soweit«, sagte er zu John, steckte das Funkgerät zurück in seine Tasche, zog den .45er heraus und atmete tief durch.

Zehn Minuten später kamen die Bolsa Cobra Boys durch den Vordereingang. Holt hörte den Sperrhaken im Schloß, dann, wie die Tür sich öffnete und schließlich hastige Beratung. Plötzlich traf der Strahl einer Taschenlampe auf die Wand am anderen Ende des Zimmers, und sie waren drin, drei, vier, sechs. Als der Lichtstrahl zu Holt hin wanderte, stand dieser auf, drückte auf den Lichtschalter und zielte mit seiner Automatik genau auf die Hand mit der Taschenlampe.
»Keine Bewegung«, sagte er mit ruhiger Stimme und sah einen nach dem anderen an. Und genau wie er gedacht hatte, wollten zwei der Kerle ihre Waffen auf ihn richten. Er schoß in die Hand, die die Taschenlampe hielt, und der Junge schrie auf. Alle sechs drängten sich nach hinten zur Tür, aber es war zu spät. Alvis feuerte zwei Ladungen aus seiner Schrotflinte – Sand statt Blei, aber innerhalb von drei Metern sehr schmerzhaft –, und Kettering, Summers und Stanton stürzten sich auf sie. In weniger als zwanzig Sekunden hatten die Holt-Männer fünf Paar Hände hinter fünf Rücken gekreuzt und mit schneidenden Plastikbändern gefesselt. Holt nahm dem Jungen mit der zerschossenen Hand den Revolver ab, zog ihn ins Badezimmer und hob ihn in die Wanne, damit er nicht mehr den Teppich vollblutete. Wieder im Schlafzimmer, sagte er zu Stanton: »Ruf die Polizei, und besorg einen Krankenwagen für den Jungen da drin. John, unser Teil des Einsatzes ist vorbei. Gehen wir nach Hause. Gute Arbeit, Männer.«

Zehn Minuten später saßen sie wieder im Hubschrauber. Die Lichter von Little Saigon verschwanden in der Ferne, als sich Holt zu John umdrehte.

»Hat's Ihnen die Sprache verschlagen?«
»Ein bißchen. Ich habe so was wie gerade eben noch nie erlebt.«
»Mir fällt Ihr Einsatz in Anza Valley ein.«
»Da habe ich nur reagiert. Aber das hier eben war ... Präzisionsarbeit.«
»Wir könnten Schwierigkeiten wegen des Jungen bekommen, den ich angeschossen habe. Summers wird das für mich übernehmen.« Holt blickte einen Moment in die Augen, die so sehr seinen eigenen, so sehr denen von Pat glichen. »Rufen Sie morgen Susan Baum an, John, und sagen Sie ihr, Sie möchten sich mit ihr treffen. Sagen Sie ihr, Sie wollen wieder für die Zeitung arbeiten. Sie hat Angst, habe ich gehört, geht nicht mehr so viel in die Öffentlichkeit, pendelt zwischen ihrem Haus und einer Wohnung in Santa Ana. Bitten Sie sie um ein möglichst baldiges Treffen. Sie seien knapp bei Kasse und benötigten wieder einen regelmäßigen Gehaltsscheck.«
»Warum?«
»Weil ich mit ihr auf Liberty Ridge reden will.«
»Aber wie wollen Sie mit ihr reden, wenn ich mich irgendwo mit ihr treffe?«
»Sie werden sie nach Liberty Ridge bringen, ganz einfach. Sie können doch mit ihr umgehen, oder?«
John schwieg einen Augenblick.
»Sir, warum wollen Sie nach dem, was sie Pat und Ihnen angetan hat, mit ihr reden?«
»Gerechtigkeit, John, einfach nur Gerechtigkeit.«

32

Boomer, Bonnie und Belle kamen auf John zugestürzt, als er im hellen Mondschein um zwei Uhr nachts über die Wiese lief. Er streichelte mit einer Hand seine Hunde, mit der anderen griff er nach der Videokassette in seiner Manteltasche.

Im Haus fragte er seinen Computer nach eingegangenen Nachrichten ab und las: »LASS SIE ABSPIELEN, SÜSSER. BESTES MATERIAL FÜR EINEN OSCAR.«

John blickte aus dem Panoramafenster hinüber zum Großen Haus, wo im ersten Stock Lichter brannten. Wer legt mir die Spur zu Holt? ging es ihm durch den Kopf. Würde ihn verraten? Oder ist das nur ein Test?

Im Wohnzimmer schob er die Kassette in den Videorecorder und drückte die Rücklauftaste, aber die Kassette war schon zurückgespult. Die Hunde, die ausnahmsweise mit ins Haus durften, setzten sich in eine Reihe und beobachteten ihn.

Er drückte auf die Abspieltaste und wartete.

Auf dem Bildschirm erschien nur Grau, dann ein Flimmern, und schließlich ein Bild – aufgenommen von der Aussichtsplattform des Großen Hauses – von den Hügeln und dem Pazifik, auf die ein starker Dauerregen niederprasselte. Die Kamera schwenkte herum, um Aufnahmen aus allen vier Himmelsrichtungen zu machen. Es war kein Ton dabei, nur der stille Sturm.

Dann hielt die Kamera an, um die im Norden unter dem grauen und unruhigen Himmel liegenden Orangenhaine zu filmen. Es war nicht eindeutig, ob es morgens, abends oder irgendwann sonst während des Tages war. Die Orangenbäume zitterten im Wind, und der Regen ging strömend hernieder. Er verwandelte die Bewässerungsgräben in flache braune Tümpel, auf deren aufgewühlte Oberfläche die Tropfen prasselten. Es sah aus wie im Regenmonat März, wie in dem Monat, in dem Rebecca starb.

Drei Minuten. Fünf.

John sah auf seine Uhr – 2.12 Uhr.

Sieben Minuten, dann acht. Ein nie endender Sturm. Er drückte die Vorlauftaste, bis das Bild von den Orangenbäumen zu einer langen Aufnahme eines Gebäudes wechselte. Er nahm seinen Finger von der Taste. Und dann erstarrte ihm das Blut in den Adern – es war das Gebäude vom *Journal*.

Rebecca.
Der Regen ist zu einem konstanten Nieseln geworden, und sie rennt hinaus auf den Parkplatz. Sie wählt einen Weg zwischen den Autos hindurch, dann, während sie den Hut mit ihrer linken Hand auf dem Kopf hält, rennt sie, jetzt schneller, auf die Kamera zu.
Sie blickt nach vorn. Die Kamera schwenkt voraus und nimmt einen neuen weißen Lincoln in Großaufnahme auf. Er füllt beinahe den ganzen Bildschirm. Er ist neben einem Pflanzentrog aus Backsteinen geparkt, der den Parkplatz von der Einfahrt trennt. Die Kamera hüpft leicht, als ob derjenige hinter der Kamera gerade ein Stativ festgestellt hätte. Ein paar Sekunden später taucht Rebecca wieder im Bild auf, hält vor der Fahrertür des Wagens, streckt ihre Hand zum Türschloß und steckt den Schlüssel hinein. Ihr Rücken ist der Kamera zugekehrt.
Das Bild macht einen leichten Sprung. Rebecca hebt die Arme, als ihr Körper gegen den Wagen gedrückt wird. Es sieht aus, als hätte sie jemand mit einem unsichtbaren Seil nach vorne gezerrt. Dann rollt sie nach links weg und macht zwei kleine Schritte in Richtung der Kamera, die noch einmal springt, und Rebecca sinkt zu Boden. Die Kamera bleibt fünf Sekunden auf das Bild gerichtet. Dort ist ein roter Fleck auf dem Fenster des Wagens, auf der Höhe des Brustkorbs. Es gibt keinen Ton. Dann wird das Bild schwarz, und das Schwarz wechselt in ein graues Flimmern.
John blieb unbeweglich stehen und starrte auf den Bildschirm. Sein Magen drehte sich um, und rasende Wut machte sich in ihm breit. Er stellte sich vor, wie er das Seehaus unter Feuer setzt, seine Hunde in seinen Truck verfrachtet, hinüber zum Großen Haus fährt und auch dieses anzündet, Holt in den Kopf schießt, sobald dieser herausrennt, und dann für immer von hier verschwindet. Einen Augenblick lang dachte er, er hätte die Hölle betreten, und war sich nicht sicher, ob er jemals wieder da rauskäme. Wie kann man vergessen, was man

gesehen hat? Wie läßt sich die Erinnerung an die Wirklichkeit auslöschen?
Vom Schrecken angezogen und mit dem Gefühl, dies sei das mindeste, was er Rebecca schuldete, sah er das Video noch einmal an. Jeder Moment des Films entfernte etwas Wesentliches aus seiner Seele.

John rannte im Mondlicht am See entlang, seine Hunde ihm voraus, um das westliche Ufer herum und in die mit Gestrüpp bedeckten Hügel von Liberty Ridge hinauf. Er blickte auf die Insel hinunter. Er stellte sich vor, er sei wieder elf Jahre alt und verstecke sich dort mit Carlos in der Höhle mit der aus den Felsen hervorsprudelnden Quelle.
Was er gerade gesehen hatte, wirkte auf ihn wie die höchste Gottlosigkeit: Rebeccas einst so lebhafter Körper, reduziert zu einem Klumpen leblosen Fleisches im Regen.
Er erreichte die Lichtung und setzte sich auf den Baumstumpf. Sein Herz pochte bis in seine Schläfen hinauf. Die Hunde streckten sich um ihn herum aus.
Er sah auf die Stelle, wo Snakey gestorben war. Der Wind ließ die steifen Blätter der Eiche erzittern. Was hatten sie mit seiner Leiche angestellt? Es schien alles solch eine Verschwendung zu sein.
Ich bin hier, um zu sühnen und von vorne anzufangen, dachte er.
Ich bin hier, um die Dinge ins rechte Licht zu rücken.
Ich bin hier, genauso wie Holt, um Gerechtigkeit walten zu lassen.
Und ohne seinen Kopf auf einem silbernen Tablett werde ich nicht gehen.

John hatte Joshua Weinstein noch nie so aufgeregt gehört. Nicht, daß er impulsiv gewesen wäre, nein. Aber seine Stimme fiel in eine besondere Tonlage, als er John noch einmal nach der Videokassette, nach der Nachricht auf seinem Computer und dem Einsatz in Little Saigon fragte und ihn vor allem bat, noch mal zu erzählen, was genau auf der Kassette zu sehen sei.

John wiederholte alles. Und dann noch einmal. Die Bilder schlugen auf ihn ein, bis er sie nicht mehr beschreiben konnte.

»Verdammt noch mal, Joshua, es reicht.« John hörte auf das Schweigen am anderen Ende der Leitung. »Gib mir auch was, Himmel Arsch. Was ist mit den Aufzeichnungen über Baum? Sind sie echt oder nicht?«

»Ja. Sie wurden mit Dokumenten aus den FBI-Tagen des Reisenden verglichen. Es ist seine Handschrift.«

»Und die Bilder von Baums Haus?«

»Unretouchiert. Unverändert. Echt. Seine Fingerabdrücke sind auf beiden.«

»Also testet er mich ja gar nicht. Wer läßt ihn dann für uns auflaufen? Wer weiß darüber Bescheid, was ich hier mache?«

»Die Messingers könnten in der Rangfolge die nächsten sein, Liberty Operations zu leiten, wenn Holt über den Jordan geht. Sie haben vielleicht deine wahre Mission intuitiv erkannt und sich entschlossen, dich ein bißchen anzuschubsen.«

»Ein ›Vielleicht‹ bringt mich verdammt noch mal nicht weit, Joshua.«

»Es ist ein privat geführtes Unternehmen. Wir wissen nicht, was in den Geschäftsbestimmungen steht, wenn es überhaupt welche gibt. Es ist Holts Auftritt. Wir können nur spekulieren.«

»Was ist mit Fargo?«

»Er ist treu wie ein Hund.«

»Er haßt mich.«

»Dann wird er dir keine Beweise liefern, damit sein eigener Chef gehängt wird. Vielleicht ist es auch so, daß jemand weiß, was Holt getan hat, und hofft, du könntest mit dem Beweis etwas anfangen, der dich nicht für einen Holzkopf hält, sondern für einen Mann mit einem starken Bewußtsein dafür, was

richtig und falsch ist. Vielleicht ist es jemand, der Holt gegenüber zwar loyal ist, aber nicht genug, daß er ihm einen Mord an einer jungen Frau durchgehen läßt.«
»Wer?«
»Seine Frau, die Krankenschwester seiner Frau, seine Tochter, Thurmond oder Laura Messinger, einer der Holt-Männer, der eng mit ihm zusammenarbeitet, oder sogar Holt selbst, der schlappgemacht hat und sich zu seiner Tat bekennen will.«
John dachte die Möglichkeiten durch, aber keine schien wahrscheinlich. »Du hast keinen Schimmer, Joshua, was hier draußen abgeht, oder?«
»Es kümmert mich einen Scheißdreck, John, was da draußen abgeht. Wir haben noch fünf Tage. Man hat uns Beweise vor die Nase geschmissen, und ich werde sie nutzen. Wenn sie von einer unerwarteten Quelle stammen, schön. Ich nehme jeden kleinen Finger, der mir hingehalten wird. Wenn Holt eingesperrt ist, gehen wir die Sache durch und stellen fest, wer alles mitgespielt hat. Aber solange es so funktioniert wie jetzt, dann nehmen wir ihn doch in Gottes Namen auseinander, wenn wir können.«
Zum erstenmal wurde John bewußt, daß er hier als Werkzeug für Joshua diente. Er war eine Leitung, ein Stück Rohr. Und sei die Gefahr oder die Bedrohung auch noch so groß, würde dies Joshuas Kreuzzug zur Vernichtung von Vann Holt in keiner Weise beeinträchtigen. Was für ein komisches Gefühl, nur nach dem bewertet zu werden, was man tun kann. »Es kümmert mich einen Scheißdreck, was da draußen abgeht.« Was für ein Narr er doch gewesen war.
Er sagte lange nichts. Statt dessen spürte er, wie der kühle Wind durch den Mantel bis auf seine Knochen blies und wie allein er hier auf Liberty Ridge war.
»Die Kassette ist in der Kiste, Joshua.«
»Sehr gut, Eule. Wir können nur hoffen, daß sie für einen Haftbefehl ausreicht, aber das entscheidet der Richter. Und er hat dich gebeten, dich mit Baum zu treffen?«

»Er hat es heute nacht offiziell gemacht. Ich soll irgendwo ein Treffen arrangieren und sie dann nach Liberty Ridge lotsen, damit sie ... miteinander reden können.«

Joshua schwieg. Als er wieder sprach, war seine Stimme tiefer, ruhiger. »Es wird geschehen. Die Dinge Gottes passieren für uns. Alles fügt sich. Wann? Wann will er sie?«

»So bald wie möglich.«

»Die Götter lächeln. Ruf sie heute morgen um halb neun an. Sie wird sich etwas sträuben, aber keinen Verdacht gegen dich hegen. Sie wird sagen, daß sie frühestens am Sonntag mittag kann.«

»Du warst fleißig.«

»Sobald der Reisende einem Zeitpunkt zugestimmt hat, fängt die Uhr an zu ticken. Ich muß wissen, was er vorhat, wo er sie auf Liberty Ridge hinbringen will – alles, was du rauskriegen kannst. Sonntags ist die Schule von Liberty Operations geschlossen. Es ist ruhig, und es sind nicht viele Holt-Männer da.«

»Und du wirst ihn festnehmen, während ich sie in Sicherheit bringe?«

»Wenn alles klappt, ja. Hat Holt dich, seit du da bist, schon mal gefilzt?«

»Holt nicht, aber Fargo.«

»Hat er was gefunden?«

»Nein.«

»Unsere Zeit wurde auf fünf Tage gekürzt, Eule. Sonntag wird der dritte dieser fünf Tage sein – unsere letzte und beste Chance. Wir haben bis jetzt gute Arbeit geleistet, aber die Zeit läuft ab. Ich will, daß du von nun an dein Telefon bei dir trägst. Wenn du das Treffen mit Baum arrangiert hast und Holt zugestimmt hat, ruf mich an, sobald sich dir dazu eine sichere Gelegenheit bietet.«

33

John rudert auf die Insel zu. Das Ufer vor dem Seehaus wird immer kleiner. Es ist der Morgen des nächsten Tages, und Johns Herz ist krank vor Erinnerung.

Aber seine Sinne sind auf Valerie gerichtet. Sie sitzt hinten in dem kleinen Ruderboot schräg auf der Bank, so daß sie gleichzeitig John, nach hinten zum Ufer und nach rechts schauen kann, wo sich die westlichen Hügel von Liberty Ridge bis zum See erstrecken. Der Picknickkorb steht zu ihren Füßen.

»Was gibt's zum Frühstück?« fragte John.

»Eine Überraschung.«

»Benutzt du den Computer in deinem Zimmer oft?«

»Seit meinem Abschluß nicht mehr. Normalerweise rede ich mit Dad oder den Jungs von Operations persönlich, wenn ich für ihn was arbeite. Meine Bewerbung für das Tiermedizinstudium habe ich darauf geschrieben. Warum?«

»Ich bekomme immer so seltsame Nachrichten. Kleine höhnische Bemerkungen und Seitenhiebe, so daß ich vermute, daß ich beobachtet werde. Kein Absender natürlich.«

»Dad ist ein Witzbold, ob du's glaubst oder nicht.«

»Es hört sich nicht nach ihm an.«

»Lane kann einem auf die Nerven gehen, weil es zu seiner Arbeit und seinem Charakter gehört. Es könnte auch Snakey oder Partch sein. Snakey wird zwar vermißt, aber ich glaube nicht, daß er verschwunden ist.«

Auf der Insel angekommen, steigt John aus und zieht das Boot an Land. Dann hebt er den Korb heraus und hilft Valerie beim Aussteigen.

»Laß uns um die Insel herumgehen«, schlägt sie vor. »Dann haben wir richtig Appetit und finden einen schönen Platz für unser Picknick.«

Sie nimmt seine Hand, als sie am Ufer entlanggehen.

»Du wirkst müde.«

»Dein Vater hat mich lange wach gehalten.«

»Wie lief's?«
»Wir haben sechs Einbrechern in sechs Sekunden Handschellen angelegt. Dein Vater hat einem der Jungs die Hand weggeblasen, dann hat einer der Holt-Männer die restlichen fünf mit Sand vollgepustet. Als das Licht anging, sahen die Bolsa Cobra Boys wie Ratten aus, die man außerhalb ihrer Löcher erwischt hat.«
»Hat dich das beeindruckt?«
»Nun ja, aber den Jungen mit der zerschossenen Hand sicher noch mehr. Wie weit hast du mit diesen Dingen zu tun?«
»Dad versucht schon seit einem Jahr, mich an Bord zu bekommen. Beim College hat er mich noch unterstützt, aber er ist nicht sehr begeistert, daß ich Tiermedizin studieren will, statt ihm bei der Leitung von Liberty Operations zu helfen. Er hätte gern, daß ich Liberty Ops übernehme, wenn er zu alt dafür ist.«
»Ist das nicht verlockend?«
»Nun, mich locken Sicherheitsdienst und privater Gesetzesvollzug nicht besonders. Und außerdem finde ich keinen Gefallen daran, Leuten die Hände wegzuschießen.«
»Er muß einen Haufen Geld verdienen.«
»Die Firma ist international. Wir haben gerade erst ein Geschäft mit dem Entwicklungsministerium von Uganda abgeschlossen. Sie bilden eine südwestafrikanische Gruppe aus, mit der sie den Eingeborenenstämmen einen schnellen und harten Tritt versetzen wollen. Insgesamt bringt uns das drei Millionen Dollar.
Aber die Auslandsgeschichten sind nur was für das Ansehen. Allein in Irvine machen wir mit den technischen Sicherheitseinrichtungen einen Gewinn von einer Million im Jahr – privater Sicherheitsdienst und Ermittlungen nicht mit eingerechnet.«
Sie gehen um das Westufer herum.
»Oh, ist das schön hier draußen«, sagt Valerie. »Nun ja, Dad sieht mich als erste Frau an der Front von Liberty Operations,

und Lane möchte den täglichen Kram erledigen. Ich bin nicht sicher, ob Dad ihn in dieser Position haben will. Ich weiß, daß er Sextons Wert zu heben versucht. Adam kann mit Menschen prima umgehen, aber beim Alltagskram weiß er nicht Bescheid. Will er dich auch beschäftigen?«

»Ich denke, ja. Ich … äh … habe letzte Nacht mitgemacht. Und er hat mir für heute eine kleine Aufgabe gegeben.«

»Was?«

»Kontakt mit Susan Baum vom *Journal* herzustellen und ein Treffen mit ihr zu vereinbaren.«

Valeries ganzer Körper scheint sich plötzlich zu verkrampfen. Lange Zeit sagt sie nichts.

»Was ist?« fragt er schließlich.

»Ich hasse diese selbstgerechte Kuh, und Dad auch. Sie hat Pat grundlos ans Kreuz genagelt, und dann war sie hinter Dad her. Hat einen Haufen Scheiße geschrieben, was gar nicht stimmte, und es den eineinhalb Millionen Bewohnern von Orange County zu lesen gegeben. Keine Entschuldigung, als Teresa Descanso letztendlich Patrick nicht als Täter identifizieren konnte. Baum hat meinen Bruder kein einziges Mal gesehen. Es war ihr kaum eine Erwähnung im *Journal* wert, als Liberty Operations der Polizei ein Jahr später den wirklichen Täter übergab. Das war nicht aufsehenerregend genug, das war ihr keine Nachricht wert. Ich kann mir nicht vorstellen, warum er will, daß du mit ihr Kontakt aufnimmst, außer vielleicht …«

»Was?«

»Nichts. Ich wollte sagen, außer ihr vielleicht eine Kugel zwischen die Augen zu jagen, aber das meine ich nicht wirklich so.«

»Jemand hat das schon versucht.«

»Dieser Skinhead-Idiot aus Alamo West.«

»Glaubst du, daß er sie töten will?«

»Nein. Nicht mehr.«

»Wollte er es früher?«

»Ja. Und ich auch. Jetzt ist es vorbei. Pat ist fort, und die Wut läßt nach.«
»Er sagte, er wolle mit ihr reden.«
»Das könnte schwierig werden, jetzt, da sie paranoid ist, gelähmt durch ihre Angst, daß es noch mal jemand auf sie absehen könnte«, erwidert sie und blickt sich um. »Hier sollten wir unser Picknick machen.«
Sie breiten eine Decke zwischen den kalifornischen Stechpalmen auf dem Boden aus.
Valerie greift in den Korb und holt eine Gaslaterne heraus.
»Für später«, sagt sie und stellt sie zur Seite.
Als nächstes erscheinen zwei herrliche Orangen, eine Flasche Zinfandel, ein in Folie gewickelter Laib Brot, ein dreieckiger Käse und eine große Plastiktüte voll mit Stücken weißen Fleisches.
»Kein Wunder, daß der Korb so schwer war«, meint John.
Den ersten Schluck von dem Wein trinkt er auf Rebecca, den zweiten auf die Frau neben ihm. Dann kostet er ein Stück vom Fleisch. Es schmeckt nach Knoblauch und Mesquitbaumrauch. So festes, zartes aromatisches Fleisch hat er noch nie gegessen. »Ist das Wels aus dem See?«
»Das ist kein Fisch.«
Er untersucht die Stücke, die dicke Wirbelsäule und die gleichmäßig gebogenen Rippen. »Oh, jetzt wird's aber lustig.«
Sie kichert. »Wird dir schlecht?«
»Nein, das schmeckt gut.«
»Wichtig ist, daß es frisch ist.«
»Hast du das nach unserem Spaziergang noch gefangen?«
»Direkt in die Marinade. Zehn Minuten von jeder Seite auf dem Grill. Das steht nicht in den kleinen Kochbüchern, die man sonst bekommt.«
»Nun«, sagt er, schluckt den Bissen herunter und hebt sein Weinglas, »den Teufel muß man erschießen, bevor er anfängt zu reden.«
»Auf die neue, bessere Eva.«

»Auf die angehenden Tierärzte.«
»Auf die gesunden Hundebabys.«
Plötzlich liegen ihre Lippen auf seinen, und ihre Zunge dringt bis hinter seine Zähne. John läßt seine Hand über ihr Gesicht gleiten, dann über ihren Hals und ihre Schultern, bis sie an ihren Armen hinunterwandern. Er merkt, wie sie das Ende seines Gürtels herauszieht, dann ein langer, starker Ruck, um den Stift aus dem Loch zu lösen, aber es klemmt, so daß John halb auf die Seite gedreht wird.
Sie steht auf und stottert: »Es tut mir schrecklich leid. Es ist mein Fehler, John. Vergiß es einfach.«
»Komm wieder her.«
»Nein. Wirklich, das ist nicht ... es sollte nicht ...«
»Du mußt nicht.«
»Verdammt!«
Er lacht.
»Lach mich nicht aus.«
»Du bist lustig.«
»Das ist nicht lustig.«
»Das sollte es aber. Du hast mir beinahe den Gürtel zerrissen.«
»Ich versuche bloß ...«
»Ich weiß, was du versuchst.«
»Ach, Scheiße, John, ich weiß nicht, wie man das macht.«
»Ich weiß, daß du das nicht weißt. Komm einfach her, leg dich zu mir und sei ruhig. Ja?«
»Du weißt, daß ich in fast allem gut bin. Ich kann schießen und kochen und denken und Tierärztin werden ...«
»Kannst du dich nicht einfach hinlegen und still sein?«
»Was werden wir jetzt machen?«
»Warten, bis es passiert.«
»Ich möchte, daß es jetzt passiert.« Sie drückt ihren Rücken an John. »Ich habe gefunden, was ich wollte. Ich habe mein Herz danach ausgerichtet.«
Als sie sich umdreht, glänzen ihre Augen, und ihre Pupillen sind geweitet.

Er legt sich auf sie, und ihre Beine öffnen sich bei seinem Gewicht. Sie hat ihn mit einer Hand erfaßt, reibt ihn kräftig und versucht, ihn sich hineinzuschieben. Er folgt ihrer Führung, dringt in sie ein, bis er geschmeidigen Widerstand spürt. Ihr schneller Atem trifft sein Ohr.
»Ich dachte, du machst Witze, Val.«
»Nein.«
Sie schiebt ihn zurück, öffnet sich wieder und empfängt ihn erneut. Er wartet, während ihre Arme seine Schultern und seinen Kopf umschlingen und ihr Inneres zuckt. Aber er hat keine Ahnung, ob es bei ihr Freude oder Schmerz ist, bis er den überraschten Blick in ihren weit aufgerissenen Augen und die kleinen Falten um ihren Mund sieht, die ein Lächeln andeuten. Er versucht den Drang zu bekämpfen, aber plötzlich strömt es unaufhaltbar und überschäumend aus ihm hervor wie ein sprudelndes Band, das aus ihm herausgezogen wird. Dann die wilde Entladung der Spannung.
»Oh«, stößt sie schließlich aus.
»Oh.«
»Oh.«

34

Als sie wieder aufwachen, ist es fast zwei Uhr. Während sie geschlafen haben, hat jemand die Seiten der Decke als Schutz vor dem Wind am Nachmittag über sie gelegt, aber weder John noch Valerie können sich daran erinnern, es getan zu haben. Johns Hals ist steif vom Liegen auf der Erde, und Valeries Kleid ist voller Blutflecken. John packt schweigend den Korb zusammen. Ihm scheint, daß er das Schweigen nur durch bedeutsame Worte unterbrechen kann, aber ihm fällt nichts ein, womit er seine Gefühle auch nur annähernd ausdrücken könnte.
»Ich wasche die Flecken in der Quelle aus«, sagt Valerie.

»Bist du in Ordnung?«
»Ich fühle mich großartig.«
Sie treten aus der Lichtung heraus. John trägt den Korb.
»Ich fühle mich wie jemand, der sich gerade von etwas befreit hat.«
»So geht's mir auch«, erwidert John.
»Zweiundzwanzig Jahre immer in eine Richtung, und plötzlich bist du eine ganz andere.«
Er vermutet, daß sie ihn fragen wird, wie er sich fühlt, hofft aber, daß sie es nicht tut. Zu viele verschiedene Wahrheiten in ihm müssen geordnet und unter einen Hut gebracht werden.
Während sie auf das Wasser hinausblickt, lehnt sie ihren Kopf gegen seine Schulter. Und sie will tatsächlich was anderes wissen. »Heißt das jetzt, daß ich dich lieben muß?«
Er lacht, dann antwortet er ruhig: »Ich glaube nicht.«
»Aber ich tu's trotzdem. Ich habe dir meinen Körper gegeben, und ich erwarte auch von dir alles. Ich fordere auf ewig Liebe, Zuneigung, Opferbereitschaft. Ich fordere von dir, daß du mich liebst, daß ich deine neue Religion bin.«
»Blutsaugerin.«

Der Eingang zur Höhle ist von einem massiven Eisengitter versperrt. An einer Seite hängt es an einem ebenso stabilen Rahmen in einem Scharnier, an der anderen Seite ist es mit einer Kette von unmöglichem Ausmaß und Gewicht verschlossen.
»Als ich als Kind hier war, gab's das noch nicht«, sagt John.
»Aber jetzt.«
»Wer hat es angebracht?«
»Was glaubst du wohl? Er meinte, er wolle seinen eigenen Kerker haben.«
»Ein echter Party-Knüller.«
»Genau wie alles andere auf Liberty Ridge – Türen, aber keine Schlösser. Dad sagte, wenn er hier kein sicheres Heim für seine Familie errichten könne, gehe er woandershin. Der elektrische Zaun könnte was damit zu tun haben.«

Valerie zieht die Kette ein Stück heraus. John tritt zur Seite, als Valerie das Gitter mit beiden Händen aufzieht. Es quietscht lang und schrill protestierend.
»Schon eine Weile her«, entschuldigt sie sich.
Sie betreten die dunkle und kalte Höhle. Am Anfang können sie nur leicht gebeugt gehen, aber nach etwa sieben Metern öffnet sich der Gang zu der großen Höhle mit hoher Decke und der Öffnung im Felsen, aus der das aromatische und mineralhaltige Quellwasser dampfend hervorsprudelt. Die Öffnung ist gerade groß genug, um hineinzuklettern, wenn man sich ins heiße Wasser setzen möchte.
»Willst du die Laterne anmachen?« fragt John.
»Warten wir lieber, bis wir drin sind, ja?«
Als sie wenig später in der Höhle sind, stellt John den Korb ab, nimmt die Laterne heraus und dreht am elektronischen Zündschalter. Der Zündfunke klickt, gefolgt vom leisen Rauschen des einströmenden Gases.
Valerie dreht John den Rücken zu, und er knöpft ihr das Kleid auf. Sie zieht es aus, dann kniet sie vor dem blubbernden Wasser nieder und wäscht die Blutflecken raus.
»Ich wußte, daß du herkommen würdest«, sagte sie.
»Woher willst du das gewußt haben?«
»Aus einem Traum.«
»Erzähl.«
»Nein«, erwidert sie. »Wir sind nur so interessant wie unsere Geheimnisse.«
Als sie aus der Höhle in den herrlichen Sonnenschein treten, hat der Santa-Ana-Wind wieder eingesetzt. Er fühlt sich angenehm auf Johns Gesicht an. Der Geruch der Wüste, getragen von dem trockenen Wind, liegt in der Luft.

Zurück in der Hütte, bittet ihn Adam Sexton in einer E-Mail, ihn anzurufen. Er schickt eine E-Mail zurück, mit der er ihm mitteilt, daß er kein Telefon habe. Ein paar Augenblicke später erscheint Sextons Antwort auf dem Bildschirm: »VANN ÄN-

DERT SEINE MEINUNG. NUR EIN GEFÜHL. WENN IHRE NASE IM WIND DINGE AUFSPÜRT, WÜRDE ICH GERNE DIE AUFZEICHNUNGEN VERGLEICHEN. JEDES KLEINE BISSCHEN HILFT. VAL HAT SIE GANZ GERN. SIE GLÜCKLICHER A. SEX.«

An diesem Abend bittet Holt John ins Große Haus hinüber. Im Wohnzimmer wartet er auf seinen Gastgeber, der, als er die Treppe herunterkommt, in jeder Hand ein Glas randvoll mit Scotch und Eis hält. Eines reicht er wortlos John und winkt ihn mit einem Kopfnicken hinunter ins Untergeschoß, in den Trophäenraum.

Als die Lichter angehen, heuchelt John Überraschung wegen der vielen Dioramen um ihn herum. Doch selbst dieses zweite Mal erfüllt ihn mit Ehrfurcht, fast mit einem kindlichen Gefühl für Wunder.

»So was habe ich ja noch nie gesehen, Mr. Holt.«

»Garantiert nicht. Die Hälfte davon darf gar nicht mehr gejagt werden.«

Holt macht eine Führung. Er erzählt von den Jagden, den Umständen, dem Wetter, den Treffern.

»Haben Sie mit Baum gesprochen?«

»Sie meinte, Sonntag mittag gehe es bei ihr am besten. Übermorgen. Paßt das in Ihren Zeitplan?«

Holt überhört Johns Frage, wie er es oft tut. Statt zu antworten, trinkt er langsam aus einem Glas und setzt den Gang durch die Ausstellung fort. »Wo werden Sie sie treffen?« fragt er.

»Am Newport Harbor Art Museum. Sie besucht dort eine Wohltätigkeitsveranstaltung, die um ein Uhr anfängt. Sie sagte, sie könne mich davor reinschieben.«

»Meinen Sie, es gelingt Ihnen, sie ohne großen Aufwand hierherzubringen?«

»Ich dachte, ich könnte sie auf dem Parkplatz treffen, bevor sie reingeht. Es ist ein gut geschnittener Platz seitlich des Gebäudes. Ich war schon mal da.«

Holt nickt, vielleicht erfreut darüber, daß John bei diesem Auftrag bereits vorausgedacht hat. Er blickt zum Elefantenbullen hinauf und geht weiter. John hält sich neben ihm.
»Gut, John. Wenn Sie mit ihr zurückkommen, wird Sie die Wache am Tor durchwinken. Halten Sie weder dort noch am Großen Haus an. Fahren Sie einfach weiter, an den Orangenhainen vorbei und die Hügel hinauf. Bringen Sie sie zur Spitze der Welt. Dort werde ich warten.«
»Warum die Spitze der Welt?«
»Wir werden dort zu Mittag essen, Baum und ich. Planen Sie ein, daß Sie uns dabei Gesellschaft leisten. Dort hat man einen guten Überblick über alles. Ein nettes Plätzchen, um sich zu unterhalten. Meinen Sie nicht?«
Ein nettes Plätzchen, um jemanden beiseite zu schaffen. Kein Mensch ist da, der etwas hört oder sieht, denkt John. Laut sagt er: »Ja, einfach perfekt.«
Holt leer sein Glas. »Lane hat den Griff an der Beifahrerseite Ihres Wagens abmontiert. Sollte sie sich während der Fahrt plötzlich anders besinnen, hat sie leider Pech gehabt.«
»Danke. Ich halte es übrigens für möglich, daß ich in ihrem Terminkalender stehe und daß sie ihrem Mann oder Chef erzählt, daß sie sich vor dem offiziellen Termin mit mir trifft.«
»Machen Sie sich darüber keine Sorgen, wir haben alles im Griff. Wichtig ist, daß sie hierherkommt. Niemand wird Sie hier suchen, weil niemand weiß, wo Sie sind.«
Würde er mich auch umbringen, wenn er mit Baum abgerechnet hätte? fragt sich John. Halb ist er dankbar darüber, daß er und Baum kilometerweit von der Spitze der Welt entfernt sein werden, wenn Joshua und seine Kollegen Holt überführen. Halb aber wünscht er sich, dabeizusein und mit ansehen zu können, wie dieses Tier seinem Jäger gegenübersteht.
»Soll ich sagen, daß wir hierherfahren, um Sie zu treffen?«
»Würde ich nicht.«
Holt dreht sich um und sieht John mit seinen kalten grauen Augen an. Ein leises Lächeln umspielt seine Lippen.

»Sie sind ein guter Mann. Ich will Ihnen etwas zeigen. Sie sollen darüber nachdenken. Morgen abend können Sie mir sagen, ob Sie Ihre Meinung über das Treffen geändert haben. Einverstanden?«

»Einverstanden.«

Holt drückt auf einen Knopf auf dem Geländer vor dem Diorama, und die Szene auf der Insel Kodiak weicht einem Parkplatz. Keine Tiere. Keine Felsen. Nur Asphalt und ein Eukalyptusbaum mit einem dicken weißen Stamm, der in einem Pflanzentrog voll mit Island-Mohn steht. Ein neuer Lincoln parkt auf dem Platz mit dem Schild »Baum«. Als Hintergrund dient eine vergrößerte Fotografie des Gebäudes der *Journal*-Redaktion.

John spürt, wie ihm der Atem stockt. Er starrt auf die Szenerie. Das Gefühl, das er beim Betrachten hat, bringt ihn zu dem Gefühl zurück, das er hatte, als er dabeigewesen war. Er atmet einmal tief durch und hat Angst, daß ihm die Knie versagen.

»Wir werden morgen abend miteinander reden, John. Wenn Sie das Bedürfnis danach haben. Es gibt ein großes Abendessen und eine Menge Dinge zu erledigen. Ich muß sicher sein, daß alle die gleiche Melodie pfeifen.«

»Okay. Geht in Ordnung.«

35

Während John Menden einer jungen Frau zusah, wie sie Blutflecken aus ihrem Kleid wusch, blickte Joshua Weinstein im abgedunkelten audiovisuellen Raum des Kriminallabors kurz zu Sharon Dumars hinüber. Schweigend schüttelte er den Kopf und ging wieder auf und ab. Seine Gedanken kreisten dauernd darum, daß der Leichenbeschauer im Amt des Sheriffs, der Snakey aus den Akten des County gelöscht hatte, seine Meinung ändern und Joshuas Aktion zunichte machen

könnte, daß Walker Frazee die Sache mit Snakey herausgefunden haben und ihn feuern könnte, daß jeder Bescheid wußte, daß er mit Sharon Dumars geschlafen hatte.
Kenwick, die Koryphäe beim FBI für Ton- und Bildaufzeichnungen, saß vornübergebeugt neben Sharon und blickte auf ein Fudji-Schneidegerät, in dem das VHS-Band mit der Aufzeichnung von Rebeccas Ende auf dem Parkplatz des *Journal* abgespielt wurde. Kenwick war von Washington in Begleitung von Walker Frazee eingeflogen worden, und Joshua hatte, seit die beiden aus dem FBI-Flugzeug gestiegen waren, nichts als sich zusammenbrauendes Chaos wahrgenommen.
»Es ist nicht vollständig«, verkündete er. »Es ist nicht mehr einwandfrei.«
»Was meinen Sie mit ›nicht vollständig‹? Er hat nicht die ganze Aufnahme gemacht, wenn ...«
»Das meine ich nicht. Ich meine, wir haben hier das Bild. Aber der Ton wurde nicht mit überspielt.«
»Wieso das?«
»Das war kein Versehen. Das Band wurde extra so überspielt.«
»Das ist nicht das Original?«
»Nein. Das ist eine Dublette. Ohne Tonspur. Die zweite, vielleicht auch dritte Überspielung. Sehen Sie sich's an, und hören Sie hin.«
Joshua setzte sich. Kenwick reichte ihm den Kopfhörer und ließ das Video laufen. Regen. Orangen. Das Gebäude der *Journal*-Redaktion. Schließlich Rebecca.
Da lief sie zwischen den geparkten Fahrzeugen. Joshua wunderte sich darüber, daß er dies anschauen konnte. Er brauchte lediglich seine gesamte Selbstbeherrschung aufzubringen, um dieses Video so leidenschaftslos anzusehen wie ein Basketball-Spiel. Rebecca als Beweis. Rebecca als Anhaltspunkt. Rebecca als gerichtsmedizinischer Tatbestand. So sicher, wie es bei dem Video keinen Ton gab, so sicher war der Ton in Joshuas Geist, der sagte: Du hast sie geliebt, sie hat dich verraten.

Er riß sich den Kopfhörer herunter. »Wenn es keinen Ton gibt, worauf soll ich dann hören?«
»Das Rauschen. Das Rauschen bedeutet, daß beim Original ein Ton dabei war. Die Kopie wurde mit einer eigenen Tonspur gezogen – die Stille. Oder nahezu Stille, bis auf das Rauschen.«
»Sie sind sicher, daß das hier nicht das Original ist?«
»Absolut.«
Kenwick sah Joshua mit seinen großen traurigen Bisonaugen an. »Auf der Tonspur muß etwas gewesen sein, das niemand hören soll.«
Joshua lehnte sich zurück und starrte auf den mittlerweile schwarzen Bildschirm.
»Also existiert sie?«
»Was existiert?«
»Die Original-Tonspur vom Video.«
»Nun, sicherlich war sie bis zu einem gewissen Zeitpunkt drauf. Darüber nachzudenken, was mit ihr geschehen ist, wäre im Moment reine Spekulation. Man müßte auch darüber spekulieren, warum derjenige, der das Video aufgenommen hat, die Bilder sozusagen für die Nachwelt erhalten, aber den Ton gelöscht hat.«
Joshua nickte und erhob sich. »Danke, Wick.«
»Viel Glück, Joshua.«

Frazee grüßte sie an der Tür des FBI-Konferenzzimmers. Dann ging er zu dem großen Tisch, an dem bereits Norton saß, und nahm Platz.
»Der Haftbefehl wurde abgelehnt«, sagte Frazee.
Joshua wurde der Boden unter den Füßen weggezogen. Um ihn herum schien sich Dunkelheit breitzumachen, und die Wände bewegten sich auf ihn zu. Seine eigene Stimme, die ihm versagen wollte, erschreckte ihn.
»Warum?«
»Schwache Bewachungskette – da ist Eule, der nicht auf uns eingeschworen und kein Mitarbeiter von uns ist, da ist das Vi-

deo ohne Ton. Die Angst liegt im ›Anschein der Ungeeignetheit‹. Ich zitiere den Richter wörtlich.«
Joshua lehnte sich zurück. Er kochte vor Wut.
»Können wir einen weiteren Versuch …«
»Schon geschehen«, sagte Frazee. »Er hielt sich an den ersten Beschluß. Die Zeiten sind nun einmal so, Joshua, da können Sie nichts dran ändern.«
Er blickte Sharon an, die auch blaß geworden war. »Damit kann ich mich trotzdem nicht abfinden, Sir.«
»Tut mir leid, aber mir bleibt keine andere Wahl, als die Sache an die Abteilung für Alkohol, Tabak und Waffen zu übergeben, wie wir bereits besprochen haben. Liberty Ridge ist zu einer kalten Kartoffel geworden. Wir gehen zu produktiveren Sachen über. Vielleicht können sie etwas von Eule nutzen, das …«
»Soll ich denen etwa meinen Maulwurf überlassen?« Joshua schäumte vor Wut. »Ich habe noch drei Tage. Die wurden mir von Ihnen zugesagt, Walker. Sie wurden von der Staatsanwältin zugesagt. Es sind meine, sie gehören mir, und ich habe die Absicht, sie zu nutzen, um Holt zu überführen. Am Ende dieser Zeit, wenn ich nicht genügend Beweise habe, um ihn festzunehmen, können Sie Eule den andern überlassen und mich nach El Paso in Texas versetzen. Aber bis dahin habe ich eine Aktion durch- und zu Ende zu führen.«
»Sie haben Ihre drei Tage, wie versprochen. Heute ist Freitag. Montag morgen übergeben wir die Sache an die Abteilung für Alkohol, Tabak und Waffen. Ich kann nur sagen, daß es mir leid tut, Joshua. Sie haben die Sache gut gemacht.«
Mit diesen Worten erhob sich Frazee, und die Besprechung war zu Ende.
Joshua sah den Männern nach, als sie den Konferenzraum verließen. Er blieb noch eine Weile sitzen, nachdem die anderen gegangen waren. Sharon wartete im Flur auf ihn. Schließlich zwang er sich, hinauszugehen.
»Was hast du vor, Joshua?« fragte Sharon.

»Ich habe nichts vor.«
»Du lügst.«
Seit ihren gemeinsamen Nächten – es hatte in den letzten vier Tagen vier davon gegeben – war sie Joshua gegenüber immer forscher geworden. Seine Verteidigungsstrategien waren für sie nicht mehr unangreifbar, und Joshua wußte nicht, ob ihm das lieb war oder nicht.
»O Gott, Sharon, ich wünschte, ich würde lügen.«

Eule rief an jenem Abend erst spät an, als sie gerade in ihrem Wohnzimmer vor dem Fernseher saßen. Sharons Katze schnurrte ausgestreckt auf Joshuas Schoß. Er streichelte sie, obwohl er Katzen haßte. Das Abendessen hatte er nicht angerührt. Das Mobiltelefon lag vor ihm auf dem Couchtisch, aber Joshua taten die Worte bereits leid, die er würde sagen müssen.
Und dann klingelte es. Zweimal. Dreimal.
Joshua ging mit dem Telefon hinaus auf die Veranda. Er wollte nicht, daß Sharon bei seiner Verteidigung zuhörte. So viel Stolz hatte er noch. Johns Stimme war klar, aber leise, als würde er von der anderen Seite des Globus und nicht aus dem dreißig Kilometer entfernten Liberty Ridge anrufen.
John wiederholte seine Unterhaltung mit Holt, und Joshua schrieb wie immer alles in sein Notizbuch, als wäre jede Kleinigkeit wichtig.
Und dann kam natürlich Johns unvermeidliche Frage: »Du wirst dir Holt schnappen, wenn ich mich um Mrs. Baum kümmere?«
»Das wird nicht mehr möglich sein.«
»Wir haben keinen Haftbefehl?«
»Nein.«
»Warum? Was zum Teufel muß ich denn noch ...«
»Ich weiß nicht, Eule«, fiel ihm Joshua ins Wort. »Ich weiß ehrlich nicht, was du noch hättest besser machen können.«
Joshua berichtete ihm von der Besprechung mit Frazee, der

Verweigerung des Haftbefehls und den Gründen. Er konnte sich nicht erinnern, jemals in seinem Leben peinlichere Nachrichten weitergegeben zu haben.

Darauf folgte eine lange Pause. Plötzlich aber hatte Joshua einen Gedankenblitz.

Sah er es auch richtig? Oder war es nur eine Fata Morgana, die auf der langen, heißen und einsamen Straße dahinschwebte?

»Warte«, sagte er.

Er ging die Sache in Gedanken durch. Dann noch einmal von vorn, und noch einmal. Es stimmte. Da war sie.

»Ich habe keine Lust mehr zu warten«, drängelte Eule.

»Gib mir noch eine halbe Minute.«

Er blätterte in seinem kleinen Notizbuch zu den Aufzeichnungen von Johns zweitem Anruf zurück – nachdem er Holt zur Spitze der Welt begleitet und die Statuen und Grabmonumente gesehen hatte. Er stellte sich unter die Verandabeleuchtung, um besser lesen zu können, und es machte sich bezahlt.

»Es gibt eine Möglichkeit, die Sache durchzuziehen. Es geht. Du würdest deinen Kopf aufs Schafott legen müssen. Ja, genau. Du mußt mir vertrauen.«

»Okay, ich höre.«

»Da gibt's nichts für dich zu hören, Eule. Tu einfach, was Holt dir gesagt hat. Bring Mrs. Baum zu ihm auf Liberty Ridge. Ich werde dasein, wenn du mich brauchst. Das verspreche ich dir.«

Sharon musterte ihn, als er ein paar Minuten später ins Haus zurückkehrte. Er legte das Telefon auf den Tisch und marschierte auf und ab.

»Ich habe ihm befohlen, zurückzukommen, aber er hat sich geweigert. Er holt Baum für Holt nach Liberty Ridge.«

Sharon schwieg, und Josh spürte die anklagende Stille. Er wußte, daß sie seine Unehrlichkeit in Sekundenschnelle aufdecken würde.

»Du hast ihn gebeten, dir nicht zu gehorchen.«

»Nein. Er weigert sich, Liberty Ridge zu verlassen.«
»Joshua, das ist gefährlich. Es ist dumm und … mörderisch. Holt hat vor, sie zu töten und danach John. Das weißt du.«
Er gestattete sich den Anflug eines Lächelns. »Somit stehen wir vor der begründeten Annahme, daß ein Verbrechen begangen werden soll. Also müssen wir dort sein, um das zu verhindern. Wir nehmen ihn aufgrund der Verabredung zur Ermordung von Susan Baum fest. Die Sache mit Rebecca kommt später dazu.«
Ihr Schweigen versuchte ihn anzuklagen, aber Joshua Weinsteins Bewußtsein war unangreifbar. Langsam fühlte er sich unbesiegbar. Es war, als wäre er mit dem Kopf gegen die Wand gerannt, und die Wand hätte nachgegeben.
»John ist bereit«, sagte er.
»Natürlich ist er bereit. Er braucht den Reisenden genauso dringend wie du.«
Sie ging in die Küche, um sich einen Kaffee zu holen. Als sie zurückkam, setzte sie sich ans andere Ende des Sofas, weit weg von Joshua.
Joshua nahm die Spannung wahr.
»Ich weiß nicht, was richtig ist«, sagte sie schließlich. »Wenn das hier in die Hosen geht, Josh, geht es total in die Hosen.«
»Dann suche ich mir eine Arbeit auf dem privaten Markt. Vielleicht könnte Holt mich brauchen. Ich könnte meinen eigenen kleinen Waschsalon aufmachen.«
»Du könntest auch tot sein.«
Gedanken an seine eigene Sterblichkeit vermochten ihm nichts anzuhaben. Die Freude auf den Sieg, bloß der Gedanke an Sieg verjagte seine Angst.
»Ich zieh's durch, Sharon.«
»Willst du mich dabeihaben?«
»Natürlich.«
»Ich habe Angst, das Falsche zu tun, daß jemand Unschuldiges getötet wird. Du nicht?«
»Nein.«

36

John hatte seine Unterhaltung mit Joshua gerade beendet, als er hörte, wie die Eingangstür des Seehauses auf und zu ging. Er war im Obergeschoß. Seine Hände zitterten, als er das Telefon in eine Schachtel mit Putzmitteln steckte.

»Val?«

»Pech gehabt, Süßer.«

Er hörte Schritte auf dem Holzboden. Leise schloß er den Schrank und ging hinunter.

Lane Fargo saß im Wohnzimmer, eine Lebensmitteltüte aus Papier neben sich. Er sah John mit seinem Standardausdruck an: gemein und unverbindlich.

»Kommen Sie, um sich etwas Zucker zu leihen?« fragte John. Lane Fargo hatte etwas, was man sehr schnell verabscheuen konnte.

»Eigentlich nicht.«

»Hören Sie, Fargo, Sie konnten mich wegen Joshua Sowieso oder Rebecca Harris nicht drankriegen. Warum lassen Sie die Sache nicht einfach auf sich beruhen und geben zu, daß Sie verloren haben? Ich bin sauber. Und Valerie kann mich irgendwie auch gut leiden.«

»Das sind alles alte Geschichten. Ich bin mehr an der Gegenwart interessiert. Zum Beispiel daran, was mit Snakey passiert ist.«

»Nicht der schon wieder.«

»Das Spiel hat sich zugespitzt. Ich habe doch seinen kleinen Recorder gefunden, erinnern Sie sich? Und ich habe das Band letzte Nacht abgehört. Snakey hat den Recorder nur für den Ablauf Ihrer Tätigkeit verwendet – was Sie so jeden Tag gemacht haben, während wir weg waren. Er hat Sie beobachtet. Es waren ein paar aufschlußreiche Hinweise über Sie und Valerie auf dem Band. Sogar ein Picknick auf der Insel, stimmt's? Mit Berührungen und so was. Na egal, Snakey ist jedenfalls am nächsten Morgen immer noch auf und beobachtet, wie Sie das Große Haus kurz vor Sonnenaufgang verlassen. Was für eine Nacht. Dann, um sechs Uhr zwanzig – spricht er aufs Band – machen Sie sich mit den Hunden auf den Weg um den See herum. Er sagt – auch das ist auf dem Band –, er könne sich nicht vorstellen, wie jemand, der die ganze Nacht nur säuft und rumschmust, noch so viel Energie hat. Also will er Ihnen folgen. Das war das letzte, was er zu sagen hatte, soweit ich weiß. Also, wo sind Sie an jenem Morgen hingegangen?«

»Ich dachte, Sie hätten es mir gerade gesagt.«

»Wie weit sind Sie an jenem Morgen den Hügel hinaufgegangen?«

John trat zum Kühlschrank. »Bier, Fargo?«

»Nein, danke. Also, wie weit?«

John kehrte mit einem kalten Bier ins Wohnzimmer zurück und setzte sich in einen Ledersessel.

»Lassen Sie es gut sein, Fargo.«

»He, seien Sie mal ein oder zwei Minuten kooperativ. Zeigen Sie mir, wie zwecklos es sein würde, zu Mr. Holt zu gehen und ihm zu sagen, daß wir Sie mit einem Tritt in den Arsch von Liberty Ridge jagen sollten. Er hört auf mich, wissen Sie. Ich erhalte ihn am Leben.«

John war müde und überrascht. Er hatte nicht erwartet, das Spiel auf diese Art weiterzuführen. Aber er erkannte, daß er spielen mußte. Alles auf der Welt war wichtig, um bis Sonntag mittag Zeit zu schinden.«

»Ich ging den Hügel hinauf, Fargo.«

»Zum Zaun?«

»Was für ein Zaun?«

»An der Grenze, aus Maschendraht, elektrisch geladen.«

»Nein, da war ich nicht.«

»Warum sind Sie überhaupt losgegangen?«

»Ich hätte sowieso nicht schlafen können, das wußte ich. Also bin ich mit den Hunden spazierengegangen. Eine alte Angewohnheit.«

»Wann haben Sie Snakey gesehen?«
»Gar nicht.«
»Was kann denn mit ihm bloß passiert sein? Ist er auf den Hügeln einfach in ein Loch gefallen, wo wir ihn noch nicht gefunden haben?«
John zuckte mit den Schultern. »Vermutlich. Mir ist es ehrlich gesagt egal, was mit ihm passiert ist.«
»Nun, er ist nirgendwo reingefallen. Ich folgte seiner Spur, aber da war kein Snakey. Sie war nicht schwer zu verfolgen, weil das Gestrüpp ziemlich dicht ist und er parallel zum Weg ging, den Sie benutzt haben. Sie gehen doch an solchen Morgen eher auf Wegen, die es schon gibt, anstatt neue zu trampeln, stimmt's?«
»Stimmt.« Der Baum, dachte er. Die Waffe. Das Loch. Die Kiste.
»Die Spuren auf dem Weg sind von Ihren Schuhen, die oben im Schrank stehen. Snakey trug diese häßlichen Sportschuhe mit dem Wellenmuster auf der Sohle. Und die Spuren von Snakeys Schuhen gingen in die gleiche Richtung wie Ihr Weg.«
»Also, wo ist er geblieben, Fargo?«
»Das weiß ich noch nicht. Ich bin bis zur Grenze gegangen, meistens den gleichen Weg entlang wie Snakey. Seine Spuren führten fast bis zum Zaun, vielleicht bis fünfzehn, zwanzig Meter davor. Und dort vermischten sie sich mit Ihren. Ihre waren überall. Seine auch. Eine junge Eiche. Der Zaun. Zwei verschiedene Schuhabdrücke. Ich hab mich auf einen Baumstamm gesetzt und versucht, mir einen Reim darauf zu machen. Snakey hätte über den Zaun klettern können, wenn der Strom nicht eingeschaltet gewesen wäre, und das wäre mehr als unwahrscheinlich. Er hätte sich unter den Zaun durchbuddeln und das Loch wieder zumachen können. Unwahrscheinlich.«
John stößt einen stummen Stoßseufzer aus. Fargo hat das Loch übersehen.

»Vielleicht hat er auch was ganz Verrücktes gemacht, zum Beispiel könnte er zurückgegangen sein«, schlug John vor.
»Keiner seiner Fußabdrücke führt zurück.«
»Keine, die Sie gefunden haben. Vielleicht ist er ein bißchen rumgekrochen und hat mich gesucht, dann ist er einen anderen Weg zurückgegangen.«
»Also waren Sie am Zaun.«
»Ich habe keinen Zaun gesehen.«
»Er ist ja auch nur zweieinhalb Meter hoch und lächerliche zehn Kilometer lang.«
John unterdrückte sein Gähnen nicht.
»Sie haben also den Zaun nicht bemerkt, aber wie konnten Sie Snakey übersehen? Überall da draußen sind seine und Ihre Schuhabdrücke.«
»Dann richten Sie Ihren gewaltigen IQ mal darauf, Fargo, daß die Schuhabdrücke nicht zur gleichen Zeit dort hingekommen sein müssen.« John stand auf und sah auf seine Armbanduhr. »Ich bin nicht gerne unhöflich, aber Sie verschwenden meine Zeit. Ach, übrigens hätte ich gern meine Brieftasche, meine Waffe und die Autoschlüssel zurück.«
»Hier drin«, sagte Fargo und blickte auf die Lebensmitteltüte neben sich. »Allerdings nicht die Waffe. Die brauchen Sie nicht. Befehl von Mr. Holt.«
»Sagt er Ihnen auch, wann Sie pinkeln gehen sollen?«
»Er sagt mir auch, wann ich Ihnen den Schädel einschlagen soll. Sie und Adam werden wohl irgendwie warm miteinander, was? Kleine Anbändelei per E-Mail?«
»Drucken Sie sie aus und lesen sie.«
»Schon gemacht.«
»Also dann, erfolgreiche Spurensuche.«
»Keine schlechte Idee.«
Die Tür schloß sich hinter Fargo, und John verfluchte sich selbst für die dumme Aufforderung. Was ist, wenn Fargo den Weg tatsächlich zurückgeht und noch einmal nach Snakey sucht?

37

Bis zum Samstag abend war der Wind ziemlich stark geworden, und er überzog Liberty Ridge mit dem strengen Geruch der Wüste. John ging zum Großen Haus. Holt hatte ihn zum Abendessen eingeladen, um ein paar Dinge zu besprechen.
Er war überrascht, daß der Tisch auf der weitläufigen Wiese vor dem Großen Haus aufgebaut war. Ein grün-weißer Baldachin wackelte im Wind. Zwei Bedienstete, vermutlich Schüler von Liberty Operations, schoben Servierwagen mit großen Warmhalteplatten über den Rasen. Hinter ihnen kam Carolyn, die von ihrer Nachtschwester geschoben wurde, in ihrem Rollstuhl. Laura und Thurmond Messinger standen mit Lane Fargo und einem älteren Paar, das John nicht kannte, an einer kleinen Bar. Adam Sexton winkte ihm zu.
Er überquerte die Wiese und ging dann zur Bar. Laura, die ihn mit einem flüchtigen Kuß auf die Wange begrüßte, umhüllte ihn mit einem Hauch ihres Parfüms. Thurmond nickte ihm über den Rand eines Cocktailglases zu.
»John«, sagte Laura, »ich würde Ihnen gerne Scott und Mary Holt aus Salt Lake City vorstellen. Scott ist Vanns älterer Bruder.«
Scott gab ihm lächelnd die Hand. Er war eine kürzere, schmalere Version seines Bruders, aber mit den gleichen forschenden grauen Augen. Und er wirkte zehn Jahre jünger als Holt. Seine Frau, hübsch und mit einer offenen Ausstrahlung, lächelte John ebenfalls an.
»Sind Sie nur kurz zu Besuch hier?« fragte John.
»Nun, um ehrlich zu sein, wissen wir eigentlich nicht genau, warum wir hier sind«, antwortete Scott.
»Vann mußte ihn geradezu anbetteln«, sagte Mary.
»Das stimmt nicht, Mary.«
»Ich meine ... Los Angeles ist nicht unbedingt unsere Lieblingsstadt.«
»Pat! Pat!«

Auf den Gesichtern von Scott und Mary machte sich Entsetzen breit, als sie Carolyns Stimme hörten. Nach kurzem Zögern drehte John sich um und begrüßte sie.
»Hallo, Mrs. Holt.«
»Oh, sag nicht Mrs. Holt zu mir. Ein Kuß, mein Sohn?«
John beugte sich hinab, küßte sie und schüttelte unbeholfen ihre Hand.
Dann schaute sie mit verwirrtem Gesichtsausdruck Scott und Mary an. »Es tut mir leid, aber ich glaube, wir kennen uns noch nicht.«
»Scott«, stellte sich Scott vor. »Wir sind ...«
»... und ich bin Mary, Carolyn. Schön, dich wiederzusehen.«
»Oh, natürlich. Die Iden des März. Wie konnte ich nur so vergeßlich sein! Ihr erinnert euch natürlich an meinen Sohn Patrick? Von früher aus dem Weißen Haus?«
»Ja, sicher erinnern wir uns«, antwortete Scott, der John mit stark zweifelndem Blick ansah. »Hm, das Weiße Haus?«
»Nun, Sie wissen schon«, meinte John.
»Streng geheim«, sagte Carolyn. »Wo um alles auf der Welt ist mein Präsident geblieben?«
»Er wird gleich rauskommen, Mrs. Holt«, antwortete Joni, die ihre Hände auf Carolyns Schultern legte. »Da ist er schon.«
Dankbar für die Ablenkung, drehte sich John um. Holt marschierte über den Rasen. Er sah selbstbewußt und wachsam, aber auch besorgt aus.
John ging zu der vom Haus abgewandten Seite des Baldachins und dann auf die Wiese hinaus.
Adam Sexton kam mit einer hübschen Blonden zu ihm, die er als seine Frau Odessa vorstellte. Sie reichte ihm die Hand.
»Haben Sie meine Nachricht erhalten?« fragte Sexton.
John nickte. »Ich war aber nicht sicher, was Sie damit bezweckten.«
Sexton blickte zu seiner Frau, dann nahm er John am Arm und ging mit ihm ein paar Schritte. »Ich höre von Vann nur gute Sachen über Sie. Er mag Sie, und seine Tochter, glaube

ich, auch. Ich wollte Sie nur wissen lassen, daß Sie bei Hofe einen Freund haben und daß ich denke, daß Sie bei uns gut aufgehoben sind. Was immer Sie tun, es stößt auf mein Wohlwollen.«
»Was meinen Sie mit ›tun‹?«
»Jeder tut etwas. Es ist alles ein Spiel. Alles. Das ist eine Tatsache, die uns das Leben lehrt. Wie auch immer Ihr Spiel heißt, machen Sie weiter so, und spielen Sie es gut. Für Leute wie Sie ist auf Liberty Ridge stets Platz.«
»Danke, Adam.«
»Behalten Sie Fargo im Auge, wenn Sie es nicht schon tun.« Mit diesen Worten drückte er Johns Arm und kehrte zu Odessa zurück.
Valerie kam über die Wiese. Als sie John sah, rannte sie auf ihn zu, schlang ihr Arme um ihn und küßte ihn auf den Mund, während sie ihn herumwirbelte. Alle unter dem Baldachin schauten zu.
»Hallo, Mr. Menden.«
»Miss Holt. Laß los. Das gibt einen Skandal.«
»Ich liebe Skandale. Schließen wir uns der Party an?«
John hielt ihr förmlich seinen Arm hin. »Du siehst hinreißend aus.«
Zwei Stunden später war das Abendessen beendet. »Hat jeder was zu trinken?« fragte Holt. »Dann heben wir die Gläser auf die Vereinigten Staaten von Amerika und auf die Freiheit, die uns noch verblieben ist.« Nachdem alle darauf getrunken hatten, fuhr er fort:
»Leiht mir für einen kurzen Moment euer Ohr. Ich habe euch einige Dinge zu sagen. Wir essen heute abend hier draußen im Wind, weil mir dieses Wetter am besten gefällt. Auf mich wirkt der Wind wie der Atem Gottes, den man genießen muß, solange er da ist. Das ist eines meiner Themen heute abend – genießen, solange es möglich ist.« Holt erhob sich. »Ich möchte damit beginnen, daß ich Scott und Mary begrüße. Es sind genau vier Jahre, acht Monate und zwei Wochen her, daß ich

mit Scott das letztemal geredet habe. Ich weiß, lieber Bruder, ich habe dich enttäuscht. Ich habe mein Bestes versucht, nicht mich zu enttäuschen. Dein Gott, dem ich den Rücken gekehrt habe, ist nichtsdestoweniger entscheidend für meinen Abfall vom Glauben gewesen. Bleibe du ihm ruhig treu. Ich erwarte von ihm keine Vergebung. Allerdings hätte ich sie gerne von dir. Sag jetzt nichts. Ich bitte heute abend niemanden um etwas, außer mich ausreden zu lassen.

Es ist wichtig für mich, daß wir heute abend zusammen sind«, fuhr er fort. »Ihr seid meine Familie, sowohl im wörtlichen als auch im übertragenen Sinne. Ihr seid die Menschen, die ich liebe. Du bist meine Frau, Carolyn – dich liebe ich am meisten. Du warst mein Anfang. Du wirst mein Ende sein. Ich danke dir dafür.«

»Oh, Herkules.«

Ein höfliches Lachen ertönte, aber John bemerkte die Angst dahinter. Er versuchte sich Carolyn als Gesunde vorzustellen. Er sah auch, wie etwas Dunkles hinter Holts grauen Augen vorbeizog, etwas Dunkles, das ihm vertraut und bekannt vorkam, als wäre es ein Teil von ihm selbst.

»Mir ist vor ein paar Monaten unten in Texas etwas Komisches passiert. Ich habe niemandem von euch davon erzählt. Ich wollte erst darüber nachdenken. Nun, jetzt bin ich fertig damit. Man hat bei einer Untersuchung eine dunkle Stelle entdeckt, dann ein paar mehr. Es gibt keinen Grund, ins Detail zu gehen. Es wurde eine Biopsie und das ganze Zeug gemacht. Ich werde vor Ablauf eines Jahres ins Gras von Liberty Ridge beißen, wenn die Ärzte recht haben. Im Moment geht's mir aber ziemlich gut.«

Carolyn hielt Johns Arm mit überraschender Kraft krampfhaft fest. Er sah Valerie an. Ihr Mund öffnete sich leicht.

»Nein, sag nichts«, bat Holt. »Niemand. Wir haben noch Monate vor uns für den Abschied, und ich hasse Abschiede. Das wißt ihr. Ich erzähle nur die Tatsachen. Es macht keinen Sinn, sie zu verheimlichen. Ich will keine Tränen, und ich will keine besondere Behandlung. Als Allerletztes will ich Mitleid. Das wäre eine Beleidigung. Jeder, der damit nicht umzugehen vermag, kann aufstehen und den Tisch jetzt verlassen. Das meine ich wirklich so.«

Valeries Gesicht war kreidebleich geworden, und ihr Mund stand vor Überraschung offen.

Carolyn lächelte und begriff gar nichts.

Scott saß ausdruckslos mit verschränkten Armen da.

Thurmond Messinger blickte auf seinen Teller, und Laura hielt seinen Arm mit beiden Händen umfaßt.

Es war Fargo, der John in Überraschung versetzte. Da war keine Verwirrung und keine Traurigkeit in seinem Gesicht, nicht das leiseste Anzeichen eines Schocks. Fargo hatte es gewußt.

»Nun«, sagte Holt nach einer Weile, »der Hauptgrund, warum ich euch damit auf die Nerven gehe, ist der, daß sich ein paar Dinge ändern werden. Wir haben hier ein kleines Reich geschaffen, und ich möchte, daß es weiterläuft, wenn ich tot bin. Zunächst zu dir, Valerie. Ich habe schon seit einer Weile versucht, dich in Liberty Operations reinzubringen. Ich bitte dich noch einmal, darüber nachzudenken. Ich möchte, daß du bald die Verantwortung übernimmst. Dann zu euch, Laura, Thurmond und Adam. Macht weiter so mit dem, was ihr schon am besten macht. Ihr seid unser Sprachrohr für die Welt. Ich bitte euch, mit Valerie zusammenzuarbeiten, wenn die Zeit kommt. Dich, Lane, würde ich am liebsten mit in mein Grab nehmen, aber ich fürchte, dir könnte es zu kalt werden. Du bist der beste Freund, den sich ein Mensch wünschen kann. Ich danke dir für alles, was du je für mich getan hast. Ich brauchte dich für alles auf Liberty Ridge. Du hast mir den Rücken freigehalten. Ich weiß nicht, ob du überhaupt hierbleiben willst, wenn ich tot bin. Wir haben noch etwas Zeit, das rauszufinden. Aber für dich wird gesorgt werden, wenn es soweit ist, gut gesorgt werden. Ich habe schon angefangen, den ganzen Organisationskram zu Papier zu bringen. Ich werde bald damit fertig sein.«

John sah zu Fargo hinüber. Jetzt machten die Dinge langsam einen Sinn. Fargo wird seine Entlassungspapiere bekommen, wenn Holt stirbt. Fargo nickte zustimmend und mit einem leisen Lächeln, als sonnte er sich im Schein von Holts Lob.
»Oh, laß gut sein, Vanny«, unterbrach ihn Carolyn.
»Sei still, Liebes. Es gibt noch ein paar Dinge, die ich sagen will. Ihr alle wißt, daß Liberty Ridge über Jahrzehnte hinweg aufgebaut wurde. Zuerst gab es Rinderzucht, dann Pferde, dann nichts. Jetzt sind es Zitrusfrüchte und der Sicherheitsdienst. Und morgen? Wer weiß. Wir leben in einer kränkelnden Gesellschaft. Zu viele Menschen, zuwenig Werte, zuviel Angst, zu viele Lügen. Der Geist der Gesellschaft ist zur Mittelmäßigkeit verkommen. Meine letzten Jahre habe ich der Arbeit und dem Haß gewidmet – jeder von euch weiß das. In diesen Dingen bin ich gut. Ich habe gelernt, alles um mich herum zu hassen außer euch. Ich haßte die Menschen, die mir Pat genommen haben. Ich haßte die Menschen, die ihm seinen Namen gestohlen haben. Ich haßte den Gott, der all das geschehen ließ. Wir werden den Jungen schon noch finden, der den Abzug gedrückt hat. Meine Ehre verpflichtet mich dazu, das zu Ende zu bringen. Mein Tag mit der Frau, die ihn vor aller Welt durch den Dreck gezogen hat, steht immer noch aus. John hilft mir, ein Treffen mit ihr zu arrangieren. Ich kann das Unverzeihliche nicht verzeihen. Ich werde für Gerechtigkeit sorgen. Mir bleiben noch ein paar Monate mit euch. Mir bleibt noch ein Winter und ein Frühling. Vielleicht auch ein Sommer. Wenn mir noch ein Herbst bliebe, um Wachteln zu jagen und die Hunde zu trainieren – das wäre wunderbar. Also, erheben wir heute abend noch einmal unsere Gläser. Auf das Hier und Jetzt. Auf uns alle. Zum Wohl.«

Die Unterhaltung wurde fortgesetzt – still, gereizt und gezwungen. Nur Holt war mitteilsam, und bald schwiegen alle und hörten ihm zu. Er erzählte von Carolyn und wie er sie kennengelernt hatte, von seinen guten Tagen beim FBI, seinem ersten Grand Slam und seinen besten Treffern bei der Wachteljagd in Anza. Der Wind blies stärker, und der Baldachin wurde vom Gestell geweht und purzelte über die Wiese in Richtung des Ozeans. Holt stand mit seinem Glas in der Hand auf und hob es zum Himmel. Auch Valerie stand auf, und schließlich John, bis alle standen, sogar Carolyn, die sich an Johns freiem Arm festhielt. Und jeder hob sein Glas in die Höhe.

»Auf daß sich die Rache erfülle und die Seele wiederhergestellt werde.«

Dann alle: »Auf daß sich die Rache erfülle und die Seele wiederhergestellt werde.«

»Ich werde Liberty Operations besser führen, als es jemals geführt wurde, Dad. Du wirst stolz auf mich sein. Das verspreche ich.«

John warf einen Blick auf Lane Fargos steinernes Gesicht, während Beifall um ihn herum ertönte.

Dann ließ sich Valerie schwer auf ihren Stuhl fallen. Sie war vom vielen Trinken ganz blaß geworden.

»John«, sagte Holt, »bringen Sie sie ins Seehaus und kümmern Sie sich heute nacht um sie.«

»Ich werde helfen«, meinte Fargo.

»Sie wird dich nicht brauchen, Lane«, entgegnete Holt.

Damit hat er die Zukunft von Fargo auf den Punkt gebracht, dachte John. Und deswegen hat mir Fargo die Beweise zugeschleust. Plötzlich kapierte John auch, warum auf dem Video von Rebeccas Abschlachtung der Ton gelöscht worden war – weil sich nicht nur die Stimme von Holt darauf befand.

Holt hatte Rebecca erschossen, während Fargo das Video drehte.

38

Sie gingen über die Wiese zum Seehaus. Dort trug er sie die Treppe hinauf, legte sie auf sein Bett und öffnete die Fenster, um die kühle Luft hereinzulassen. Im Badezimmer machte er einen Waschlappen naß, um ihn ihr auf die Stirn zu legen.
»Ich glaube, ich hab ein bißchen zuviel getrunken«, sagte sie.
»Das glaube ich auch.«
Sie fing an zu schluchzen. Tränen schimmerten auf ihrem Gesicht, und in ihren nassen Augen spiegelte sich das Licht.
»Ich wußte, daß mit Dad was nicht stimmt. Als er das heute abend erzählt hat, kam's mir so vor, als hätte ich's schon gewußt und er würde es nur ... bestätigen. Und ich kann mir nicht vorstellen, daß er tot ist.«
John legte sich zu ihr, und sie schmiegte sich an ihn, und ihre warmen Tränen sickerten durch sein Hemd.
»Am Anfang gab es Mom und Dad und Pat und mich. Dann wurde Pat erschossen und Mom ganz wirr. Aber irgendwie waren wir immer noch eine Familie. Doch wenn Dad stirbt, dann ist's vorbei. Es bleiben nur zwei verrückte Frauen übrig und kein Mann, ein Haufen Orangen und Typen mit orangefarbenen Krawatten, ein Haufen Geld, eine Menge Leute. Wenn Dad stirbt, will ich diesen Ort nicht weiter leiten. Ich will eine Kreuzfahrt machen und nicht zurückkommen. Ich will ein Penthouse kaufen und nicht mehr rauskommen.«
»Nein, tu das nicht.«
»Warum?«
»Weil du fröhlich und schön bist und die Welt dich braucht.«
»Du brauchst mich?«
»Ich werde dich immer brauchen, und ich werde dich nie vergessen.«
»Hört sich an, als würdest du es versuchen. Jetzt schon. Du wirst verschwinden wie Pat und Dad?«
»Ich werde dort sein, wo du mich haben willst.«
»Du bist wohl ein guter Lügner, was?«

»Ich denke nicht.«
Er blickte ihr in die in der Nacht leuchtenden Augen. Ihre Schlauheit, selbst jetzt in ihrem betrunkenen Zustand, entmutigte ihn.
»Ich glaube, als Jillian starb, ging bei dir was kaputt. Wie war sie?«
»Liebenswürdig, hübsch, lebendig.«
»Was hast du am meisten an ihr gemocht?«
»Ihre Fröhlichkeit.«
»Hast du von ihr geträumt?«
»Oft.«
Valerie schwieg eine ganze Weile. Dann nahm sie seine Hand. Ihre Finger waren heiß und feucht.
»Ich glaube, mir wird schlecht.«
Er half ihr vom Bett herunter und ins Badezimmer. Durch die geschlossene Tür hörte er die Wasserspülung, dann den laufenden Wasserhahn. Schließlich ging die Tür auf, und Valerie wirkte etwas erleichterter.
»Bist du in Ordnung?«
»Ja. Aber es dreht sich noch alles.«
»Leg dich hin.«
»Ich bleib lieber aufrecht sitzen.«
Sie ließ sich im Wohnzimmer in einem großen Sessel mit Armlehnen nieder.
»Kann ich dir irgend etwas bringen?« fragte John.
»Eine Heilmethode für Dad. Das Geständnis deiner unsterblichen Liebe für mich. Etwas für meinen Kopf.«
»Ich hole ein Aspirin. Geh lieber doch ins Bett.«
»Es tut mir leid.«
»Was?«
»Was deiner Freundin passiert ist.«
Sie lag unter der Decke, und ihre Stimme kam nur noch flüsternd.
»Danke, daß du dich um mich kümmerst.«
»Es ist mir eine Ehre.«

»Du sagst immer die ... richtigen Sachen.«
»Ich meine es auch so.«
»Die gruseligsten Sachen. Das Gruseligste heute abend war die Art, wie Lane mich ansah, als ich sagte, ich würde Liberty Operations weiterführen.«
»Lane will die Firma für sich.«
»Jetzt gehört sie mir.«
»Er wird gegen dich kämpfen.«
»Den pack ich schon. Mit Leichtigkeit.«
Kurz darauf atmete sie tief.

Unten sah John nach den eingegangenen Nachrichten.

»DACHTE, DU KÖNNTEST ETWAS FREUNDLICHE POST GEBRAUCHEN. BIN IMMER NOCH GANZ BENOMMEN VON ALL DEM, WAS WIR ZUSAMMEN ERLEBT HABEN. NOCH ZU FRÜH, UM ZU SAGEN, ICH LIEBE DICH, ABER ICH TUE ES, UND ALLE SCHWIERIGKEITEN, DIE DARAUS ERWACHSEN, SIND DEINE. ICH HABE DAS GEFÜHL, DASS ES HEUTE ABEND EINE FEIER GIBT. DEINE EHEMALS JUNGFRÄULICHE KÖNIGIN. VAL«

»LAUFE HIER OBEN RUM UND FÜHLE MICH BESSER. WIR BLEIBEN IN KONTAKT. SNAKEY«

»HAT DIR MEIN FILM GEFALLEN? ICH WUSSTE ES. WANN KOMMT DAS FINALE?«

Er hat mich ganz gut ausgetrickst, dachte John. Hat mich zappeln lassen, während er alles wußte. Hat er die Sachen gefunden? Das Loch? Eigentlich spielt es keine Rolle, wie Fargo es rausbekommen hatte. Es war seine Aufgabe, und die hat er erledigt.
Was eine Rolle spielte, war, daß Fargo sich außerhalb des FBI-Netzes befand – und wenn er die Tonspur vernichtet hatte, würde das auch immer so bleiben. Holt könnte auspacken, aber das war unwahrscheinlich.
Damit war Valerie an der Reihe. Was stand ihr auf Liberty

Ridge bevor, allein mit einem Mörder und Verräter? Es gab tausend Gründe, ihm die Leitung von Liberty Operations zu überlassen. Aber wenn sie das nicht tat, was wahrscheinlich war? Was dann? Ein bewährter, altmodischer Jagdunfall?
Er ging hinaus und blieb auf der Veranda stehen. Das ist alles, was ich dir lassen kann, dachte er, den Namen der Schlange in deinem Paradies. Und so schrieb er ihr einen kurzen Brief, faltete das Blatt, versah es mit ihrem Namen und legte es auf die Bar zwischen Küche und Wohnzimmer. Über sich selbst oder darüber, was er beziehungsweise warum er es getan hatte, stand wenig darauf. Nur das, was er über Fargo erfahren hatte, seit er auf Liberty Ridge war.
Sollte Holt statt Joshua morgen die Oberhand behalten, würde sie den Zettel auf der Suche nach einer Spur finden, warum er so schnell verschwunden war und wohin. In diesem Fall würde sie seinen Worten natürlich sowieso keinen Glauben schenken. Ihr Vater würde bequeme Lügen verbreiten. Und Largo würde irgendwann in naher Zukunft eine lange Reise machen, als entgegenkommende Geste von demjenigen Mann spendiert, den er geliebt, gefürchtet und verraten hatte.

39

Jeder Sonntag sollte so erholsam, jeder Morgen so klar sein. Vann Holt stand in Khakihosen und Safarihemd vor einem der Afrika-Dioramen im Trophäenraum.
»Ich dachte mir, daß du hier bist, Dad.«
»Hallo, Liebes.«
»Es tut mir leid, daß ich gestern abend so viel getrunken habe.«
»Es war ein Abend voll überwältigender Gefühle.«
»Ach, Dad, warum hast du mir nichts gesagt?«
»Ich habe es dir früh genug erzählt. Es gab keinen Grund, eher damit rauszurücken.«

»Gibt es nichts, was wir tun können?«
»Wir können tun, was wir wollen.«
»Ich meine, wegen ...«
»Nein. Es geht seinen Weg wie alles andere in der Natur.«
»Ich wußte, daß der Tag kommen würde. Allerdings hatte ich den Termin erst in dreißig Jahren festgelegt.«
»Wichtig ist, mit Würde und in Ehren zu leben und genauso zu sterben. Was ich nicht will, sind tausend lange Abschiede.«
Valerie schüttelte den Kopf. »Das will ich auch nicht.. Ich werde Liberty Operations leiten, wenn du ... mich brauchst.«
»Du hast viel zu lernen. Und viel Zeit dazu. Mir geht's gut.«
»Ich liebe dich.«
»Ich liebe dich auch, Valerie.«
Sie umarmte ihn fest. »Wir schaffen das schon, Dad.«
»Ja, das werden wir, mein Kind. Ich habe übrigens heute gegen Mittag ein paar nicht sehr interessante Leute zum Essen da. Laura und Thurmond wollen, daß du zu ihnen kommst. Ich sagte ihnen, du seist bestimmt einverstanden.«
Valerie atmete einmal tief durch. Holt hatte diese Traurigkeit in ihren Augen seit der Geschichte mit Pat und ihrer Mutter nicht mehr gesehen.
»Ich hatte vor, drüben auf der Insel zu essen. Ich muß über ein paar Dinge nachdenken, bei denen ich lieber allein wäre.«
»Dann gebe ich ihnen Bescheid, daß du nicht kommst.«
»Danke, Dad. Ich habe gehört, John erledigt später einen Auftrag für dich.«
»Er bringt nur die Kunden zum Mittagessen her. Eine reiche Lady aus Newport, die glaubt, daß ihr Mann es zu toll treibt, allerdings nicht mit seiner Sekretärin, sondern mit ihrem Geld.«
»Oh, da bin ich froh, daß ich nicht dabeisein muß«, sagte sie und drehte sich zum Gehen.
»Schickst du mir bitte Lane runter?«
Fargo tauchte fünf Minuten später auf.
»Wie haben es die Leute aufgenommen?«

»Ziemlich gut, Mr. Holt. Val war enttäuscht, weil Sie es ihr nicht schon vorher gesagt haben.«
»Scott?«
»Aus einem Typen wie dem werde ich nicht schlau. Vielleicht spricht er noch mit seinem Gott darüber. Ich hab sie vor einer Stunde zum Flughafen gebracht. Wie fühlen Sie sich?«
Holt überging Fargos Frage. »Val wird Liberty Operations übernehmen. Sie wird deine ganze Hilfe und Unterstützung brauchen, die du ihr geben kannst.«
Fargo schwieg einen Augenblick, dann sagte er: »Bekommt sie.«
»Und wenn ich sterbe, wird sie die Verantwortung haben.«
»So hatte ich es mir vorgestellt.«
»Enttäuscht?«
»Ja. Sie und ich haben die Firma aufgebaut, nicht Valerie.«
»Ich nehme dir das nicht übel. Ich habe eine Vereinbarung mit der Bank getroffen, daß du zwei Millionen auf die Hand erhältst, wenn ich tot bin. Was sagst du dazu?« Holt erkannte in Fargos Augen die schlecht verheimlichte Enttäuschung und den Schimmer einer Drohung. »Sie haben sich mir gegenüber immer korrekt verhalten, Mr. Holt. Ich würde lieber die Firma leiten, als mich auszahlen zu lassen, auch wenn's soviel ist. Aber wenn Val an der Reihe ist, dann ist das eben so.«
Holt klopfte Fargo auf die Schulter.
»Fahr Menden heute morgen hinterher.«
»Ich dachte mir, daß Sie das wollen.«
»Er soll ruhig wissen, daß du da bist. Ich möchte nur nicht, daß er anfängt, selbständig zu denken.«
»Dazu ist er gar nicht fähig.«
»Wenn ihr am Großen Haus vorbei seid, soll er sie hinauf zur Spitze der Welt bringen. Du parkst dort. Bleib in der Nähe, und halt die Augen offen.«
Fargo stand auf, um zu gehen, doch dann setzte er sich wieder.
»Ich möchte Sie um einen Gefallen bitten, Mr. Holt. Ich werde mich gern um Menden kümmern, wenn die Zeit da ist. Ich

hasse sein hübsches Gesicht, und ich weiß, was er mit Valerie macht. Es tät mir gut, wenn Sie auch so denken.«
Holt nickte, und Fargo erhob sich wieder.
»Wenn die Sache so endet.«
»Ich wäre Ihnen dankbar, Sir.«
»Ich will dich was fragen, Fargo. Hast du das Gefühl, daß noch was anderes vor sich geht außer der Geschichte mit Baum?«
»Nein, das Gefühl habe ich nicht.«

John wachte um fünf Uhr morgens nach einem Traum auf, in dem Joshua mit einem sechsschüssigen Revolver in jeder Hand gleichzeitig Vann Holt und ihn, John Menden, wegpustete.
Er hatte schon vor einiger Zeit kapiert, daß Joshua alles aufs Spiel setzen würde, um Rebecca zu rächen. Er wäre sogar bereit, Baum, ihn, John, und selbst Sharon zu opfern. Alle standen sie erst an zweiter Stelle. Ja, eigentlich müßte Joshua seinen Tod wollen. Sein Tod wäre die reinste Wiedergutmachung für das, was er mit Rebecca getan hatte, die reinste Verteidigung gegen einen Rivalen. Liebe und Haß sind immer jenseits aller Kontrolle. Das war ein Gedanke, bei dem sich ihm alles zusammenzog, und John versuchte ihn abzuschütteln.
Er dachte an Holt und an die Möglichkeit, daß dieser ihn zusammen mit Baum erledigen würde, wenn er versagte. Was würde Holt ihm wirklich geben wollen, die Schlüssel zu seinem Königreich oder eine Kugel in den Kopf? Er stand leise auf, zog sich an und schlüpfte mit den Hunden durch die Tür. An der Eiche neben dem elektrischen Zaun holte er sich den .45er und versteckte ihn in der Mittelkonsole seines Wagens. Als er vierzig Minuten später ins Bett zurückkehrte, lag Valerie immer noch wie vorher da.

40

John lenkt seinen Transporter die letzte Steigung zur Spitze der Welt hinauf. Er ist froh, Fargo los zu sein, der ihn zweimal filzte, bevor er ihn durchs Haupttor hinausließ, und ihn ganz frech bis nach Newport Beach und zurück verfolgte. Baum sitzt neben ihm.

»Er wird wirklich hier sein?«

»Wirklich.«

»Und was ist mit Joshua und Sharon?«

John verlangsamt das Tempo, dann bleibt er stehen. »Sie werden dasein. Und wenn du dir auch nur ihre Namen vorstellst, Susan, wird uns das umbringen. Das ist die Abmachung, die wir getroffen haben.«

»Was ich nicht verstehe, ist, warum ...«

Er greift hinüber und packt sie fest am Arm. »Halt den Mund und spiel weiter. Es wird bald vorbei sein.«

»Das ist auch nicht gerade ein Trost. Für wen arbeitest du eigentlich? Du tust mir weh ...«

»Ich hab gesagt, halt den Mund und spiel weiter. Tu so, als wärst du sauer, daß ich dich reingelegt habe. Das ist alles, was du machen mußt.«

»Ich *bin* sauer.«

»Auch gut.«

John fährt weiter die Kuppe hinauf. Er läßt den Wagen ausrollen und parkt ihn neben Holts Rover.

»Ich mach dir die Tür auf«, sagt er.

Baum sucht natürlich nach dem Türgriff, den Fargo abmontiert hat.

John nutzt die Gelegenheit, um seinen .45er aus der Konsole zu nehmen und in die Tasche seines Mantels zu stecken. Dann springt er aus dem Wagen und geht zur Beifahrerseite hinüber, um Baum aussteigen zu lassen.

Gemeinsam gehen sie über den Kies zum großen Tisch und den Bänken aus Stein. Hinter dem Tisch steht Partch. Holt

kommt ihnen entgegen und nickt John zu, dann lächelt er Susan Baum an. Er reicht ihr die Hand.
»Ich bin Vann Holt.«
»Sie wissen, wer ich bin. Was zum Teufel geht hier vor?«
»Ein kleines Mittagessen. Haben Sie ein bißchen Appetit mitgebracht?«
»Eigentlich nicht.«
»Ich habe etwas Spezielles zubereiten lassen.«
»Ich bin auf Diät.«
»Kommen Sie hier herüber. Ich möchte, daß Sie sich Liberty Ridge von oben ansehen.«
Er nimmt sie am Arm und führt sie an Partch vorbei über die Kuppe.
»John? Warum kommen Sie nicht zu uns?«
So stehen die drei nebeneinander – Susan Baum in der Mitte – und blicken auf Liberty Ridge hinab.
»Wann kamen Sie aus New Jersey nach Orange County, Susan?«
»Vor acht Jahren.«
»Haben Sie schon mal so was wie das hier gesehen?«
»Natürlich habe ich das. In Orange County schaut es überall gleich aus, es sei denn, man ist am Strand oder auf einer Straße mit Häusern. Aber reden wir nicht um den heißen Brei herum, Mr. Holt, kommen wir zum Kern der Sache. Was zum Teufel machen wir hier?«
»Ich habe Sie hier raufbringen lassen, um Ihnen von Patrick zu erzählen. Es gab eine Zeit, als ich eine Entschuldigung von Ihnen wollte. Aber jetzt nicht. Ich möchte nur, daß Sie verstehen.«
»Entschuldigung für was? Alles, was ich geschrieben habe, entsprach der Wahrheit.«
»Was Sie nicht geschrieben haben, entsprach mehr der Wahrheit. Als der echte Sexualverbrecher geschnappt wurde, zogen Sie kein Wort zurück.«
»Gut. Das tut mir leid. Fühlen Sie sich jetzt besser?«

Verbittert sieht Holt auf Susan Baum hinab.
»Ich nehme an, Sie wollen es in der Zeitung lesen?«
»Es überrascht mich, wie wenig Sie wissen.«
»Was erwarten Sie also von mir?«
Holt lächelt. »Daß Sie verstehen. Leisten Sie mir beim Mittagessen Gesellschaft. Hier entlang.«
John blickt zum kurios gedeckten Tisch hinüber; drei Plätze, zwei gegenüber an den langen Seiten des rechteckigen Steins, ein dritter am Kopfende gegenüber der Holtschen Grabmale. In der Mitte steht eine kleine Vase mit Wildblumen, an jedem Platz ist ein Gedeck mit Wein- und Wasserglas. Auf den Tellern sind silberne Deckel.
John setzt sich. Susan Baum läßt sich zu seiner Linken nieder, während Partch schweigend hinter ihr steht. Holt sitzt rechts von ihm, ihr direkt gegenüber.
»Nehmen Sie die Sonnenbrille ab, Susan«, sagt Holt.
»Es ist hell hier draußen.«
»Ich möchte Ihre Augen sehen, während wir reden.«
»Ich behalte sie lieber auf.«
Holt beugt sich vor und reißt ihr die Brille runter. »Schon besser.«
»O Gott! Sie ... Sie ...«
Aber sie beendet den Satz nicht, und zum erstenmal in seinem Leben sieht John, wie in Susan Baums hübschen grünen Augen Angst aufsteigt.
»Pat war zweiundzwanzig, gerade mit dem College fertig«, sagt Holt und legt sich die Serviette über den Schoß. »Er war ein religiöses Kind. Wir waren Mormonen. Als ich meinen Glauben aufgab, war Pat noch besessen davon. Es gibt Schlimmeres als religiöse Überzeugungen. Es ist besser, an etwas zu glauben als an gar nichts. Er hatte ein Mädchen, das er nach seiner Mission in Afrika heiraten wollte. Auf dem College hatte er sehr gute Noten. Und er hatte eine freundliche Art, mit Menschen und Tieren umzugehen. Fischen und Jagen mochte er nicht, ihn reizte das Töten nicht. Ich habe das respektiert.«

John beobachtet Holt. Vielleicht sind es die Ereignisse des Abends zuvor, der Krebs in ihm, die Erinnerung an seinen Sohn oder die Abscheulichkeit der bevorstehenden Aufgabe, aber Holts Gesicht wirkt blaß und schlaff.

»Einer der Gründe«, fährt Holt fort, »warum Sie und Ihre angeblichen Opfer so leicht behaupten konnten, daß Pat sich im Spanierviertel rumgetrieben hat, war, daß er tatsächlich viel dort gewesen war, nämlich während seiner Missionsarbeit. Das tun sie, bevor sie in die Welt hinausgeschickt werden, um die armen Seelen zu bekehren. Und Sie, Mrs. Baum, Sie und Ihre ängstlichen Freundinnen verdrehten die Geschichte und behaupteten, es sei eine Unzuchtstour gewesen. Das war so absurd, daß ich gelacht hätte, wäre es nicht um meinen eigenen Sohn gegangen. Aber es war verdammt noch mal nicht lustig, als ich darüber in Ihrer Kolumne las, und es gab keinen Pat mehr, der für seinen guten Namen hätte kämpfen können.«

»Sie hätten mich anrufen und wir hätten darüber reden sollen«, entgegnet Baum.

»Habe ich. Mehrmals. Und kein einziger Rückruf. Nicht einer.«

»Ich war beschäftigt.«

»Ich war auch beschäftigt. Ich habe versucht, für Carolyn einen guten Rollstuhl mit Motor zu finden. Für die Frau, die Sie in Ihrer Kolumne als ›die Art von untertäniger Ehefrau und Mormonin‹ beschrieben haben, ›die fröhlich ihre Kinder austrägt und ihrem Mann in ihrem ganzen Leben wahrscheinlich noch nie widersprochen hat‹. Darin war stillschweigend die Aussage enthalten, daß sie mit diesen Eigenschaften – die sie übrigens keineswegs hat – das, was ihr passiert ist, verdient hat. ›Vielleicht hätte eine unabhängigere Frau sich geweigert, ihren zweiundzwanzigjährigen Sohn an jenem Tag auf dem Kreuzzug in das Spanierviertel zu begleiten. Vielleicht hegte sie den Verdacht, daß seine vergangenen Einsätze in Santa Ana einem ganz anderen Zweck gedient haben könnten.‹ Es ist eine Beleidigung für das feinste menschliche Wesen, dem ich auf Erden jemals begegnet bin. Sie wußten nichts über sie. Sie hielten sich lediglich an den allgemeinen Trend und übernahmen ihn.«

»Ich entschuldige mich.«

»Zu spät.«

»Was wollen Sie dann von mir?«

»Essen Sie.«

Susan Baum hebt den Deckel von ihrem Teller und legt ihn zur Seite. »Was ist das?« fragt sie.

»Ihre Artikel, geraspelt und verfeinert mit fünfzig Kubikzentimeter von Carolyns Blut und einem Hauch von Pats Asche. Vielleicht fehlt ein bißchen Pfeffer und Salz.«

Sie sieht Holt mit einem eisigen Blick an. Panik steigt in ihr auf.

Holt hebt den Deckel von seinem Teller, und darauf liegt sein Revolver, garniert mit etwas Petersilie.

»John, schauen Sie doch mal, ob Sie Ihr Entree mögen«, fordert ihn Holt auf.

John blickt Holt an und versucht dessen Absicht in den ockerfarbenen Augen zu lesen. Er ist sich nicht mehr sicher, was er tun soll, was von ihm erwartet wird und was geplant wurde. Wo zum Teufel stecken Joshua und Sharon?

Dann, wie als Antwort, erkennt er tatsächlich etwas, das seinen Puls zum Rasen bringt – ja, er ist sich sicher, daß er weit draußen über dem Pazifik ein kleines, dunkles Objekt sieht. Innerlich muß er lächeln.

Der Wind heult über Liberty Ridge. John hebt den silbernen Deckel und findet den gleichen Revolver auf seinem Teller.

Susan Baum blickt auf Johns Teller, dann zu John.

»Ich bin fertig«, meint sie. »Ich kann nicht mehr.«

»Schade«, sagt Holt. »John, wenn Susan fertig ist, kann einer von uns beiden den Nachtisch servieren.«

Wir sind fertig, denkt John. Er blickt hinaus auf das Wunder in der Luft, das sich vom Meer hereinbewegt – ein Hubschrau-

ber, der sich in einem erschreckend langsamen Bogen nähert. Er fliegt tiefer.
Holt folgt Johns Blick. »Kommt der Hubschrauber auf uns zugeflogen, John?«
»Sieht so aus, Mr. Holt.«
»Nun, ich frage mich, wer das sein könnte.«
»Keine Ahnung.«
Susan Baum schaut nun auch hinauf zum Hubschrauber, der sich auf die Spitze der Welt herabsenkt.
»O Scheiße!« sagt sie.
Eine schwarz-orangefarbene Maschine schwebt über ihnen und schaukelt im Wind hin und her. Das Hinterteil schwenkt zur Seite, und die Nase dreht sich nach unten. Der Pilot winkt ihnen zu. Holt winkt zurück. Dann steigt der Patrouillen-Hubschrauber der Liberty Operations wie von Seilen gezogen wieder nach oben.
»Gute Leute«, sagt Holt. »Sie halten immer nach dem alten Mann Ausschau.« Er lächelt zufrieden.
John spürt eine schmerzende Leere in seinem Magen. Wo stecken sie nur?
Susan Baum sieht ihn niedergeschlagen an. »Ich bin fertig, John.«
Holt blickt ihn scharf an. John merkt förmlich, wie in Holts Kopf ein anderer Gang eingelegt wird, wie die Fragen vorbeiziehen und die Antworten sich drehen, um eine Stelle zum Einrasten zu finden. Er weiß, daß es nur noch eine oder zwei Sekunden dauern wird, bis alles verpatzt ist. Ich brauche Zeit, denkt er, ich muß alles tun, um Zeit zu gewinnen.
Also nimmt er den Revolver mit der linken Hand von seinem Teller und hält den Lauf nach vorn, nur einige Zentimeter von Susan Baums Kopf entfernt. Seine rechte Hand steckt er in die Manteltasche, umfaßt den Griff der Automatik und schiebt den Finger durch den Bügel des Abzugs. Er versucht mit der Mündung auf Holt zu zielen, aber der Lauf hat sich in dem weichen Stoff der Tasche verfangen.

Seine Stimme klingt angespannt und wenig überzeugend. »Halt den Mund und iß, Susan.«
»Friß deine Worte, du elendes Schwein«, schreit Holt sie an. In Susan Baums Augen steht das reine Entsetzen.
Sie blickt auf ihren Teller hinab, greift zur Gabel und stochert in dem Haufen Zeitungspapier.
John schielt zu Partch, um abzuschätzen, wie weit er den Revolver herumschwingen muß, damit er an Susan Baums Kopf vorbei auf ihn schießen kann. Zehn Zentimeter, oder zwölf?
»Ist die Waffe hier geladen, Mr. Holt?« fragt er.
»Was glauben Sie?«
»Ich glaube, Sie hätten gern, daß ich sie benutze.«
»Es würde Ihren wahren Wert zeigen.«
»Die Frage ist, ob Sie mir vertrauen und die Waffe geladen haben.«
»Das ist die Frage, John. Was ist, wenn Sie Ihre Nerven verlieren und versuchen, die Waffe gegen mich zu richten? Ich mußte das berücksichtigen.«
»Da ist ja noch Partch.«
»Verdammt richtig. Es liegt an Ihnen, John. Sie sind dran. Folgen Sie Ihrem Herzen.«
Wo stecken sie bloß?
John blickt zu Susan Baum. Ihre Augen haben jetzt einen vollkommen anderen Ausdruck. Ist es Resignation oder Verstehen?
»Wie wurde dieses Essen zubereitet, Mr. Holt?« fragt sie.
»Mit liebevoller, haßerfüllter Sorge.«
»Nein, ich meine, haben Sie das Papier sautiert oder im Ofen überbacken?«
»Es ist Zeitungstartar.«
»Nun ... schauen wir mal, wie ...«
Sie schiebt ein kleines Häufchen auf die Gabelspitze und betrachtet es. Dann hält sie es an die Nase und riecht daran. Sie atmet tief durch, öffnet ihren Mund, schließt ihre Lippen um die Gabel und spuckt das Papier in Holts Richtung. »Sie ha-

ben Rebecca Harris ermordet, und ich weiß es. Sie dachten, ich sei sie gewesen.« Sie wirbelt ihren Kopf zu John herum, ihre Nase ist nur wenige Zentimeter von der Revolvermündung entfernt. »Schön, Herr Redakteur. Du warst in sie verknallt. Das habe ich quer durchs ganze Büro gemerkt. Was wirst du jetzt wegen ihr tun? Wie konntest du dich mit diesem ... Schwein einlassen? Ich hoffe, daß das FBI euch beiden den Arsch weit aufreißt.«
Holt beobachtet John. Er lächelt, aber John merkt, daß er kapiert hat. »Nun, John. Sie kann doch gar nicht die Wahrheit sagen.«
John weiß, daß er keine Wahl mehr hat. Er hat begriffen, daß Joshua ihn hier auf die einsame Höhe gebracht hat, damit er für sich und eine unschuldige Frau kämpft, die mit großer Wahrscheinlichkeit stirbt. War das schon die ganze Zeit über Joshuas Ziel gewesen?
Sein Herz pocht. Der Revolver in seiner Hand ist schwer geworden, aber er richtet ihn zehn Zentimeter weiter links von Susan Baums Kopf direkt auf Partchs Brust.
»Es stimmt, daß ich sie geliebt habe«, bestätigt John. »Und Sie haben sie im Regen erschossen.«
Holt sieht John an. Als er spricht, liegt ein weicher Klang in seiner vibrierenden Stimme. »Ja, das habe ich. Vierzig Jahre Gesetzesvollzug, und nie ist mir ein Fehler wie dieser unterlaufen. Ein Unfall. Ein schlimmer. Verzeihen Sie mir?«
»Niemals. Ich werde Partch erschießen, wenn er sich rührt. Und ich werde Sie in dem Moment erschießen, in dem Ihre Hand sich zum Teller bewegt, Mr. Holt.«
Aber die Wahrheit ist, daß John viel zu ängstlich ist. Endlich hat er die Automatik in seiner Manteltasche auf Holt richten können, doch seine Finger sind so taub, daß er sie kaum spürt.
»Es tut mir wirklich leid, John. Ich hätte Sie hier auf Liberty Ridge gebrauchen können. Sie haben meine Tochter nur benutzt, stimmt's? Das kann ich nicht durchgehen lassen. Haben

Sie Angst? Blödes Gefühl, die Waffe auf einen Menschen gerichtet. So ist das Leben.«
»Ja, es ist ein blödes Gefühl.«
»Ich glaube nicht, daß Sie abdrücken können.«
»Ich werde.«
Holt blickt zu Partch hinüber und nickt.
John reagiert nur noch. Er zielt auf Partchs Silhouette vor dem Himmel und drückt ab. Das Klicken ist das hoffnungsloseste Geräusch, das er je in seinem Leben gehört hat.
Plötzlich duckt sich Partch mit einer Hand in seiner Jacke in die Schießstellung, als sich etwas am Rand von Johns Blickfeld bewegt – im Sonnenlicht blitzendes Gold. Links von ihm ist Partchs Waffe direkt auf ihn gerichtet. Aber zwei Phantome sind aus dem Schatten der Grabmonumente in den hellen Tag herausgetreten und Gestalt geworden. Zwei scharfe Explosionen reißen Partch nach hinten.
Es dauert eine Ewigkeit, bis John den .45er aus seiner Tasche zerrt. Da sieht er, wie jemand eine Waffe auf Holt richtet. Im nächsten Moment wird sein ganzer Körper über den Tisch gezogen, sein Kopf in Holts Arm geklemmt und etwas Hartes gegen seine Stirn gepreßt. Die Welt ist in weite Ferne gerückt. Susan Baum schreit so laut, daß seine Ohren weh tun. Holt zerrt Johns Gesicht auf den Teller. Sein Arm schnürt ihm das Blut und die Luft ab, während er direkt vor sich die Geschoßspitzen in Holts Revolver sieht, ein Stück weiter den dicken, um den Abzugshahn gelegten Finger und noch weiter dahinter die undeutlichen, im Sonnenlicht erstarrten Gestalten von Joshua Weinstein und Sharon Dumars.
»Jetzt bin ich dran, Kinder«, hört er Holt sagen. »Ich werde ihn erschießen. Laßt die Waffen fallen. Legt sie auf den Boden. Los.«
John versucht seinen Blick auf Joshua und Sharon zu richten, aber er kann nur die Patronen direkt vor seinen Augen erkennen. Fangen sie an, sich in der Trommel zu drehen? Dann dröhnende, schlagartig aufeinanderfolgende Schüsse. John

spürt das Krachen und Splittern von Knochen um sein Gesicht. Blut spritzt ihm in die Augen, er spürt, wie etwas Schweres und Gepreßtes explodiert. Er fällt. So fühlt sich das also an. Man fällt einfach um; genau, wie ich es mir vorgestellt habe.

Das nächste, was er mitbekommt, ist, daß er auf dem Rücken liegt und in den klaren blauen Himmel blickt. Ein warmer Wind streicht über sein Gesicht, die Luft strömt in seine Lungen zurück, jemand schreit: »Ruf den Krankenwagen!« Er greift nach Sharons Arm und zieht sich hoch. Und da sieht er ihn direkt vor seinen Füßen liegen, den Hurensohn, mit leerem Blick in den Augen und einem großen schwarzen Loch dazwischen, einem weiteren Loch mitten in der Stirn und einem dritten zwei Zentimeter daneben. John schwankt.

»Wir haben ihn, John«, sagt jemand. »Du hast deinen Teil erledigt. Es ist vorbei.«

Ich lebe noch, denkt er.

Kurz darauf jagt ein roter Rover über die Anhöhe und hält schleudernd vor ihnen. Valerie Holt, die neben Fargo sitzt, starrt ihn an.

John zieht seinen Mantel aus und bedeckt Holt damit.

»O nein!« ruft Valerie aus. »Was …? *Nein!*«

Ihre Verwirrung verwandelt sich in Schrecken, als sie ihren Blick auf John richtet. Er will sie zum Wagen zurückbringen, aber sie schlägt um sich. Joshua und Sharon nähern sich, ihre FBI-Marken blitzen in der Sonne. Joshua versucht seine und Sharons Anwesenheit zu erklären. Fargo kommt herbei und hilft ihnen, Valerie zum Fahrzeug zu bringen.

John steht da und sieht tatenlos zu. Susan Baum sitzt zitternd immer noch am Tisch unterhalb der monumentalen Bronzestatuen der Familie Holt.

Fargo fährt mit dem Rover fort.

Kurz darauf senkt sich ein Hubschrauber auf die Spitze der Welt, und drei FBI-Limousinen kommen die Straße heraufgefahren.

John sitzt jetzt auf der Steinbank neben Susan Baum und spürt nichts als Dunkelheit in sich.

41

Noch am selben Nachmittag packte John seine Sachen zusammen. Und später ging er zum drittenmal an diesem Tag über die Wiese zum Großen Haus. Aber zum erstenmal war Lane Fargo nicht dort, um ihn wieder wegzuschicken.

Valerie saß im Wohnzimmer vor einem kleinen Feuer, das im Kamin flackerte. Sie hatte sich eine Decke um die Schultern gelegt.

»Darf ich?« fragte John.

Sie sah ihn lange an, dann nickte sie. Er setzte sich auf das Sofa ihr gegenüber.

»Kann ich irgend etwas für dich tun?«

Sie sah ihn wieder an und schüttelte den Kopf, dann blickte sie erneut ins Feuer.

»Mom versteht es nicht. Ich hab ihr alles erzählt, aber sie kapiert's nicht. Sie sagt: ›O nein, warte, bis Vanny das hört.‹ Sharon Dumars hat es mir erklärt«, fuhr sie ausdruckslos fort. »Wer du bist. Was Dad getan hat. Ich habe nicht verstanden, warum du ihm das angetan hast.«

»Hat sie dir von der Frau erzählt?«

»Jillian?«

»Rebecca.«

»Sie hat nichts von einer Rebecca gesagt.«

»Sie hat für dieselbe Zeitung gearbeitet wie ich. Wir liebten uns. Sie ging hinaus, um Susan Baums Wagen im Regen zu holen, und dein Vater hat sie erschossen.«

Valerie drehte ihren Kopf langsam zu John. »Dann war es deine Freundin, die er ermordet hat.«

»Genau.«

»Deswegen hast du ihn getötet.«

»Nein. Das war Joshua. Ich dachte ... wir würden ihn wegen Rebecca festnehmen.« Nach einer Pause fuhr er fort: »Ich weiß, daß du mir niemals verzeihen kannst. Aber ich möchte ein paar Dinge sagen. Wirst du mir zuhören, nur einen Moment?«

Sie zuckte mit den Schultern, sah ihn aber nicht an.

»Zuerst mußt du wissen, daß ich nie die Absicht hatte, die Sache so enden zu lassen. Wenn ich gewußt hätte, daß es so ausgeht, hätte ich es nicht getan.«

»Auch nicht für Rebecca?«

»Nein. Und ich habe es nie darauf angelegt, mich in dich zu verlieben. Und ich muß dir noch was sagen. Ich liebe dich immer noch, und ich werde alles, was ich kann, für dich tun. Ich will, daß du wieder in Ordnung kommst.«

Valerie sah ihn lange an. Das Feuer spiegelte sich in ihren Augen.

»Es ist kein Platz mehr für dich da, John.«

»Ja, ich weiß.«

»Ich empfinde nur Haß.«

John stand auf, warf zwei Scheite ins Feuer und blickte zum Treppenabsatz hinauf, wo sich ein Schatten auf der Wand dahinter abzeichnete.

»Es gibt noch etwas, das du wissen solltest, über deine Zukunft hier. Als ich nach Beweisen suchte, die deinen Vater belasteten, half mir jemand auf Liberty Ridge, sie zu finden. Ein Teil der Hilfe war nicht eindeutig, ein Teil jedoch war offensichtlich. Zuerst dachte ich, es sei Sexton, aber später nicht mehr.«

»Nein«, sagte Valerie, »es war Lane. Somit hätte er Liberty Ridge für sich gehabt.«

»Ja.« John sah wieder zum Treppenabsatz hinauf. »Wollen Sie etwas dazu sagen, Fargo?«

Ein schwacher Schatten bewegte sich zwischen den schärferen der Geländerpfosten, und Lane Fargo erschien.

»Komm runter, Lane«, sagte Valerie. »Es spielt keine Rolle

mehr, denn ich mache Liberty Operations sowieso dicht. Hab's noch nie gemocht.«
Fargo kam leise die Treppe herunter und betrat das Wohnzimmer wie ein Geist.
»Laß uns allein«, bat Valerie.
»Er sagt nicht die Wahrheit. Ich kann's beweisen, wenn du mir eine Chance gibst.«
»Später vielleicht«, entgegnete sie.
»Eins muß ich dir noch sagen, Valerie. Dein Vater war ein guter Mensch. Die Welt hat ihn umgedreht, und er wurde schlecht. Grundlos hatte er viel verloren, und dann verlor er sich selbst. Ich weiß jetzt, daß Haß nicht alles ist, wofür man leben sollte. Und er wird auch dich töten. So darfst du nicht leben, Valerie. Wenn du so viel Glück hast, Liebe zu finden, dann kann sie dir deine Leere ausfüllen. Meine Liebe ist dir sicher, falls du sie jemals brauchst. Egal, wann.«
Sie drehte ihm ihr Gesicht zu, in dem nichts als die Leere des unendlichen Verlustes zu lesen war.
»Komm her«, sagte sie.
Er ging zu ihr und nahm ihr Gesicht in seine Hände. Eine Träne rollte ihr über die Wange. Dann setzte der Sturm ein, und sie weinte los. Er hielt sie fest. Nie zuvor hatte er einen Menschen so lange so sehr weinen sehen. Erst viel später ließ er sie schlafend auf dem Sofa zurück.

Fargo stand in der Einfahrt gegen den roten Rover gelehnt. Seine Arme hatte er gekreuzt, wobei seine rechte Hand nur wenige Zentimeter vom Griff seiner Automatik unter seiner Achsel lag.
»Kluges Kerlchen«, meinte er.
»Sie sind der Kluge, Fargo. Sie haben mich vom ersten Tag an durchschaut.«
»Ich kann nicht glauben, daß Mr. Holt das nicht auch getan hat.«
»Und jetzt sehen Sie, was er davon hat.«

»Es macht mir Sorgen, daß Sie Bescheid wissen.«
»Es spielt keine Rolle, daß ich Bescheid weiß.«
»O, das tut es, jetzt, da Valerie davon erfahren hat.«
»Sie führt Liberty Operations nicht weiter, das haben Sie doch gehört.«
»Sie ist im Moment von ihren Gefühlen überwältigt. Sie braucht Zeit zum Nachdenken.«
»Dann lassen Sie ihr die Zeit. Falls ihr etwas Unangenehmes zustößt, könnte ich den Tip geben, daß man sich mit Ihnen unterhalten soll.«
»Das wird nicht möglich sein, weil Sie tot sein werden.«
John schüttelte den Kopf und blickte in Richtung Westen in die untergehende Sonne. »Haben Sie nichts aus der ganzen Sache gelernt?«
»Sie müssen die Situation verstehen. Ich habe keinen Chef mehr. Ich habe kein Geld dafür erhalten, daß ich Liberty Operations mit ihm aufgebaut habe. Ich habe keine Arbeit. Alles, was ich habe, ist ein toter Boß, ein schlechtes Gewissen und eine Menge Frust. Dafür müssen Sie mir was geben.«
»Nun, dann tun Sie, was Sie tun müssen, aber ich werde zum Seehaus gehen und meine Sachen holen. Ich werde meine Sachen in den Wagen packen. Dann werde ich einsteigen und für immer von hier wegfahren. Erschießen Sie mich von hinten, wenn Sie wollen. Das ist die einzige Genugtuung, die ich Ihnen bieten kann.«
John marschierte die Einfahrt hinunter. Er hörte, wie sich Fargos Stiefel auf dem Asphalt drehten, und er hörte das Geräusch, das entsteht, wenn Stahl aus Leder gezogen wird.
»Dreh dich um, du Scheißkerl.«
John ließ sich nicht beirren. Er hob eine Hand und winkte, doch sein Herz pochte bis in seine Kehle hinauf.
Die Hunde rannten ihm entgegen, als er sich dem Seehaus näherte. Er nahm sie mit hinein, und sie schnüffelten am Boden herum, während er seine Sachen von der Küchentheke nahm.

Durchs Fenster hindurch blickte er zu seinem Wagen und legte sein Gepäck wieder hin.
Fargo kam mit einer Automatik in seiner rechten Hand über die Wiese auf das Seehaus zu. John brach der Schweiß aus allen Poren aus.
Mit einem Klicken entsicherte er sein Gewehr, was ausreichte, um die Hunde in helle Aufregung zu versetzen. »Kein Vogel«, murmelte John, der die Sicherung seines Gewehrs prüfte und dann mit dem Finger auf dem Abzugshahn bewegungslos dastand. Er dachte daran, wie Fargo das Video von Rebecca gedreht hatte, während sie von den Kugeln getroffen wurde.
Fargo sprang die Stufen hinauf und kam in die Küche. Er brauchte bei dem Wechsel von der Sonne in den Schatten eine Sekunde, um sein Ziel zu finden. Vielleicht war er auch durch die Hunde abgelenkt. Als er dann John regungslos in der Küche stehen sah, hob er seine Waffe, aber John blies ihn rückwärts wieder zur Tür hinaus, über das Geländer und auf die vom Wind aufgehäuften Platanenblätter.
Die Hunde rasten nach draußen. Sie sprangen von der Veranda und jagten, auf der Suche nach den Wachteln, an Fargos Leiche vorbei. Schließlich drehte sich Boomer um und schnüffelte am Gesicht des toten Mannes, bevor er zurückwich und John verwirrt ansah.

42

Es ist ein ruhiges Restaurant abseits der Touristenmeile in Laguna Beach. John, der Ehrengast des Abends, hebt sein Tequilaglas, um mit Joshua und Sharon anzustoßen, die ihm gegenübersitzen. Ihre gegenseitige Nähe überrascht ihn.
Fünf Tage sind seit den Ereignissen auf Liberty Ridge vergangen. John hat in diesen Tagen viele einsame Stunden in seinem Haus in Laguna Canyon verbracht und versucht zu entscheiden, ob er dort hingehört oder nicht.

»Auf uns drei«, sagt Joshua.

Sie trinken.

Es ist der zweite Toast an diesem Abend noch vor dem Essen. Auch der erste war auf alle drei, und die Cola mit Rum steigt Joshua bereits in den Kopf.

»Was war das Schlimmste von allem?« fragte Sharon.

»Snakey.«

Snakey war natürlich von allen außer John vergessen worden. Joshua hatte Frazee am Tag nach der Schießerei mit Holt darüber aufgeklärt, was mit Snakey – ein gewisser Peter Boardman aus Trenton in New Jersey – passiert war, und Frazee hatte arrangiert, daß die offiziellen Papiere über seinen Tod entsprechend den Tatsachen ausgewechselt worden waren. Die fraglichen Umstände von Snakeys Eintreffen im Leichenschauhaus steckten beim FBI in den größeren Ordnern und waren unter »Vorschriften, vage Umstände und Einflußbereich« abgehakt worden.

Das Essen wird serviert, aber John kommt nicht in feierliche Stimmung. Eigentlich scheint das Essen eher eine Verpflichtung zu sein, ein Geschäftsessen mit Menschen, mit denen man zuviel Zeit in seinem Leben verbracht hat. John erzählt den beiden von den Tagen auf Liberty Ridge. An diesem Abend verschafft ihm der Tequila eine leichte Betäubung. Er blickt aus dem Fenster auf den Coast Highway hinaus, der vom ersten Regen in diesem Herbst ganz glitschig ist.

Sharons gute Laune überrascht ihn, da er erfahren hat, daß sie und Josh fast gleichzeitig auf Partch geschossen und beide ihn tödlich getroffen haben. Er hatte eine eher niedergeschlagene FBI-Agentin erwartet.

Joshua dagegen merkt er an, daß er sich wegen etwas schämt und verlegen ist. John braucht eine Weile, bis er kapiert, warum – Sharon. Joshua hat sich endlich auf den langen Weg fort von Rebecca und zurück in die Welt gemacht. Ob Sharon Dumars den Test bestehen wird, durch den Joshua sie schicken wird? Ist sie die Reise wert oder nicht?

»Viel Glück«, wünscht er ihnen.
»Wobei, John?« fragt Sharon.
»Bei allem.«
Sie erkundigen sich nach Susan Baum, und er erzählt ihnen, daß sie ihn jeden Tag seit der Geschichte mit einer leicht zu durchschauenden Mischung aus Neugier und Sympathie angerufen hat. Sie kann einfach nicht genug davon bekommen, von Johns Zeit auf Liberty Ridge zu hören. Sie ist ernsthaft um Johns Wohlbefinden besorgt. Er hört sie auf der Tastatur klappern, wenn sie miteinander reden. Ihre fünfteilige Serie über Vann Holts Tod fing erst gestern an und wird während der ganzen nächsten Woche weitergehen. Susan Baum hat auch beim *Journal* durchgesetzt, daß seine Sportkolumne fortgeführt wird, wenn er möchte.
Joshua beschreibt seinen neuen Status beim FBI, einen Status, der von der Tatsache herrührt, daß er verdammt nahe vor einer internen Untersuchung wegen der Schießerei stand. Am Ende aber, erklärt er, sei es leichter gewesen, der Sache beizupflichten anstatt zu überprüfen, und jetzt ist er, bei einer noch bevorstehenden Beförderung, eine Gehaltsstufe höher gerutscht. Die Tatsache, daß er derjenige war, der den einst so großen Holt überführte, hat ihm auf den verschiedenen Ebenen beim FBI Bewunderer ebenso wie Kritiker verschafft.
Joshua beugt sich nach vorn. »Übrigens, John, mein Lauscher im Büro des Staatsanwalts sagt, daß sie wegen der Sache mit Fargo nichts unternehmen. Sie werden den Fall als Notwehr abtun. Das haben sie jedenfalls vor.«
»Das war es doch auch.«
Es folgt ein etwas betretenes Schweigen. Schließlich fragt John: »Sag mal, Joshua, als du Holt im Visier hattest und er mir seinen Revolver an die Stirn hielt, was hat dich zum Schießen veranlaßt?«
»Das Wissen, daß er dich töten würde, wenn ich es nicht getan hätte.«

»Und was wäre, wenn er es getan hätte?«
»Ich lebe nicht mehr in einer Was-wäre-wenn-Welt. Das hat mich Rebecca gelehrt. Auf Rebecca«, sagt Joshua.

Bis John zu Hause ist, regnet es in Strömen. Er kann sich nicht erinnern, daß es vor Thanksgiving jemals so stark geregnet hätte. Vielleicht steht ein Rekordwinter bevor. Gut für die Wachteljagd.
Im Haus zieht er den Mantel aus und nimmt den Hut ab. Beides legt er über die Couch. Dann begibt er sich zum Anrufbeantworter, um nach den eingegangenen Nachrichten zu sehen. Seit er wieder hier ist, hat er insgesamt acht erhalten, fünf von Susan Baum und drei von Joshua. Das Licht für neu eingegangene Nachrichten blinkt. Ein Anruf von Valerie?
Er geht wieder hinaus und stellt sich lange in den Regen, bis seine Kleidung und sein Haar ganz naß sind. Er denkt an Rebecca im Regen, dann denkt er nur noch an den Regen.
Wieder im Haus, hört er die Nachricht ab. Sie ist nicht von Valerie, aber eines Tages, das weiß er, könnte sie von ihr sein.